Prazer Mortal

J. D. ROBB

SÉRIE MORTAL

Nudez Mortal
Glória Mortal
Eternidade Mortal
Êxtase Mortal
Cerimônia Mortal
Vingança Mortal
Natal Mortal
Conspiração Mortal
Lealdade Mortal
Testemunha Mortal
Julgamento Mortal
Traição Mortal
Sedução Mortal
Reencontro Mortal
Pureza Mortal
Retrato Mortal
Imitação Mortal
Dilema Mortal
Visão Mortal
Sobrevivência Mortal
Origem Mortal
Recordação Mortal
Nascimento Mortal
Inocência Mortal
Criação Mortal
Estranheza Mortal
Salvação Mortal
Promessa Mortal
Ligação Mortal
Fantasia Mortal
Prazer Mortal

Nora Roberts
escrevendo como
J. D. ROBB

Prazer Mortal

Tradução
Renato Motta

1ª edição

Rio de Janeiro | 2019

Copyright © 2009 by Nora Roberts
Proibida a exportação para Portugal, Angola e Moçambique.

Título original: *Indulgence in Death*

Capa: Leonardo Carvalho

Texto revisado segundo o novo
Acordo Ortográfico da Língua Portuguesa

2019
Impresso no Brasil
Printed in Brazil

CIP-BRASIL. CATALOGAÇÃO NA PUBLICAÇÃO
SINDICATO NACIONAL DOS EDITORES DE LIVROS, RJ

R545p   Robb, J. D., 1950-
    Prazer mortal / Nora Roberts escrevendo como J. D. Robb; tradução
Renato Motta. – 1ª ed. – Rio de Janeiro: Bertrand Brasil, 2019.
    420 p.; 23 cm. (Mortal; 31)

    Tradução de: Indulgence in death
    ISBN 978-85-286-2419-9

    1. Ficção americana. I. Motta, Renato. II. Título. III. Série.

          CDD: 813
19-58496   CDU: 82-3(73)

Leandra Felix da Cruz – Bibliotecária – CRB-7/6135

Todos os direitos reservados pela:
EDITORA BERTRAND BRASIL LTDA.
Rua Argentina, 171 – 2º andar – São Cristóvão
20921-380 – Rio de Janeiro – RJ
Tel.: (21) 2585-2000 – Fax: (21) 2585-2084

Não é permitida a reprodução total ou parcial desta obra, por
quaisquer meios, sem a prévia autorização por escrito da Editora.

Atendimento e venda direta ao leitor:
sac@record.com.br ou (21) 2585-2002

Não cobiçarás; mas a tradição
Aceita todas as formas de concorrência.

— ARTHUR HUGH CLOUGH

A desventura de ser rico
É ter de conviver com as pessoas ricas.

— LOGAN PEARSALL SMITH

Capítulo Um

A estrada era de matar, pouco mais larga que um fio de cuspe, e serpenteava como uma cobra por entre arbustos gigantes carregados com estranhas flores que se assemelhavam a gotas de sangue.

Ela precisava se lembrar de que aquela viagem tinha sido ideia sua — o amor também era uma coisa de matar —, mas como poderia adivinhar que dirigir no oeste da Irlanda significava arriscar a vida e a integridade física a cada curva do caminho?

Aquela era a Irlanda rural, lembrou, prendendo a respiração quando eles passaram por mais uma curva na Estrada da Morte, um lugar onde as cidades eram apenas um tropeço na paisagem, e onde ela tinha certeza de que havia mais vacas do que pessoas. E havia mais ovelhas do que vacas.

E por que ninguém se preocupava com isso?, perguntou a si mesma. As pessoas não temiam o que poderia acontecer se exércitos de animais de fazenda se unissem para promover uma revolta?

Quando a Estrada da Morte finalmente seguiu para longe dos arbustos com gotas de sangue, o mundo se abriu em campos e colinas verdes, muito verdes, estranhamente verdes, contra um céu cheio de nuvens que não conseguiam decidir se iam virar um temporal ou simplesmente ficar penduradas ali no alto, de forma ameaçadora. E ela sabia que aqueles pontos brancos espalhados pelo verde eram ovelhas e vacas.

Provavelmente discutiam estratégias de guerra.

Ela realmente os viu se reunirem em volta das esquisitas — e, tudo bem, um pouco fascinantes — ruínas de pedra. Lugares altos, semidemolidos e instáveis que talvez tivessem sido castelos ou fortalezas. Aquele era um bom lugar para exércitos de animais de fazenda tramarem suas revoltas.

Talvez aquilo tivesse uma beleza estilo "quadro pendurado na parede", mas não era natural. Não, corrigiu a si mesma, era *excessivamente* natural. Esse era o problema: natureza demais, espaços abertos demais. Até as casas espalhadas pela paisagem interminável insistiam em se enfeitar com flores. Tudo florescia, cores sobre cores, formas sobre formas.

Ela tinha visto até mesmo roupas penduradas em fileiras, como prisioneiros executados. O ano era 2060, pelo amor de Deus. Será que as pessoas dali não tinham secadoras de roupa em casa?

E por falar nisso... Sim, por falar nisso, onde estava todo o tráfego aéreo? Ela vira alguns teleféricos, mas nem um único dirigível de propaganda tinha surgido do céu inesperadamente, anunciando produtos em promoção.

Não havia metrô, nem passarelas aéreas, nem turistas extasiados dando mole para ladrõezinhos de rua; não havia maxiônibus soltando fumaça, nem taxistas da Cooperativa Rápido xingando.

Por Deus, ela estava com saudades de Nova York.

Ela não se arriscaria a dirigir naquela estrada, nem que fosse para se distrair um pouco, porque, por alguma razão cruel e inexplicável, as pessoas ali insistiam em dirigir do lado errado da estrada.

Por quê?

Prazer Mortal

Ela era uma policial, tinha jurado proteger e servir, e não conseguiria ficar atrás do volante naquelas estradas, verdadeiras armadilhas mortíferas, onde ela provavelmente acabaria ceifando vidas de civis inocentes. E talvez alguns animais de fazenda, para aproveitar a viagem.

Ela se perguntou se eles chegariam ao lugar aonde iam e quais eram as chances de chegarem lá inteiros.

Talvez fosse melhor ela rodar o programa de probabilidades.

A estrada se estreitou novamente, tornou a enclausurá-los, e a tenente Eve Dallas, policial veterana que investigava assassinatos, uma implacável perseguidora de psicopatas, *serial killers* e loucos homicidas, lutou para conter um grito quando a porta no seu lado do carro esbarrou de leve nos arbustos.

O motorista — que já era seu marido havia dois anos e tinha sido a razão de ela ter sugerido aquela parte das férias — tirou a mão do volante para acariciar sua coxa.

— Relaxe, tenente.

— Cuidado com a estrada! Não olhe para mim, olhe para a estrada. Se bem que isso não é uma estrada. É uma trilha. O que são esses malditos arbustos e por que estão aqui?

— O nome é fúcsia. Adoráveis, não acha?

Aquelas flores a faziam pensar em respingos de sangue, possivelmente resultantes de um massacre executado por um batalhão de animais de fazenda.

— Alguém devia mantê-los longe da porra da estrada.

— Acho que eles já estavam aqui antes da estrada.

O sotaque irlandês enfeitava a sua voz de um jeito muito mais atraente do que a estrada que serpenteava pelo campo.

Ela se arriscou a olhar para ele, meio de lado. Ele parecia feliz, notou. Descontraído, contente, muito à vontade com sua jaqueta de couro sobre a camiseta simples, o cabelo preto emoldurando um rosto incrível (que também era de matar) e seus olhos em um tom de azul tão intenso que faziam o coração doer.

Ela lembrou que eles quase tinham morrido juntos algumas semanas antes, e ele ficara gravemente ferido. Ela ainda se sentia sem ar ao lembrar do instante em que pensou que o tinha perdido.

Mas ali estava ele, vivo e inteiro. Portanto, talvez ela o perdoasse por se divertir à custa dela.

Talvez.

Além disso, a culpa daquilo tudo, no fundo, era de Eve. Fora ela quem tinha sugerido que eles fossem à Irlanda por alguns dias nas férias, no aniversário de casamento, para que ele pudesse visitar a família cuja existência tinha descoberto recentemente. Além do mais, ela já havia estado ali antes.

Só que essa outra viagem tinha sido feita de jetcóptero.

Quando ele desacelerou e entrou no que mal poderia ser chamado de cidade, ela respirou com mais facilidade.

— Estamos quase lá agora — avisou ele. — Esta é Tulla. A fazenda de Sinead fica a poucos quilômetros do povoado.

Ok, eles tinham conseguido chegar até ali. Ordenando a si mesma que se acalmasse, ela passou a mão pelo cabelo castanho repicado.

— Veja, bem ali. O sol está aparecendo.

Ela analisou a mísera abertura em meio às nuvens cinzentas e os raios fracos que a atravessavam.

— Uau, toda essa luz está me cegando.

Ele riu e estendeu a mão para alisar o cabelo que ela acabara de bagunçar.

— Estamos fora do nosso elemento, tenente. Talvez seja bom nos sentirmos longe da rotina de vez em quando.

Ela conhecia a própria rotina. Morte, investigação, a loucura de uma cidade que corria em vez de caminhar, o cheiro de uma central de polícia, a correria e o fardo que era comandar.

Parte disso também se tornara normal para Roarke ao longo dos últimos dois anos, ela refletiu. Ele fazia malabarismos com as atividades dela e com o mundo dele, que consistia em comprar, vender, ser dono e fabricar praticamente todas as coisas que existiam no universo conhecido.

Sua vida tinha começado tão sombria e feia quanto a dela. Rato de rua em Dublin, ela lembrou. Ladrão, cúmplice em golpes, sobrevivente de um pai brutal e assassino. A mãe que ele nunca conheceu não tivera tanta sorte.

A partir disso, ele construiu um império — nem sempre do lado certo da lei.

E ela, policial até a medula, tinha se apaixonado por ele apesar das sombras — ou talvez por causa delas. Porém havia algo mais para ele do que qualquer um dos dois poderia ter imaginado, e esse algo mais morava em uma fazenda além dos limites da pequena cidade de Tulla, no condado de Clare.

— Nós poderíamos ter usado o jetcóptero do hotel para vir até aqui — comentou ela.

— Gosto do passeio.

— Sei que você fala sério, e isso me faz questionar a sua sanidade, meu amigo.

— Vamos pegar um jato quando formos daqui para Florença.

— Não vou reclamar.

— E vamos curtir um jantar à luz de velas em nossa suíte. — Ele olhou para ela com aquele sorriso relaxado e feliz. — A melhor pizza da cidade.

— Agora, sim!

— Vai ser importante para eles essa nossa visita aqui, todos juntos por alguns dias.

— Eu gosto deles — disse ela, sobre a família da mãe de Roarke. — Gosto de Sinead e do resto do pessoal. Férias são uma coisa boa. Eu só preciso entrar no clima e parar de pensar no que está acontecendo na Central. O que as pessoas fazem aqui nessa terra, afinal?

— Eles trabalham, cultivam a terra, administram lojas, cuidam de casas e da família, vão ao pub para beber e socializar. Viver de forma simples não significa viver insatisfeito.

Ela bufou baixinho.

— Você enlouqueceria aqui.

— Com certeza, e em menos de uma semana. Somos criaturas urbanas, você e eu. Mas consigo admirar as pessoas que vivem do jeito que gostam; gente que valoriza e apoia a comunidade. *Comhar* — ele acrescentou. — Essa é a palavra irlandesa para o que eu descrevi. É muito comum nos condados da região oeste.

Havia bosques agora, como se eles tivessem voltado para a estrada, mas eram lindos — para quem gostava desse tipo de coisa; havia extensões de terras demarcadas e divididas por muros baixos feitos de rochas que, ela imaginava, tinham sido extraídas dos belos campos.

Ela reconheceu a casa assim que Roarke fez uma curva. O lugar conseguia se espalhar para todos os lados e ser aconchegante ao mesmo tempo, enfeitado com flores em um estilo que Roarke tinha chamado de *dooryard*. Se as construções tivessem uma aura, ela imaginou que a daquele lugar seria de *contentamento*.

A mãe de Roarke tinha crescido ali, antes de fugir para as luzes brilhantes de Dublin. Lá, jovem, ingênua e confiante, tinha se apaixonado por Patrick Roarke e dera à luz seu filho. Para depois morrer tentando salvar aquela criança.

Agora sua irmã gêmea cuidava da casa e ajudava a administrar a fazenda com o homem com quem se casara, além dos filhos, dos irmãos e dos pais. Várias gerações pareciam enraizar-se ali, em meio ao verde.

Sinead saiu da casa, o que mostrou a Eve que ela já estava atenta à chegada deles. O cabelo ruivo quase dourado emoldurava o seu rosto bonito, onde os olhos verdes cintilavam boas-vindas.

Não era a ligação de sangue que colocara tanto carinho em seu rosto, ou nos braços que ela estendia. Era a noção de família. Só o sangue, Eve sabia muito bem, nem sempre significava calor humano e boas-vindas.

Sinead agarrou Roarke em um forte abraço, enquanto murmurava alguma saudação em irlandês. Eve não conseguiu entender as palavras, mas a emoção foi traduzida nos gestos.

Prazer Mortal

Aquilo era amor, claro e verdadeiro.

Quando se virou, Eve se viu presa no mesmo abraço apertado. Isso a fez arregalar os olhos e quase perder o equilíbrio.

— *Fáilte abhaile.* Seja bem-vinda à nossa casa.

— Obrigada. Ahn...

— Entrem, entrem! Estamos todos na cozinha ou nos fundos. Temos comida suficiente para alimentar o exército que na verdade somos. Resolvemos fazer um piquenique, já que vocês trouxeram um tempo tão bom.

Eve olhou de relance para o céu e refletiu que havia gradações na noção de "tempo bom", dependendo do lugar do planeta onde a pessoa morava.

— Vou pedir a um dos garotos para pegar as malas e levá-las para o seu quarto. Ah, como é bom ver vocês dois! Estamos todos juntos aqui, agora. Todos em casa.

Eles foram alimentados, festejados, cercados e interrogados. Eve conseguiu guardar os nomes e rostos porque imaginou todos eles como suspeitos em um dos quadros de homicídios que sempre montava — até mesmo os que mal andavam ou ainda engatinhavam.

Especialmente aquela figurinha que andava cambaleando e tentava escalar sua perna para ganhar colo.

— Nosso Devin é um mulherengo. — Sua mãe, Maggie, riu muito ao pegá-lo no chão e, com aquele jeito estranho típico de mães, conseguiu apoiá-lo no quadril sem esforço aparente. — Papai disse que vocês vão à Itália depois daqui. Connor e eu fomos a Veneza em nossa lua de mel. Foi o máximo!

O garoto pendurado em seu quadril balbuciou alguma coisa e saltitou.

— Tudo bem, meu garoto, só porque estamos de folga. Vou pegar mais biscoitos para ele. Vocês também querem?

— Não, obrigada. Estou satisfeita.

Um instante depois, Eve sentiu algo nas costas, entre as omoplatas. Virando-se de lado, viu um garoto olhando fixamente para ela. Reconheceu seus olhos verdes típicos da família Brody, e o sistema solar de sardas em seu rosto. Conhecera-o na viagem que toda a família fizera a Nova York no Dia de Ação de Graças do ano anterior.

— Qual é a sua, garoto? — perguntou ela.

— Estava pensando se você trouxe a sua arma de atordoar.

Eve não estava usando o coldre de ombro, mas prendera a arma de mão no coldre de tornozelo. Velhos hábitos são difíceis de largar, lembrou, mas percebeu que Sinead e o resto das mulheres não gostariam de vê-la mostrando ao garoto a sua arma em um piquenique de família.

— Por que você quer saber? Alguém precisa ser atordoado?

Ele sorriu ao ouvir isso.

— Minha irmã, se você não se importar.

— Qual foi a transgressão dela?

— Ser uma mané. Isso deve ser o suficiente.

Ela sabia o significado daquela palavra, pois Roarke a usava quando falava gírias da sua juventude.

— Em Nova York isso não é motivo suficiente, garoto. A cidade está cheia de manés.

— Acho que vou ser policial só para detonar os bandidos. Quantos você já detonou?

Danadinho sedento por sangue, pensou Eve. Gostava dele.

— Não mais que o necessário. Colocá-los em uma jaula é mais satisfatório do que detoná-los.

— Por quê?

— Dura mais tempo.

Ele refletiu sobre isso.

— Bem, então vou detoná-los e depois colocá-los em uma jaula.

Quando ela riu, ele exibiu outro sorriso largo.

— Não temos malfeitores por aqui, isso é uma pena. Talvez eu volte a Nova York e você possa me mostrar alguns dos seus bandidos.

— Talvez.

— Isso vai ser o máximo! — disse ele, e saiu correndo.

No instante em que ele sumiu, alguém se materializou ao lado dela e colocou uma caneca de cerveja em sua mão. Seamus, ela identificou, o filho mais velho de Sinead. Ela tinha quase certeza.

— Então, o que está achando da Irlanda?

— Somos de Nova York. Estou achando tudo verde — completou, quando ele riu e lhe deu uma cotovelada amigável nas costelas. — Vi muitas ovelhas. E boa cerveja.

— Todo pastor merece uma boa cerveja à noite. Vocês deixaram minha mãe feliz ao aproveitar essa chance de vir até aqui e ficar um pouco com a família. Minha mãe pensa em Roarke como filho dela, agora ela assumiu o lugar da irmã. O que você está fazendo por ela... e por ele... é muito bonito.

— Não é preciso muito esforço para sentar e beber uma boa cerveja.

Ele deu um tapinha na coxa dela.

— É uma longa viagem só para tomar uma cerveja. Devo acrescentar que você virou uma referência para o meu filho.

— Como assim?

— Sean, aquele que estava aqui agora mesmo, interrogando você.

— Ah. É difícil lembrar quem é filho de quem.

— Claro que é. Desde que visitamos vocês no ano passado, ele desistiu do sonho de ser um pirata espacial. Agora quer ser policial e detonar os caras maus para ganhar a vida.

— Sim, ele me contou.

— A verdade é que ele torce desesperadamente para acontecer algum assassinato enquanto vocês estiverem aqui. Algo que seja horrível e misterioso.

— Isso acontece muito na região?

Ele se sentou e tomou um contemplativo gole de cerveja.

— O último caso de que me lembro foi quando a velha senhora O'Riley quebrou a cabeça do marido com uma frigideira quando ele, mais uma vez, chegou em casa bêbado e cheirando a perfume de outra mulher. Acho que foi um ato violento, mas não exatamente misterioso. E aconteceu uns 12 anos atrás.

— Não há muita ação por aqui para um policial especializado em homicídios.

— Infelizmente para Sean, não. Ele gosta de acompanhar os seus casos e vive procurando informações sobre isso no computador. Sabe esse último mistério? Os assassinatos dos videogames holográficos? O caso lhe proporcionou emoções indescritíveis.

— Ah. — Ela olhou para onde Roarke estava, com o braço de Sinead enlaçando sua cintura. E pensou na lâmina que fora enterrada na lateral do seu corpo.

— Nós temos um filtro de conteúdo adulto no computador, então ele não conseguiu obter os detalhes mais fortes.

— Ah, é? Isso é muito bom.

— O ferimento do meu primo foi muito grave? A mídia não deu detalhes sobre isso. Provavelmente foi ele quem quis assim.

Eve se lembrou do sangue quente de Roarke escorrendo por entre seus dedos trêmulos quando ela tentou ajudá-lo.

— Foi grave o suficiente.

Seamus assentiu e franziu os lábios enquanto analisava Roarke.

— Ele não herdou muito do pai, então?

— Nada... Pelo menos nas coisas importantes.

Os piqueniques irlandeses, conforme Eve descobriu, duravam muitas horas — tanto quanto os dias de verão na Irlanda —, e incluíam música, dança e muita diversão até bem depois de as estrelas surgirem.

— Nós mantivemos vocês acordados até muito tarde. — Sinead subiu a escada, dessa vez envolvendo com o braço a cintura de Eve.

Eve não sabia exatamente o que fazer quando as pessoas passavam os braços ao redor da sua cintura — a menos que fosse em uma situação de combate... ou Roarke.

— Depois da sua longa viagem, mal lhes demos tempo para desfazer as malas, e nem um minuto de descanso.

— Foi uma festa ótima.

— Sim, foi mesmo. E agora meu Seamus convenceu Roarke a ir para o campo logo de manhã cedo. — Ela apertou Eve levemente. Diante desse sinal, Eve olhou para Roarke.

— É sério, isso? Como assim, "ir para o campo"? Você vai trabalhar na terra? — espantou-se Eve.

— E vou gostar — garantiu Roarke. — Nunca dirigi um trator.

— Espero que diga o mesmo quando estivermos arrastando você para fora da cama às 6h30 — avisou Sinead.

— Ele quase não dorme mesmo — garantiu Eve. — Até parece um androide.

Sinead riu e abriu a porta do quarto deles.

— Bem... Espero que vocês se sintam em casa durante o tempo que vão passar aqui. — Ela olhou em torno do quarto, com seus móveis simples, cores suaves e renda branca nas janelas sob o teto inclinado. Flores, em um encantador arranjo de diversas cores e formas, estavam em um vaso sobre a cômoda.

— Se vocês precisarem de alguma coisa, qualquer coisa, estarei no último quarto do corredor.

— Vamos ficar bem. — Roarke se virou para ela e beijou sua bochecha. — Vamos ficar ótimos.

— Nos vemos no café da manhã, então. Durmam bem.

Ela saiu e fechou a porta.

— Por que diabos você quer dirigir um trator? — quis saber Eve.

— Não faço ideia, mas parece a coisa certa a fazer. — Com movimentos lentos, ele tirou os sapatos. — Posso abrir mão do convite se você não quiser ficar sozinha aqui pela manhã.

— Por mim não tem problema. Eu pretendo dormir durante um ano depois dessa cerveja.

Ele foi sorrindo até onde ela estava e passou a mão pelo seu cabelo.

— Foram muitas pessoas para você enfrentar de uma vez.

— Eles são ótimos. Pelo menos depois que a gente descobre sobre o que estão conversando. E eles falam muito de você.

— Eu sou o novo elemento. — Ele beijou sua testa. — *Nós somos* o novo elemento, e eles estão absolutamente fascinados pela minha tira. — Ele a puxou e os dois ficaram abraçados no centro do quarto da linda fazenda, com a brisa da noite vinda da janela, despertando no ar a fragrância das flores. — É uma vida inteiramente diferente, aqui. Um mundo distante.

— O último assassinato na cidade aconteceu há 12 anos.

Ele recuou, balançou a cabeça e riu.

— Confio na sua informação.

— Não fui eu que puxei esse assunto, ok?

— O quê?

— Nada. Isso aqui é muito silencioso. E muito escuro — acrescentou, olhando para a janela. — Absurdamente quieto e escuro. É de imaginar que acontecessem mais assassinatos.

— Você está pensando em carregar pedras enquanto descansa?

— Eu sei o que esse ditado significa, e ele não faz sentido algum. Mas não. Estou numa boa aqui, com esse silêncio. Mais ou menos. — Ela passou a mão na lateral do corpo dele e acariciou o local do ferimento. — Está tudo bem?

— Tudo ótimo. Na verdade... — Ele se inclinou, provou a boca de Eve e deixou a mão vagar pela pele dela.

— Ei, ei, ei, espere um instante. Isso é estranho.

— Pois para mim é muito natural.

— Sua tia está bem ali... onde foi que ela disse? No fim do corredor. E você sabe muito bem que este lugar não é à prova de som.

— Basta você ficar quietinha. — Ele fez cócegas nas costelas de Eve, e isso a fez dar um pulo e soltar um grito. — Ou não.

— Já não transamos duas vezes hoje de manhã?

— Querida Eve, você é uma romântica incorrigível. — Ele a empurrou de costas na direção da cama que ela já notara que tinha menos da metade do tamanho da cama deles em casa.

— Pelo menos ligue o telão, ou algo assim. Para disfarçar o ruído.

Ele roçou os lábios na bochecha dela e apertou os músculos tensos da sua bunda.

— Não há telões aqui.

— Nenhum telão? — Ela o empurrou e foi examinar as paredes. — Sério? Que tipo de quarto é esse?

— O tipo de quarto que as pessoas usam para fazer sexo e dormir, exatamente o que tenho em mente. — Para provar isso, ele a atirou sobre a o colchão.

A cama rangeu.

— O que foi isso? Ouviu esse barulho? Há um animal de fazenda aqui dentro?

— Tenho certeza de que eles os mantêm lá fora. Esse ruído é da cama. — Ele arrancou a camiseta dela por cima da cabeça.

Para testar a cama, ela ergueu os quadris e deixou-os cair novamente.

— Ah, para com isso! Não podemos ir em frente com essa cama rangendo. Todo mundo na casa vai saber o que está rolando aqui.

Ele se divertiu e cheirou o pescoço dela.

— Acredito que eles já desconfiam que nós fazemos sexo.

— Talvez, mas é diferente quando a cama grita "oba!".

Era de surpreender que ele a adorasse?, ele refletiu.

Observando o rosto dela, desceu com o dedo pelo seu seio.

— Vamos fazer sexo de um jeito silencioso e casto.

— Se o sexo é casto, não está sendo feito do jeito certo.

— Boa observação. — Ele sorriu para ela, segurando-lhe os dois seios e colocando os lábios de leve sobre um dos mamilos. — Veja só isso — ele murmurou. — Toda minha por mais duas semanas maravilhosas.

— Agora você está tentando me desarmar. — Em seguida, devidamente desarmada, ela estendeu a mão e passou os dedos pelo cabelo dele.

Ele era dela, pensou.

— É bom estar aqui. — Ela pegou a camiseta de Roarke pela barra e repetiu o gesto dele ao puxá-la por cima de sua cabeça. Colocou mais uma vez a palma da mão sobre o ferimento que ainda cicatrizava. — Já que estamos aqui, vamos esquecer todo o resto. Estar aqui é bom.

— Tem sido uma jornada interessante desde o início.

— Eu não me arrependo de nenhum trecho da viagem. — Ela pousou as mãos nas laterais do rosto dele e o levantou até seus lábios se encontrarem. — Nem mesmo dos mais atribulados.

Quando ele se abaixou sobre ela, sentiu-se sugado e suspirou.

Com os olhos fechados, ela passou as mãos pelos belos e fortes músculos das costas dele, deixando a forma e o cheiro de Roarke penetrarem naqueles lugares dentro dela que sempre estavam à espera. Sempre abertos e prontos para dar as boas-vindas.

Ela virou a cabeça, tornou a encontrar os lábios dele; manteve-os ali por mais tempo e de um jeito mais profundo... em um fluxo tão suave e doce quanto o ar da noite.

A cama deu outro rangido enferrujado e a fez rir. E mais um quando ela se colocou por cima.

— Deveríamos tentar o chão.

— Na próxima, sim — concordou ele, e isso a fez rir de novo. E a fez suspirar também. E aqueceu todos aqueles lugares onde ele sempre era bem recebido.

E depois, quando eles se aconchegaram, saciados e sonolentos, ela se aninhou e disse:

— Oba!

Ela acordou ainda na penumbra e se ergueu na cama.

— O que foi isso? Você ouviu? — Nua, ela saltou da cama para pegar a arma que deixara na mesinha de cabeceira.

— Ouviu, agora? Tornou a acontecer! Que língua é essa?

Na cama, Roarke se virou de barriga para cima.

— Acho que esse idioma é conhecido como "galo".

Com a arma ao lado dela, Eve olhou, boquiaberta.

— Você está brincando comigo?

— Nem um pouco. É de manhã, ou quase, e isso é um galo saudando o amanhecer.

— Um... *galo*?

— Eu diria que sim. Não creio que Sinead e o marido dela queiram que você atordoe o galo deles, mas devo dizer, tenente, que a imagem que tenho de você nua por este ângulo é fascinante.

Ela soltou um suspiro e baixou a arma.

— Meu Deus, isso aqui até parece outro planeta. — Ela deslizou de volta para a cama. — E se você tiver a mesma ideia do galo e fizer o seu pinto levantar para cantar e saudar o amanhecer, lembre-se de que estou armada.

— Por mais interessante que seja a ideia, acho que este é o meu chamado para trabalhar. Embora eu preferisse agarrar minha esposa em vez de guiar um trator, eles estão à minha espera.

— Divirta-se. — Eve rolou de bruços e colocou o travesseiro sobre a cabeça.

Galos cantando, pensou, apertando os olhos com força. E... Deus do céu, será que aquilo era uma vaca? Mugindo de verdade? Será que aqueles bichos estavam perto demais da casa?

Ela levantou o travesseiro alguns centímetros e estreitou os olhos para enxergar melhor e se assegurar de que a arma continuava à mão.

Como diabos uma pessoa conseguiria dormir com todos aqueles mugidos, cantorias de galo e só Deus sabe o que mais acontecia lá fora? Aquilo era simplesmente assustador, isso sim. O que eles estariam dizendo um para o outro? E por quê?

Será que era por causa da janela aberta? Talvez fosse melhor ela se levantar para...

A próxima imagem que ela viu foi a luz amarela do sol.

Conseguira dormir, afinal, apesar de ter tido um inquietante sonho com animais de fazenda; todos eles vestindo uniformes militares.

Seu primeiro pensamento do dia foi "café", mas isso foi antes de se lembrar de onde estava, e nem disfarçou o palavrão. Eles bebiam *chá* ali, e ela não imaginava como conseguiria enfrentar o dia que tinha pela frente sem uma boa dose de cafeína.

Arrastou-se para fora da cama e olhou ao redor com uma expressão vazia. Viu a manta aos pés da cama e o aparelho de mensagens sobre ela. Pegou o aparelho e o ligou.

"Bom dia, tenente. Caso você ainda esteja meio adormecida, o chuveiro é no fim do corredor, porta da esquerda. Sinead disse para você descer para tomar o café da manhã assim que acordar. Pelo visto, vamos nos encontrar agora só por volta do meio-dia. Sinead vai levá-la aonde nós estivermos. Ela vai cuidar bem da minha tira."

— Aqui não há bandidos, lembra? — perguntou ela ao aparelho.

Vestiu o roupão e, após um momento de indecisão, enfiou a arma no bolso. Era melhor colocá-la ali, decidiu, do que deixá-la no quarto.

E lamentando a ausência do café, saiu decidida a terminar de acordar debaixo do chuveiro.

Capítulo Dois

Quando ela saiu do banho, a cama estava feita e o quarto, arrumado. Será que eles tinham androides ali?, pensou, e decidiu que tinha sido esperta ao levar a arma para o banheiro.

Se eles tinham androides, por que não um AutoChef no quarto? Um que tivesse café no cardápio? Ou um telão para ela poder ver as notícias sobre os crimes internacionais e saber o que estava acontecendo em casa.

Adapte-se, ordenou a si mesma ao se vestir, enquanto alguns pássaros gorjeavam como cucos sem parar, literalmente entrando e saindo pela janela. Ali não era Nova York... nem de longe. E ela certamente estava acumulando pontos na coluna de boa esposa a cada minuto.

Passou os dedos pelo cabelo úmido — não havia tubo de secar corpo na casa — e se considerou pronta para o dia, apesar de tudo.

No meio do caminho, ouviu mais música... mas era uma voz humana, bonita e brilhante, que cantava alegremente sobre o amor. E ao entrar no corredor a caminho da cozinha, jurou ter sentido no ar um aroma de café, irresistível como um canto de sereia.

A esperança a aqueceu por dentro, mas ela disse a si mesma que aquilo não passava de uma lembrança dos sentidos. Mas o cheiro a pegou com mais força e a atraiu como um anzol pelo resto do caminho.

— Oh, graças a Deus! — Ela não percebeu que tinha exclamado isso em voz alta até Sinead se virar do fogão e sorrir para ela.

— Bom dia! Espero que você tenha dormido bem.

— Sim, obrigada. Isso é café de verdade?

— É, sim, Roarke mandou para nós. É um café especial, do tipo que você mais aprecia. Foi aí que eu me lembrei do quanto você gosta disso.

— É mais um caso de "necessidade desesperada".

— Preciso de uma xícara de chá bem forte de manhã, para me sentir humana.

Sinead entregou a Eve uma caneca marrom muito pesada. Ela usava uma calça cor de farinha de aveia e uma camisa azul-clara com as mangas dobradas até os cotovelos. Uma espécie de alfinete articulado afastava seu cabelo do rosto e o prendia na parte de trás da cabeça.

— Sente-se e ligue o motor do corpo.

— Obrigada. De verdade.

— Os homens saíram, foram cuidar das máquinas, então você pode tomar seu café da manhã com tranquilidade. Roarke me disse que você ia querer um café irlandês completo.

— Ahn...

— Eu prefiro o que chamamos de porção civilizada — disse Sinead, com um sorriso curto. — Nada daquele monte de comida que os homens costumam consumir.

— Estou numa boa só com o café. Você não precisa se preocupar.

— Eu gosto de me preocupar com essas coisas. Fico realmente feliz. As carnes já estão prontas, só falta esquentar. Não levará nem dois minutos para preparar todo o resto. É bom ter companhia na cozinha — acrescentou, voltando-se para o fogão.

Prazer Mortal   **25**

Era estranho, pensou Eve. Era muito estranho sentar ali e assistir a alguém cozinhando. Ela imaginou que Summerset, o mordomo sargentão de Roarke, fazia aquilo muitas vezes enquanto abastecia os AutoChefs.

Mas ficar na cozinha, especialmente em companhia de Summerset, estava na sua lista dos dez piores pesadelos.

— Eu soube que o macho acordou você.

Eve engasgou com o café.

— O quê?

— Não esse tipo de macho. — Sinead lançou um olhar brincalhão por cima do ombro. — Mas se isso também aconteceu, bom para você. Estou falando do galo.

— Ah, certo. Sim. Isso acontece todas as manhãs?

— Chova ou faça sol, se bem que já estou tão acostumada que nem presto atenção na maioria dos dias. — Ela quebrou alguns ovos na frigideira. — Deve ser como o barulho do trânsito para você. Um som que simplesmente faz parte do mundo em que vive.

Ela olhou para trás novamente enquanto a comida chiava.

— Estou feliz por vocês terem resolvido ficar mais uma noite, pois teremos um dia bonito e ensolarado para valorizar mais essa viagem e o presente que você preparou para Roarke. Pensei em levar você até onde ele está um pouco mais cedo, para dar uma olhada no lugar antes de Seamus o trazer de volta.

— As fotos que você enviou me deram uma ideia de como ficou, mas seria bom ver o lugar em primeira mão. Agradeço muito tudo que você fez para cuidar disso, Sinead.

— Significa muito para mim e para a família. Isso é mais que um grande presente de aniversário, Eve. Muito, muito mais.

Ela tirou um prato do forno e serviu os ovos, batatas fritas e um tomate pequeno cortado ao meio.

— E aqui está o pão integral, preparado agora de manhã — disse ela, colocando o prato e um pote de manteiga na frente de Eve, para em seguida tirar o pano que cobria a metade de um pão.

— O cheiro está bom — elogiou Eve.

Com um sorriso, Sinead serviu o café, trouxe uma caneca de chá para a mesa e esperou até Eve provar tudo.

— O gosto é ainda melhor, e olha que sempre fui exigente quando se trata de café da manhã.

— Excelente, então. Gosto de alimentar as pessoas, de cuidar delas. E gosto de pensar que tenho um talento natural para isso.

— Eu diria que você tem, sim.

— Todos nós devíamos ter a sorte de fazer o que gostamos, algo em que somos talentosos. O seu trabalho lhe proporciona isso.

— Verdade.

— Eu não consigo me imaginar fazendo o que você faz, e suponho que você não consiga se imaginar com a vida que levo aqui. No entanto, aqui estamos nós, sentadas juntas à mesa da cozinha, compartilhando a manhã. O destino é uma coisa estranha e, neste caso, generoso. Devo lhe agradecer por vocês terem vindo até aqui para passar esses preciosos dias de suas férias conosco.

— Estou comendo bem e tomando um café maravilhoso. Não é exatamente um sacrifício.

Sinead estendeu o braço sobre a mesa e tocou a mão de Eve por breves segundos.

— Você tem poder sobre um homem poderoso. O amor dele por você lhe dá esse poder, embora eu suspeite que existam alguns momentos em que vocês brigam como gatos.

— Mais do que em alguns momentos.

— Ele está aqui agora, provavelmente dirigindo um trator pelo campo em vez de descansar em um terraço exuberante em um lugar exótico, bebendo champanhe no café da manhã. E tudo isso porque você quis isso para ele. Porque você sabe que ele precisa dessa conexão e, na mesma medida, precisa muito que você compartilhe isso com ele.

— Você deu a Roarke algo que ele não sabia que queria ou precisava. Se você não tivesse feito isso, não estaríamos aqui sentadas nesta cozinha, compartilhando a manhã.

— Sinto falta da minha irmã todos os dias.

Ela desviou o olhar por um momento.

— Irmãs gêmeas — ela completou, num murmúrio. — Esse é um vínculo mais íntimo do que consigo explicar. Com Roarke, tenho uma parte dela que nunca pensei em reivindicar, e sou como a mãe dele, agora. Ele tem o meu coração, como eu sei que tem o seu. Quero que sejamos amigas, você e eu. Quero pensar que vocês voltarão aqui de vez em quando, ou nós iremos até vocês. Quero que essa conexão se torne ainda mais forte com o tempo, mais verdadeira... e que os laços que se formaram entre mim e você não existam apenas por causa do homem que amamos.

Eve não disse nada por um momento, enquanto tentava ordenar seus pensamentos.

— Muita gente teria culpado Roarke pelo que aconteceu.

— Ele era um bebê.

Eve balançou a cabeça.

— No meu mundo, as pessoas culpam, ferem, mutilam e matam por todos os tipos de razões ilógicas. O pai dele assassinou a sua irmã. Patrick Roarke usou e abusou dela, traiu-a e, por fim, a matou. Ele a tirou de você. Algumas pessoas distorceriam a situação e enxergariam Roarke como a única coisa que sobrou daquela perda, ou até mesmo a razão da perda. Quando ele soube o que tinha acontecido... Quando descobriu sobre sua mãe depois de uma vida acreditando em uma mentira, ele veio procurar você. E você não o renegou, não o culpou nem o castigou. Você o trouxe para a sua casa e lhe ofereceu conforto quando ele mais precisava.

"Eu não faço amigos com facilidade, não sou muito boa nisso. Mas só essa razão já seria o suficiente para sermos amigas, então acho que existem, entre nós, todos os elementos para uma amizade."

— Ele tem sorte por ter você.

Eve comeu mais uma garfada de ovos mexidos.

— Você está coberta de razão.

Sinead segurou a caneca nas duas mãos enquanto ria.

— Ela ia gostar de você. Siobhan.

— É mesmo?

— Sim. Ela gostava de tudo que era brilhante e ousado. — Virando-se um pouco, Sinead se inclinou para a frente. — Agora, só entre nós, me conte todos os detalhes terríveis deste último assassinato que você resolveu. Os detalhes que a mídia não divulga.

Pouco antes do meio-dia, Eve estava no pequeno parque com as mãos nos quadris, analisando o equipamento. Ela não sabia nada sobre parques infantis, mas aquele parecia muito bom. Em torno dos brinquedos onde as crianças se balançavam, subiam, atravessavam túneis e seja lá o que diabo costumavam fazer, havia muitos canteiros de flores, árvores jovens e verdes.

Uma cerejeira, uma versão jovem da que Sinead tinha plantado em sua fazenda em memória da irmã, parecia altiva, graciosa e doce perto de um pequeno pavilhão. Bancos de jardim estavam espalhados aqui e ali, onde ela imaginava que os pais pudessem respirar um pouco em paz enquanto as crianças corriam soltas.

Uma bonita fonte de pedra gorgolejava perto de uma casa minúscula com mobília reduzida e uma varanda coberta. Perto dali, no que Sinead chamava de campo de futebol, havia algumas arquibancadas, uma espécie de quiosque para servir lanches e um prédio maior onde os jogadores podiam se vestir.

Havia caminhos por todo o parque, embora alguns deles ainda não levassem a lugar algum. O trabalho não estava concluído, mas ela tinha que dar a Sinead e a toda a família o devido reconhecimento pelo que já tinha sido construído.

— Isso tudo ficou fantástico! — empolgou-se Eve.

Sinead soltou um longo suspiro de alívio.

— Eu estava muito nervosa de não termos feito as coisas como você esperava.

— Isso é mais do que eu poderia ter imaginado ou feito. — Ela se aproximou dos balanços, parou e olhou para baixo enquanto batia com a bota no piso macio.

— É material de segurança — informou Sinead. — As crianças caem o tempo todo, e isso as protege.

Prazer Mortal

— Excelente. Tudo me parece... divertido — declarou Eve. — Muito bonito e bem projetado, mas principalmente parece divertido.

— Trouxemos algumas das nossas crianças para testar tudo, e posso lhe garantir que eles se divertiram muito.

A brisa constante bagunçou o cabelo que Sinead tinha soltado quando ela — com as mãos nos quadris — girou o corpo para analisar tudo em volta.

— As pessoas no vilarejo não falam de outra coisa. É tudo adorável. Simplesmente lindo.

— Se ele não gostar eu vou dar um chute na bunda dele.

— Eu seguro o seu casaco enquanto você faz isso. Olha, lá vêm eles. — Sinead ergueu o queixo quando viu o caminhão. — Vou afastar um pouco o meu grupo para que você possa dar esse presente a Roarke em particular.

— Obrigada.

Eve não se sentia confortável com presentes na maior parte das vezes, fosse para dar ou para receber. E neste caso ela estava um pouco nervosa por ter se envolvido demais com o projeto. O que parecia ser uma boa ideia na ocasião — em novembro do ano anterior, durante a visita de Sinead a Nova York — tinha se tornado mais intrincado e complexo. Eve se preocupava com a possibilidade de tudo aquilo não ser muito apropriado.

Presentes, aniversários de casamento, família... A experiência dela era limitada em todas essas questões.

Ela o viu caminhando em sua direção, alto e esguio, de jeans. Usava botas, uma camisa azul desbotada com as mangas dobradas até os cotovelos, e tinha os grossos e sedosos cabelos presos na altura da nuca, como fazia quando trabalhava. Dois anos de casados, ela pensou, e ele ainda conseguia fazer o coração dela disparar.

— E então, vai desistir de todo o resto para virar fazendeiro? — perguntou ela, em voz alta.

— Acho que não, embora tenha me divertido por algumas horas. Eles têm cavalos aqui. — Ele parou e se inclinou para beijá-la quando chegou perto. — Você poderia dar uma cavalgada. — Deslizou a ponta do dedo até a covinha em seu queixo quando ela lhe lançou um olhar sem expressão. — Você vai curtir mais do que a cavalgada holográfica que experimentou recentemente, naquela batalha.

Eve se lembrou da velocidade e do poder do cavalo holográfico e achou que, na verdade, poderia até curtir. Mas tinha planos diferentes para aquele momento.

— Eles são maiores que vacas, mas não me parecem tão esquisitos.

— Certamente. — Ele olhou ao redor e os nervos dela começaram a se retesar de expectativa. — Você está a fim de mais um piquenique? Este é um lugar perfeito para isso.

— Você gostou daqui?

— É encantador. — Ele pegou a mão dela e Eve sentiu o aroma de campo que exalou dele. Um cheiro de mato. — Quer que eu empurre você no balanço?

— Talvez.

— Nenhum de nós teve muito disso quando éramos crianças, não é verdade? — Com a mão dela enlaçada à sua, ele começou a caminhar. — Eu não sabia que havia um parque aqui. É um local agradável, pertinho da aldeia, mas longe o bastante para fazer tudo parecer uma aventura. As árvores são jovens, então suponho que o espaço seja novo, e ainda não está completo — acrescentou, observando os equipamentos de escavação cobertos por uma lona.

— Pois é, tudo isso ainda precisa de algum trabalho. — Ela o guiou ao redor do espaço e seguiu, da forma mais sutil que conseguiu, até o lugar além da pequena casa, junto da fonte gorgolejante.

— Em um dia bonito como este, estou surpreso de não haver crianças por aqui.

— Ainda não foi oficialmente inaugurado — explicou Eve.

— Temos todo esse espaço só para nós, então? Sean veio conosco. Ele provavelmente vai adorar brincar aqui.

Prazer Mortal 31

— Acho que sim. — Ela achou que Roarke ia olhar para a fonte, mas devia imaginar que ele ficaria mais interessado no equipamento, provavelmente especulando sobre o que ainda faltava ser feito. — Pois é... e tem mais uma coisa.

— O quê? — Ele olhou para ela.

— Deus! — Frustrada, ela girou o corpo dele e o empurrou na direção da placa que havia na fonte.

PARQUE EM MEMÓRIA DE SIOBHAN BRODY
HOMENAGEM DE SEU FILHO

Como ele não disse nada, ela enfiou as mãos nos bolsos e explicou:

— Então é isso... Feliz aniversário de casamento, apesar de ainda faltarem alguns dias.

Ele a fitou longamente com aqueles maravilhosos olhos azuis selvagens. E simplesmente balbuciou o nome dela:

— Eve.

— Tive essa ideia quando os irlandeses invadiram nossa casa no outono do ano passado, e conversei sobre meus planos com Sinead. Ela e o resto da família concordaram com tudo. Basicamente eu só enviei o dinheiro para eles. Droga, na verdade o dinheiro é seu, já que usei a grana que você depositou na minha conta quando nos casamos. Portanto...

— Eve — repetiu ele, e puxou-a para junto dele, pressionando o rosto contra o seu cabelo.

Ela o ouviu respirar fundo lentamente para em seguida relaxar, embora os seus braços ainda a apertassem com força.

— Então você gostou?

Ele não falou por um momento, apenas ficou acariciando as costas dela de cima a baixo.

— Que mulher você é! — murmurou, e ela percebeu a emoção e a forma como o sotaque irlandês apareceu com mais força em sua voz. E viu muita emoção naqueles olhos vívidos quando ele recuou. — Que mulher fantástica por pensar nisso. Por fazer isso.

— Sinead e os outros é que fizeram o trabalho pesado. Eu apenas...

Ele balançou a cabeça e a beijou. Foi um beijo parecido com a respiração de surpresa: longo e silencioso.

— Eu não conseguiria lhe agradecer o bastante. Não existe um "muito obrigado" que transmita o que sinto. Eu não conseguiria expressar o quanto isso significa para mim, nem mesmo para você, que me conhece bem. Faltam-me palavras. — Ele pegou as mãos dela e as levou aos lábios. — *A ghra* — disse, em idioma celta. — Você me deixou desorientado.

— Então é uma coisa boa.

Ele segurou o rosto dela com as mãos e tocou sua testa com os lábios, em seguida disse alguma coisa em irlandês.

— Não entendi nada — avisou Eve.

Quando ele sorriu, ela se iluminou.

— Eu disse que você é a batida do meu coração, a respiração no meu corpo, a luz na minha alma.

Comovida e emocionada, ela segurou os pulsos dele.

— Mesmo quando sou um pé no saco?

— Particularmente nessas horas. — Ele se virou para estudar a placa. — É adorável. Simples e linda.

— Bem, você é um cara simples.

Ele riu, exatamente como ela esperava.

— Eu passei a conhecê-la um pouco através da família — disse Roarke. — Isso significaria muito para ela. Um lugar seguro para as crianças brincarem — completou, olhando em volta mais uma vez. — Para as famílias virem. Jovens que se sentam na grama enquanto fazem o dever de casa e ouvem música. Ou jogam bola no campo.

— Eu não entendo por que eles chamam esse espaço de campo de futebol, porque isso não é futebol americano, é algum outro esporte estranho. Não é beisebol, com certeza. As pessoas daqui não fazem ideia do que seja beisebol de verdade, o que é uma pena para elas.

Ele riu de novo, pegou a mão dela e a balançou com força.

— Devemos chamar o resto do pessoal, e você poderá me mostrar tudo o que falta.

— Claro.

O garoto correu para o parquinho no segundo em que recebeu sinal verde, e se pôs a subir em escadas, se pendurar em barras e se balançar em mastros como um macaco cheio de sardas.

Eve refletiu que aquilo era um sinal de aprovação do espaço.

Em pouco tempo, Sinead e o resto da família arrumaram comidas em mesas de piquenique, de onde os cães foram expulsos.

Quando Sinead se aproximou para se sentar na borda da fonte, Roarke a seguiu e se sentou ao lado dela. Sinead pegou a mão dele e os dois ficaram ali por algum tempo, em silêncio.

— É bom saber que meus netos e aqueles que vierem depois vão brincar aqui, vão rir, brincar de luta e correr. É maravilhoso que algo bom e duradouro possa advir da tristeza e da perda. Sua esposa conhece o seu coração, e isso faz de você um homem rico.

— Sim. Você dedicou muito do seu tempo para isto.

— Ah, eu tenho tempo de sobra, e foi um presente para mim também. Para meus irmãos, para todos nós. Nossa mãe chorou quando eu contei a ela o que Eve planejava fazer. Foram lágrimas boas. Todos nós derramamos muitas lágrimas de tristeza por Siobhan, então as lágrimas boas limparam tudo. Sua mulher conhece a morte e a tristeza. Essas coisas convivem nela, se movimentam dentro dela e a tornaram sensível. — Ela olhou para ele.

— Eve tem um dom, algo de visionário que não surge dos olhos, mas do coração e da alma.

— Ela chamaria isso de instinto, de treinamento, de percepção de policial.

— Não importa o nome que damos a isso, não é verdade? Ah, veja só! — Ela riu e o puxou para junto dela. — Aqui está um amigo que veio para o parque brincar com você.

Confuso, Roarke olhou em volta e sorriu.

— Ora, mas é Brian, vindo de Dublin.

— Achei que você ia gostar de ter um amigo de infância a seu lado em um dia como esse. Vá em frente, pois parece que ele resolveu paquerar sua esposa.

O sorriso de Brian Kelly se iluminou no seu rosto largo e corado quando ele puxou Eve e quase a afogou em um abraço.

— Ah, tenente Querida! — Ele deu um beijo entusiasmado em sua boca. — No minuto em que você estiver pronta para jogar Roarke para o alto, eu estarei a sua espera.

— É sempre bom ter alguém de reserva — reagiu Eve.

Ele soltou uma risada exagerada e colocou um braço sobre os ombros dela enquanto Roarke caminhava na direção dos dois.

— Vou lutar com você por ela — avisou a Roarke. — E não vai ser uma luta limpa.

— Quem poderia culpá-lo?

Ele riu e soltou Eve para dar a Roarke a mesma saudação entusiasmada — um abraço e um beijo esmagadores.

— Você sempre foi um canalha sortudo.

— É bom ver você, Brian.

— Sua tia teve a gentileza de me convidar. — Ele recuou e olhou em torno do parque. — Veja só, isso é um espetáculo! Não é fantástico?

Eve olhou para baixo quando Sean puxou sua mão com força.

— Que foi?

— Os cães fugiram para dentro da floresta, bem ali.

— Ok.

— Eles não voltaram quando chamei e continuaram latindo.

— E daí?

Ele revirou os olhos para ela.

— Ora, você é detetive, não é? Eu não tenho permissão para entrar lá sozinho, então você tem que ir comigo para procurá-los.

— Ah, tenho?

— Sim, claro — disse ele, com naturalidade. — Eles podem ter encontrado algo. Um tesouro, talvez, ou uma pista para um mistério.

— Ou um esquilo.

Prazer Mortal   35

Ele olhou para ela com ar sombrio.

— Você não pode saber até descobrir o que é.

Brian se ofereceu.

— Eu posso fazer essa caminhada para esticar as pernas, depois da viagem de carro de Dublin. E posso encontrar um bom uso para esse tesouro.

Sean sorriu para Brian.

— Tudo bem, nós dois vamos, mas ela tem que vir também. Ela está no comando, já que é tenente.

— Parece justo — concordou Brian. — Que tal uma expedição de busca e resgate? — perguntou a Roarke.

— Vou mostrar o caminho para vocês! — O menino correu na frente.

— Venha, tenente. — Roarke tomou a mão de Eve. — Você está no comando. Como vão as coisas no pub, Brian?

— Ah, tudo na mesma. Eu sirvo as cervejas, escuto as fofocas e as desgraças. — Ele piscou para o amigo por cima da cabeça de Eve. — Agora eu só quero tranquilidade na vida.

— Como se diz "papo furado" em irlandês? — perguntou Eve.

— Ora, tenente Querida, agora eu me aposentei daquela vida e dos caminhos perigosos nos quais este cara aqui me colocou na nossa juventude. Quando vocês voltarem a Dublin, espero que logo, verão por si mesmos. Pode deixar que tudo que vocês beberem vai ser por minha conta.

Eles caminhavam com descontração, mas o garoto corria de um lado para outro, insistindo para que se apressassem. Eve ouvia os cães agora, latindo alto, excitados e insistentes.

— Por que os cães estão sempre correndo em busca de algo para farejar, fazer xixi ou perseguir?

— Todo dia é feriado quando você é um cachorro — observou Brian. — Especialmente quando há um menino no meio.

Quando chegaram junto da vegetação mais densa, Eve se rendeu ao destino e resolveu enfrentar a natureza, uma perigosa trapaceira, em sua opinião.

O musgo crescia mais verde nas rochas e nas árvores, e a luz do sol se filtrava e assumia um tom esverdeado ao passar através das folhas. Galhos retorcidos formavam silhuetas estranhas quando se erguiam ou se espalhavam.

— Cuidado com as fadas — brincou Brian, com um sorriso. — Deus, faz muitos anos desde a última vez em que entrei em um bosque como este. Roarke, você se lembra de quando pegamos uma grana de uns alemães naquele hotel e depois passamos dois dias vagando pelos bosques de Wexford até a coisa esfriar?

— Ei, eu estou bem aqui — lembrou Eve. — Sou policial!

— E havia aquela garota — continuou Brian, sem se abalar. — Ah, pura beleza e sensualidade. Mas não importava o quanto eu tentava atraí-la, ela só tinha olhos para você.

— Mais uma vez, lembre-se de que estou bem aqui. Estamos casados!

— Isso foi há muito tempo e num lugar muito distante.

— Você perdeu metade da sua parte do golpe no jogo de dados, antes de sairmos de lá — Roarke lembrou a ele.

— É verdade, mas foi divertido.

— Onde está o garoto? — Eve parou de repente.

— Ele correu um pouco mais à nossa frente — disse Roarke. — Está curtindo a aventura.

Eles o ouviram gritar.

— Aí estão vocês, seus bobões!

— Ele encontrou os cães.

— Ótimo, agora pode trazê-los de volta ou sei lá. — Ela ficou onde estava, observando o espaço em torno deles. — Vocês também estão assustados com esse lugar ou sou só eu?

— Só você, querida. — Roarke se preparou para chamar Sean de volta, quando ouviu o som de alguém correndo. — Aí vem ele.

O garoto surgiu na trilha e suas sardas se destacaram no rosto muito pálido e nos olhos enormes.

— Você tem que vir até aqui.

Prazer Mortal

— Um dos cães se machucou? — Roarke avançou, mas o menino balançou a cabeça e agarrou o braço de Eve.

— Depressa, você tem de ver.

— Ver o quê?

— Ela. Os cães a encontraram. — Ele puxou Eve, tentando arrastá-la. — Por favor, é terrível. Ela está morta de verdade.

Eve pensou em dizer algo reprovador, mas o pavor nos olhos de Sean matou o seu mau humor e lhe despertou o instinto. O garoto não estava tendo uma aventura inofensiva agora.

— Mostre-me.

— Deve ser um animal — garantiu Brian. — Ou um pássaro. Cães sempre encontram bichos mortos.

Mas Eve deixou Sean guiá-la para fora da trilha acidentada, através das moitas e por cima das rochas cobertas de musgo, até onde os cães estavam sentados, quietos agora, embora trêmulos.

— Ali.

Sean apontou, mas Eve já tinha visto.

O corpo estava de barriga para baixo, e um sapato de salto alto estava quase saindo do seu pé direito. O rosto lívido coberto de hematomas estava virado para ela, os olhos vidrados e sem vida sob a fraca luz verde que a envolvia.

O garoto estava certo, pensou. Ela estava morta de verdade.

— Não! — Ela o puxou de volta quando ele deu mais um passo à frente. — Você já chegou perto demais. Mantenha os cães longe daqui. Eles já comprometeram a cena.

Sua mão automaticamente tentou ligar a filmadora, que não estava na lapela. Então ela gravou tudo mentalmente.

— Não faço ideia de para quem devo ligar aqui.

— Deixe que eu descubro. — Roarke pegou o *tele-link* no bolso. — Brian, leve Sean e os cachorros de volta, sim?

— Não! Quero ficar aqui. — Sean cerrou os punhos ao lado do corpo. — Fui eu que a encontrei, então devo ficar com ela. Alguém a matou. Alguém a matou e a deixou aqui sozinha. Eu a encontrei, então preciso cuidar dela agora.

Antes que Roarke pudesse se opor, Eve se virou para o menino. Ela pensou em simplesmente dispensá-lo, mas algo naquele rosto jovem e sardento a fez mudar de ideia.

— Se você ficar, vai ter que fazer tudo que eu mandar.

— Você está no comando.

— Isso mesmo. — Pelo menos até os policiais locais chegarem. — Você tocou nela? Não minta, isso é importante.

— Eu não toquei, juro. Segui os cães e cheguei até aqui. Foi então que eu a vi e tentei gritar, mas... — Ele corou um pouco. — Eu não consegui fazer o som sair da minha garganta. Mandei que os cães se afastassem dela e ficassem sentados, à espera.

— Agiu certo. Você a conhece?

Ele balançou a cabeça devagar, solenemente, de um lado para o outro.

— O que nós fazemos agora?

— Você já garantiu a integridade da cena, então nós a manteremos protegida até a polícia chegar.

— *Você* é a polícia.

— Eu não tenho autoridade aqui.

— Por quê?

— Porque esta cidade não é Nova York. Onde fica a estrada mais próxima deste lugar?

— Aqui não é muito longe da estrada que passa pela porta da minha escola — afirmou ele. — Às vezes nós cortamos caminho por aqui, quando estou com meus primos mais velhos: e vínhamos por esse caminho quando eles ainda estavam montando o parquinho.

— Quem mais costuma vir aqui?

— Eu não sei. Qualquer um que queira.

— Garda está vindo — avisou Roarke.

— Sean, me faça um favor e leve Roarke até a estrada que você me disse que fica mais ou menos por ali. Vou ficar com ela — garantiu, antes que ele tentasse impedi-la. — Quero saber quanto tempo leva para ir daqui até a estrada.

— Isso é uma pista?

— Pode ser.

Quando eles estavam fora do alcance da voz, Eve disse:

— Que merda!

— E como! — concordou Brian. — Ela é jovem, eu acho.

— Vinte e poucos anos. Mais ou menos um 1,65 metro, 55 quilos. Sexo feminino, pele escura, cabelo loiro com mechas azuis e vermelhas, olhos castanhos, tatuagens na parte interna do tornozelo esquerdo... um pequeno pássaro... e nas costas, junto ao ombro direito... um sol flamejante. Sobrancelhas e nariz furados, vários piercings nas orelhas. Ela é moradora de alguma cidade grande. Ainda está com os anéis e os piercings... tem anéis em três dedos.

— Bem, não posso dizer que reparei em tudo isso, mas vejo que você está certa. Como ela morreu?

— Meu melhor palpite, com base nas marcas roxas, é que ela sofreu estrangulamento... mas foi espancada antes. Está completamente vestida, mas pode ter havido abuso sexual.

— Pobre garota. Um fim duro para uma vida curta.

Eve não disse nada, mas pensou que o assassinato era sempre um fim duro, não importava se a vida era curta ou longa. Ela se virou quando ouviu Roarke e o garoto voltando.

— É apenas uma caminhada de dois minutos até a estrada, e a trilha está limpa. A iluminação pública certamente é acesa depois de anoitecer, já que o local fica perto da escola. — Ele esperou um momento. — Eu poderia montar um kit de trabalho improvisado para você, sem muita dificuldade.

Ela estava doida para aceitar a oferta.

— Aqui não é o meu lugar, e não é o meu caso.

— Mas *nós* a encontramos! — argumentou Sean, com considerável teimosia em seu tom de voz.

— Isso nos torna testemunhas.

Mais uma vez, ela ouviu um farfalhar de folhas e passos. Um policial uniformizado apareceu na trilha. Muito jovem, ela reparou, e quase suspirou de tristeza. Ele era quase tão jovem quanto a vítima, e tinha o rosto franco e corado da inocência.

— Sou o policial Leary — apresentou-se. — Vocês relataram algum tipo de dificuldade aqui? O que acont... — ele parou e seu rosto ficou no mesmo tom de verde pálido da luz, quando viu o corpo.

Eve o agarrou pelo braço e o puxou um pouco para trás.

— Policial Leary! Você está diante de uma mulher morta e não deve comprometer a cena sujando o lugar.

— Como assim?

— Você faria isso se vomitasse aqui. Onde está o seu oficial superior?

— Eu... o meu... ahn... o sargento Duffy está em Ballybunion com a família, de férias. Ele viajou hoje de manhã. Quem é você? É a policial gringa de Nova York? A tira de Roarke?

— Sou a tenente Dallas, do Departamento de Polícia de Nova York. — Ligue a droga da sua filmadora, Leary — murmurou ela.

— Sim. Desculpe. Eu nunca... Nós não... Não tenho certeza do que devo fazer.

— Você deve registrar o relato das testemunhas, depois deve proteger esta cena e chamar a pessoa responsável pela investigação de homicídios na região.

— Na verdade não há ninguém, quer dizer, não aqui por perto. Vou ter que entrar em contato com o sargento. Nós não costumamos ter isso por aqui. Não aqui. — Ele olhou para ela. — Você poderia me ajudar? Eu não quero fazer algo errado.

— Registre os nomes. Você já tem o meu. Este aqui é Roarke. Este é Brian Kelly, um amigo de Dublin. Este é Sean Lannigan.

— Sim, eu conheço o Sean. Como vão as coisas?

— Fui eu que a encontrei.

— E você está bem, garoto?

— Sean, diga ao policial o que você sabe e o que fez — ordenou Eve.

— Bem... Então, nós estávamos todos no parque lá atrás fazendo outro piquenique, e de repente os cachorros correram para cá. Eles não voltaram e ficaram aqui latindo como loucos. Então pedi à minha prima tenente para vir procurá-los comigo. Todos nós chegamos aqui no bosque e eu fui na frente para descobrir por que os cachorros estavam latindo. Então eu a vi ali, a garota morta. Corri de volta e trouxe a nossa policial para ver.

— Muito bem, bom garoto! — Leary olhou para Eve com ar de quem pede ajuda.

— Nós permanecemos aqui desde a descoberta — afirmou Eve. — Roarke e Sean caminharam até a estrada e voltaram. Os cachorros estiveram andando por toda a cena, como você pode ver pelas pegadas deles no solo mais macio. Você também pode observar algumas pegadas de sapatos, que provavelmente pertencem a quem a colocou aqui, já que nenhum de nós se aproximou mais do que o lugar onde estamos agora.

— Pegadas de sapatos. Sim, estou vendo. Tudo certo. Acho que não reconheço a vítima.

— Ela não é daqui. — Eve rezou por paciência. — É da cidade grande. Tem muitas tatuagens e piercings, usa esmalte néon nas unhas das mãos e dos pés. Olhe o sapato. Ela não entrou aqui usando um modelo desses. Este foi o local da desova.

— Você está querendo dizer que ela não foi morta aqui, e sim trazida para cá?

— Não há sinais de luta aqui. Não há hematomas nos pulsos, nem nos tornozelos, então ela não foi amarrada. Quando alguém soca o seu rosto algumas vezes e tenta sufocar você até a morte, você geralmente luta. Precisa gravar a cena e ligar para o seu médico-legista. Precisa identificá-la e determinar a hora exata da morte. Os animais não a atacaram, então ela não deve estar aqui há muito tempo.

Ele assentiu, continuou balançando a cabeça e então pegou no bolso um aparelho de registrar impressões digitais.

— Eu tenho este equipamento, mas nunca o usei.

Eve o ensinou a usar e pesquisou tudo.

— A vítima se chama Holly Curlow. Mora... ou morava... em Limerick.

Eve inclinou a cabeça para ler os dados. Vinte e dois anos, solteira, garçonete em um bar. Tinha duas passagens pela polícia por posse de drogas ilícitas. Seu parente mais próximo era a mãe, que morava em um lugar chamado Newmarket-on-Fergus.

Onde é que eles arranjavam aqueles nomes?

— Eu vou... ahn... preciso pegar o outro equipamento. E vou entrar em contato com o sargento. Você se importaria de ficar aqui para proteger a cena? Quer dizer, para *continuar* protegendo? O lugar está uma bagunça e quero fazer o que é certo por ela.

— Sim, eu espero. Você está indo muito bem.

— Obrigado. Voltarei o mais rápido que puder.

Ela se virou para Sean.

— Nós já a identificamos, ok? Vou ficar com ela, mas você precisa voltar. Você e Brian precisam voltar e levar os cães. Deixe todo o resto comigo, agora.

— Ela tem um nome. É Holly. Vou me lembrar disso.

— Você ficou perto dela, Sean. Você a protegeu. Essa é a primeira coisa que um policial deve fazer.

Com uma sombra de sorriso nos lábios, ele se virou para os cães e chamou:

— Vamos, rapazes.

— Deixe que vou cuidar dele. — Brian colocou a mão no ombro de Sean e caminhou ao lado do menino.

Eve se virou e olhou para Roarke.

— Há sempre bandidos, em toda parte.

— É uma lição difícil de aprender para um jovem.

— É difícil em qualquer fase da vida.

Ela pegou a mão de Roarke e ambos ficaram ao lado de uma pessoa morta, como já tinha acontecido antes, inúmeras vezes.

Capítulo Três

Um policial novato, um cadáver e nenhuma autoridade legítima só serviram para aumentar a frustração de Eve. Leary tentou, ela reconhecia que sim, mas ele lutava para navegar por águas que lhe eram totalmente desconhecidas.

Quando ele contou a Eve que a única pessoa morta que vira na vida tinha sido a sua avó, no velório, ela não conseguiu decidir se lhe dava tapinhas consoladores na cabeça ou chutava a sua bunda.

— Eles mandarão uma equipe de Limerick — anunciou ele, passando o peso do corpo de um pé para o outro, enquanto a morta era examinada pelo médico que fazia as vezes de legista. — E meu sargento pode voltar, caso seja necessário, mas por enquanto eu tenho que... levar o caso adiante.

— Ok.

— Será que a senhora pode me ajudar, tenente? Só me dar uma ou duas dicas?

Eve continuou a analisar o corpo. Ela não precisava que o legista declarasse a causa da morte, ainda mais com aquele padrão de contusões em torno do pescoço. Estrangulamento manual, decidiu, e seus instintos apontavam para uma discussão violenta, crime executado no calor do momento e ocultação do corpo feita em desespero.

Mas ainda era cedo para ter certeza e não havia dados suficientes.

— Registre a avaliação do legista sobre a causa e a hora exata da morte.

O legista, com sua juba de cabelos brancos e olhos que Eve poderia descrever como alegres, sob outras circunstâncias, ergueu a cabeça.

— Ela foi sufocada, disso não há dúvida. Antes foi espancada no rosto e então... — ele ergueu as mãos para demonstrar e torceu os dedos, simulando o ato de estrangular. — Ela tem um pouco de pele e sangue sob as unhas, então eu diria que ela arrancou um pedaço de pele do assassino antes de morrer. E morreu logo depois das 2h, que Deus a tenha. A morte não aconteceu aqui — acrescentou. — Dá para saber isso pela forma como o sangue se assentou. Vou levá-la para o necrotério assim que o corpo for liberado para analisar o resto.

— Pergunte se ele afirma que foi homicídio — sugeriu Eve ao policial.

— Assassinato, sim, isso está claríssimo. Alguém a trouxe para cá depois de matá-la, senhorita, e a largou aqui.

— Tenente — disse Eve, quase sem pensar.

— Hum... Se ela arranhou a pele dele isso vai aparecer, não vai? — perguntou Leary. — Pelo visto ela atacou o rosto ou as mãos do agressor, não é? Então ele deve ter marcas que provam isso.

Ele está raciocinando agora, aprovou Eve. Está tentando visualizar a cena.

— E o fato de ele trazê-la para cá desse jeito, sem sequer tentar enterrá-la, significa que tudo aconteceu num acesso de pânico, certo?

— Bem, eu não sou detetive, Jimmy, mas isso me parece bastante lógico. Você concorda, tenente?

— Mesmo uma cova rasa lhe daria algum tempo extra — confirmou Eve. — O solo aqui é macio, então tudo seria rápido e ele não teria muito trabalho. Segundo os dados ela mora em Limerick, que fica a muitos quilômetros daqui. O pânico e a burrice provavelmente se complementaram, mas não a ponto de eu imaginar que o assassino tenha trazido uma mulher morta de tão longe.

— Então... — A testa de Leary se enrugou. — Eles estavam aqui por perto quando ele a matou.

— Eu diria que a probabilidade é alta. Você deve seguir essa linha de investigação. Ela está vestida para uma festa ou uma noitada. Você deve tentar descobrir aonde ela foi e com quem. Mostre a foto da identidade dela e verifique se alguém a conhece ou a viu. E quando notificar seu parente mais próximo, deve perguntar sobre namorados.

— Notificar... — Ele não ficou verde desta vez, e sim completamente branco. — Eu devo fazer isso? Contar à mãe dela?

— Você é o investigador principal deste caso, no momento. Eles vão analisar a pele e o sangue sob as unhas. Com alguma sorte, você conseguirá uma identificação positiva através do banco de dados de DNA.

Ela hesitou, mas deu de ombros e completou:

— Escute, quem fez isso não é muito brilhante, e é tão incompetente que provavelmente foi o seu primeiro assassinato. O legista vai investigar se houve estupro, mas ela está toda vestida, sua calcinha está no lugar, então me parece que não. Deve ser algum namorado, alguém que queria ser ou foi namorado dela. Você já tem os dados: onde ela trabalhava, morava, que escolas frequentou. Pesquise tudo. Ela ou o assassino tinham algum tipo de conexão com essa região.

— Tulla?

— Exato, ou as proximidades do condado, uma das cidades em volta, no máximo a uma hora de carro daqui. Execute o programa de probabilidades, conecte os dados, use as pistas. Você provavelmente vai achar o assassino por meio do material que está sob as unhas dela, mas até conseguir a identidade de alguém ou um suspeito para interrogar, deve pesquisar tudo sobre o caso.

— Bem, a mãe dela mora em Newmarket-on-Fergus, que não fica muito longe.

— Comece por aí — aconselhou Eve.

— Ir até a mãe dela e contar que... — Leary olhou para o corpo novamente. — A senhora já fez isso, certo?

— Já.

— Pode me dizer qual é a melhor estratégia?

— Faça a notificação sem rodeios. Leve um terapeuta de luto ou... talvez um padre — disse ela, lembrando-se de onde estava. — Talvez a mãe conheça um padre que possa ir com você. Assim que chegar, dê a notícia, porque quando ela se vir diante de um policial e um padre, vai saber que as notícias são ruins. Você deve se identificar logo de cara... apresente a ela a sua patente policial, nome, divisão ou o que se usa por aqui. Diga que lamenta informá-la de que sua filha, Holly Curlow, foi assassinada.

Leary olhou para o corpo outra vez e balançou a cabeça.

— Só isso?

— Não há jeito bom de dar essa notícia. Faça com que ela conte tudo que souber e você conte o mínimo que puder. Pergunte quando ela viu ou falou com Holly pela última vez, se ela tinha namorado, com quem costumava sair, o que fazia. Você tem que sentir tudo e guiar a mãe ao longo do processo.

— Que Deus me ajude — murmurou ele.

— Leve o padre ou o terapeuta, ofereça-se para contatar alguém para ficar com a mãe. Ela provavelmente perguntará como ela morreu e você dirá que tudo ainda está sendo investigado. Ela perguntará por que isso aconteceu, e a resposta é que você e a equipe de investigação farão todo o possível para descobrir e identificar a pessoa que a feriu. Esse é o único conforto que você pode dar, e o seu trabalho é obter informações.

— Será que você não poderia...?

— Não, eu não posso ir com você — afirmou Eve, antes de ele terminar a pergunta. — Posso me safar com o que estou fazendo aqui porque sou uma testemunha que também é policial. Isso me faz, talvez não oficialmente, uma espécie de consultora especializada. Mas não posso investigar, interrogar ninguém, nem notificar parentes próximos. Isso seria ultrapassar meus limites.

Ela enfiou as mãos nos bolsos.

— Olha, você pode entrar em contato comigo depois de fazer o que aconselhei e alinhar algumas pistas. Talvez eu possa sugerir alguns ângulos de abordagem, caso você precise. É tudo que posso fazer.

— E já foi muita coisa.

— Você tem minhas informações de contato. Vou viajar para a Itália amanhã.

— Ah. — Ele pareceu sofrer.

— Consiga identificar o material sob as unhas dela, Leary, e você terá um suspeito antes do anoitecer. Preciso ir. — Ela deu uma última olhada na morta. — Você vai fazer tudo certo por ela.

— Espero que sim. Obrigado.

Ela voltou para o parque, sentindo-se meio desconfortável em andar por aquela floresta verde — não por medo de assassinos ou maníacos, mas da fauna e das fadas idiotas nas quais ela nem acreditava.

Pegou o *tele-link* e ligou para Roarke. Ela tinha pedido que ele fosse para casa, em vez de esperá-la.

— Ora, você apareceu! — disse ele, quando o rosto dela surgiu na tela.

— Estou voltando. Não posso fazer mais nada por aqui.

— Situação difícil.

— Em muitos níveis. O policial do lugar é bom. Não tem muita autoconfiança, mas seu cérebro é decente. Ela tem pistas sob as unhas, sangue e pele. Se o assassino tiver registro do seu DNA, será identificado bem depressa. Leary precisa notificar a mãe sobre a morte da filha e, com alguma sorte, ela lhe informará um ou dois nomes. Tudo me parece bem previsível... Impulso, burrice, pânico. O assassino pode tentar fugir, mas eles vão pegá-lo. Ele é tão novato nisso quanto Leary.

Ela examinou a área enquanto caminhava, apenas para o caso de algo de quatro patas e peludo aparecer.

— Alguns policiais já estão vindo de onde ela morava. Espero que eles façam algumas perguntas por lá antes de vir, para ter uma noção de como ela era.

— Qual é o seu palpite?

— Ela era muito jovem, talvez um pouco rebelde, pois outras tatuagens apareceram quando o legista começou o exame. Mais piercings também. Sua calcinha era sexy, mas ela ainda estava totalmente vestida, então eu duvido muito de uma agressão sexual. Mas aposto que o assassinato tem a ver com o lugar de origem da vítima. Ela saiu com o cara errado, ou flertou com alguém e o sujeito com quem ela estava não gostou. Houve uma briga, tapas, arranhões, socos, paixão e fúria; ele a sufocou em meio a um ataque de raiva ou tentou calar a sua boca... e a matou antes de cair em si e perceber o que fez. Entrou logo em pânico. "Isso não pode estar acontecendo comigo." Autopreservação. "Livre-se dela, afaste-se dela. Vá para casa e se esconda."

— Você rodou o programa de probabilidades?

— Talvez. — Ela sorriu de leve. — Só para passar o tempo. Acho que esse caso estragou o nosso dia.

— Estragou o dia de Holly Curlow.

— Isso com certeza. Se você vier me buscar, podemos voltar para casa e continuar com o resto do programa para hoje.

— Tudo bem, eu pego você.

Quando Eve saiu da floresta segundos depois — com um leve tremor de alívio —, ela o viu sentado na borda da fonte, olhando para ela.

— Você chegou bem depressa — disse, ainda pelo *tele-link*.

— Não gosto de procrastinar.

— O que é procrastinar, exatamente? É mais do que uma pausa e menos que um adiamento?

Ele sorriu.

— Algo desse tipo.

Ela desligou o *tele-link* e o colocou no bolso quando chegou junto dele.

— As pessoas devem procrastinar tudo quando estão de férias.

— Devem mesmo. — Ele pegou a mão dela e a puxou para baixo, obrigando-a a se sentar ao lado dele. — Este é um ótimo lugar para procrastinação.

— O que houve não estragou tudo?

— Não. — Ele colocou um braço sobre os ombros dela e deu um beijo em sua têmpora. — Ninguém sabe melhor do que nós como a morte acontece mesmo em lugares bons, não é? Você gostaria de poder encerrar esse caso por ela.

— Sim, mas não posso. Ela é um caso de Leary. Tecnicamente falando — completou, quando ele tornou a beijá-la.

— Então saiba que ela teve sorte por você estar aqui. E se tudo não se resolver tão depressa quanto você imagina, não vai ser ruim passar mais alguns dias em Clare.

Parte dela quis concordar com isso e se agarrar a essa possibilidade. Mas o resto, o que havia evoluído entre eles, a fez balançar a cabeça.

— Não. Este caso não é meu, e o tempo que temos será apenas para nós. Vamos voltar para a fazenda. Acho que preciso de uma cerveja.

Leary entrou em contato com ela três vezes, dando informações e pedindo conselhos. Eve tentou ser discreta e saiu da sala para atender aos chamados. E manteve as novidades sobre o caso para si mesma, apesar de a família — incluindo Sean, que conseguira ficar por ali até mais tarde — olhar para ela com curiosidade o tempo todo.

Quando a lua surgiu no céu, o policial novato apareceu na porta.

— Boa noite a todos, sra. Lannigan. Desculpe incomodá-los, mas será que eu poderia trocar algumas palavrinhas com a tenente?

— Entre, Jimmy. Como está a sua mãe?

— Está ótima, obrigado.

— Quer uma xícara de chá?

— Aceito, sim senhora.

— Venha para a cozinha. — Sem olhar em volta, ela apontou um dedo para Sean quando ele se levantou da cadeira. — Fique sentado aí, mocinho.

— Mas vovó, eu...

— Não quero ouvir uma palavra sua. Eve, por que não vai para a cozinha também? Você e Jimmy podem tomar uma xícara de chá e conversar em particular.

Tirando o quepe da cabeça, Jimmy entrou e olhou em volta.

— Como vão as coisas, pessoal?

— Tudo numa boa — garantiu Aidan Brody, em resposta. — Você teve um dia difícil, meu rapaz. Vá lá tomar seu chá.

Sinead ainda ficou um pouco por ali, preparando o chá e acrescentando um prato de cookies, que as pessoas chamavam ali — por razões misteriosas para Eve — de biscoitos. Por fim, deu um tapinha maternal no ombro de Leary.

— Levem o tempo que for preciso. Vou manter todos longe daqui.

— Obrigado. — Leary colocou açúcar e leite no seu chá; em seguida, com os olhos fechados, tomou um longo gole. — Eu ainda não jantei — disse a Eve, e pegou um biscoito.

Ele parecia cansado e consideravelmente menos novato — em atitude e experiência — do que naquela tarde.

— Assassinatos geralmente atropelam a hora da refeição.

— Hoje eu descobri isso, com certeza. Nós o pegamos. — Ele soltou um suspiro e quase uma risada de surpresa. — Já encontramos quem matou Holly Curlow. Quis vir lhe contar pessoalmente.

— Namorado?

Ele fez que sim com a cabeça.

— Ou alguém que achava que devia ser o único para ela... mas tinha sido dispensado. Eles estiveram em uma festa em Ennis ontem à noite e acabaram brigando. Vieram, ao que parece, para um

Prazer Mortal

encontro dela com alguns amigos da área. Eles... Kevin Donahue é o nome dele... saíam juntos havia alguns meses, mas ele levava o relacionamento mais a sério que ela. Fui até Limerick quando descobrimos o DNA, mas eles já o tinham prendido. Ela o arranhou feio nas duas bochechas, como uma gata teria feito. Devo dizer que acho que ela fez muito bem.

Ele tomou outro gole de chá.

— Tudo ficou mais fácil a partir daí. Eles me deixaram acompanhar o interrogatório, mas foi bem rápido. Em menos de três minutos ele já estava chorando como um bebê e contando tudo.

Ele suspirou e Eve não disse nada nem fez perguntas, deixando-o organizar os pensamentos.

— Eles tornaram a brigar no carro — continuou Leary— e ela lhe disse que tudo acabara, pediu para ele levá-la para a casa da mãe dela, ou simplesmente deixá-la ir embora. Os dois tinham bebido muito e provavelmente isso aumentou o calor da briga. Ele disse que estacionou o carro e eles continuaram gritando um com o outro. A coisa passou para o nível da agressão física. Ele bateu nela, levou alguns arranhões fortes e relatou que de repente perdeu a cabeça. Deu socos fortes nela, que bateu de volta, chutando e gritando. Ele alega que não se lembra de colocar as mãos em volta do pescoço dela, e isso pode ser verdade. Mas quando ele caiu na real ela estava morta.

Leary balançou a cabeça ao pensar no desperdício de uma vida e se curvou um pouco para beber mais chá.

— Ele contou como tentou acordá-la de várias formas, depois dirigiu por algum tempo sem rumo, tentando esquecer a realidade. Foi quando entrou no bosque e a levou com ele. O outro sapato ainda estava no carro quando os policiais o pegaram. Ele diz que fez uma oração por ela e a deixou largada no chão. Está arrasado com tudo isso — acrescentou Leary, em um tom de amargura severa que mostrou a Eve que ele tinha perdido muito da sua inocência naquele dia. — Ele se declarou arrasado mais de uma vez, como se isso consertasse tudo. Diz que sentia muito por tê-la sufocado até matá-la só porque ela não o queria. Merdão inútil.

Ele enrubesceu com a explosão de raiva e completou:

— Desculpe.

— Eu diria que essa é uma boa descrição. — *Merdão*, ela pensou. Precisava se lembrar dessa palavra expressiva. — Você fez um bom trabalho.

— Se eu consegui foi porque a senhora me orientou. — Seu olhar se ergueu para Eve. — O pior de tudo foi chegar na porta da mãe dela e contar tudo, como a senhora me disse para fazer. Ver a mulher desmoronar daquele jeito... Embora não tenha sido eu quem cometeu o crime, fui eu quem levou essa dor para ela.

— Você levou justiça para ela e para a filha. Fez um bom trabalho, e isso é tudo o que poderia ser feito.

— Sim. Bem, por mim eu passaria o resto da vida sem precisar destroçar o coração de uma mãe novamente. Quanto ao resto...

— A sensação foi boa.

— Sim, foi sim. Muito boa. Ainda funciona assim até hoje, no seu caso?

— Se não funcionasse, acho que eu não conseguiria bater na porta de outra mãe com uma notícia dessas.

Ele ficou sentado ali mais alguns instantes, assentindo para si mesmo.

— Tudo bem então. — Ele se levantou e estendeu a mão. — Obrigado por toda a sua ajuda.

— De nada. — Eles trocaram um aperto de mãos.

— Se a senhora não se importa, vou sair pelos fundos para não perturbar mais a sua família. Poderia dar boa noite a eles, por mim?

— Claro!

— Foi bom conhecê-la, tenente, apesar das circunstâncias.

Ele saiu pela porta dos fundos da cozinha e Eve se forçou a beber o chá, mesmo sem vontade. Assim como Leary, ficou sentada por mais um momento em silêncio. Então se levantou e voltou para onde a família estava reunida. A música parou.

Prazer Mortal

Ela andou até Sean e esperou que ele se levantasse.

— O nome do assassino é Kevin Donahue. Eles vieram a uma festa na área e brigaram. No carro, depois que saíram, tiveram uma briga maior e ele a matou no que alega, e provavelmente foi, o que chamamos de "reação passional".

— Ele a matou só... só porque estava bravo com ela?

— Mais ou menos, sim. Depois ficou com medo e arrependido, mas era tarde demais para pedir desculpas. Tarde demais para dizer *Eu não queria fazer isso* ou *Bem que eu gostaria de não ter feito isso*. Ele é fraco, burro e egoísta, então a levou para o bosque, deixou-a lá e fugiu. Você a encontrou menos de 12 horas depois do crime. Por causa do que você fez, a polícia foi capaz de achar o assassino e prendê-lo. Ele será punido pelo que fez.

— Vão colocá-lo em uma cela?

— Já está em uma, agora.

— Vai ficar lá por quanto tempo?

Nossa, pensou Eve, como as crianças são impiedosas!

— Não sei. Às vezes não me parece tempo suficiente, mas é o que temos.

— Espero que tenham dado uma surra nele antes de o prenderem.

Eve disfarçou um sorriso.

— Garoto, se você quiser ser policial, precisa aprender a não dizer isso em voz alta. O criminoso está numa cela, caso encerrado. Agora vá comer um bolo, ou algo assim.

— Boa ideia! — Sinead se aproximou e pegou Sean pela mão. — Seja um bom menino e me ajude a cortar o que resta do bolo. — Ela lançou um rápido sorriso para Eve. — Eemon, pegue o violino, senão a nossa gringa vai achar que não sabemos como fazer um *ceili*, com música e dança.

Eve se preparou para sentar quando a música começou novamente, mas Brian a agarrou e a balançou no ar.

— Quero dançar com você, tenente Querida.

— Eu não faço isso. Essa coisa de "dançar".

— Esta noite vai fazer.

Aparentemente ela fez. E todos os outros também fizeram até de madrugada, quando as pernas dela pareciam feitas de borracha e mal conseguiram levá-la até a cama.

E o galo a acordou ao amanhecer.

Eles se despediram no café da manhã. Essas despedidas incluíram muitos abraços, muitos beijos. Ou, no caso de Brian, ser levantada no ar e girada.

— Vou aparecer para cortejar você na mesma hora em que se livrar daquele cara ali.

Que se dane, ela pensou, e o beijou de volta.

— Ok, mas ele já leva uma boa dianteira sobre você.

Ele riu e se virou para bater a mão contra a de Roarke, com um estalo forte.

— Seu canalha de sorte! Cuide muito bem de você e dela.

— Faço o melhor que posso.

— Vou levar vocês até o carro. — Sinead pegou a mão de Roarke. — Vou sentir saudades. — Ela sorriu para Eve enquanto caminhavam na garoa. — Dos dois.

— Venha a Nova York para o Dia de Ação de Graças — sugeriu Roarke, apertando a mão dele.

— Oh...

— Gostaríamos que todos vocês fossem até lá, como fizeram no ano passado. Posso providenciar tudo.

— Sei que você pode. Eu adoraria. Com certeza todos nós adoraríamos. — Ela suspirou e se inclinou para Roarke por um momento. Em seguida recuou e o beijou em um lado do rosto. — Este aqui é por sua mãe — murmurou, e em seguida beijou o outro lado. — Este é por mim. — Então, colocou os lábios levemente sobre os dele. — E por todos nós.

Ela repetiu a mesma bênção em Eve antes de piscar os olhos úmidos.

— Vão em frente, curtam muito as férias e façam uma viagem segura. — Ela agarrou a mão de Roarke mais um momento, falou algo em irlandês e então recuou, acenando para eles.

— O que ela disse? — Eve quis saber, quando eles entraram no carro.

— Aqui está uma dose de amor para você guardar até o próximo encontro, e então você terá um pouco mais.

Ele a observou no retrovisor até todos sumiram de vista.

No silêncio, Eve esticou as pernas.

— Acho que você é um canalha sortudo.

Isso o fez sorrir e ele lhe lançou um olhar rápido e convencido.

— Sou mesmo — concordou.

— Olhos na estrada, Canalha Sortudo.

Ela tentou não prender a respiração de medo ao longo de todo o caminho até o aeroporto.

Capítulo Quatro

Era bom estar em casa. Ao dirigir pelo centro da cidade rumo à Central de Polícia, Eve se viu em meio ao tráfego pesado e tumultuado onde explodiam as buzinas, as propagandas exageradas nos dirigíveis aéreos, os maxiônibus que cuspiam sons e fumaça. Isso tudo acabou por deixá-la animada.

Tirar férias era ótimo, mas, na cabeça de Eve, Nova York tinha tudo e muito mais.

A temperatura era tão desagradável quanto uma auditoria fiscal, e as ondas de calor refletiam no concreto e no aço, mas ela não trocaria a sua cidade por nenhum outro lugar, dentro ou fora do planeta.

Sentia-se descansada, revigorada e pronta para o trabalho.

Subiu pelo elevador da garagem, que virava uma confusão conforme aumentava o número de policiais que se espremiam dentro dele a cada andar. Quando ela sentiu que o suprimento de oxigênio no espaço exíguo estava se esgotando, abriu caminho, saltou e seguiu o resto do trajeto pelas passarelas aéreas.

Ali, tudo lhe era familiar, refletiu — tanto os tiras quanto os criminosos, os revoltados, os infelizes e os resignados. O suor e o café de má qualidade se misturavam em um aroma que ela não acreditava que pudesse ser encontrado em qualquer lugar que não fosse uma central de polícia.

Para Eve, isso era perfeito.

Ouviu quando um homem alto e esquelético passou, algemado e murmurando seu mantra predileto enquanto dois guardas musculosos o empurravam pela passarela.

Policiais filhos da puta, policiais filhos da puta, policiais filhos da puta.

Aquilo era música para os seus ouvidos.

Desceu no andar da Divisão de Homicídios e viu Jenkinson, um de seus detetives, analisando, com ar desolado, os produtos oferecidos por uma máquina de venda automática.

— Bom dia, detetive.

O rosto dele se iluminou.

— Olá, tenente, que bom ver você.

Ele tinha o aspecto de quem vestia a mesma roupa havia vários dias.

— Você está encarando um turno dobrado?

— Ficamos até mais tarde ontem, eu e Reineke. — Ele escolheu algo que parecia um folheado de queijo, caso você fosse cego de um olho. — Estamos encerrando um caso. A vítima foi um homem que estava em uma boate de striptease curtindo uma profissional que dançava no seu colo. Um idiota entrou no estabelecimento e começou a confusão. A dançarina no colo do cliente era ex-mulher do idiota e ele lhe deu dois socos na cara. O cliente, ainda de pau duro, acertou a cara do agressor, que foi expulso do lugar. Ele foi para casa, pegou seu taco de beisebol dos Yankees e esperou na porta da boate. Quando o cliente saiu, ele o atacou. Bateu sem dó nem piedade e deixou o cérebro do sujeito espalhado pela calçada.

— Um preço alto para uma *lap dance* — opinou Eve.

— Altíssimo! O assassino idiota foi burro e fugiu. — Jenkinson abriu a embalagem do folheado de aparência triste e deu uma mordida resignada. — Abandonou o taco no local e saiu correndo.

Como tínhamos um monte de testemunhas, pegamos as digitais do assassino, seu nome e endereço. Caso quase resolvido, mas o idiota não foi para casa, para não facilitar a nossa vida. Em vez disso, algumas horas depois, foi procurar a ex. Levou para ela umas flores nojentas que ele desenterrou de um canteiro na calçada. Ainda havia terra e sujeira caindo das raízes.

— Quanta classe! — elogiou Eve.

— Ah, muita. — Ele colocou na boca o resto do folheado. — Ela não quis deixá-lo entrar. Faz striptease, coisa e tal, mas burra ela não é. Ligou para a polícia enquanto ele chorava e batia na sua porta, espalhando terra e sujeira pelo corredor. Nós chegamos lá para pegá-lo e sabe o que ele fez? Pulou pela porra da janela no fundo do corredor. Voou quatro andares, ainda segurando as malditas flores e espalhando terra pelo ar.

Ele pediu à máquina um café com dois cubos de adoçante.

— Ele tem uma puta sorte, porque aterrissou em cima de dois viciados que traficavam drogas no beco. Matou um deles e o outro ficou bem arrebentado, mas eles suavizaram a sua queda.

Muito entretida, Eve balançou a cabeça e brincou:

— Ninguém conseguiria inventar uma história dessas.

— E ainda fica melhor — garantiu Jenkinson, tomando um gole do café. — Tivemos que correr atrás do mané. Eu desci pela escada de incêndio e pode acreditar... Cérebro de viciado espalhado pela rua também faz uma sujeira grande. Reineke saiu pela frente do prédio e o localizou. O idiota entrou pela cozinha de um restaurante chinês que fica aberto a noite toda e empurrou as pessoas à sua frente como pinos de boliche. O filho da mãe ainda jogou um monte de merdas em cima de nós, panelas, comida e só Deus sabe o que mais. Reineke escorregou em algo gosmento e caiu. Claro que não se pode inventar uma história dessas, tenente.

Ele sorriu e tomou mais café.

— Ele foi na direção de outra boate de striptease, mas o segurança viu o maluco coberto de sangue e bloqueou a porta. Como o segurança mais parece um tanque de guerra, o idiota bateu nele e quicou como uma bola de basquete que bate no aro, antes de voar e cair em cima de mim. Puta merda! Fiquei coberto de sangue e pedaços de cérebro, e logo depois chegou Reineke, ensopado de comida gosmenta. O idiota começa a gritar "violência policial!". Tive de algemá-lo e me segurei para não lhe dar umas porradas.

Ele soltou um suspiro.

— Enfim, estamos fechando o caso.

Era de admirar que ela amasse Nova York?

— Bom trabalho. Quer que eu mande alguém substituir você?

— Não. Vamos esticar mais algumas horas e dormir num canto qualquer depois que o idiota for fichado. Chefe, deu para você sacar a situação? Todo esse drama por causa de um par de peitos.

— O amor estraga tudo.

— Como estraga!

Eve chegou à Sala de Ocorrências e distribuiu "olás" para os policiais que saíam do turno da noite. Entrou em sua sala e deixou a porta aberta. O sargento detetive Moynahan tinha deixado sua mesa imaculadamente limpa, como ela imaginava. Tudo estava exatamente como ela tinha deixado ao sair de férias, três semanas antes, só que bem mais limpo. Até a janela minúscula cintilava de limpeza e o ar tinha um cheiro agradável, parecido com o do bosque que ela conhecera na Irlanda.

Exceto pelo cadáver.

Programou café no seu AutoChef e, com um suspiro de satisfação, sentou-se à mesa para ler os relatórios e os registros gerados durante sua ausência.

Os assassinos não tinham saído de férias enquanto as dela aconteciam, Eve notou, mas sua divisão tinha funcionado de forma bem tranquila. Ela viu casos fechados, outros abertos, pedidos de licença, horas extras, solicitações de afastamento para resolver assuntos pessoais e pedidos de reembolso.

Ouviu o baque abafado que sinalizava as botas de verão de Peabody e ergueu a cabeça quando sua parceira entrou pela porta aberta.

— Bem-vinda de volta ao lar. Como correu tudo? Só momentos *mag*?

— Foi legal.

O rosto quadrado de Peabody ostentava um leve bronzeado, o que lembrou a Eve que sua parceira também tinha tirado uma semana de folga com o namorado, McNab. Ele era um dos magos da DDE, a Divisão de Detecção Eletrônica. Peabody tinha o cabelo escuro preso em um rabo de cavalo curto, mas elegante. Vestia uma jaqueta amarela fina sobre as calças largas em tons mais escuros. Sua camiseta combinava com as botas, em um tom vermelho-cereja brilhante.

— Parece que o sargento Moynahan manteve tudo numa boa por aqui enquanto eu estive fora.

— Sim. O sargento não dá ponto sem nó, mas é fácil lidar com ele. Trabalha com segurança e sabe pilotar uma mesa de gabinete. Evita o trabalho de campo, mas tem uma ótima noção de como dirigir o barco. E quanto a você, quais são as novidades?

— Uma pilha de relatórios e requerimentos.

— Não, qual é? Quero saber das comemorações do seu aniversário de casamento. Roarke certamente inventou algo espetacular. Vamos lá, conte tudo! — insistiu Peabody quando Eve ficou parada, olhando calada. — Cheguei mais cedo só para isso. Temos cinco minutos antes de entrarmos oficialmente no nosso turno.

É verdade, pensou Eve, e como os olhos castanhos de Peabody imploravam como os de um cãozinho, ela ergueu o braço e mostrou o novo smartwatch que usava.

— Oh...

Aquela reação, pensou Eve, era perfeita. Surpresa genuína, uma imensa decepção e a luta heroica para mascarar ambos.

— Ahn, que bom. É um relógio bonito.

— Muito prático.

Eve girou o pulso e admirou a correia simples e o mostrador liso em prata discreta.

— Sim, parece prático.

— E tem alguns recursos interessantes — acrescentou Eve, brincando com a peça.

— Que bom — repetiu Peabody, e atendeu o comunicador que tocou em seu bolso. — Espere um instantinho, que eu preciso atender e... Ei, é você! — Boquiaberta, Peabody olhou para Eve. — Seu relógio também é um micro comunicador? Que *mag*! Normalmente eles são complicados e grandes, mas esse aí é discreto.

— Nanotecnologia. Você lembra como a viatura que Roarke fabricou para mim parece comum?

— Tão comum que é quase sem graça — corrigiu Peabody. — Ninguém se interessa pelo seu carro porque não sabe o quanto ele é poderoso e então... com esse relógio é a mesma coisa?

Quase sem pensar, Peabody pegou seu *tele-link* que tocava, mas parou com o aparelho no ar.

— Também é você ligando? Uma unidade completa de comunicação? Em um smartwatch desse tamanho?

— Não é só isso! Ele informa dados de navegação e localização, é completo. É um sistema de dados e comunicações, e Roarke o programou com os dados de todos os meus equipamentos eletrônicos. Se eu precisar, posso acessar todos os meus arquivos nele. É impermeável, inquebrável e atende a comandos de voz. Informa até a temperatura do ambiente. Além de tudo isso, informa as horas.

Sem mencionar que Roarke tinha dado a ela um segundo relógio, com exatamente as mesmas especificações — só que revestido de diamantes. Algo que ela poderia usar em uma ocasião formal.

— Isso é o máximo dos máximos. Deixa eu ver como é que...

Eve afastou a mão de Peabody.

— Nada de brincar com ele. Eu ainda não aprendi a mexer direito.

— É o presente perfeito para você. O presente absoluto. Roarke realmente sabe das coisas. E você ainda teve de ir para a Irlanda, para a Itália, e depois terminar as férias naquela ilha que ele tem. Só romance e relaxamento.

— Foi mais ou menos assim, com exceção da garota morta.

— Pois é, eu e McNab também nos divertimos muito e... o quê? Que garota morta?

— Se eu tivesse mais café na mão talvez sentisse inclinação para lhe contar.

Peabody saltou em direção ao AutoChef.

Minutos depois ela acabou de tomar o café que tinha servido para ambas e balançou a cabeça.

— Mesmo quando está de férias você investiga homicídios.

— Eu não investiguei, quem fez isso foi o policial irlandês. Eu apenas fui consultora não oficial. Meu smartwatch bem equipado, que também informa as horas, está me avisando que começou nosso turno. Agora vaza!

— Vou vazar, mas antes preciso contar a você que McNab e eu fizemos aulas de mergulho e...

— Por quê?

— Não sei, mas eu gostei. Também dei algumas entrevistas sobre o livro de Nadine, que ainda é o mais vendido do país, caso você ainda não tenha conferido. Se não pegarmos algum caso agora de manhã, talvez possamos almoçar juntas. Eu pago.

— Talvez. Eu preciso me atualizar sobre o que anda rolando aqui.

Quando ficou sozinha, ela considerou a ideia. Não se importaria de sair para almoçar, percebeu. Aquilo seria uma espécie de ponte entre as férias e o trabalho, e ela saberia da rotina atual da Central.

Ainda não tinha reuniões marcadas, nenhum caso aberto. Precisava apenas estudar alguns dos casos que tinham entrado, com as respectivas equipes, e depois fazer contato com Moynahan, basicamente para lhe agradecer por tê-la substituído. Fora isso...

Examinou o relatório que vinha em seguida e atendeu o *tele-link*.

— Dallas falando.

Emergência para a tenente Eve Dallas.

Acabaram as pontes da hora do almoço, pensou.

Prazer Mortal

Jamal Houston tinha morrido ainda usando o seu quepe de motorista, ao volante de uma elegante limusine dourada, brilhante e comprida como uma cobra. A limusine estava cuidadosamente estacionada em uma vaga do aeroporto LaGuardia.

Como a seta curta lançada por uma besta tinha atravessado o pescoço de Jamal e estava fincada no volante acolchoado, Eve deduziu que ele já tinha acabado de estacionar o veículo.

Com mãos e botas cobertas pelo spray selante, Eve estudou o ferimento.

— Mesmo que alguém fique chateado com o atraso do chofer, isso é um pouco exagerado.

— Uma besta? Isso é tipo um arco e flecha? — Peabody estudou o corpo do outro lado da limusine. — Você tem certeza?

— Roarke tem umas duas armas desse tipo em sua coleção. Uma delas dispara setas curtas como esta. A pergunta que não quer calar, para início de conversa, é por que alguém levaria uma arma antiga carregada para dentro de uma limusine.

Jamal Houston, refletiu, examinando os dados que levantara. Homem negro, 43 anos, coproprietário do serviço de transportes Gold Star. Casado, dois filhos, sem registros criminais na vida adulta. Algumas contravenções juvenis tinham sido lacradas do registro público. Tinha 1,90 metro de altura, uns 85 quilos. Vestia um elegante terno preto, camisa branca e gravata vermelha. Seus sapatos brilhavam como espelhos.

Usava um relógio de pulso dourado como a limusine, e um enfeite de lapela onde se via uma estrela de ouro com um diamante cintilante no centro.

— Pelo ângulo, parece que ele foi atingido por alguém sentado no lado direito do banco traseiro.

— A área de passageiros está imaculada — anunciou Peabody. — Sem lixo, sem bagagem, sem copos, canecas ou garrafas que tenham sido usados. Todos os nichos estão cheios, então o assassino e/ou passageiro não levou nada com ele. Tudo aqui brilha e há rosas brancas, naturais, em pequenos vasos instalados entre as janelas. Há uma seleção de discos de música, filmes e livros organizados por ordem alfabética em uma espécie de compartimento, mas eles não parecem ter sido tocados. Há três decantadores cheios com diferentes tipos de bebidas alcoólicas, um frigobar abastecido com bebidas e um AutoChef compacto. O registro aqui diz que tudo foi estocado às 18h de ontem, mas nada foi usado desde então.

— O passageiro não teve sede nem quis fazer um lanche, não ouviu música, não leu nem assistiu a filme algum. Vamos esperar até os peritos confirmarem tudo isso.

Ela circundou o carro e se sentou ao lado do corpo.

— Aliança de casamento, relógio caro e alfinete de lapela com uma estrela de ouro e diamante. Brinco de ouro simples na orelha.

Ela enfiou a mão debaixo do corpo e pescou uma carteira.

— Cartões de crédito e cerca de 150 dólares em notas pequenas. Com certeza não foi roubo. — Ela tentou acessar o computador do painel. — É preciso senha para entrar.

Teve mais sorte com o *tele-link* e ouviu a última transmissão da vítima, informando a alguém que ele tinha chegado a LaGuardia com o passageiro que fora buscar alguém lá, e sugerindo que a pessoa que o atendeu desse o dia por encerrado.

— Ele veio pegar um segundo passageiro — analisou Eve. — Pegou o primeiro, o segundo estava chegando e ele apareceu na hora marcada, segundo essa comunicação. Estacionou o carro e, antes de ter chance de sair para abrir a porta para o passageiro um, foi flechado no pescoço. A hora da morte e o registro do *tele-link* têm poucos minutos de diferença entre si.

— Por que alguém contrata um motorista para ir ao aeroporto e depois o mata?

— Deve haver registro de quem contratou o serviço, e onde essa pessoa foi apanhada. Uma flechada — murmurou Eve. — Sem tumulto, mas com muita confusão. Sem contar o que poderíamos chamar de "arma exótica".

Prazer Mortal

Ela pegou um caderno de anotações no bolso do morto, o *tele-link* pessoal, algumas balas de menta e um lenço de algodão.

— Ele pegou alguém no edifício Chrysler às 22h20. A.S. para L.T.C. Iniciais do passageiro. Não há nome completo, nem endereço. Este foi só o local onde o passageiro foi recolhido. Precisamos achar alguém que tenha visto alguma coisa... rá-rá, até parece! Mas antes devemos chamar os peritos. E vamos logo checar as informações com a empresa.

A Gold Star era baseada no Hotel Astoria. Peabody informou a Dallas os dados mais importantes enquanto elas iam para lá. Houston e seu sócio, Michael Chin, tinham dado início ao negócio 14 anos antes — com uma única limusine de segunda mão —, e administravam tudo a partir da casa de Houston; sua esposa servia como telefonista, despachante, auxiliar de escritório e contadora.

Em menos de 15 anos haviam expandido para uma frota de 12 limusines — todas douradas, de altíssimo luxo, com comodidades de primeira classe. Vinham conquistando a classificação de Empresa Cinco Diamantes todos os anos havia quase uma década.

Empregavam oito motoristas e tinham uma equipe administrativa composta de seis funcionários. Mamie Houston continuava a cuidar da contabilidade e a esposa de Chin, casada com ele há cinco anos, trabalhava como chefe da oficina. O filho e a filha de Houston estavam listados como empregados da firma em meio período.

Quando Eve parou em frente ao edifício em arquitetura moderna com sua imensa garagem, um homem de cerca de 40 anos, em um terno bem cortado, regava algumas flores vermelhas e brancas que enfeitavam uma vitrine. Ele parou de regar, olhou para elas com ar simpático e exibiu um sorriso descontraído.

— Bom dia.

— Estamos procurando por Michael Chin.

— Pois já me acharam. Por favor entrem, saiam desse calor. Ainda não são nem 9h30 e o sol já está castigando.

O ar gelado e o aroma das flores as saudaram no lado de dentro. Em uma bancada havia mais flores e uma unidade compacta de dados e comunicações. Em uma mesa, folhetos em papel brilhoso estavam espalhados. Um par de aconchegantes poltronas ficava ao lado, enquanto um sofá dourado e mais duas poltronas formavam uma área para reuniões.

— Vocês aceitam algo gelado para beber?

— Não, obrigada. Sr. Chin, sou a tenente Dallas e esta é a detetive Peabody. Somos do Departamento de Polícia de Nova York.

— Oh. — Seu sorriso se manteve agradável, mas ele pareceu intrigado. — Algum problema?

Lamento informar que seu parceiro, Jamal Houston, foi encontrado morto esta manhã.

O rosto dele ficou pálido e sem expressão, como se desligado por um interruptor.

— Desculpe, o quê?

— Ele foi encontrado em um dos veículos registrados nesta empresa.

— Um acidente? — Ele deu um passo para trás e esbarrou em uma das poltronas. — Foi um acidente? Jamal sofreu um acidente?

— Não, sr. Chin. Acreditamos que o sr. Houston foi assassinado por volta de 22h25 da noite passada.

— Não, nada disso. Sabem o que aconteceu? Deve ter havido algum engano. Falei com Jamal pouco antes dessa hora. Minutos antes, na verdade. Ele estava no LaGuardia, tinha ido levar um cliente para receber sua esposa que ia chegar em um voo.

— Não há engano. Nós identificamos o sr. Houston. Ele foi encontrado na limusine estacionada no LaGuardia, no começo da manhã.

— Espere. — Dessa vez, Chin agarrou as costas da poltrona e sentiu uma leve tontura. — Você está me dizendo que Jamal está morto? Foi assassinado? Mas como, como? E por quê?

— Sr. Chin, por que o senhor não se senta? — Peabody o ajudou a se sentar na poltrona. — Quer que eu lhe traga um pouco de água?

Ele balançou a cabeça e estremeceu enquanto seus olhos, num tom de verde brilhante por trás de uma floresta de cílios negros, se encheram d'água.

— Alguém matou Jamal. Meu Deus, meu Jesus. Eles tentaram roubar o carro? Foi isso? Nós sempre cooperamos com o assaltante nesses casos. É uma política importante da empresa. Nenhum carro vale uma vida. Jamal!

— Eu sei que isso é um choque — afirmou Eve. — É muito difícil, mas precisamos lhe fazer algumas perguntas.

— Vamos jantar hoje à noite. Combinamos um jantar logo mais à noite. Um churrasco.

— O senhor estava aqui ontem à noite. Estava atendendo aos chamados?

— Sim... Não. Oh, Deus. — Ele pressionou as palmas das mãos sobre os olhos molhados e brilhantes. — Eu estava em casa, atendendo aos chamados de lá. Apareceu uma última corrida, entende? Ele aceitou porque Kimmy tinha trabalhado duas noites seguidas, West ia entrar de serviço no início da manhã, era o aniversário do filho de Peter e... Isso não importa agora. Nós jogamos uma moeda para o alto e o vencedor escolheria entre o atendimento e a corrida. Ele escolheu a corrida.

— Quando foi agendada essa corrida?

— Ontem à tarde.

— Quem era o cliente?

— Eu... Vou procurar, não me lembro. Não consigo raciocinar. — Ele colocou a cabeça entre as mãos e tornou a erguê-la. — Mamie, as crianças. Deus, oh, meu Deus. Preciso ir, devo pegar minha esposa. Temos que falar com Mamie.

— Daqui a pouco. A coisa mais importante que você pode fazer por Jamal agora é nos dar informações. Acreditamos que quem estava no carro com ele o matou, ou sabe quem o fez. Quem estava no carro, sr. Chin?

— Espere. — Ele se levantou e foi até o computador do balcáo. — Náo faz sentido. Sei que ele era um cliente novo, mas queria apenas surpreender sua esposa pegando-a no aeroporto em grande estilo e depois levando-a para jantar. Eu me lembro disso. Aqui está: Augustus Sweet. O ponto de encontro foi em frente ao prédio da Chrysler. Ele ia trabalhar até tarde e queria ser apanhado no escritório. Tenho os dados do seu cartáo de crédito, nós sempre pegamos essa informaçáo. Tenho tudo aqui.

— O senhor pode me fazer uma cópia?

— Sim, claro. Mas ele ia pegar a esposa no aeroporto. Pediu nosso melhor motorista, náo conhecia Jamal, entáo eu náo entendo. *Eu* poderia estar dirigindo. Qualquer um de nós poderia ter ido. Tudo foi decidido...

No cara ou coroa, pensou Eve.

Ele desmoronou quando Eve permitiu que chamasse a esposa. Soluçou nos braços dela. Era um pouco mais alta que ele, tinha um cabelo ruivo flamejante e estava imensamente grávida.

Eve reparou nas lágrimas que escorreram das bochechas dela também, mas a mulher aguentou firme.

— Precisamos ir com vocês — ela pediu a Eve. — Mamie náo deve receber essa notícia de estranhos. Me desculpe, tenente, mas é isso que a senhora é. Ela precisa de alguém da família com ela. Somos a sua família.

— Por mim, tudo bem. Você pode nos falar da última vez que viu ou falou com o sr. Houston?

— Ontem por volta das 17h, eu acho. Eu tinha ido encontrar Mamie porque ela estava cuidando de Tige, nosso filho. A babá precisou tirar o dia de folga. Jamal entrou assim que estávamos saindo. Ele tinha que atender esse cliente mais tarde, mas resolveu passar em casa antes, por algumas horas. É importante que vocês saibam que ele era assim. Michael chegou em casa por volta das 18h30 e jantamos com nosso menino. Michael lhe deu o banho e o colocou na cama pouco antes das 20h, porque eu estava cansada.

Ele cuidou das ligações de casa e foi para a cama por volta das 23h. Sei disso porque eu ainda estava acordada, me sentia cansada — acrescentou, acariciando a barriga. — O bebê não estava cansado. Eu não sei os horários exatos, mas foi mais ou menos assim.

Eve fez mais algumas perguntas rotineiras, mas já tinha o quadro na cabeça e uma boa noção da cronologia dos fatos.

Os Houston tinham uma grande e bela casa em um bairro de luxo, com janelas enormes, um gramado impecável e um jardim na frente que fez Eve pensar na Irlanda. Mamie Houston, com um chapéu de palha com abas largas para proteger seu rosto do sol, cortava flores de caule comprido e as colocava em uma cesta larga e baixa.

Ela se virou e se preparou para sorrir e acenar. Mas o sorriso congelou e sua mão caiu lentamente junto ao corpo.

Ela já sabe que algo está errado, pensou Eve. Está se perguntando por que os seus amigos, seus sócios, viriam até a casa dela acompanhados de duas estranhas.

Ela largou a cesta. As flores se derramaram sobre o gramado verde quando ela começou a correr.

— Há algo errado? O que aconteceu?

— Mamie. — A voz de Michael ficou embargada. — Jamal. É o Jamal.

— Houve algum acidente? Quem são vocês? — quis saber, olhando para Eve. — O que aconteceu?

— Sra. Houston, sou a tenente Dallas, da Polícia de Nova York.

Enquanto Eve falava, Kimmy Chin se colocou ao lado de Mamie e a envolveu com o braço.

— Lamento informar que seu marido foi morto ontem à noite.

— Mas isso não é possível. Não pode ser verdade. Ele saiu ainda há pouco para dar a sua corrida matinal, ou está na academia. Eu... — Ela tateou a calça de jardinagem. — Eu não estou com o meu *tele-link*. Sempre esqueço do aparelho quando saio para trabalhar no jardim. Michael, ligue para mim, por favor? Ele acabou de sair para correr.

— Ele voltou para casa ontem?

— Claro que voltou — disse ela, irritada com a pergunta de Michael, mas em seguida mordeu o lábio. — Eu acho...

— Sra. Houston, que tal entrarmos?

Ela se virou para Eve.

— Não quero entrar. Quero falar com meu marido.

— Quando foi a última vez que falou com ele?

— Eu... Foi quando ele saiu ontem à noite para trabalhar, mas...

— A senhora não ficou preocupada ao ver que ele não voltou para casa?

— Mas ele *deve* ter voltado. Era tarde. Ele avisou que ia chegar tarde e disse que eu não deveria esperá-lo acordada, então fui para a cama. E ele acordou cedo, antes de mim, deve ter sido isso. Acordou cedo para correr e ir à academia. Temos uma pequena academia aqui em casa, mas ele gosta de ir na grande, para socializar. Você sabe como ele gosta de correr e depois ir direto para a academia para fofocar com os amigos, Kimmy.

— Eu sei, querida, eu sei. Vamos entrar. Venha comigo, vamos entrar.

No interior da casa, Kimmy se sentou ao lado dela no canto da sala e a abraçou, em um local banhado pelo sol. Mamie fitou Eve com os olhos vidrados e sem foco.

— Eu não compreendo.

— Faremos tudo o que pudermos para descobrir o que aconteceu. A senhora poderá nos ajudar. Conhece alguém que quisesse causar algum dano ao seu marido?

— Não. Ele é um homem bom. Conte a ela, Kimmy.

— Um homem muito bom — afirmou Kimmy, baixinho.

— Algum problema com funcionários? — insistiu Eve.

— Não. Nós mantemos a empresa pequena. Exclusiva. Essa... essa foi a nossa ideia desde o início.

— Alguma coisa o preocupava?

— Não. Nada.

— Algum problema de dinheiro?

— Não. Temos uma rotina confortável, o negócio nos deu uma boa vida. Gostamos do trabalho. É por isso que ele dirige e eu cuido da contabilidade até hoje. Ele sempre quis ser seu próprio patrão, e esse nosso negócio era tudo o que queríamos. Ele está orgulhoso do que todos nós construímos. Temos dois filhos na faculdade, mas poupamos muito para isso, então... as crianças. O que vou dizer às crianças?

— Onde estão seus filhos, sra. Houston?

— Benji está fazendo um curso de verão. Vai ser advogado. Será o nosso advogado. Lea foi passar alguns dias na praia, com amigos. O que devo dizer a eles? — Ela se virou para chorar no ombro de Kimmy. — Como vou contar isso a eles?

Eve ficou ali por mais algum tempo, mas — pelo menos por ora — não havia nada lá, apenas choque e tristeza.

Sair da casa e encontrar o mormaço foi um alívio.

— Vamos verificar as finanças da empresa, levantar informações sobre o sócio, a esposa e o resto dos funcionários. Vamos visitar essa academia e verificar os seus hábitos matinais.

— Já comecei a levantar os dados. Não me parece que exista algo de estranho — comentou Peabody. — Eles realmente transmitem a sensação de ser uma família.

— Encerramos um caso recentemente onde todos eram amigos e sócios do cara morto.

— Verdade — suspirou Peabody. — Isso pode nos deixar céticos.

— Você já fez um levantamento dos dados deste Augustus Sweet?

— Já. Ele é vice-presidente sênior de segurança interna na Dudley & Son, empresa farmacêutica. A sede fica no edifício da Chrysler.

— Vamos visitá-lo.

Capítulo Cinco

A empresa Dudley & Son ocupava cinco andares inteiros do prédio que era um marco da cidade, com seu saguão projetado no que Eve considerava um estilo urbano chique exagerado. Os balcões de aço e vidro faziam com que nenhuma das recepcionistas pudesse esquecer de manter os joelhos sempre unidos, enquanto a parede de prata polida atrás deles disparava reflexos e brilhava com a luz que entrava por uma infinidade de janelas.

Esculturas estranhas de vidro pendiam do teto sobre um piso muito brilhoso e totalmente preto.

Os visitantes podiam esperar em bancos compridos sem encosto, cobertos por almofadas pretas de gel, enquanto assistiam a filmes nos muitos telões enfileirados em uma parede em frente, onde as inovações e a história da empresa eram relatadas em meio aos louvores a si mesma.

Eve escolheu uma recepcionista que parecia entediada e colocou seu distintivo no balcão de vidro com um estalo.

— Augustus Sweet.

— Seu nome, por favor.

Eve apontou o distintivo com o dedo.

— Um momento. — Ela dançou com os dedos sobre o teclado diante de um monitor atrás do balcão. — O sr. Sweet está em reunião até as 14h. Se você quiser marcar hora para uma entrevista, eu posso...

Eve bateu com o distintivo novamente no balcão.

— Esta é a minha hora marcada. É melhor você interromper a reunião do sr. Sweet para avisá-lo que a polícia está aqui. Ah, e mais uma coisa! Se você chamar o assistente dele ou algum outro subalterno até aqui para me perguntar qual é o meu assunto, vou partir para a ignorância e voar em cima de você.

— Não é preciso ficar agitada.

Eve sorriu.

— Você ainda não viu me viu agitada. Chame o sr. Sweet e nós duas poderemos continuar o nosso trabalho em paz.

Ela chamou Sweet. Passaram-se quase dez minutos, mas ele finalmente saiu de uma porta dupla de vidro. Vestia um terno escuro, gravata escura e uma expressão que mostrava que ele provavelmente não era um cara divertido.

Seu cabelo, cinza em tom de chumbo, estava cortado muito curto e os fios se eriçavam em torno de um rosto firme, de queixo quadrado. Seus olhos, duros e azuis, se mantiveram fixos nos de Eve enquanto ele caminhava.

— Presumo que isso seja um assunto importante o suficiente para interromper minha agenda.

— Acho que é importante, sim, mas sou suspeita para falar, porque coloco um assassinato sempre no alto da minha lista de prioridades.

Ela disse isso em um tom um pouco mais alto, o suficiente para chamar a atenção de todos. A mandíbula de Sweet se enrijeceu quando ele se virou e fez para Eve um gesto impaciente de "venha comigo". Em seguida, caminhou de volta para as portas de vidro.

Eve o seguiu, acompanhada de Peabody, através de um corredor largo que se abria para um saguão secundário. Ele se virou e seguiu em frente ao longo de várias salas menores até uma sala maior, de canto, com uma mesa imponente que ficava diante de uma vista espetacular da cidade.

Ele fechou a porta e cruzou os braços sobre o peito.

— Identificação.

Eve e Peabody lhe entregaram seus distintivos. Ele pegou um *scanner* de bolso e os analisou.

— Tenente Dallas. Conheço a sua reputação.

— Isso é conveniente.

— Quem foi assassinado?

— Jamal Houston.

— Esse nome não me é familiar. — Ele pegou um comunicador. — Mitchell, verifique meus arquivos e me traga qualquer informação sobre um tal de Jamal Houston. Ele não trabalha no meu departamento — completou, olhando para Eve. — Sei os nomes de todas as pessoas que trabalham no meu departamento.

— Ele nunca trabalhou aqui. É coproprietário de um serviço de limusine que o senhor contratou ontem à noite para levá-lo até o aeroporto LaGuardia.

— Eu não contratei nenhum transporte na noite passada. Usei o serviço da empresa.

— Para quê?

— Para me levar daqui até um encontro, um jantar. Restaurante Intermezzo, 20h, grupo de seis pessoas. Saí daqui às 19h30 e cheguei ao restaurante às 19h53. Saí do restaurante às 22h46 e cheguei em casa às 23h. Não tratei de nenhum negócio no LaGuardia ontem à noite.

— Foi pegar sua esposa?

Ele sorriu com ar amargo.

— Minha esposa e eu nos separamos há quatro meses. Eu não a pegaria nem do chão, muito menos no aeroporto. De qualquer forma, até onde sei, ela está passando o verão no Maine. Você procurou o homem errado.

— Talvez. Seu nome, endereço e cartão de crédito foram usados para reservar o serviço. O motorista pegou o passageiro neste local.

— Como queria ver a reação dele, pegou a cópia impressa que Chin lhe dera e a entregou.

Observou seus olhos e os viu se arregalarem. Ele pegou novamente o comunicador.

— Mitchell, cancele todos os meus cartões de crédito, faça uma varredura nas minhas contas e providencie novos cartões temporários. O mais rápido possível! — exigiu. — Quero que Gorem investigue detalhadamente meus aparelhos eletrônicos e mande Lyle fazer uma varredura completa em todos os nossos níveis de segurança. Agora!

— Quem teria acesso às suas informações? — perguntou Eve, quando ele colocou o comunicador de volta no bolso.

— Trabalho no ramo de segurança. *Ninguém* deveria ter conseguido acessar essas informações de crédito. Esse é um cartão corporativo. De que forma foi feita a reserva?

— Via *tele-link*.

— A varredura incluirá uma verificação de todas as ligações feitas nos *tele-links* deste departamento.

— Minha Divisão de Detecção Eletrônica fará uma varredura específica que incluirá seus *tele-links* pessoais.

Eve não achou que isso fosse possível, mas a mandíbula dele ficou ainda mais rígida.

— Você vai precisar de um mandado.

— Sem problema.

— Qual o motivo de tudo isso, tenente? Preciso cuidar dessa falha na segurança imediatamente.

— O motivo é um assassinato, sr. Sweet, que pode ter ou não ligação com o seu problema de segurança, mas continua no lugar mais alto da minha lista de prioridades. O corpo do motorista foi encontrado hoje de manhã dentro do seu próprio carro, no LaGuardia.

— Morto por alguém que usou meus dados.

— É o que parece.

— Vou lhe informar os nomes e os contatos de todas as pessoas que participaram da reunião da noite passada, e cada um deles poderá confirmar minha presença, e certamente o fará. Eu só uso veículos e motoristas da empresa. Por questões de segurança, como já disse. Até onde sei, não conheço esse sujeito, Jamal Houston, e não gosto de ter meus dados comprometidos dessa maneira. Nem de ter meus registros pessoais e eletrônicos xeretados pela polícia.

— Acho que Jamal provavelmente está bem mais chateado.

— Eu não o conheço.

— Seu assistente pessoal e alguns de seus funcionários teriam as suas informações e provável acesso a esse número de cartão.

— Algumas pessoas, sim, todas com o nível necessário de segurança.

— Quero os nomes dessas pessoas — avisou Eve.

Ela dividiu as entrevistas com Peabody e falou primeiro com Mitchell Sykes, o assistente. Ele tinha 34 anos, parecia astuto e muito eficiente, em seu terno tipo "agente do FBI".

— Eu coordeno a agenda do sr. Sweet. — Ele tinha uma voz afetada, parecia um tipo educado e competente, e manteve as mãos cruzadas sobre o joelho esquerdo. — Confirmei a reserva para a reunião do jantar de ontem à noite e organizei o transporte do sr. Sweet para lá, ida e volta.

— E quando fez tudo isso?

— Dois dias atrás, e confirmei tudo ontem à tarde. O sr. Sweet saiu do escritório às 19h30. Eu saí às 19h38. Está tudo nos registros.

— Aposto que está. Você tem acesso ao cartão de crédito corporativo do sr. Sweet?

— Tenho, é claro.

— Para que você o usa?

— Despesas relacionadas aos negócios da empresa, segundo orientação do sr. Sweet. Cada uso do cartão é registrado e rastreado.

Caso eu o use, a despesa incluirá um pedido de compra ou uma solicitação assinada; e o uso deverá ser liberado com a minha senha.

— Há alguma coisa no registro que indique o uso desse cartão na noite passada?

— Eu pesquisei tudo, como me foi solicitado. Não há registro algum. Se houvesse uma compra nessa conta, eu teria recebido uma notificação automática, mas como o cartão foi usado unicamente para fazer uma reserva, não houve aviso. O código de segurança da conta é alterado a cada três dias, também de forma automática. Sem o código, até mesmo uma reserva seria negada.

— Então alguém saberia o código. Você o conhece?

— Sim. Na condição de assistente pessoal do sr. Sweet, tenho autorização de Nível Oito. Apenas os executivos do mesmo nível que o sr. Sweet têm mais acesso superior.

— Por que você não me conta onde estava ontem à noite, entre as 21h e a meia-noite?

Ele comprimiu os lábios.

— Como eu disse, e está confirmado pelos registros, saí do escritório às 19h38. Fui andando para casa. Moro um quarteirão ao norte e três a leste. Cheguei aproximadamente às 19h50. Minha colega de apartamento está fora da cidade, viagem de negócios. Falei com ela pelo *tele-link* de 20h05 até 20h17. Jantei e fiquei no meu apartamento o resto da noite.

— Sozinho?

— Sim, sozinho. Como não esperava ser interrogado pela polícia esta manhã, não vi razão para arrumar um álibi adequado. — Desta vez, ele conseguiu comprimir os lábios e olhar com ar de superioridade ao mesmo tempo. — A senhora vai ter de acreditar na minha palavra.

Eve sorriu.

— Ah, eu vou? Há quanto tempo você trabalha aqui?

— Trabalho para a Dudley & Son há oito anos, os três últimos como assistente do sr. Sweet.

— Já usou os serviços da Gold Star?

— Nunca. Também não tenho ligação de nenhum tipo com o desafortunado sr. Houston. Minha única preocupação neste incidente é o uso fraudulento do nome, das informações e dos dados de crédito do sr. Sweet. Este departamento oferece à empresa a melhor segurança na área corporativa.

— Você acha? Engraçado... Como é que um detalhe bobo como esse, um alegado roubo de identidade, pode ter acontecido aqui?

Foi golpe baixo dela dizer isso, sem dúvida, mas houve uma recompensa: a satisfação de ver o olhar irritado na cara dele.

Depois das entrevistas encerradas, ela ligou para Peabody e ambas se encontraram no térreo.

— Os dois que entrevistei, o chefe de segurança de Sweet e o contador, cooperaram numa boa — anunciou Peabody. — O álibi do contador é uma festa de aniversário que ele ofereceu à mãe, com 12 pessoas presentes em sua casa, junto da esposa, de 20h até mais de 23h. O segurança foi um pouco mais vago. Ele é casado, mas sua esposa saiu com amigos à noite e ele ficou assistindo ao futebol em casa. Ela só chegou de volta depois da meia-noite. Ele tem um sistema de segurança em casa que registra as entradas e saídas, mas como trabalha nessa área, provavelmente poderia adulterar o registro. A questão é que ele é um ex-militar condecorado, histórico perfeito, casado há 14 anos e com um filho, que está num acampamento de verão. Já trabalha para a Dudley & Son há 12 anos. Ele realmente me parece limpo.

— Em qual das armas ele serviu?

— Exército, área de comunicações e segurança.

Ela se metia no tráfego sem medo.

— O assistente não tem álibi e é muito metido a besta. Quase ficou vesgo tentando olhar para mim de alto a baixo. Esse foi um crime arrogante, na minha avaliação. E ele é um canalha arrogante. Augustus Sweet também é.

— Algum dos dois seria burro a ponto de usar o nome verdadeiro e os dados de Sweet?

Prazer Mortal

— A pergunta é: algum dos dois seria esperto a ponto de fazer isso, justamente por parecer burrice? — retrucou Eve. — Isso é algo que merece reflexão. Vamos ver Jamal.

Ela não esperava nenhuma surpresa no necrotério, mas aquela era uma tarefa que exigia confirmação. De qualquer modo, trocar uma ideia com Morris, o chefe dos legistas, muitas vezes servia para confirmar suas teorias básicas ou abrir novas possibilidades.

Ela o encontrou trabalhando, com uma capa de proteção sobre o terno sofisticado. O azul-marinho do traje, em vez do preto fechado que ele usava desde o assassinato de sua amada, fez Eve perceber que já estava na próxima fase do luto. Pela primeira vez, desde a primavera, ele adicionara um toque de brilho à roupa, com uma gravata vermelho berrante. Tinha trançado o cabelo com um cordão da mesma cor, afastando-o do seu rosto marcante.

Ele trabalhava ouvindo música, ela notou; outro bom sinal. Uma voz feminina baixa e grave flutuava no ar frio e estéril como uma brisa quente e perfumada.

Os olhos penetrantes e escuros de Morris encontraram os de Eve, e ele sorriu.

— Como foram suas férias?

— Muito boas. Encontrei um cadáver.

— Eles aparecem em todos os lugares. Era alguém que conhecemos?

— Não. Uma garota desovada pelo namorado. Os policiais locais lidaram com o crime.

— E você já conseguiu um novo caso assim que chegou em casa — observou ele. — Como está, Peabody?

— Estou ótima. Curti alguns dias na praia. Não encontrei nenhum cadáver.

— Ah, bem... Desejo mais sorte da próxima vez. — Ele voltou sua atenção para o corpo sobre a mesa de aço, aberto pelo corte em V cuidadoso e preciso de Morris.

— E aqui temos Jamal Houston — anunciou ele. — Um homem que se mantinha em forma e cuidava da aparência. Suas mãos são muito bonitas. Os exames mostram que ele tinha vários ferimentos antigos. Fraturas.

Morris colocou os exames na tela.

— Vejam aqui no antebraço direito e no ombro... imagens consistentes com torções. A vítima sofreu fratura de duas costelas. No punho esquerdo também. Todas as lesões foram feitas durante a sua infância e adolescência, enquanto os ossos ainda estavam se formando.

— Ele sofria maus-tratos.

— Só posso especular, mas essa possibilidade é a primeira da minha lista. Acidentes ou ferimentos não causariam esse dano no ombro.

— Pegar o braço, torcer, puxar — concluiu Eve.

— Sim. Com violência. Como ele não foi curado corretamente, duvido que tenha sido tratado de forma adequada. Imagino que as lesões ainda o incomodassem de vez em quando, especialmente no tempo úmido. Nenhuma delas, claro, tem relação com a causa da morte. Acredito que a seta no pescoço lhe deu uma boa pista sobre isso.

— Sim, foi isso que pensei.

— Tirando esse detalhe, ele era um homem saudável, em grande forma, com 40 e poucos anos. Nenhum traço de drogas ou álcool em seu exame toxicológico. O conteúdo do estômago mostra que sua última refeição aconteceu cerca de 19h de ontem. Massa integral com vegetais e molho branco light, água e café solúvel. Ele também ingeriu balas de menta. O corpo está limpo, com exceção do ferimento fatal.

— O cara faz um jantar saudável, toma um pouco de café porque vai ter uma noite longa pela frente e quer um pouco de energia. Toma banho, veste um terno novo e coloca o quepe de motorista. Leva seu *tele-link* e seu caderno de anotações; tem muitos livros no *tele-link* para ler enquanto espera pelos clientes, de acordo com a esposa. Coloca algumas balas de menta na boca e dá um beijo de despedida na esposa. Noventa minutos depois disso, está morto.

— Mas com um hálito limpo e refrescante — acrescentou Morris. — A ponta da seta entrou aqui. — Com cuidado, ele virou o corpo para revelar o ferimento. — Ligeiramente à direita da nuca, inclinando-se para a esquerda e para baixo enquanto o atravessava.

— O assassino estava sentado no banco de trás, no lado direito, e aproveitou esse ângulo. A seta atravessou o pescoço e atingiu a parte acolchoada do volante.

— Ele precisou de um bom ângulo — comentou Peabody —, para não atingir o encosto do banco.

— Um único disparo, e certeiro, já que atingiu o alvo. — Eve trouxe à mente a imagem do veículo; o interior com sua imensa área de passageiros, a tela de privacidade que separava a parte de trás da cabine do motorista. — E no escuro — concluiu. — As lâmpadas internas da limusine estavam acesas, mas não era a iluminação ideal. A penumbra era necessária, ou alguém poderia notar, mesmo através dos vidros escuros, que havia um cara sentado ao volante de uma limusine com uma seta atravessada no pescoço. Talvez ele tivesse uma mira eletrônica na arma — especulou — ou algo para direcionar a seta. Coloque o pontinho vermelho onde você quer... atire... Na mosca!

Eve soltou um suspiro.

— Bem, acho que isso é tudo que ele tem para me dizer. Sua viúva quer vê-lo, e provavelmente os filhos também.

— Sim, vou providenciar isso assim que o costurar.

Como elas não tinham conseguido colocar o papo em dia na hora do almoço, como Peabody esperava, Eve aceitou o cachorro-quente de soja e as batatas fritas compradas na carrocinha da esquina, e colocou a viatura no piloto automático para comer a caminho do laboratório.

— Quantas pessoas têm uma besta antiga em casa? — especulou ela. — E quantas saberão usar uma arma dessas com tanta precisão?

É preciso tirar uma licença de colecionador para adquirir essa arma, e provavelmente uma permissão para uso recreativo. Supondo que ela tenha sido adquirida legalmente. E não imagino alguém indo ao mercado negro e comprando essa arma especificamente para isso. Há muitas formas mais fáceis de matar. Isso me parece exibicionismo, ou pelo menos uma tentativa de chamar atenção.

— E não foi um alvo específico — acrescentou Peabody —, já que o assassino não poderia ter certeza de quem estaria dirigindo. Se ele quisesse matar Houston, poderia ter pedido por ele. Seria fácil colocar uma pista falsa no nosso caminho. "Ouvi dizer que ele é um excelente motorista, blá-blá-blá."

— O alvo pode ser o próprio negócio de limusines. Ou algum funcionário, mas não acredito nisso. Parece uma ação aleatória, pelo menos neste estágio da investigação. No entanto, a ligação com Sweet não é aleatória.

— Talvez alguém tenha decidido matar Houston, ou quem estivesse dirigindo, só para atingir Sweet. O principal agente de segurança de uma corporação importante é ligado a uma investigação de homicídio e tem de explicar como seus dados podem ter sido comprometidos. Não me parece nada bom, mesmo que Sweet seja inocente; e pode ter graves repercussões no trabalho.

— Sim, algumas pessoas são doentes ou ambiciosas o bastante para tentar algo tão intrincado. Vamos verificar e descobrir quem está pronto para assumir o cargo dele, caso perca o emprego. Ou quem ele demitiu nos últimos meses. Não gosto do assistente — adicionou Eve, fazendo uma careta com o lábio inferior. — Não sei ao certo se ele teria estômago para matar alguém, mas o fato é que não gosto dele. Quero investigá-lo melhor.

Ir ao laboratório significava ter de lidar com Dick Berenski, não tão carinhosamente conhecido como Dick Cabeção. Eve sabia que ele era um profissional brilhante, mas isso não o tornava menos idiota.

Ele considerava o suborno um direito seu, e usava isso para acelerar o trabalho nas investigações mais importantes. Além do mais, fazia rodízio com as mulheres que concordavam em sair com ele e as dispensava logo em seguida. Diziam que ele promovia pequenas orgias em sua sala depois do expediente. Eve imaginava que ele pagava pela maioria desses encontros.

Ela caminhou até a estação de trabalho do chefe de laboratório, uma bancada branca comprida onde ele deslizava do computador para o microscópio em seu banquinho com rodas. Estava sempre curvado para a frente como um inseto, Eve refletiu, com sua cabeça estranha e brilhante como um ovo coberta por um gel gosmento emplastrando o cabelo fino e preto.

Ele olhou para ela e exibiu um sorriso largo que quase a desequilibrou. Aquilo até parecia uma expressão humana de verdade.

— E aí, Dallas, você está ótima. Como vão as coisas, Peabody? — O sorriso estranhamente humano permaneceu no lugar, e fez a nuca de Eve se arrepiar. — Seu primeiro dia de volta e já temos um cadáver. Um exemplar especial. Não recebemos muitas pessoas por aqui mortas por uma seta de besta.

— Isso mesmo, me conte sobre essa seta.

— Top de linha. Carbono com titânio no núcleo e na ponta. Os dois terços da frente do projétil são mais pesados para aumentar a penetração, e o terço final é mais leve. Tem um revestimento especial na ponta, que ajuda a tirar a seta do corpo, depois de usada. Tem cinquenta centímetros de comprimento. A marca é Firestrike, fabricada pela Armamentos Stelle. É preciso uma licença para a arma e permissão para comprar cada peça de munição; há uma verificação automática disso. Cada uma custa 100 dólares, quando é comprada por meios legais.

Por um momento, Eve ficou calada; não estava certa de conseguir reagir. Ela não precisara ameaçar, insultar, subornar, nem mesmo rosnar, e ele tinha lhe dado mais informações em três minutos do que costumava dar em uma reunião inteira.

— Ok... Bom saber.

— Sem digitais, além das da vítima. Mas eu tenho o código que o fabricante imprime na seta para trocar em caso de defeito e outras coisas. Ela saiu da fábrica em abril do ano passado; foi enviada da Alemanha para Nova York. Há duas lojas na cidade, estão listadas aqui. — Ele ofereceu a Eve um disco de dados. — Todas as informações estão aí dentro.

— Você foi atingido na cabeça recentemente?

— Como assim?

— Deixa pra lá. Conseguiu algo no veículo?

— Temos as ligações do *tele-link* e o registro da viagem. Ainda estamos trabalhando no resto. Está difícil achar algo. Os exames preliminares não detectaram impressões ou traços, nem mesmo um fio de cabelo solto, exceto o do motorista. Esse é o carro mais limpo que já vi, se não considerarmos o sangue no banco da frente.

— Tudo bem — disse ela pela terceira vez, ainda atônita. — Bom trabalho.

— É o que sempre fazemos por aqui — retrucou ele, com um ar tão alegre que o estômago de Eve se retorceu. — Você vai pegar o vilão.

— Certo. — Eve olhou de lado para Peabody quando elas saíram. — Que porra foi essa? Será que é como naquele filme de terror em que as pessoas são substituídas por seres que crescem em vagens gigantes?

— Nossa, esse filme é assustador, mas é algo parecido. Ele está apaixonado.

— Contra quem?

Peabody reagiu com uma risada e explicou:

— Aparentemente ele conheceu alguém há algumas semanas e parece apaixonado. Está feliz.

— Ele está terrivelmente assustador, isso sim. Acho que gosto mais quando ele é um babaca desagradável. Ele sorriu o tempo todo.

— A felicidade faz a pessoa sorrir.

— Isso não é natural.

Prazer Mortal 85

Ainda assim, ela obtivera uma boa quantidade de dados com os quais trabalhar. De volta à Central, ela se fechou em sua sala, abriu o arquivo do assassinato, montou um quadro com os dados do crime e redigiu o relatório inicial, enquanto Peabody entrava em contato com as duas lojas para tentar rastrear a seta.

Em seguida, ligou para Cher Reo, no escritório da promotoria.

— Como foram as suas férias? — a promotora quis saber.

Eve se resignou ao fato de que ia responder a essa pergunta o dia todo.

— Foi legal. Escute, eu peguei um caso esta manhã.

— Já?

— O crime não para. A vítima tem um registro juvenil lacrado. Preciso ter acesso a ele.

Reo recostou-se na cadeira e passou a mão pelo cabelo loiro macio.

— Você acredita que esse registro é relevante para o caso?

— Não sei, é por isso que preciso ver. A vítima é um empresário de sucesso, marido, pai, e tem uma grande casa de luxo num bairro elegante. Sem problemas aparentes, até agora. Os exames da autópsia mostraram vários ferimentos antigos, principalmente fraturas. Podem ser resultado de maus-tratos ou de brigas. O passado sempre voltar para te assombrar, certo?

— É o que dizem. Não deve ser difícil conseguir que a investigadora principal de um homicídio analise os registros juvenis da vítima. Vou solicitar ao juiz.

— Obrigada.

— Como ele morreu?

— Atingido por uma seta lançada de uma besta.

Reo arregalou os brilhantes olhos azuis.

— Nunca temos um momento de tédio. Já retorno para você.

Eve programou café, colocou as botas sobre a mesa e estudou o quadro que montara.

Instantes depois, Peabody deu uma batidinha leve na porta e entrou.

— Tenho uma lista de clientes para aquele lote de setas. São dúzias de pessoas em todo o mundo, e algumas fora do planeta. Há só uma com residência em Nova York. Fiz uma investigação básica e ela tem ficha limpa, mas é preciso licença para obter a arma e permissão para comprar munição.

— Vamos dar uma olhada nela. Por que a Gold Star? — perguntou Eve. — Uma empresa menor, exclusiva, com frota pequena e equipe mínima de funcionários. Se a fama procede, a qualidade dos serviços deles é premium, com atendimento personalizado. Primeira classe — murmurou — assim como a arma do crime. Uma arma cara. Uma possível ligação com Sweet, executivo de alto nível em uma empresa de alto nível. Se não há conexão entre Houston ou sua empresa com Sweet e a companhia dele, então o único denominador comum é que ambos são homens de sucesso com habilidades específicas.

— Talvez o alvo seja totalmente aleatório.

— Se for, Houston pode ou não ser o primeiro, mas certamente não será o último. Ouça as transmissões de Houston. — Ela ordenou ao computador que as reproduzisse.

"Oi, Michael. Estou a caminho para pegar o cliente. O trânsito até que não está tão ruim como seria de esperar. Aviso assim que ele entrar no carro."

"Estarei aqui."

"Como está Kimmy?"

"Ela está cansada. Foi para a cama. Vou levar o tablet comigo quando for dar boa-noite a ela e ao nosso garoto."

"Mais algumas semanas e você vai ser pai de novo. Descanse também. Acho que já vi o cliente. Volto a te ligar daqui a pouco."

— O tempo entre essa ligação e a seguinte foi de três minutos e dez segundos — disse Eve.

"Atualização" avisou Jamal, com a voz mais baixa e falando mais depressa. "Estamos a caminho do LaGuardia, área de desembarque. Supreme Airlines, voo 624 vindo de Atlanta. Previsão de chegada às 22h20."

Prazer Mortal

"Entendido."

"Vá para a cama, Michael." A voz de Jamal era pouco mais que um sussurro, agora. "Leve o tablet com você, já que insiste. Volto a ligar, caso precise. Será uma noite longa, não vale a pena nós dois dormirmos pouco. Tenho um livro para ler no *tele-link*. Vou me distrair enquanto os clientes curtem o seu jantar de fim de noite."

"Ligue de volta quando você chegar ao aeroporto, e então eu vou para a cama."

"Combinado. O cliente está animado com a surpresa que vai fazer para a esposa", acrescentou Jamal. "Ele está sentado aqui atrás, rindo à toa. Não para de sorrir. Tenho a sensação de que vou ter de ligar a tela de privacidade antes que a noite acabe."

Michael riu.

"O cliente é quem manda."

— A última transmissão foi a seguinte — alertou Eve.

Jamal simplesmente comunicou sua chegada e deu boa-noite a Michael.

— Cinco minutos depois ele estava morto. Não senti medo nem tensão na sua voz, pelo contrário. Nenhuma sensação de ameaça vinda do passageiro, nada que indicasse preocupação. O assassino não estava nervoso, se é que Houston o analisou direito, e alguém que tem esse tipo de trabalho para ganhar a vida tem uma boa percepção dos clientes. Seu passageiro estava animado e feliz, sim, porque curtia o assassinato que ia cometer.

— *Ele* — disse Peabody. — Isso deixa de fora a possibilidade de a assassina ser Iris Quill, a mulher que comprou a seta especial.

— Ela poderia ter fornecido a arma, pode ter sido a "esposa". Vamos investigá-la. As transmissões me mostram que Houston não percebeu nada de estranho no cliente. Ele poderia estar usando um disfarce, poderia ser alguém que Houston não encontrava havia muito tempo. Para mim, parece ter sido um desconhecido.

— Voltamos ao crime aleatório — observou Peabody.

— Até mesmo os crimes aleatórios têm um padrão. Vamos encontrar esse padrão. Consiga para mim o endereço dessa tal de Iris Quill. Pretendo visitá-la a caminho de casa. Depois vou trabalhar de lá. Faça uma busca secundária em todas as pessoas que compraram essa marca de seta, e não esqueça de analisar os proprietários e os funcionários das lojas.

— Nossa!

— Envie a lista de nomes para mim que eu vasculho metade.

— Aí sim!

— Faça um levantamento padrão sobre as finanças de Mitchell e me envie uma cópia. A mesma coisa para Sweet. Vamos ver se o rastro do dinheiro nos leva a algum lugar.

Iris Quill morava em uma bela casa de tijolinhos em Tribeca. O exterior tinha um estilo simples, sem sofisticação. Ela não se preocupava em enfeitar o jardim com flores ou plantas, mesmo morando em um bairro cuja vizinhança parecia adorar esse tipo de coisa. No entanto, ela não economizava em segurança, e Eve teve de passar pela placa de reconhecimento por impressão palmar, pelo *scanner* e pela voz computadorizada que pediu seu nome, distintivo e assunto a tratar.

A mulher que abriu a porta tinha cerca de 1,60 metro de altura, pesava uns 50 quilos e exibia um cabelo prateado brilhante cortado curto e com um franja reta; seus olhos eram azuis e muito penetrantes. Vestia um short marrom que mostrava pernas curtas, mas excepcionalmente torneadas. A regata que usava exibia braços fortes e definidos.

Eve calculou que tinha cerca de 75 anos.

— Boa noite, srta. Quill.

— Ótima noite. O que posso fazer por você, tenente Eve Dallas? A última coisa que matei foi um urso preto, e isso aconteceu lá no Canadá.

— Você usou arco e flecha?

— Não, um rifle Trident 450 de cano longo. — Ela inclinou a cabeça. — Arco e flecha?

— Posso entrar?

— Por que não poderia? Reconheci seu nome quando o sistema fez a análise do distintivo. Acompanho os crimes da nossa cidade, e quase sempre assisto ao programa de Nadine Furst no Canal 75.

O vestíbulo era bem arrumado e a escassa mobília parecia ser composta de antiguidades de classe. Iris apontou para uma pequena e igualmente arrumada sala de estar.

— Sente-se.

— Estou investigando um homicídio. Arco e flecha... mais especificamente uma besta e uma seta são as armas do crime.

— Um jeito duro de morrer.

— Você possui uma besta, srta. Quill?

— Tenho duas. Ambas devidamente licenciadas e registradas — completou, com um brilho nos olhos que mostrou a Eve que ela já sabia que essa informação fora confirmada antecipadamente. — Gosto de caçar. Viajo muito e tenho prazer com meu hobby. Gosto de testar minha habilidade com as presas usando uma variedade de armas. Uma besta exige muita destreza e mãos firmes.

— Os registros mostram que você comprou seis setas da marca Firestrike em maio passado.

— Imagino que sim. Elas são as melhores, na minha opinião. Excelente penetração. Não quero que a presa sofra, então isso é um fator importante para a escolha de uma seta ou uma flecha. E elas são projetadas para serem extraídas da presa com razoável facilidade. Também não gosto de perder munição. Tenho de substituir as pontas, é claro, mas os eixos dessas setas são duráveis.

— Você vendeu, deu ou emprestou alguma de suas setas para alguém?

— Por que eu faria isso? Primeiro, creio que você saiba tão bem quanto eu que isso é ilegal, a menos que seja um presente ou um empréstimo documentado para outro indivíduo licenciado. Em segundo lugar, não confio o meu equipamento a ninguém. Por fim, essas setas me custaram 96,50 dólares. Cada uma.

— O preço de tabela é 100 dólares.

A sobrancelha de Quill se ergueu e ela sorriu.

— Comprei meia dúzia de setas e uma dúzia de pontas extras, e sei pechinchar.

— Pode me dizer onde estava ontem à noite, entre as 21h e a meia-noite?

— Claro. Estava bem aqui. Voltei anteontem de um safári no Quênia que levou duas semanas. Ainda não acertei meu organismo para este fuso horário. Fiquei em casa, escrevi um pouco... Estou escrevendo um livro sobre as minhas experiências... E fui para a cama às 23h. Sou suspeita? — Ela sorriu de leve. — Isso é muito interessante. Quem eu sou suspeita de matar?

Já que a mídia noticiaria a história em breve, Eve informou o básico.

— Jamal Houston. Ele tinha 43 anos, uma esposa e dois filhos.

Ela balançou a cabeça devagar e até o meio sorriso desapareceu do seu rosto.

— Isso é uma pena. Eu nunca me casei, nunca tive filhos, mas amei um homem uma vez. Ele foi morto nas Guerras Urbanas. As pessoas caçavam gente naquela época. Suponho que muitas delas ainda fazem isso, senão você não teria emprego, não é verdade? Eu, pessoalmente, prefiro os animais. Sinto muito pela família desse homem.

— Você usa algum serviço de limusine?

— Claro. Streamline. — O sorriso cintilou de volta. — A empresa pertence ao seu marido e é a melhor da cidade. Quando eu pago por algo, exijo o melhor pelo meu dinheiro. Tenho registro das setas e de todas as munições que comprei. Também tenho registro do que usei em caçadas e o que resta no meu inventário. Você gostaria de cópias desse material?

Prazer Mortal

Não seria necessário, Eve pensou, mas não fazia mal levar mais do que era preciso.

— Eu agradeceria muito.

— Só uso esse tipo de seta há dois anos, desde que começaram a fabricá-la. Vou pegar os registros a partir daí. Caso contrário, você teria listas intermináveis para conferir. Já caço há 66 anos. Minha mãe me ensinou.

— Você conhece alguém que use essas setas, especificamente? Alguém com quem caçou ou conversou sobre bestas?

— Certamente. Posso lhe fornecer uma lista de nomes. Isso ajudaria?

— Mal não vai fazer. Posso lhe perguntar, apenas por curiosidade pessoal: depois de matar um animal, o que você faz com ele?

— Já que não tenho interesse em troféus, faço doação das presas para a Fundação Hunters Against Hunger. Tudo o que pode ser usado a partir do animal é processado e distribuído para os necessitados. Trata-se de uma fundação global.

Eve disse apenas:

— Ah.

Capítulo Seis

Como acontecera na Central, Eve se sentiu satisfeita ao atravessar os portões de casa. Ali havia uma atmosfera diferente da do seu local de trabalho, sem dúvida. E assim como a Central, aquele também era o seu lugar.

A brilhante grama verde do verão se espalhava em um tapete luxuriante em torno de árvores frondosas, suntuosos canteiros de flores e arbustos absurdamente floridos. Através do banquete de cores, de verde, de sombras refrescantes, a alameda serpenteava até a joia mais elegante de Roarke.

Talvez a casa fosse gigantesca — Eve não tinha certeza de já ter visitado todos os cômodos —, mas tinha dignidade e estilo com suas torres e torreões de pedra, suas grandes e generosas janelas e terraços. O que Roarke construíra a partir de fraudes mantinha o calor e o aconchego que tinham sido negados a ambos ao longo da maior parte de suas vidas.

Aquele espaço poderia conter uma dúzia ou mais de fazendas da família Brody, mas, agora que Eve tinha vivenciado os dois ambientes, ela entendia que, no fundo, ofereciam a mesma coisa.

Prazer Mortal

Acolhimento, estabilidade, continuidade.

Ela estacionou, recolheu da viatura o que precisava para o trabalho noturno e passou pelas flores a caminho do saguão.

Onde Summerset, como sempre, se materializou como névoa sobre uma lápide. Magro, vestido de preto e com o gato gordo a seus pés, ele analisou Eve com seus olhos pequenos e redondos.

— É o primeiro dia de trabalho após as férias e você conseguiu chegar em casa sem sangue pingando pelo chão. Devo abrir champanhe para comemorar esse acontecimento?

— Esqueça, porque continuo pensando em deixar o chão ensanguentado. Só que o sangue será seu.

Insultos devidamente trocados, pensou, enquanto subia a escada com o gato atrás. Agora ela estava oficialmente em casa.

Foi direto para o quarto tirar a jaqueta e trocar as botas por tênis de ficar em casa. Galahad a acompanhou, envolvendo suas pernas como uma fita balofa.

— Acho que você engordou. — Ela se sentou no chão e colocou todo o peso do gato no seu colo. — Isso é uma vergonha. Você é um gato e meio dentro de um só corpo. — Ela lhe afagou a cabeça e ele a observou com seus olhos bicolores. — Não adianta me lançar esse olhar pidão, meu chapa. Você está oficialmente de dieta. Talvez possamos lhe comprar um daqueles aparelhos para treinos de animais de estimação.

— Ele o usaria apenas para dormir — avisou Roarke, ao entrar no quarto.

— Poderíamos pendurar comida no final da esteira e programar a máquina para ele só alcançá-la quando conseguisse correr no tempo certo.

— Ele sempre teve... ossos largos — explicou Roarke, com um sorriso.

— Ele está com mais banha do que quando saímos de férias. — Ela cutucou a barriga do gato para demonstrar. — Summerset o mima muito.

— Provavelmente. — Ainda em seu terno de trabalho, Roarke se juntou a ela no chão. Galahad imediatamente mudou de colo. — Mas nós também o mimamos.

— Veja como ele me abandonou só porque falei de dieta e exercícios. Ele não quer ouvir falar desses assuntos.

Acariciando o gato e ouvindo seu ronronar forte, Roarke se inclinou e beijou a esposa.

— Senti sua falta hoje. Eu me acostumei a ter você só para mim.

— Você sentiu falta do sexo.

— Certamente, mas também senti falta do seu rosto. Como foi o seu dia?

— Um motorista de limusine se encontrou com a seta lançada por uma besta; a seta venceu.

— E eu aqui, achando que meu dia tinha sido interessante.

— Que planeta você comprou hoje?

— Qual você gostaria?

— Escolho Saturno — decidiu ela. — Tem um charme especial.

— Verei o que posso fazer.

Ela deu um puxão na gravata dele.

— Pensei que você fosse parar de usar tanta roupa.

— Os executivos não gostam de pouca roupa nas reuniões de negócios globais.

— Eles não sabem de nada. — Ela tirou a gravata dele. — Acho que você deveria estar nu.

— Pode parecer estranho, mas estou pensando o mesmo sobre você. — Estendendo a mão, ele soltou o coldre que ela ainda usava. O gato bateu com a cabeça na mão dele, obviamente irritado pelo fim dos afagos. — Depois eu cuido de você — prometeu Roarke, e afastou Galahad.

Eve tomou o lugar de Galahad, enlaçou a cintura de Roarke com as pernas e colocou os braços ao redor do pescoço dele.

— Talvez eu tenha sentido falta do seu rosto.

— Ou talvez você tenha sentido falta do sexo.

— Acho que são as duas coisas. — Ela colocou os lábios sobre os dele e se permitiu mergulhar no momento. — Isso mesmo — murmurou ela. — Tenho certeza de que podem ser as duas coisas.

Enquanto o gato se afastava com ar de aversão, ela pegou o paletó dos ombros de Roarke e o despiu com força. Ele simplesmente tirou por cima da cabeça de Eve a camiseta regata que ela vestia.

— Viu como a minha roupa é mais fácil? A sua tem um monte de botões. — Ela os atacou enquanto deixava que as mãos dele vagassem pelo seu corpo.

Ele amava o corpo dela, alto e magro, com sua musculatura bem cuidada, mas flexível. Seu corpo era o de uma guerreira ágil e forte, e ela se ofereceu a ele sem reservas.

Os dedos de Eve, impacientes e rápidos, ainda lidavam com botões e lhe abriam a camisa. Seus olhos se encontraram, os dela castanho-dourados e alertas. Observando-a, ele envolveu seus seios com as mãos e deslizou os polegares de um lado para outro sobre eles até que o estado de alerta se intensificou.

Quando ele tomou sua boca novamente, ela pressionou o corpo contra o dele, de cima a baixo.

O fluxo do sangue dele acelerou e alcançou um ritmo feroz e primitivo, impondo sem trégua a necessidade de possuí-la. Mas quando ele a empurrou de volta para o chão, de costas, ela se virou em um movimento rápido e ficou por cima dele.

Com a respiração já ofegante, ela cobriu os lábios dele com os seus.

— Às vezes basta você tomar o que quer. — Ela pegou o lábio inferior dele com os dentes e puxou.

Usou os dentes novamente no pescoço e no ombro dele, enquanto com a mão serpenteava entre as pernas de Roarke, tentando abrir sua calça.

Ela sentiu os músculos dele se retesando e relaxando. Sentiu todo o poder que fervia debaixo dela. Tudo nele estava pronto para ser tomado por ela. A emoção disso a agitou por dentro, e ela se serviu e o acariciou, excitando-o como bem quis até sentir toda aquela força estremecer de desejo por ela.

Ele estava duro e pronto, e ela usou as mãos e a boca para lhe proporcionar prazer e tormento. Usou seu corpo para provocá-lo e despertá-lo de vez, até que as próprias necessidades quase a engolissem.

Ele rolou e a prendeu sobre o chão, seus olhos ferozmente azuis.

— Agora você pode tomar o que quiser — avisou, e se preparou para aniquilá-la.

Ela gritou alto quando aquelas mãos que tinham acariciado o gato com tanta frieza foram usadas nela de forma impiedosa. Ele a encharcou, saturou-a com sensações que lhe roubaram o fôlego e fizeram seu corpo todo estremecer em ondas agudas que pareceram afogá-la.

Quando ela tremeu, ele a ergueu pelos quadris e mergulhou dentro dela.

Ela se sentiu preenchida e ele se viu envolvido. Encontrados e aprisionados. Intensamente desejados. O poder dele se fundiu com o poder dela enquanto eles se impulsionavam um contra o outro.

Mais uma vez seus olhos se encontraram e ele viu o castanho profundo e dourado dos olhos dela. E deixou-se transbordar dentro deles.

Aquela foi uma tremenda sessão de boas-vindas, decidiu Eve enquanto se vestia. Olhou para Roarke.

— Tenho trabalho para fazer em casa.

— O motorista de limusine, a besta, já imaginava. O morto deve ser o cara da Gold Star.

Ela franziu a testa, embora soubesse que ele acompanhava as notícias criminais todos os dias.

— Quanto a mídia já divulgou? Não tive tempo de acompanhar.

— Só isso. E você foi mesquinha com os detalhes.

— A essa hora eles provavelmente já divulgaram o resto. O motorista era sócio da empresa, marido e pai de dois filhos. Não há muito nessa história para agitar os índices de audiência, pelo menos até eles contarem sobre a arma do crime, a besta e a seta. Isso sim, vai gerar alvoroço.

Prazer Mortal

— Imagino que sim. — Ele notou que ela deixara a arma e a jaqueta e tornara a calçar os tênis macios. Sua roupa de trabalho confortável.

O assassinato pode não ter agitado as águas da mídia por enquanto, ele refletiu, mas para Eve aquilo seria como uma piscina olímpica profunda, até ela encerrar o caso.

Ele também tinha trabalho para fazer de casa, mas nada que não pudesse esperar, decidiu.

— Por que não fazemos uma refeição aqui no quarto? Você pode me contar mais detalhes antes de continuar o seu trabalho.

— Por mim tudo bem. Não quero comer muito. Tive pena de Peabody e passei algum tempo hoje à tarde com ela, comendo cachorro-quente e batatas fritas.

— Que tal um macarrão?

— Desde que não seja com molho branco light. Essa foi a última refeição da vítima.

— Tudo bem. E vamos tomar um vinho branco leve em vez disso.

Eles comeram na saleta de estar do quarto enquanto ela lhe contava as informações básicas.

— Você está convencida de que o assassino não sabia quem estaria ao volante?

— É o que faz mais sentido — disse ela. — Ainda vamos investigar a vítima mais a fundo, a empresa, os funcionários... mas parece que o sócio e a esposa estão contando tudo o que sabem. A vítima pegou esse cliente depois de disputar quem ia e quem ficava no cara ou coroa. Quando você ouve as ligações feitas durante o trajeto, percebe que o papo foi descontraído e natural, assuntos de negócios, como sempre, e alguns detalhes da vida pessoal deles. Não enxergo, até o momento, Houston como um alvo específico. A empresa, talvez, mas não ele.

— Ainda tem o especialista em segurança. Isso é interessante. — Enquanto partia um pedaço de pão com azeitonas e lhe entregava, Roarke considerou a situação. — Dudley & Son é uma empresa antiga, com muita tradição e lucros altíssimos. Eu imaginei que um homem na posição de Sweet fosse mais cuidadoso com seus dados.

— Ele estava chateado. A raiva me pareceu genuína. Se bem que... — ela encolheu os ombros e enroscou no garfo um pouco de massa. — Se ele tivesse armado tudo, estaria pronto para fazer sua raiva parecer real.

— A questão seria o porquê.

— Por que Houston, por que Sweet, por que essa empresa, por que esse método. O assistente de Sweet me deixou desconfiada. Há algo de errado ali — considerou. — Eu quero investigar com mais cuidado esse babaca. Ele se acha o máximo. E quem cometeu esse crime se acha o máximo. O método é importante, o conjunto, a configuração elaborada. Se você não sabe quem vai matar, então o mais importante é o assassinato em si, e não a vítima. Quando você se dá a esse trabalho, a coisa tem mais relação com a *forma* da morte, e não com *quem* será morto.

— Você já descobriu quem andou comprando esse modelo de seta?

— Já. Entrevistei um dos compradores a caminho de casa. Iris Quill.

— Eu a conheço. — Roarke ergueu sua taça de vinho. — Ela tem uma reputação excelente. É uma caçadora muito séria, e ajudou a fundar uma organização. Hunters Against Hunger.

— HAH.

— Um nome infeliz do ponto de vista do animal, eu imagino. De qualquer modo, eles fazem um bom trabalho.

— Ela me pareceu consistente. Deu-me todos os seus registros sobre esse modelo de arma e até me fez contar as setas que tem em casa. Estava tudo certinho. Também me deu uma lista de pessoas que conhece e que usam o mesmo tipo de arma. Você não caça, certo?

— Não. Essa atividade não me atrai.

— Basicamente, não entendo por que as pessoas gostam de vagar por uma floresta, um bosque ou sei lá por onde, enfrentando a terrível natureza selvagem só para matar algum animal idiota que está apenas circulando perto de onde mora. Se a pessoa quer comer carne pode muito bem comprar um cachorro-quente na rua.

— Isso não é carne.

— Você está se apegando ao sentido técnico da coisa.

— Não é carne em qualquer sentido razoável. Imagino que a grande emoção com a caça seja exatamente enfrentar a terrível natureza selvagem.

— Sim, mas só o caçador tem a arma. — Ela franziu a testa um momento. — Talvez a emoção seja exatamente a mesma. Houston... ou quem quer que estivesse dirigindo... estava em seu habitat natural, por assim dizer. O assassino está dentro do espaço da presa, que pode ter sido o banco traseiro de uma limusine chique, mas ele estava em uma caçada. É uma emoção primitiva, talvez.

— Mas não foi um jogo justo — assinalou Roarke. — Ele atirou em um homem desarmado, e por trás. A maioria dos animais tem o que se poderia chamar de arma... dentes e presas. Além da vantagem, em certa medida, de bons instintos e muita velocidade.

— Não acho que ele esteja preocupado em ser justo. Talvez seja um caçador, e quem sabe esteja meio entediado de tanto matar mamíferos de quatro patas. Talvez tenha resolvido tentar uma caçada mais empolgante, certo? É algo para refletir.

Ela pensou nisso em seu escritório enquanto montava um segundo quadro do assassinato. Programou café e olhou para a porta que se abria para o escritório de Roarke. Ele também tinha trabalho para pôr em dia e ela se sentia à vontade com aquele jeito diferente de os dois trabalharem ao mesmo tempo em cômodos ligados.

Mandou que o computador começasse a fazer pesquisas e, enquanto isso acontecia, acrescentou anotações ao seu arquivo.

Caçador. Busca de uma caça maior. Assassinato por emoção. Arma incomum e configuração elaborada = busca de atenção. Atenção = troféu? Quem tem acesso aos dados e às caçadas de Sweet? Motivos para envolver Sweet?

Ela fez uma pausa e viu a transmissão que acabara de chegar.

— É a resposta de Reo — murmurou para si mesma, e colocou na tela o arquivo recebido, agora sem lacre.

Vandalismo, furto em lojas, posse de drogas ilegais, evasão escolar. Houston tinha passado duas temporadas no reformatório juvenil e tinha outros registros de tráfico e destruição de propriedade privada. Foi obrigado a fazer terapia juvenil, e tudo isso antes de completar 16 anos.

Recostando-se na cadeira, leu os arquivos dos assistentes sociais, os relatórios dos terapeutas, as opiniões dos juízes. Basicamente eles o rotulavam como um jovem rebelde e selvagem, um encrenqueiro, um criminoso crônico com gosto especial por drogas ilícitas.

Até que alguém se preocupou em investigar mais fundo e deu uma boa olhada nos seus exames médicos.

Ossos quebrados, olhos roxos, lesões nas costas na altura dos rins — todos atribuídos a acidentes ou brigas. Dias antes de completar 17 anos ele surrou o pai até deixá-lo inconsciente e em seguida desapareceu.

Eve sentiu uma fisgada no estômago pela lembrança e pela compaixão que sentiu. Ela sabia o que era ser espancado e maltratado. Sabia o que era conseguir, finalmente, revidar.

— Eles foram atrás de você, não foram? Sim, caçaram você e jogaram você em uma cela durante algum tempo. Até que alguém realmente prestou atenção na sua história.

Ela leu a declaração de sua mãe, percebeu o medo e a vergonha, mas não se comoveu por ela. Uma mãe deveria proteger seu filho, certo? Não importa a situação. Aquela mãe tinha escondido todas as fraturas e contusões por pura vergonha e medo, até encontrar o policial certo e o momento certo. Foi quando conseguiram arrancar tudo dela.

Ele tinha passado por uma casa de acolhimento e mais sessões de terapia. Tudo isso, ela pensou, e talvez o poder de ele finalmente querer lutar e mudar o tinham ajudado a deixar o adolescente para trás... e o transformaram em um homem.

Prazer Mortal

Mas ontem à noite alguém tinha tirado tudo isso dele.

— Esse é o registro juvenil da vítima? — perguntou Roarke, da porta.

— Isso mesmo.

— O sistema funcionou para ele, talvez não tão cedo quanto deveria, mas ajudou. — Ele foi até Eve e lhe beijou o topo da cabeça.

— E você também vai ajudá-lo. Como *eu* posso ajudar?

— Você me disse que tinha trabalho.

— Já coloquei algumas coisas em dia e outras estão sendo atualizadas; os programas podem rodar por conta própria durante algum tempo.

Ele pensou nela quando leu o arquivo, pelo que Eve percebeu. E lembrou de si mesmo; e se viu sendo chutado, socado e ferido pelo seu pai.

Isso tudo o ligava a um homem que ele nunca conhecera — e Eve também entendia isso.

— Basicamente vai ser mais trabalhoso, agora. Estou investigando parte dos funcionários da Dudley, bem como os funcionários da empresa de limusine. Vou cruzar referências dessas pessoas e de associados de clubes de caça que façam esse tipo de viagens e tenham licenças e autorizações para usar bestas e comprar setas. Também quero investigar as finanças do assistente de Sweet, só por desconfiar que há algo errado com o babaca.

— Que tal eu ficar com os dados financeiros? Posso resolver isso mais depressa que você.

— Seu exibido!

— Sou mestre nisso. — Ele a puxou para junto dele por um momento. — Desligue-se disso, agora. — Roarke analisou os dados na tela, como ela já tinha feito. — Isso te traz lembranças, te deixa perturbada e distraída.

Ela balançou a cabeça.

— Não posso fazer isso até completar a busca pelo pai. Pode ser que ele tenha querido se vingar depois de todos esses anos. Talvez

tenha dinheiro suficiente para contratar alguém para atacá-lo ou...
Preciso checar essa possibilidade.

— Tudo bem. Vou seguir o rastro do dinheiro do babaca.

Isso a fez rir.

— Obrigada.

Ela enfrentou o trabalho pesado, analisou as varreduras, peneirou os dados e rodou programas de probabilidades até que uma dor de cabeça leve, mas constante, lhe surgiu atrás dos olhos.

— Não consigo encontrar uma pessoa nessas listas que tenha ligação com caça, pelo menos não apareceu até agora. Nenhuma licença, nenhuma autorização especial, nenhuma compra desse tipo. Tentei cruzar os dados com informações sobre esportes. As pessoas criam as competições mais estranhas, há campeonatos de arco e flecha, coisas desse tipo. Tudo legalizado. Não vi nada nessa área.

— Bem, tive mais sorte.

— Eu sabia! — Eve bateu com o punho na mesa. — Eu sabia que o babaca devia ter aprontado alguma. O que você achou?

— Uma conta que ele enterrou debaixo de várias camadas de dados sem importância. Não foi um trabalho malfeito, para ser franco, e provavelmente tudo teria permanecido enterrado se ninguém tivesse uma razão para cavar mais fundo. Você vai notar, como eu notei — continuou Roarke —, que ele tem sido cuidadoso para não dar a ninguém motivos para investigá-lo. Tem ficha limpa, paga suas contas em dia, impostos corretos, tudo certinho. Transferi os dados da conta dele para o seu sistema. Computador! — ordenou. — Mostre as finanças de Mitchell Sykes na tela dois.

Entendido...

Quando os dados apareceram, Eve pegou seu café e estreitou os olhos.

— É uma grana preta. Quase meio milhão de dólares. — Ela franziu a testa. — Estou lendo isso certo? Depósitos pequenos ao longo de... quanto tempo? Dois anos?

Prazer Mortal 103

— Quase três, na verdade.

— Isso não cheira a recompensa por um assassinato, infelizmente. O último depósito foi há pouco mais de uma semana, no valor de 23.000,50 dólares. Valor quebrado. Isso é estranho.

— Todos os depósitos são desiguais, e sempre abaixo de 25 mil dólares.

— Chantagem, talvez, em depósitos irregulares para tudo se manter fora do radar, o que ele conseguiu.

— Possivelmente.

— Ou espionagem corporativa. Venda de dados da Dudley para os concorrentes. Ele é assistente pessoal de um dos principais responsáveis pela segurança da empresa, então tem acesso a informações relevantes.

— É outra possibilidade.

— São depósitos muito regulares, não? — Com as mãos nos bolsos e olhos semicerrados, ela estudou os números. — A cada quatro ou seis semanas cai mais um pouco dentro do seu pé de meia. Os saques são poucos, distantes um do outro e sempre de valor pequeno. Ele vive dentro das suas posses, gasta um pouco mais aqui e ali, mas nada que atraia atenção. Mesmo assim os valores são... Espere, tem uma mulher que mora com ele. O dobro da quantidade de depósitos faria mais sentido. — Ela olhou para Roarke. — E você já chegou lá.

— Como sempre acontece. Computador, apresentar finanças secundárias e dividir tela!

— Karolea Prinz. Quase os mesmos valores em cada depósito, e quase nas mesmas datas. Agora nós temos algo palpável. Ela trabalha para Dudley — acrescentou Eve. — Eu já a investiguei. É representante farmacêutica. — Eve tomou um gole de café. — Então, vou lhe dizer o que já deduzi. Eles desviam remessas de medicamentos, aos quais ela teria acesso, que vendem na rua ou para algum fornecedor. Aproximadamente todo mês.

— É o que me parece, também.

— Nada a ver com Houston. Na verdade, isso os faz descer na minha lista de suspeitos, a menos que eu descubra que Houston ou alguém ligado a ele era um cliente. O fato é que usar os dados do seu chefe atrairia exatamente esse tipo de atenção. Por que mexer nesse vespeiro quando havia uma atividade paralela tão interessante? Ele não ia querer os holofotes para si mesmo.

— Eles têm tido sucesso no esquema, então concordo que trazer a polícia até a própria porta seria uma burrice imensa.

— Uma pena isso, mas vai ser divertido colocá-lo numa cela e fazer o suor do medo escorrer pelo rosto dele. — Na verdade, lembrar daquele rosto, daquele nariz empinado e do ar de superioridade provocou em Eve um calorzinho de satisfação.

— Considerando isso e o uso indevido dos dados de Sweet, não me parece que a Dudley esteja tão segura quanto deveria estar. — Ela pensou que isso também era interessante. — Onde há um furo, provavelmente há outros. O assassino de Houston é um desses furos.

— Nada nas ligações familiares da vítima? — perguntou Roarke.

— O pai está morto. Espancou um garoto da sua vizinhança e cumpriu pena na prisão de Tombs. Bateu de frente com o colega de prisão errado e acabou ensanguentado no chuveiro coletivo com um canivete espetado na barriga. A mãe voltou para o Tennessee, onde morava a sua família. Não encontrei nada lá.

Ela inflou as bochechas e soltou o ar com força.

— Investiguei o sócio, a esposa dele, a esposa da vítima e até os filhos do casal por todos os ângulos. Não vi nada, não notei nada. A esposa vai herdar a parte de Houston na empresa, mas basicamente ela já era dona. Este assassinato não foi contra Houston, especificamente. E nada sobre a empresa, até agora, me trouxe alguma dúvida. Se houver uma ligação, a empresa Dudley & Son é a fonte mais provável. Mesmo assim...

Ela balançou a cabeça.

— Mesmo assim...?

— Está me parecendo cada vez mais que foi um ataque baseado na busca por emoção e adrenalina. E se foi esse o caso, ele já está à procura da próxima dose.

O grito rasgou as sombras, forte e selvagem. Logo depois ouviu-se um estrondo de gargalhadas histéricas. Por um momento, Ava Crampton teve um vislumbre de seu reflexo em um espelho esfumaçado antes de um espírito maligno saltar do vidro falso, com sangue escorrendo das garras.

Seu grito foi curto e não planejado, mas o aperto que deu em seu acompanhante e a pressão urgente do seu corpo contra o dele foram bem calculados.

Ela sabia fazer o seu trabalho.

Aos 33 anos, já tinha mais de 12 anos de experiência como acompanhante licenciada, e conseguira progredir de forma constante até alcançar o topo.

Tinha investido em si mesma e reempregado todo o lucro do trabalho em si: investiu em seu rosto, seu corpo, sua educação e seu estilo. Sabia falar três idiomas e estava aprendendo um quarto, com muita dedicação. Mantinha o corpo de um metro e setenta rigorosamente tonificado e era praticante avançada de ioga — as aulas a mantinham mais que simplesmente centrada; elas lhe proporcionavam uma flexibilidade magnífica que agradava muito a seus clientes.

Considerava sua herança racial um presente, pois isso lhe proporcionava uma pele escura (que ela cuidava com o mesmo rigor que dedicava ao corpo), maçãs do rosto bem marcadas, lábios cheios e olhos azuis cristalinos. Mantinha o cabelo comprido e cacheado... e ele lhe caía sobre os ombros como uma cascata com um tom de caramelo que combinava com a pele e os olhos.

Seu investimento tinha um excelente retorno. Ela era uma das acompanhantes licenciadas mais caras da Costa Leste, e habitualmente conseguia ganhar 10 mil dólares por noite — até o dobro, caso passasse a noite com o cliente. Era bem treinada, fora testada e habilitada para um variado cardápio de extras e especialidades, de forma a se adequar aos mais diversos caprichos de seus clientes.

O encontro dessa noite era uma primeira vez, mas o cliente tinha passado por sua rigorosa e meticulosa investigação. Ele era rico, saudável e tinha uma ficha criminal imaculada. Fora casado durante 12 anos, se divorciara havia oito meses. Sua filha pequena frequentava uma excelente escola particular.

Era dono de uma casa de tijolos aparentes no centro da cidade e tinha uma residência de veraneio em Aruba.

Embora a aparência dele fosse bem comum, tinha deixado crescer um cavanhaque desde que tirara a foto da carteira de identidade. Também tinha engordado alguns quilos, mas ainda lhe parecia estar em boa forma.

Experimentar um novo visual, usar cavanhaque e deixar o cabelo mais comprido, ela pensou. Era isso que os homens costumavam fazer depois de um divórcio.

Dava para perceber que o cliente estava nervoso. Ele lhe confessara, com certo charme, que nunca tinha saído com uma profissional antes.

A pedido dele, ela fora encontrá-lo no parque de diversões em Coney Island. Ele mesmo havia mandado uma limusine pegá-la. Como ele a levou quase que de imediato para a Casa dos Horrores, ela percebeu que ele queria curtir uma boa dose de adrenalina e uma mulher que gritasse e se agarrasse nele.

Então ela gritou, se agarrou nele e se lembrou de estremecer quando ele superou o nervoso e a beijou.

— Tudo aqui parece tão real!

— É um dos meus brinquedos favoritos — sussurrou ele em seu ouvido.

Algo uivou no escuro e então, depois de um suave chocalhar de correntes, pareceu se aproximar.

— Está chegando!

— Venha por aqui. — Ele a puxou, mantendo-a junto dele enquanto, do alto, veio a vibração de asas de morcegos. O vento provocado pelas asas agitou o cabelo dela.

A imagem holográfica de um monstro empunhando um machado ensanguentado pulou na sua frente, e ela sentiu o deslocamento de ar da arma mortífera, que passou junto do seu ombro. Ele a puxou para outro salão e uma porta se fechou atrás deles. Com um grito de surpresa e nojo, ela afastou do rosto as teias de aranha. Assustada, girou o corpo para tentar escapar delas, mas ficou cara a cara com uma cabeça decepada e espetada em uma lança.

Seu grito, convincente porque foi genuíno, lhe escapou da garganta quando ela recuou e tropeçou. Mesmo assim ela conseguiu dar uma risada nervosa.

— Deus, quem é que inventa essas coisas?

Lembrou, por um instante, que seu último encontro tinha sido uma brincadeira entre lençóis de seda com uma continuação animada dentro da piscina de ondas coberta. Mas ninguém melhor que Ava sabia que existia todo tipo de gente no mundo.

E a figura daquela noite se excitava na Câmara de Tortura de um parque de diversões.

A luz tremulou e uma dúzia de velas começaram a derreter e lançar um líquido vermelho junto de uma fornalha, onde um homem encapuzado, despido até a cintura, esquentava um espeto de ferro.

O ar fedia, ela percebeu. Eles faziam tudo aquilo parecer real demais, então o ambiente cheirava a suor, urina e o que ela imaginou ser sangue. Os gritos e as preces dos torturados e dos condenados enchiam a sala, onde pedras no teto pingavam gosma e olhos de ratos brilhavam nos cantos.

Uma mulher implorava por misericórdia enquanto seu corpo era esticado de forma horrenda sobre uma prancha. Um homem gritou sob o estalo de um chicote coberto de pequenas farpas de metal.

O acompanhante dela para aquela noite a observava com olhos ávidos.

Ok, pensou, ela sabia qual era o seu papel.

— Você quer me machucar? Você quer que eu sinta prazer com isso?

Ele sorriu de um jeito tímido quando se aproximou dela. Mas o ritmo de sua respiração estava mais acelerado.

— Não lute para escapar.

— Você é mais forte. Eu jamais conseguiria vencer. — Seguindo o seu papel, ela o deixou levá-la até um canto ainda mais escuro, atrás de uma figura que gemia enquanto balançava o corpo e cuspia. — Farei tudo que você quiser. — Ela tentou transmitir algum medo na voz. — Qualquer coisa. Sou sua prisioneira.

— Eu paguei por você.

— Sou sua escrava. — Ela assistiu o prazer obscurecer seu olhar e manteve a voz baixa e rouca. — O que você quer que eu faça? — Ela respirou um pouco mais ofegante. — O que você vai fazer comigo?

— Aquilo que eu trouxe você aqui para fazer. Agora fique bem quieta.

Ele pressionou o corpo contra o dela ao mesmo tempo em que enfiava a mão no bolso e tateava em busca da bainha que estava presa à sua coxa.

Ele a beijou uma vez e lhe apertou o seio de leve para sentir o coração dela bater contra a palma de sua mão.

Ela ouviu algo, um estalo, um clique.

— O que foi isso?

— A morte — disse ele, e recuou um pouco antes de enfiar a lâmina naquele coração que pulsava com força.

Capítulo Sete

Com a cabeça cheia de dados e teorias, Eve se arrastou para a cama. Seu relógio biológico ansiava por ser desacelerado, desligado e religado só depois de um longo tempo de inatividade. Ela se aconchegou em Roarke e, quando o braço dele a enlaçou, sentiu tudo nela ceder e relaxar.

Fechou os olhos.

E o *tele-link* tocou.

— Que inferno! Acender luzes a 10%. Bloquear vídeo! — Ela se obrigou a erguer o corpo da cama, se encostou na cabeceira e respondeu:

— Dallas falando!

Emergência para a tenente Eve Dallas. Procure o policial que está de guarda da Casa dos Horrores, atração da Coney Island, entrada principal. Possibilidade de homicídio.

— Entendido. Entre em contato com a detetive Delia Peabody. Existe probabilidade de ligação entre este evento e o Caso Houston?

No momento não há certeza, mas temos indícios de que sim.

— Estou a caminho. Merda! — exclamou, assim que desligou.

— Eu dirijo. — Roarke se levantou e fez que não com a cabeça quando ela tentou contestar. — Tenho interesses comerciais no parque de diversões em Coney Island, como você sabe. Devo ser contatado a qualquer instante e... — ele parou quando seu *tele-link* tocou. — É, agora, eu diria.

Eve não discutiu. Roarke provavelmente seria útil no local.

Ela se vestiu e programou dois cafés para viagem.

Não disse nada quando ele escolheu um dos seus brinquedos favoritos: um automóvel conversível para zunir pela noite quente de verão. O vento e a cafeína iriam clarear seu cérebro e, talvez, reiniciar seu relógio biológico algumas horas antes do previsto.

— Que tipo de segurança existe nesse lugar? — ela quis saber.

— Um sistema mínimo, já que é um lugar para diversão. Há *scanners* comuns nas entradas do parque, uma rede de câmeras e alarmes por toda parte. O pessoal da segurança faz varreduras de rotina em todo o espaço.

— Em uma noite como esta, o lugar provavelmente estará lotado.

— Do ponto de vista de negócios, espero que sim. Tivemos pouquíssimos problemas ali desde que inauguramos, nada importante. — Ele lançou um olhar preocupado para ela. — Estou tão feliz por ter um cadáver nas minhas instalações quanto você.

— E o morto está menos feliz do que nós dois juntos.

— Sem dúvida. — Mas isso incomodava Roarke em um nível básico, não apenas porque a maior parte do parque era propriedade sua, mas porque ali era para ser um lugar de diversão para as famílias, para as crianças, para todos se sentirem encantados e entretidos.

Era para ser seguro, embora ele soubesse, é claro, que nenhum lugar era completamente seguro. Nem um belo bosque irlandês... Nem um parque de diversões.

— O setor de Segurança está recolhendo os discos — informou ele. — Você terá os originais e eles ficarão com as cópias. O material terá a iluminação aprimorada digitalmente, já que as luzes nessa atração são propositalmente baixas. Há seções com neblina e outros efeitos. Usamos androides, figuras animatrônicas e holografias — avisou ele, antes mesmo de Eve perguntar. — Não há nenhum artista de carne e osso.

— O programa é repetido a cada intervalo de tempo?

— Não. É ativado por movimento e programado para acompanhar os passos e as reações dos usuários. Quanto aos intervalos de tempo, há um recurso que orienta os clientes em grupo para caminhos específicos, ou individualmente, caso eles prefiram entrar sozinhos. Os visitantes são encaminhados para diferentes áreas e caminhos, a fim de aprimorar e personalizar a experiência que escolheram ter.

— Então a vítima e o assassino, caso tenham entrado juntos, podem ter ficado sozinhos em algum momento... pelo menos por uma parte do passeio, ou seja lá como você chama isso.

— É uma experiência sensorial. Existem seções inacessíveis para menores de 15 anos, de acordo com os códigos vigentes.

— Você já fez esse "passeio".

— Sim, várias vezes durante os estágios de projeto e construção. É tudo comprovadamente horrível e aterrorizante.

— Não vou me assustar. Eu enfrento o horrível e o aterrorizante na porta de casa todo dia de manhã, e ele até fala comigo. — Ela sorriu para si mesma, pensando que era uma pena Summerset não estar ali para ouvir sua piadinha.

As luzes brilhavam sem parar contra o céu noturno. A música rivalizava com os gritos felizes de pessoas que zuniam nas curvas fechadas, viravam de cabeça para baixo nas montanhas-russas e giravam em carrinhos que piscavam e se chocavam uns contra os outros.

Ela não entendia muito bem qual era a graça em pagar por algo que arrancava gritos da sua garganta.

A caminho da atração, Eve reparou que as pessoas pagavam um bom dinheiro para tentar ganhar enormes bichos de pelúcia ou bonecas de olhos grandes que ela considerava ainda menos atraentes do que brinquedos que provocavam gritos. Eles atiravam, lançavam objetos, explodiam e martelavam com empolgação; alguns visitantes passeavam com cachorros-quentes de soja, casquinhas de sorvete e saquinhos de batatas fritas ou bebidas geladas.

O ar cheirava a suor e algodão-doce.

A Casa dos Horrores era apenas uma casa enorme de aparência assustadora com luzes que piscavam nas janelas, onde passava um ou outro espírito mórbido, fantasma ou assassino com um machado na mão, rosnando ou uivando.

Um homem uniformizado grande e corpulento e um civil magro protegiam a entrada.

— Olá, policial.

— Boa noite, tenente. Já protegemos o perímetro do prédio. Um policial e um segurança do parque estão ali dentro, com o corpo. Já vasculhei o local com um *scanner*. Não há mais nenhum civil no local.

— Por que o sistema ainda está em funcionamento? — ela quis saber, analisando a aldrava da porta, em forma de morcego que se mexia, com asas finas e brilhantes olhos vermelhos.

— Eu não mandei desligar porque pensei que talvez a senhora quisesse repetir a experiência de forma idêntica à da vítima.

Era um palpite razoável.

— Vamos religar o brinquedo *se* e *quando* for necessário. Por ora, desligue tudo.

— Posso fazer isso de dentro do salão — O sujeito magro olhou para Eve e em seguida lançou um olhar tristonho para Roarke. — Senhor... Não faço ideia de como isso pode ter acontecido.

— Queremos descobrir tudo. Por enquanto, desligue o sistema.

— Eu preciso ir ali dentro — explicou o civil, olhando para Eve. — Só dá para fazer isso do interior do salão.

Prazer Mortal 113

— Mostre-me. — Ela acenou com a cabeça para o guarda, que digitou uma senha para a porta se abrir.

O rangido que se ouviu foi ameaçador.

Teias de aranha cobriam o vestíbulo sombrio como xales sobre as costas de alguém. A luz, como era de esperar, vinha do brilho bruxuleante de candelabros ornamentados e de um lustre bambo onde um rato muito semelhante a um animal verdadeiro tinha se empoleirado.

Algo respirava pesadamente à esquerda, e os dedos de Eve coçaram para sacar a arma. Sombras pareciam mergulhar do teto e subir de volta. No alto de uma longo lance de escada, uma porta gemeu como um homem que sofria, e se fechou sozinha com um estrondo.

O funcionário magro foi até um painel na parede e apontou um pequeno controle remoto para o sensor. O painel se abriu e revelou um teclado. Ele digitou alguma coisa.

As luzes se acenderam, o movimento e os sons cessaram.

Olhando ao redor, Eve decidiu que o ambiente era ainda mais assustador na luz e no silêncio. Figuras animatrônicas estavam paradas, congeladas em pleno movimento no chão, no ar e nas escadas. Em um espelho, um rosto fora interrompido no meio de um grito, enquanto uma mão decepada segurando um machado de duas lâminas permanecia suspensa.

— Onde está o corpo?

— No subsetor B. É a Câmara de Tortura — respondeu o magricela.

— E você, quem é?

— Meu nome é Gumm. Ahn... trabalho na área de eletrônica e efeitos especiais.

— Ok. Vá na frente.

— A senhora quer seguir pela rota dos visitantes ou pela dos empregados?

— A que for mais curta.

— Por aqui. — Ele foi até uma estante de livros.

Por que era sempre uma estante de livros?, Eve se perguntou.

Ligando outro mecanismo oculto, ele abriu a porta.

— Temos uma série de passagens e estações de monitoramento durante toda a sessão. — Ele os guiou através de um corredor iluminado, de paredes brancas e cheio de controles e telas.

— Tudo aqui é automatizado?

— Sim, e o equipamento é top de linha. Para proporcionar aos visitantes uma experiência completa, nós podemos encaminhá-los por várias direções, em vez de eles seguirem todos pelo mesmo caminho, num grupo imenso. Assim tudo fica mais personalizado. E eles podem, caso queiram, interagir com os efeitos. Conversar com eles, fazer perguntas, persegui-los ou tentar escapar. Não há perigo, é claro, embora já tenha acontecido de clientes desmaiarem de susto. A perda de consciência de um visitante sempre desencadeia um alarme na área médica.

— E a morte?

— Bem... — Ele se virou e refletiu por um segundo. — Tecnicamente, uma parada cardíaca deveria ter acionado o alarme. Houve uma falha, uma espécie de piscada às 23h52. Pareceu um pontinho luminoso. Estamos investigando o que aconteceu, senhor — comunicou ele, olhando para Roarke.

Em seguida, ele abriu a porta da Câmara de Tortura. Havia um leve cheiro de azedo ali, como se algo não tivesse sido completamente limpo. No ar pairava o odor da morte.

O policial que protegia a cena se colocou em posição de sentido. Eve fez um leve aceno com a cabeça.

O corpo estava recostado na parede de pedra falsa, com as pernas abertas e o queixo caído sobre o peito. Era como se a mulher estivesse adormecida. A massa de cabelo castanho encaracolado escondia a maior parte do seu rosto, mas um grande olho azul parecia observar por uma parte daquela cortina de fios, quase como se flertasse.

Pedras que cintilavam emitiam seu brilho fulgurante no pescoço, nos pulsos e nos dedos. Ela usava um vestido branco em um tecido de verão, com decote profundo. O sangue o manchava, formando uma fina linha escura onde a lâmina tinha lhe perfurado o coração.

Eve abriu seu kit de serviço e usou Seal-It, o spray selante, para cobrir as mãos e as botas. Em seguida jogou a lata para Roarke e ligou a filmadora.

— A vítima tem pele escura, aparenta 30 e poucos anos, tem cabelos castanhos e olhos azuis. Usa uma pochete no cinto, cravejada de pedras, e muitas joias. Vejo uma única facada — afirmou, se agachando mais perto do corpo. — A facada foi no coração e a faca ainda está no corpo. A lâmina tem algum tipo de mecanismo, como um soquete, no cabo.

— É uma baioneta — disse Roarke, atrás dela. — Ela é usada geralmente presa à ponta de um rifle ou outra arma de fogo, mas pode ser removida, como vemos agora, para ser usada como faca comum.

— Uma baioneta — murmurou ela. — Mais uma coisa que a gente não vê todos os dias. — Ela abriu a pequena bolsa. — Há 250 dólares em dinheiro, spray bucal, gloss para os lábios, cartão de crédito e carteira de identidade, ambos em nome de Ava Crampton, moradora do Upper East Side. A carteira informa que ela é uma acompanhante licenciada de alto luxo.

Ela verificou as impressões digitais para confirmar.

— Quem a encontrou?

— Ahn... fui eu. — Com um olhar de pesar no rosto, que Eve se perguntou se era permanente, Gumm ergueu a mão. — Identificamos a fonte da falha neste setor e desci para fazer uma verificação no local. Ela já estava... bem ali.

— Você tocou nela?

— Não. Dava para ver que ela... Estava bem claro. — Ele engoliu em seco. — Liguei para a Segurança e eles notificaram a polícia. Nós evacuamos a atração e tiramos todo mundo do local. Receio que várias pessoas ainda tenham circulado por aqui entre o momento da falha e a... descoberta.

Eve apenas o encarou longamente.

— Vários frequentadores passearam pela cena do crime?

— Nós... eles... ninguém sabia que tinha havido um crime. Ela provavelmente foi considerada parte do cenário. As figuras expostas são muito realistas.

— Merda! Preciso dos discos de segurança.

— Vamos reuni-los e entregar tudo à senhora agora mesmo. Há um pouco de ruído.

Eve parou ao pegar seu medidor de sinais vitais. Uma falha, uma piscada, um pontinho, um ruído, ela pensou. Que outro termo bonito ele encontraria para evitar a palavra "cagada"?

— Defina "ruído".

— Há seções dos discos referentes a algumas áreas que parecem estar em branco.

— Parecem...?

— Estou analisando tudo. Senhor — completou ele, dirigindo-se a Roarke, agora. — Minha primeira desconfiança é que alguém entrou e andou pela atração algumas vezes carregando um misturador de sinais muito sofisticado. Um dispositivo pequeno, mas de potência considerável. Para contornar as checagens da Segurança, e apenas por alguns minutos de cada vez, seria preciso usar um equipamento extremamente complexo. Na minha opinião, o usuário também precisaria conhecer a localização de todas as câmeras e alarmes. Ele provavelmente conhecia o sistema. A rota, até onde podemos afirmar a partir da primeira varredura, nos leva até aqui e segue pelo Setor D, que seria a saída mais próxima. Receio que a pessoa que fez isso — ele olhou para o corpo — interferia periodicamente no nosso sistema, como se fizesse um teste para não ser detectado.

— Você a matou, Gumm?

A cabeça do funcionário balançou de sobressalto e lhe empurrou para trás o ombro ossudo, enquanto ele olhava boquiaberto para Eve.

— Não! Não, claro que não. Eu nem sequer a conheço. Eu nunca...

— Ela está brincando, Gumm — Roarke disse, com suavidade, mas Eve percebeu o tom de raiva sob a capa de boa educação. — Termine a análise e leve os discos para a tenente — completou, quando eles ouviram passos vindos pelo corredor.

Peabody apareceu segundos antes do amor de sua vida, o superespecialista McNab, da DDE.

— Este lugar é o máximo até quando está desligado. McNab e eu viemos aqui ver os fantasmas algumas semanas atrás. É mais que demais!

— Que bom que você está se divertindo. Use o spray selante — ordenou Eve. — Não você — acrescentou, apontando o dedo para McNab. — Este aqui é Gumm. Vá com ele e faça o trabalho eletrônico.

— Claro. — McNab, que era magro e sem bunda, parecia robusto comparado a Gumm. Ele exibiu um sorriso tão ensolarado quanto o cabelo que tinha prendido atrás da cabeça, em um rabo de cavalo comprido. — Minha vida é servir.

Como ele era uma pessoa fácil de lidar e muito competente, Eve ignorou o fato de usar uma calça cargo vermelha com bolsos multicoloridos e uma jaqueta amarela de mangas curtas sobre uma camiseta regata, parecendo ter sido mergulhado em um arco-íris.

— Vá cuidar da vida, então. O horário da morte foi às 23h52. — Ela olhou para Roarke. — Aqui está a sua piscada. O coração dela parou de bater e o aparelho que ele usou para misturar os sinais enviou uma piscada para o sistema, em vez de acionar o alarme. Ele veio preparado. Arma, misturador de sinais, conhecia o caminho e o sistema, se é que podemos acreditar em Gumm.

— Podemos sim. Ele é habilidoso e confiável.

— Quero uma lista das pessoas que conhecem o sistema, qualquer pessoa que tenha sido demitida ou advertida.

— Você terá.

— Peabody, contate as pessoas de sempre e vamos passar um pente fino neste lugar. A Sustolândia ficará fechada nos próximos dias.

— Que tipo de faca é essa? — quis saber Peabody quando pegou seu *tele-link*.

— Baioneta. A vítima é uma acompanhante licenciada que cobra caro. Pelo exame que fiz nas roupas e no estado do corpo, não me parece um ataque de cunho sexual; não haveria necessidade disso. Além do mais, ela ficou com suas joias, o dinheiro e os cartões de crédito, de modo que isso exclui roubo. Por fim, por que trazê-la até aqui, conseguir um misturador de sinais e uma baioneta, se o assassino quisesse só sexo e joias?

"Um motorista de limusine, uma besta, estacionamento de aeroporto. Uma acompanhante licenciada cara, uma baioneta, parque de diversões. Artigos de luxo, armas incomuns, lugares públicos. Ele tem um sistema e até agora está ganhando o jogo por 2 X 0."

Ela se levantou.

— Policial...

— Milway, senhora.

— Milway, veja se consegue descobrir como ela chegou aqui. Transporte pessoal, privado, público. Recolha o material de segurança da entrada do parque. Vamos ver se ele hackeou isso também. Fale com os funcionários do parque e descubra se alguém a viu. Ela é muito bonita. Se eles a notaram, podem ser que tenham reparado em quem estava com ela.

Ela esperou até o guarda sair.

— Como você acha que ele conseguiu passar com isso pelos detectores? — ela perguntou a Roarke, apontando para a baioneta.

— O jeito mais inteligente seria grudar a arma no corpo, dentro de uma bainha ou suporte forrado com fibra magnética. Isso bloquearia a leitura.

Eve fez que sim com a cabeça e continuou a estudar o corpo e o local.

Prazer Mortal 119

— Uma acompanhante licenciada desse nível tem experiência considerável, bem como habilidade, e mantém a ficha limpa. O cabelo dela ainda está perfeito. O vestido, com exceção do sangue, não está amassado. Não há hematomas, nenhum sinal de que ela tentou fugir ou lutar. Ela não desconfiou do que estava para acontecer. Não percebeu que ele era um cara esquisito.

— Houston também não — lembrou Roarke. — Um motorista é bom para analisar clientes.

— Deveria ser. Ela entrou aqui com ele. Vamos seguir a rota das falhas, dos pontinhos, sei lá como Gumm prefere chamá-los, até ela acabar aqui. Esse lugar deve ser horrível quando está funcionando.

— É para ser.

— As pessoas são piradas — disse ela, quase para si mesma. — Você pode pedir que eles liguem este setor? Só este setor. Quero visualizar mentalmente como tudo aconteceu.

— Sim, me dê um momento. — Ele pegou seu *tele-link* e saiu.

— Os peritos estão a caminho e a equipe do necrotério virá em seguida.

Assentindo com a cabeça para Peabody, Eve refletiu sobre os fatos.

— Ela não tem um caderninho com ela, mas pode apostar que uma profissional desse nível tem registros perfeitos dos clientes. Esse cara vai aparecer na lista dela. Mas é claro que ele sabe disso.

— Se é o mesmo assassino, você está achando que ele falsificou uma identidade novamente?

— Estou achando que ele cobriria seus rastros e usaria o mesmo padrão. Se foi esse o caso, ela não o conhecia. Foi a primeira vez dela com ele. Será que ela não iria investigá-lo antes de aceitar o serviço? Para se certificar que não ia sair com um psicopata? Não que isso tenha lhe servido de alguma coisa. Mas ela não pesquisaria? Quero falar com Charles sobre isso — disse Eve, referindo-se a um amigo em comum, um acompanhante licenciado que tinha se aposentado.

— Pode ser que Charles a conheça — acrescentou Peabody. — Eles devem frequentar os mesmos círculos, os mesmos grupos sociais.

A detetive pulou de susto como se seus tênis com sistema de amortecimento tivessem molas, ao ouvir um grito de gelar o sangue.

— Puxa, você tem mesmo nervos de aço — brincou Eve, enquanto os gemidos, o fedor e as luzes misteriosas enchiam o salão. Ela observou um homem animatrônico marcar o rosto de outro animatrônico com um atiçador em brasa.

— Os métodos de tortura apresentados nesse passeio são historicamente precisos — garantiu Roarke. — Os instrumentos são réplicas perfeitas dos que eram usados.

— Sim, as pessoas são mesmo doidas. Existe outra entrada?

— Para o público, não. Aquele corredor leva os clientes daqui através do labirinto que é este lugar, mas depois os moveria para o setor seguinte.

— Certo. — Ela foi até a entrada, ignorando as teias de aranha e os ratos. — O cheiro é autêntico também?

— Sim, ou uma aproximação realista.

— E as pessoas pagam por isso! — Ela balançou a cabeça em desaprovação. — Eles entraram aqui. Será que isso o excitou? Os gritos, o cheiro de sangue e mijo, o realismo? Aposto que sim. Ele não decidiu cometer o crime aqui, planejou tudo antes. Escolheu este lugar, uma réplica de sofrimento, crueldade, medo e desespero. Talvez a vítima estivesse fazendo o papel que se esperava dela, tremendo, se encolhendo toda e agarrando-o. Ou então ela pode ter ido para o outro extremo e se mostrou excitada, empolgada... qualquer coisa que achasse que o cliente buscava.

— Mas eles circularam por aqui. — Ela começou a andar. — Vieram ver tudo mais de perto. Tinham que chegar à zona da morte. As sombras são mais profundas lá. Talvez ele a tenha guiado, ou ela tenha pego esse caminho e se deixado manipular por ele. Ele a colocou contra a parede, presa, foi assim que a matou. Ela achou que ele queria uma pequena amostra do que vinha depois, e pensou que ele a tinha pressionado contra a parede para que ela não caísse ou esbarrasse em alguma coisa. Ele interferiu nas câmeras e nos sensores, mas se ela caísse ou esbarrasse em alguma coisa, um alarme poderia disparar, e ele precisava de algum tempo extra para sair e fugir. Assim que ele saiu, a interferência cessou. Mas ela estava no chão, nas sombras, e o show continuou.

Ela caminhou até uma porta que lembrava a boca de uma caverna.

— Ele foi lá para fora por este caminho. Aonde isso vai dar?

— Aqui. — Roarke entregou seu tablet para ela. — Esta é a planta da área. Dependendo da sua rota e da de quem estiver à sua frente, o programa levará você para um desses três setores. Há saídas estratégicas aqui, aqui e aqui para quem não aguentar e quiser sair da atração antes do fim. Gumm acredita que ele saiu por esta porta.

— Vamos dar uma olhada. Peabody, fique com o corpo e receba os peritos quando eles chegarem.

— Ahn, podemos desligar os efeitos?

— Sua cagona.

Mas Roarke piscou para ela e ordenou que eles fossem desligados.

As luzes de segurança iluminavam um corredor estreito com tochas nas paredes. Eles pegaram uma curva à esquerda que dava em uma caverna imensa com o que parecia ser uma piscina profunda com água até a borda. Nela havia um barco onde homens em trajes imundos de piratas estavam congelados em meio a uma luta de espadas. Dois cadáveres em decomposição jaziam empilhados debaixo de rochas grandes. O mais alto tinha um corvo em sua barriga, o bico enterrado em sua carne rasgada.

— Que agradável.

— Você leva o produto que compra. Quando o equipamento está ligado há cabeças cortadas, tripas à mostra, o navio balança um pouco e surgem espectros dos esqueletos dos condenados. É muito impressionante.

— Aposto que sim. — Ela analisou o cartaz em uma porta em arco feita de pranchas de navio.

**SE A LÂMINA DO PIRATA TE APAVORA,
APROVEITE ESSA CHANCE E CAIA FORA.**

— Aqui é a saída. — Ela empurrou a porta, que se abriu para as luzes brilhantes e os sons do parque. — Ele saiu daqui e sumiu em dois minutos, com facilidade. Como o golpe foi no coração, ele não deve ter sujado as mãos de sangue. Se isso aconteceu, foi fácil limpar antes de sair. Em seguida, ele passeou pela parte externa numa boa. Pode até ter comprado a porra de um cachorro-quente de soja para comemorar. Ele parece um cara comum, um rosto que se esquece com facilidade. Mas ela não, esse é o lance. Ela é o tipo de mulher que as pessoas notam, então talvez alguém tenha reparado nele também.

Ela fechou a porta.

— Vou dar outra volta por aqui. Talvez você possa dar uma ajuda a Gumm e McNab. Quero tudo que eles têm e veremos o que a DDE pode fazer com o material. E, sim — completou, antes de ele ter chance de falar —, você será o meu consultor especial civil, se quiser. Sei que este lugar é seu e você está puto.

— O lugar não é só meu, mas estou puto, sim. A segurança aqui é excelente — acrescentou, olhando em volta —, mas isso é um parque de diversões. Temos famílias, crianças, gente em busca de entretenimento. Acho que não fomos tão rigorosos nessa área quanto poderíamos ter sido.

— Ninguém vai monitorar a Casa dos Horrores de um parque de diversões como se fosse a sede da ONU. Ele sabia o que ia fazer e planejou tudo com cuidado. — Ela franziu a testa. — Quero uma lista dos outros investidores, sócios, sei lá como você os chama. Todas as pessoas que têm a grana e sabiam como funcionava este

Prazer Mortal

lugar. Ele tem dinheiro ou quer se exibir. É o tipo de cara que contrata limusines douradas e prostitutas caras.

Ela saiu da atração e voltou até a entrada. Desta vez, queria refazer o caminho do assassino. Ligou para McNab.

— Guie-me através deste lugar, pelos sinais registrados pela segurança.

— Tudo bem. Deixe-me captar o sinal do seu *tele-link*.

Ela seguiu as instruções que recebia, passou pelo covil de um vampiro, e depois por um cemitério com zumbis que se arrastavam para fora das tumbas. Conseguiu imaginar perfeitamente a iluminação, os sons e os movimentos.

E se o programa os tivesse levado por outra rota?, ela imaginou. Ele já tinha alternativas preparadas. Outras zonas para matá-la, onde houvesse saídas com fácil acesso. E a vítima tinha feito o jogo dele, agira como tinha sido paga para agir.

Ela parou e estreitou os olhos. Ela tinha sido paga. Uma acompanhante licenciada desse nível exigiria um depósito antecipado. Ela precisava consultar Charles e obter um testemunho consistente sobre essa prática e os procedimentos usuais.

No momento em que chegou a Peabody, Eve já tinha toda a rota mapeada na cabeça.

— Ele provavelmente chegou aqui com ela em menos de vinte minutos. A probabilidade é alta de essa ter sido a primeira parada dele e a última dela.

— Eu a investiguei. Ela trabalhava havia mais de 12 anos, sem um único registro policial. Seus check-ups médicos eram feitos com regularidade, ela pagava os impostos em dia e foi subindo na carreira aos poucos. Atualmente estava no nível diamante, e se me lembro do que Charles comentou, isso significa que ela ganha cerca de 10 mil dólares para um encontro de quatro horas. Tem autorização para atender homens, mulheres e grupos, e fazer bondage no papel de submissa ou dominadora. Tinha licença para qualquer coisa que você possa imaginar. Há, no máximo, meia dúzia de acompanhantes licenciadas nesse nível em Nova York. Entre as mulheres, apenas ela e mais outra.

— Ele quer ou precisa de exclusividade. — Ela se virou quando o policial Milway voltou.

— Tenente. Ela não reservou o transporte que usou para vir, mas verifiquei os veículos privados que passaram pelo endereço dela hoje à noite. Um deles pegou uma passageira nesse endereço, uma mulher com o nome dela, às 22h30. O nome da empresa é Elegant Transpo. A motorista, Wanda Fickle, deixou-a na entrada principal às 23h10. O carro foi encomendado e pago por um tal de Foster M. Urich. Ele mora no Village.

— Bom trabalho.

— Obrigado, senhora. Estamos perguntando aos visitantes. Encontramos algumas pessoas que julgam tê-la visto. Com um homem, mas eles são vagos e contraditórios quanto à sua aparência. Vamos continuar a pesquisa.

— Se você conseguir alguma informação importante, quero saber o mais depressa possível.

— Sim, senhora.

Ela pegou o *tele-link*.

— Preciso ir ao Village.

— Fique com o carro — disse Roarke. — McNab e eu vamos juntos até a Central com os discos da segurança.

Já que sugerir que ele fosse para casa dormir um pouco seria uma perda de tempo, Eve não se deu a esse trabalho.

— Eu te vejo em casa.

— Os legistas já chegaram. — Peabody guardou seu comunicador. — Os peritos devem estar chegando.

— Ótimo, deixamos tudo encaminhado aqui e vamos ver Foster M. Urich. Faça uma pesquisa sobre ele.

— Já fiz. Quarenta e três anos, branco, recém-divorciado, uma filha de 8 anos. Ele é o CEO da Intelicore. Foi fichado por usar *zoner* aos 20 anos. Nada mais em seu histórico.

— O que é Intelicore?

— Serviço de coleta e armazenamento de dados. É a principal companhia do tipo, dentro e fora do planeta, uma empresa familiar que existe há três gerações.

— Interessante — murmurou Eve. — Outro ponto para o assassino.

Capítulo Oito

No instante em que viu o carro, Peabody balançou os quadris e agitou os braços no ar.

— Que máximo dos máximos!

— Pare com isso.

— É tão lindo! — Ela resolveu mexer só os ombros. — É tão sexy. É tão espetacular. É tão Roarke!

— Continue assim e você vai até o Village de transporte público.

— Tudo bem, vou me comportar. Mas vai ser ainda melhor se pudermos baixar a capota. Nós podemos? Por favor, por favorzinho?

— Você está passando vergonha. — Eve digitou algo no painel da porta para abrir o veículo.

— Nem perto de sentir vergonha. Ele é tão macio e brilhante. — Ela ronronou enquanto acariciava o capô com as pontas dos dedos.

— Sua bunda estará macia e brilhante quando eu terminar de chutá-la. Vou baixar a capota.

O rosnado de Eve e o dedo erguido cortaram o grito de Peabody. Saiu apenas um pio.

— Só vou fazer isso porque está quente e o vento talvez espalhe um pouco da sua idiotice.

Eve ligou o motor.

— Oh, parece um leão que acabou de se alimentar.

— Como você sabe qual é o som que um leão faz depois de se alimentar?

— Às vezes eu assisto a programas sobre a natureza, para aprimorar minha cultura.

— Faz bem, porque nunca se sabe quando vamos ter que perseguir um leão pelo centro de Manhattan. — Ela ordenou que a capota baixasse e Peabody se remexeu no banco do carona.

— Se você já terminou com seus orgasmos veiculares, veja se consegue descobrir alguma ligação entre as empresas Dudley e Intelicore. — Eve ativou o GPS em seu smartwatch e falou em voz alta o endereço de Urich.

— Puxa, somos muito high-tech!

— Estou só vendo se esse troço funciona. — Ela saiu da vaga e logo atingiu alta velocidade.

— Uhuu!

— Não há vento suficiente para tanto.

— Você também vai fazer "Uhuu!". Por dentro.

Talvez, pensou Eve.

— Se o assassino não for Urich, e nada é assim tão fácil, então se parece muito com ele, ou tentou ficar o mais parecido possível para enganar a vítima. Pode ter mudado o cabelo, ter ficado mais gordo ou mais magro, talvez tenha se submetido a alguma escultura facial, mas deve haver pelo menos alguma semelhança superficial. O assassino provavelmente é branco ou parece caucasiano, mede cerca de 1,78 metro e pesa entre 75 e 80 quilos, como Urich. A menos que ele esteja hackeando identidades aleatórias para as suas mortes, vamos encontrar alguma ligação entre Sweet e Urich.

— Ele escolhe como vítimas pessoas que estão no topo de sua atividade profissional — sugeriu Peabody, enquanto trabalhava no tablet. — Sweet e Urich trabalham para empresas líderes e têm posições importantes nelas.

— É mais que isso — disse Eve, balançando a cabeça. — Quando você pensa nas principais empresas, nas corporações mais ricas ou nos maiores negócios, qual é o primeiro nome que lhe vem à mente?

— Roarke.

— Sim, só que esse cara já matou duas pessoas sem entrar nos negócios do Roarke.

— Mas o parque de diversões...

— Sim, Roarke é sócio de uma parte do parque, é um dos donos. É difícil escolher uma empresa sem esbarrar em um dos negócios de Roarke, mas o assassino não foi em nenhuma delas para tentar um disfarce, em nenhuma das duas vezes. Deve haver uma conexão entre os homens e/ou as suas empresas. Não é aleatório. A mesma coisa com as vítimas. Não se trata de ódio pessoal, mas as vítimas são escolhas específicas. Vamos fazer uma busca para ver se existe alguma ligação entre Houston e Crampton, mas o foco são os homens e suas empresas, e não as vítimas.

— Não encontrei nada nessa primeira busca. Nenhuma das subsidiárias são conectadas, nem mesmo concorrentes. Há escritórios de ambas nas mesmas cidades, mas isso seria forçar a barra. Cada uma das empresas mantém fundações de caridade há muito tempo, mas o fato é que seguem diferentes áreas de interesse.

— O ponto em comum está em algum lugar — afirmou Eve.

Peabody jogou a cabeça para trás e fechou os olhos.

— Talvez funcionários cujas vidas se cruzaram no passado; quem sabe há casamentos entre pessoas das duas firmas, ou relações externas. O assassino tem pelo menos alguns dados ligados a isso.

— É possível.

— Pode ser alguém que tenha raiva de Sweet e Urich.

— É muito trabalho por uma vingança, e a ação é radical demais para simplesmente atingir alguém. Mas vamos procurar ligações entre Sweet e Urich. Os métodos também não são aleatórios. Tudo é planejado com antecedência, são atos deliberados. Para chamar atenção. Ele está se exibindo. Envie uma mensagem para o

Prazer Mortal 129

consultório de Mira — ordenou Eve, referindo-se à psiquiatra que era a principal montadora de perfis da polícia. — Quero uma consulta amanhã. Envie-lhe todos os arquivos para ela dar uma olhada.

Quando ela parou na frente da antiga casa de tijolos aparentes, sorriu para o novo smartwatch.

— Esse troço realmente funciona.

Ela saiu do carro e levou alguns instantes analisando a casa e a vizinhança.

— Local agradável. Tranquilo, tradicional, gente com grana, mas sem ostentação. Urich foi casado durante doze anos. Trabalha na mesma empresa há quase vinte. Gosta de estabilidade. Tem um pequeno jardim aqui na frente que parece arrumado e bem cuidado. Uma vida muito organizada e bem resolvida.

Ela passou pelo portão baixo de ferro forjado, seguiu pela entrada cercada pelo jardim pequeno e bem tratado até a frente da casa; subiu a escada e parou diante da porta principal.

— Está trancada e é segura. — Ela apontou com a cabeça para a luz vermelha no painel de segurança, antes de tocar a campainha, que informou:

Esta residência é protegida pela Secure One. O proprietário não atende vendedores. Por favor, informe seu nome e o motivo da sua presença.

— Tenente Dallas e detetive Peabody. — Eve ergueu o distintivo diante do *scanner*. — Somos da Polícia de Nova York e precisamos falar com Foster Urich.

Sua informação será repassada. Por favor, esperem.

Boa segurança, pensou Eve, mas Urich usava um sistema simples e objetivo.

Passaram-se vários minutos, a luz de segurança mudou para verde e a porta se abriu.

Urich estava de calça larga e camiseta, os pés descalços. Seu cabelo em desalinho emoldurava um rosto de feições angulosas. O medo lhe transbordava dos olhos.

— Aconteceu alguma coisa com Marilee? Minha filha. Foi a minha filha...?

— Não estamos aqui para falar sobre sua filha, sr. Urich.

— Ela está bem? A mãe dela...

— Não é nada sobre a sua família.

Ele fechou os olhos por um momento e, quando tornou a abri--los, o medo se dissipara.

— Minha filha está em um acampamento. É a primeira vez dela. — Ele soltou um suspiro. — Sobre o que se trata, tenente? Nossa, já passa de 3h.

— Lamentamos incomodá-lo a essa hora, mas precisamos fazer algumas perguntas. Podemos entrar?

— Estamos no meio da madrugada. Se vou deixá-las entrar, tenho o direito de saber do que se trata.

— Estamos investigando um homicídio e seu nome apareceu.

— Meu nome... um assassinato? Quem morreu?

— Ava Crampton.

Seu rosto se enrugou em perplexidade.

— Não conheço ninguém com esse nome. Tudo bem, entrem. Vamos esclarecer tudo isso.

O comprido saguão se abria para uma sala de estar com cores marcantes, estofados imensos e um telão de grandes proporções. Sobre a mesa, diante de um sofá comprido de encosto alto, havia duas taças e uma garrafa de vinho tinto. Um par de sandálias de salto alto estava embaixo da mesa.

— Quem é Ava Crampton e como o meu nome surgiu nesse caso?

— O senhor está sozinho, sr. Urich?

— Não vejo em que isso possa ser da sua conta.

— Se o senhor teve companhia esta noite, isso poderá esclarecer algumas questões.

Prazer Mortal 131

Ele ficou ruborizado e Eve notou.

— Estou com uma amiga. Não gosto de ser interrogado sobre a minha vida pessoal.

— Não o culpo, mas Ava Crampton perdeu a vida pessoal dela.

— Sinto muito, mas isso não tem nada a ver comigo. E eu realmente quero saber por que a senhora acha que tem.

— Uma limusine da empresa Elegant Transpo levou a srta. Crampton para Coney Island hoje à noite.

Ele pareceu ao mesmo tempo irritado e confuso.

— Tenente Dallas, se a senhora está interrogando todas as pessoas que usam regularmente a Elegant Transpo, prepare-se para ter uma noite muito longa.

— A reserva para a limusine estava em seu nome e foi paga com o seu cartão de crédito.

— Isso é ridículo. Por que eu pediria uma limusine para uma mulher que nem conheço?

— Boa pergunta — disse Eve.

A irritação dele aumentou tanto que encobriu o espanto.

— Quando essa reserva foi feita? — perguntou, em tom ríspido. — Qual cartão foi supostamente usado?

Quando Eve lhe informou tudo, ele demorou um pouco antes de falar.

— Esse é o meu cartão corporativo. Uso esse serviço de transporte normalmente para negócios e assuntos pessoais, mas sei que nem eu nem minha assistente reservamos uma limusine para hoje à noite.

— Vamos deixar esse detalhe de lado. Onde o senhor esteve entre 22h e 1h?

— Foster?

A mulher bonita surgiu, usando um roupão masculino grande demais para ela. Seu cabelo castanho na altura do queixo estava bagunçado. Como Urich, ela não tinha pensado em penteá-lo.

— Sinto muito por interromper. Eu fiquei preocupada.

— Tudo bem, Julia. É apenas um equívoco. Julia e eu passamos a noite aqui, juntos. — Ele tornou a enrubescer. — Eu... ahn... ontem eu a busquei em casa por volta das 19h45. Jantamos às 20h no Paulo's. Depois nós... ahn... viemos para cá. Não me lembro da hora.

— Foi um pouco depois das 22h — ajudou Julia. — Estamos aqui desde essa hora. O que aconteceu?

Ele foi até onde ela estava e lhe acariciou o braço.

— Alguém foi assassinado.

— Oh, não! Quem?

— Eu não a conheço, e houve algum equívoco relativo ao uso do cartão da minha empresa. Preciso esclarecer isso tudo. Não consigo pensar direito — acrescentou ele. — Vou preparar um pouco de café.

— Não, eu faço isso. Pode deixar que eu preparo, Foster. Sente-se. Vocês gostariam de um café? — ela ofereceu, olhando para Eve e Peabody.

— Seria ótimo — aceitou Eve.

— Foster, fique aí com a polícia. Vai levar só um minuto.

— Desculpe — pediu ele, quando Julia saiu. — Sentem-se. Isso me deixou desnorteado. Não sei como a conta da minha empresa pode ter sido usada. Nós mudamos o código a cada duas semanas.

Eve tirou da bolsa a foto da carteira de identidade da vítima.

— Você a reconhece?

Ele deu uma boa olhada na foto, tirou o cabelo da frente dos olhos e estudou a imagem mais um pouco antes de balançar a cabeça.

— Não. E não creio que esse seja um rosto que eu esqueceria com facilidade. Ela é linda. Coney Island, a senhora disse? — completou, devolvendo a foto.

— Isso mesmo. Você já esteve lá.

Ele sorriu.

— Levei minha filha várias vezes lá desde que o parque foi reinaugurado. Ela vai fazer 9 anos no mês que vem. Sou divor-

Prazer Mortal 133

ciado — acrescentou, rapidamente. — A mãe dela e eu nos separamos há alguns meses.

— Entendo. Você conhece um homem chamado Augustus Sweet?

— Acho que não. Esse nome não me é familiar. Eu conheço muitas pessoas, policial, e...

— Tenente.

— Desculpe... Sim, tenente Dallas. No meu trabalho... A senhora já sabe o que faço e onde trabalho. Já deve ter verificado.

— Já, sim. Quem teria acesso às informações da sua conta?

— Minha assistente, Della McLaughlin. Ela trabalha comigo há mais de quinze anos. Certamente não está envolvida nisso. O ajudante dela, Christian Gavin, também conhece o código, mas devo dizer o mesmo em relação a ele. Christian está conosco há quase oito anos. Ah, Julia. — Ele sorriu de novo quando ela voltou com uma bandeja e se levantou para recebê-la. — Obrigado.

— De nada. — Ela permaneceu em pé enquanto ele colocava a bandeja sobre a mesinha. — Devo sair da sala?

— Não, por favor. Tenente, preciso bloquear essa conta e iniciar uma pesquisa pelo extrato do cartão. Poderei lhe dizer exatamente quem o usou, depois que fizer isso.

— Vá em frente, então.

Ele se serviu de café e colocou creme na xícara.

— Vou demorar só alguns minutos.

Julia se sentou e fechou um pouco o roupão.

— Isso é estranho e... É muito estranho.

— Posso lhe perguntar há quanto tempo você e o sr. Urich estão envolvidos?

— Envolvidos? Acho que há cerca de um mês, mas já nos conhecemos há três anos, desde que nossas filhas se tornaram amigas. Elas estão no acampamento juntas. O pai de Kelsey e eu nos divorciamos há vários anos. Desde que Foster e Gemma se divorciaram, Foster e eu... Bem, passamos algum tempo juntos acompanhando as meninas em saídas, passeios, parques, esse tipo de coisa. Costumávamos conversar muito. Ele precisava conversar com alguém que já tinha passado pelo divórcio. Foi então que a coisa meio que... evoluiu. Esta, na verdade, é primeira vez que temos a chance de... Bem, de qualquer modo, não creio que algo do que contei seja relevante.

Você ficaria surpresa, pensou Eve.

— O divórcio foi difícil para o sr. Urich? — quis saber Peabody, aproveitando a deixa.

— Divórcios sempre são momentos difíceis. Mas foi tudo muito civilizado. Ambos amam muito a filha, mas Gemma queria algo diferente do que tinha. Acho que foi mais difícil para Foster entender. Não houve uma coisa específica. Ela só não queria o que eles tinham.

— Ela está envolvida com outra pessoa?

— Acho que não. Isso faz parte das outras coisas que ela queria. Gemma simplesmente não queria um relacionamento. Não agora, pelo menos. Ela não o deixou por causa de outra pessoa, se é isso que a senhora quer saber. Ela é uma pessoa muito decente.

Urich voltou e ficou em pé do outro lado da mesa de café.

— É o meu código. Quem reservou a limusine sabia o meu código e a minha senha. Não sei explicar como isso pode ter acontecido. Já pedi uma busca e uma perícia no sistema, para confirmar que fomos hackeados. É a única explicação que tenho.

— Você consegue se lembrar de alguém que gostaria de lhe causar problemas? — perguntou Eve. — Alguém que quisesse a polícia na sua porta às 3h?

Ele não respondeu de imediato, mas franziu a testa e olhou para algum ponto além.

— Quando alguém ocupa uma posição importante em uma empresa como a Intelicore, como é o meu caso, isso sempre gera ressentimento, raiva, algumas mágoas. As pessoas são demitidas, transferidas, ou recebem advertências. Dá para imaginar que há pessoas que não se importariam em me ver envolvido com a polícia, ou incomodado de alguma forma. Provavelmente, alguns gostariam de saber que fui interrogado. Mas isso vai muito além. Trata-se de usar o meu nome e ligá-lo a um assassinato. Não, eu não consigo pensar em ninguém que possa ter feito isso.

— Vou enviar nossos detetives eletrônicos para o seu escritório e para cá, a fim de fazer uma verificação completa no seu equipamento. Alguma objeção a isso?

— Não. Quero todas as respostas o mais rápido possível. Vou ter que contar o que aconteceu para o Terceiro — murmurou ele.

— Terceiro?

— Desculpe. — Ele balançou a cabeça. — O presidente da empresa. Preciso informar a ele que houve uma violação, e que há uma investigação criminal relacionada a isso. — Ele passou a mão pelos cabelos.

— Ele não pode culpar você — afirmou Julia.

— Mas aconteceu na minha conta. Em algum momento a cabeça de alguém vai rolar. Pode acreditar em mim, tenente, quando digo que espero respostas rápidas. Não quero que essa cabeça seja a minha.

— Agradecemos muito a sua cooperação. — Eve se levantou. — Se ele é o presidente da empresa, por que você o chama de Terceiro?

— Sylvester B. Moriarity Terceiro. Foi o avô dele quem fundou a empresa.

Eve já tinha essa informação, mas direcionou a conversa para ela.

— Ele tem um papel ativo na empresa, certo?

— Está muito envolvido, certamente. Vou acompanhá-las até a porta.

— Eles são uns fofos! — exclamou Peabody, ao se sentar no banco do carona. — São muito fofos! — insistiu, quando Eve continuou calada. — Ele todo vermelho e confuso por ter uma mulher dormindo lá, e ela preparando café e usando o roupão dele.

— O mais importante é que ele tem um álibi sólido, e simplesmente não tomou parte no que aconteceu. Vamos verificar a assistente e o ajudante da assistente. Precisamos rodar programas de buscas cruzadas com todos, suas famílias, amigos íntimos e possíveis ligações com a Dudley & Son. E vamos rastrear a arma. Quem compra a porra de uma baioneta? O mesmo tipo que compra a porra de uma besta. Uma pessoa que tem acesso a bloqueadores de sinal com alta tecnologia e sabe se blindar para passar por um *scanner*. Certamente ele tem habilidades, ou dinheiro, ou as duas coisas.

— Provavelmente também não bate bem da cabeça. Matar duas pessoas que, pelo visto, foram escolhidas aleatoriamente. Isto é, caso você esteja certa e a coisa não tenha nada a ver com as vítimas, e sim com o método e os assassinatos em si.

— Quem contrata a acompanhante licenciada mais exclusiva da cidade e não reserva um tempinho para fazer sexo com ela? Essa profissional recebeu um depósito adiantado, então o assassino é alguém que não se importa de jogar ao vento milhares de dólares.

— Não é o dinheiro dele mesmo, já que a despesa saiu dos cofres da Intelicore.

— Verdade. — Eve refletiu sobre isso o tempo todo enquanto dirigia em direção à Central. — Assassinatos consecutivos — continuou ela, atravessando a garagem subterrânea a caminho do elevador. — Ambos planejados e bem arquitetados; ambos com o uso da identidade de outra pessoa; ambos caros, não importa quem tenha pagado por eles. As grandes corporações provavelmente têm seguro contra esse tipo de fraude.

— Não sei. Pode ser.

— Aposto que têm. Sweet e Urich vão passar algum sufoco, mas se for provado que eles não autorizaram o pagamento, podem escapar disso numa boa... e as empresas também, provavelmente. A companhia de seguros é que vai ficar no prejuízo. Vamos descobrir qual é a seguradora dessas companhias.

Elas saíram do elevador e pegaram uma das passarela aéreas.

— Dê início às pesquisas — ordenou Eve. — Vou até a DDE para ver se eles já conseguiram alguma informação para nós.

Prazer Mortal

Pelo menos dessa vez, a DDE estava quase em silêncio completo. Apenas uns poucos funcionários ocupavam as estações e mesas de trabalho àquela hora da madrugada. Andavam de um lado para outro rapidamente, estalavam chicletes e dedos, mas não havia muita gente. Observando que McNab não estava em seu lugar, Eve desviou e seguiu direto para o laboratório.

Ela o viu atrás do vidro, muito agitado enquanto bebia algo de um copo gigantesco — provavelmente uma bebida tão doce que quase fez doer seus dentes. Roarke estava sentado, manejando um teclado e um monitor, o cabelo amarrado na altura da nuca e o que Eve imaginou que era uma caneca de café considerável ao seu lado.

Para sua surpresa ela viu Feeney, o capitão da DDE e seu ex-parceiro na polícia. Seus cabelos, uma explosão cor de gengibre e prata, pareciam ter sido atingidos por um raio. Seu rosto parecia mais amarrotado do que o habitual, provavelmente porque ele tinha sido convocado para trabalhar no meio da noite. Usava uma camisa branca mais enrugada do que a calça marrom.

Ela entrou na sala e exigiu:

— Relatório dos nerds!

Feeney olhou para ela longamente.

— Garota, você não podia arranjar algo mais normal? Que merda é essa de baionetas e bestas antigas?

— Isso faz com que eu não fique entediada.

— Pessoas ricas ficam entediadas. Trabalhadores comuns não têm tempo para isso. — Ele pegou a bebida da mão de McNab e tomou um gole. — Os discos de segurança foram virados do avesso. Um bom sistema para um parque de diversões, mas foi invadido. Vamos lhe repassar o que já descobrimos.

— Não vai ser muita coisa, mas que inferno! — reclamou Roarke, rebatendo Feeney. — O sistema não foi simplesmente bloqueado... e o foi de um jeito muito preciso, diga-se de passagem. Também foi infectado por um vírus complexo, para tornar nossa vida mais difícil. O dispositivo usado é muito sofisticado, possivelmente de uso militar.

— Então estamos em um beco sem saída? Vocês não conseguem fazer nada?

Os olhos de Roarke se estreitaram e lançaram raios azuis, como ela esperava.

— Ainda é cedo para jogar a toalha, tenente.

— E quanto às imagens de segurança do parque? A vítima apareceu nelas?

— Estou trabalhando nisso. — McNab se sentou numa cadeira giratória e deslizou até um monitor. — Temos a imagem dela chegando. A limusine parou aqui, está vendo? A motorista saltou.

— Sim, já tenho o nome dela. Vamos conversar com ela.

— A vítima saltou... e que pernas! Caminhou até a entrada e começou a olhar em volta.

— Está à procura dele — acrescentou Eve. — Ficou diante das câmeras, olhando para todos os lados. Viram só, ela o avistou. Vejam como ela colocou um grande sorriso no rosto, deu uma boa sacudida no cabelo e começou a caminhar.

— Sim, e aqui surgiu um ponto de interferência que durou alguns segundos. Zap, zap. Corri o arquivo colocando a imagem dela como ponto focal e peguei mais alguns pontos em branco. Quando você acompanha as interferências pelo mapa do parque, basicamente dá para segui-los diretamente até a Casa dos Horrores.

— Ele não perdeu tempo.

— E conhecia tudo sobre o lugar — acrescentou Roarke. — O parque e sua segurança.

— Mas ele se atrasou um nanossegundo no caminho para a Casa dos Horrores, quando trocou o controle das câmeras externas para o das internas. Conseguimos um pedaço dele.

Eve observou o perfil parcial, o ombro e o lado do corpo quando o assassino entrou, com uma das mãos erguidas, a palma nas costas do vestido branco que Crampton usava e a outra no bolso.

— Isole o rosto e amplie a imagem.

McNab ordenou isso ao computador.

Prazer Mortal

— Barba. Dá para ver uma barba. O cabelo está mais comprido e ele parece um pouco mais gordo que Urich. Alguns quilos. Não é ele, mas pelo que podemos ver, existem semelhanças suficientes com a foto que ela pesquisou, e isso pode tê-la enganado. Ela está esperando esse cara, e ele provavelmente descreveu para ela a roupa que estaria usando, comentou que estava de barba, que tinha deixado o cabelo crescer e ganhado alguns quilos. Ela viu o que tinha sido preparada para ver. Quanto mais podemos conseguir a partir disso?

— Estou trabalhando em uma imagem composta. Podemos obter especificações mais sólidas a partir daí. Temos o formato do seu rosto, parte de um olho, formato do queixo.

— A barba é falsa. Ele tem que convencê-la de que é Urich, então precisa ter algo extra para mascarar algumas características. Consiga-me uma imagem composta dele, com e sem a barba.

— Ok.

— Um pequeno erro. Ele estava animado e pisou na bola. Deve ter aproximadamente a mesma altura de Urich. Pode estar usando sapatos de salto mais alto, mas tem mais ou menos a mesma altura. Pode ter colocado algum tipo de preenchimento para adicionar peso, mas não acredito muito nisso. Ele quer se manter o mais próximo possível da aparência de Urich, então ele deve ser mais pesado de verdade. Amplie o sapato.

McNab piscou duas vezes e encolheu os ombros.

— Ok.

— Melhore a nitidez da imagem.

Ela estreitou os olhos.

— Esse calçado é... como é mesmo o nome? Um loafer. Marrom-escuro, parece bem caro. Vamos descobrir a marca.

— Ensinei tudo que ela sabe — disse Feeney para Roarke. — Boa jogada, garota.

— Ele gosta de bons sapatos — continuou Eve — e pode pagar por eles. Por que calçar sapatos caros para um assassinato em um parque de diversões?

— Nem todo mundo liga tão pouco para sapatos quanto você, querida.

Ela fitou Roarke longamente.

— Nada de civis me chamado de "querida" aqui. Tênis ou sapatos de lona fariam mais sentido. Daria para a pessoa se movimentar mais rápido, se fosse necessário. Afinal, aqui é Coney Island. É um parque de diversões. Só que ele usa sapatos bons. É vaidoso, gosta de coisas caras e exclusivas. Ou talvez simplesmente esteja acostumado com elas. Ele vai matá-la, mas quer que ela perceba que ele tem bom gosto e grana para torrar.

"Continue nessa linha de pesquisa", disse a McNab. "Preciso de um minuto com você." Ela chamou Roarke fazendo um sinal com o dedo indicador, e saiu da sala.

Quando Roarke a seguiu, deu um aperto de leve no dedo que ela tinha curvado.

— Tente se lembrar de que sou seu marido, não um subordinado.

— Nossa, desculpe. Se eu considerasse você um subordinado provavelmente teria te expulsado da sala. Ou feito algo nesse sentido.

— Acredito que sim. De qualquer modo — ele deu mais um curto aperto no dedo dela. — Vamos dar um passeio. Estou com fome.

— Eu não...

— Se eu tenho de me contentar com aquelas máquinas horríveis e escolher algo para comer, você pode muito bem andar enquanto fala.

— Tudo bem, tudo bem. — Ela enfiou as mãos nos bolsos enquanto ele entrou em um corredor, seguindo em direção às máquinas horríveis. — Enquanto isso, lembre-se de que foi você quem pediu para entrar neste caso.

— Estou bem ciente disso. — Ele ficou na frente de uma das máquinas, franzindo as sobrancelhas para os produtos. — Acho que os salgadinhos são mais seguros.

— Pode usar minha senha. É...

— Eu sei a sua senha. — Ele pediu cinco pacotes.

— Nossa, acho que você está mesmo com fome.

— Você vai ficar com um e entregar outro para Peabody. Os outros são para os meus colegas de laboratório.

Enquanto a máquina, que nunca cooperou tão bem com Eve, narrava as informações nutricionais dos salgadinhos de soja, Roarke a observou.

— O que você precisa de mim?

— Tenho algumas perguntas. As suas indústrias que controlam a economia global têm seguro contra hackers e fraudes?

— Claro.

— Sim, então se Sweet ou Urich trabalhasse para você e uma fraude tivesse acontecido, você estaria coberto.

— Haveria uma investigação, o que levaria algum tempo e possivelmente um processo legal, mas sim. Bem pensado — acrescentou ele, recolhendo os pacotes. — Eu ainda não tinha chegado tão longe nessa possibilidade.

— Por isso você é o subordinado.

Ele a beliscou.

— Isso se explica por eu me concentrar mais nas árvores individuais, nos dados e nas imagens, e não na floresta inteira. Isso custaria às empresas tempo e grana, mas é uma quantidade de dinheiro relativamente pequena. A publicidade negativa poderia causar outros danos, mas os profissionais de marketing têm recursos para resolver isso. "Estamos cooperando com as autoridades, vamos fazer uma investigação interna completa." Provavelmente eles vão cortar uma ou duas cabeças.

— Sim, esse foi o palpite de Urich. Na condição de imperador global de todo o seu império, você sabe ou tem acesso aos códigos e senhas de seus funcionários?

— Se você quer dizer na condição de dono das Indústrias Roarke, eu tenho acesso total a esses dados, sim.

— Por conseguir hackear todo mundo ou pela sua posição?

— Ambos. Isso não é interessante?

— Talvez. O que você sabe sobre Winston Cunningham Dudley Quarto?

— Amigos o chamam de Winnie.

— Sério? — Ela balançou a cabeça. — Você também?

— Não, mas eu não o conheço muito bem. Nós certamente já nos encontramos em eventos de caridade, esse tipo de coisa, mas não temos nada em comum.

— Vocês dois são podres de ricos.

— Há uma diferença entre a riqueza que passa de geração para geração e a riqueza adquirida mais recentemente e com esforço pessoal.

— Então ele é um puta esnobe?

Roarke riu.

— Você radicaliza as coisas. Eu não faço ideia. O que sei, e isso é mais uma impressão ou comentário casual, é que ele parece gostar dos seus privilégios e socializa com pessoas da sua própria espécie. Dudley & Son é uma empresa sólida e bem-conceituada. Se você acha que ele foi acometido de uma súbita fúria assassina e jogou a culpa em um de seus principais funcionários, devo perguntar por que razão ele faria isso.

— Aí já são outros quinhentos. Só estou tentando construir uma ideia das coisas. E a outra empresa, a Intelicore, e esse Sylvester Bennington Moriarity Terceiro. Quem é que inventa esses nomes?

— Acho que o quarto filho saberá quem inventou. Considerando a nossa experiência e linhagem, quando tivermos filhos também teremos que inventar nomes impressionantes. Como Bartholomew Ezekiel.

— Se tivermos um filho, espero que eu goste dele o bastante para não fazer isso.

— Boa observação. — Ele se virou para a máquina e pediu uma bebida energética cítrica.

— Você já tem café na sua mesa.

— Meu café, graças a esta sua consultoria, agora está frio. E preciso beber alguma coisa que ajude esses salgadinhos a descer. Não conheço Moriarity melhor do que o outro sujeito, mas acho que os amigos o chamam de Sly. Se me lembro bem, ambos estão com mais ou menos 40 anos e cresceram no estilo de vida que se espera de pessoas desse nível. Jogam polo, squash ou golfe, eu imagino.

— Você não gosta deles.

— Não os conheço muito bem — ele repetiu. — Mas não, não gosto muito deles, e isso certamente é mútuo. Esse tipo de gente tem muita desconfiança e desdenha de pessoas como eu. O dinheiro tira o rato da rua, querida, mas não o extermina.

— Então eu não gosto deles também. — Quando ele levantou as sobrancelhas, ela o cutucou na barriga. — Está muito claro que um deles ou os dois desprezam o meu homem. Minha obrigação é não gostar deles.

— Segure isto para mim, por favor? — pediu ele, e colocou a bebida na mão dela. Em seguida, usou a mão livre para cutucá-la na barriga, de volta. — Obrigado por dizer isso. Mas mesmo que os consideremos uns puta esnobes, entre o esnobismo e o assassinato existe uma grande distância.

— Tenho que verificar todos os ângulos. Segure aqui. — Ela entregou a bebida de volta para ele e pegou os dois sacos de salgadinhos de soja. — Vá fazer o que você sabe e eu farei o mesmo. Obrigada pelos salgadinhos — ela disse, enquanto se afastava.

— Foi você quem os comprou.

— Certo. — Ela girou o corpo, recuou um passo e disse: — De nada.

Capítulo Nove

Eve jogou para Peabody o pacote de salgadinhos quando entrou na Sala de Ocorrências quase vazia.

— Uau, obrigada!

— Você mereceu?

— Tenho uma série de programas e pesquisas em processamento. Até agora não consegui achar nenhuma conexão entre Sweet e Urich. Ambos frequentam academias caras, mas diferentes. Sweet tem um chalé de férias no norte do estado. Urich tem uma casa de verão nos Hamptons, mas a ex-esposa ficou com ela no acordo de divórcio. Eles não cresceram em bairros próximos e as escolas que frequentaram ficavam longe uma da outra. Consultam médicos diferentes em diferentes áreas da cidade. Nem sequer costumam fazer compras nos mesmos lugares.

— Confira as ex-esposas. É sempre bom ser meticuloso.

— Coloquei essa pesquisa para rodar também. Até agora, nada. Fiz uma busca paralela na motorista de limusine desta noite. Nada lá também. Ela trabalha com isso há sete anos, tem um histórico impecável e não interagiu em nenhum momento com Sweet. Já conduziu Urich na limusine várias vezes, mas isso era de esperar. Estou verificando a assistente de Urich e seu ajudante. Não encontrei nada até agora.

— McNab vai mandar pesquisar os dados sobre um par de sapatos. Quero uma lista dos locais onde eles são vendidos.

— Sapatos?

— Conseguimos uma imagem parcial de uma das câmeras do parque. Não é muito, mas podemos descobrir algo sobre o modelo. Vou dar uma olhada na casa da vítima e pegar a agenda dela.

Peabody abriu o pacote de salgadinhos e deu uma fungada profunda lá dentro.

— Não quer que eu vá junto?

— Precisamos completar essa parte chata da busca. Quando você estiver adiantada nela, tire uma hora ou duas, se precisar, para dormir um pouco.

Ela reabasteceu o copo de café e saiu. Pensou em erguer a capota, por uma questão de princípios, mas decidiu que não faria diferença. Quem a notaria circulando por Nova York com a capota arriada às 4h?

Além do mais, quando ela parou na calçada em frente ao prédio cintilante na Park Avenue, o porteiro androide não fez cara de desdém ao ver o carro. Em vez disso, apressou-se em dar ao rosto cheio de circuitos uma expressão de respeito e veio abrir a porta do carro para ela.

— Bom dia, senhorita. Em que posso ajudá-la?

— Para começar, não de chame de "senhorita". — Satisfeita, ela exibiu seu distintivo. — Sou tenente. Vou deixar minha viatura aqui. Não quero que ninguém toque nela. Preciso ter acesso ao apartamento de Ava Crampton.

— Senhorita... Tenente... A srta. Crampton não voltou para casa hoje de manhã.

— E não voltará, pois está morta.

Ele assumiu o ar desorientado de um androide que processa uma informação inesperada.

— Sinto muito por ouvir isso. A srta. Crampton era uma distinta inquilina.

— Eu sei. Libere a minha entrada.

— Será preciso verificar sua identificação antes de admitir seu ingresso.

Ela ergueu o distintivo novamente e esperou enquanto os olhos dele escaneavam e processavam os dados.

— Alguém tentou entrar na casa dela esta noite?

— Não. A srta. Crampton ocupava a cobertura triplex no canto oeste do prédio, e ninguém saiu ou entrou naquela unidade desde que a própria srta. Crampton saiu às... — o olhar vazio surgiu novamente — ... Vinte e duas e trinta e dois. Nessa hora ela pegou um transporte particular, com motorista, para um destino que me é desconhecido. Precisa que eu pesquise o transporte e/ou o motorista?

— Não, já consegui isso.

— Vou encaminhá-la para o apartamento da srta. Crampton. Vai precisar da minha ajuda?

— Tudo que lhe peço é que você se assegure de que a minha viatura vai continuar onde está e do jeito que está.

— Certamente.

Ava Crampton tinha levado a vida em alto estilo, pensou Eve enquanto subia por um elevador privativo até o sexagésimo primeiro andar. Uma cobertura de esquina de três andares com jardim no terraço, em um bairro de imóveis caríssimos.

Aquilo era mais do que sexo, refletiu. Tinham sido necessárias mais do que acrobacias e um bom corpo, a fim de ganhar grana suficiente para manter aquele estilo de vida.

A cobertura se abria para um saguão imenso com um candelabro de prata trabalhada e adornada com diamantes. O piso de madeira escura servia de tela para tapetes em cores fortes com estampas elaboradas. A arte nas paredes seguia o mesmo estilo, com cores quentes misturadas a formas singulares que contrastavam com as suaves paredes em tom de creme.

A mobília, ela notou ao vagar pelo andar principal, conseguia combinar o mesmo estilo complexo, mas com conforto e suntuosidade. Almofadas imensas e numerosas, luzes cintilantes, mesas espelhadas, inúmeras almofadas menores.

A mesa de jantar em prata era valorizada por um enorme vaso de flores cujo arranjo tinha sido feito por alguém com olho de artista — e as flores estavam frescas. Acima da lareira de ébano na outra sala, reinava um retrato espetacular da ex-moradora, corajosamente nua e reclinada sobre uma cama com colcha vermelha.

Ela não era do tipo recatada.

Eve circulou pela cozinha, por lavabos, viu uma sala de estar separada e admirou a vista do local mais por curiosidade do que por necessidade. Isso a ajudou a construir uma imagem da mulher. A vítima vivia plenamente, pensou, se cuidava muito bem e aproveitava os frutos do seu trabalho.

Ela pegou uma imensa escada em curva até o segundo andar, dispensando o elevador.

A suíte master era enorme, e precisava ser para acomodar a cama. Eve calculou que nela poderiam dormir seis pessoas, e se perguntou se isso já não teria acontecido. Ela escolhera tons dourados ali, mais quentes em vez de simplesmente brilhosos. E forrara a cama com o que parecia ser um hectare de seda dourada texturizada. Sofás curvilíneos, mais travesseiros, mesas em madeira entalhada, cúpulas de luminárias franjadas com pequenas contas e outro arranjo de flores menos volumoso davam continuidade ao estilo indulgente e aconchegante.

Nas muitas gavetas das mesinhas de cabeceira, Eve encontrou uma grande quantidade de brinquedos, acessórios e estimulantes sexuais, tudo organizado de modo eficiente.

Calculou que o quarto de vestir e o closet deviam ser mais ou menos do tamanho da Sala de Ocorrências da Central de Polícia, e tudo era igualmente organizado. As roupas pareciam ser de tecidos caros, ela notou, e tudo era de grife. Havia sapatos em quantidade suficiente para calçar a população de um pequeno país.

Uma cômoda alta estava trancada e chumbada no chão. Joias, ela concluiu. Mais tarde confirmaria isso.

Por ora, ela preferiu apenas dar uma olhada no banheiro e decidiu que Crampton deixava Roarke para trás em algumas áreas. Continuou a verificação no segundo andar.

Viu duas suítes generosas e bem equipadas para hóspedes, uma segunda área social com uma cozinha pequena e eficiente... e um salão de sadomasoquismo igualmente bem equipado. Havia couro preto, cordas de veludo, uma seleção de chicotes, chibatas e algemas em abundância. Em outra cama, essa coberta de cetim preto, havia uma caixa de joias cheia de pequenas facas com cabos ornamentados.

Ela foi para o terceiro andar. Ali, pensou, era o centro de negócios. O escritório da presidente da empresa, certamente luxuoso, mas projetado para negócios sérios. Uma parede estava cheia de monitores, discos de arquivo organizados, um centro de dados e comunicações. O lugar tinha ainda outra pequena cozinha com um AutoChef abastecido, uma geladeira de tamanho normal, um bar lotado com garrafas de bons vinhos, outras bebidas e coqueteleiras.

Ela esperava que o computador estivesse protegido e codificado, e realmente estava. Deixando isso de lado por ora, vasculhou as gavetas até encontrar a agenda de compromissos. Achou que as informações tinham um estilo muito comercial e discreto.

No dia em que morreu, Ava Crampton passara a tarde em seu salão de beleza, para fazer o que Eve supôs ser um "serviço completo". Às 17h, tivera um encontro com uma tal de Catrina Bigelo por duas horas no Palace. O hotel de Roarke, pensou Eve. Por que não trepar no melhor hotel da cidade?

Foster Urich estava agendado para as 22h30. Ela seria levada pela Elegant Transpo até o encontro, em Coney Island. Um encontro de quatro horas com a opção de pernoite em aberto.

Prazer Mortal

Uma noite cara, ela pensou.

Ava tinha feito uma anotação depois do nome de Urich. Cliente novo, verificado e aprovado.

Eve usou seu comunicador para convocar uma equipe da DDE, que deveria passar ali para pegar os eletrônicos, mas havia algo mais a fazer. As respostas, ela pensou, não estavam ali, no espaço onde a vítima vivia. Mesmo assim, eles teriam de vasculhar aquele espaço para entender quem era Ava e descobrir todos os seus segredos.

Ela pressionou os dedos contra os olhos, esfregou-os com vontade e tentou se forçar a recuperar o fôlego. Olhou para o AutoChef e pensou em café. Era quase certo que a vítima tinha café de verdade ali.

Mas servir-se de uma caneca seria desrespeitoso.

Ela esticou as costas e se levantou. Teria que engolir qualquer coisa que pudesse encontrar na rua e lhe desse um pouco de energia, mesmo que o sabor não fosse grande coisa.

Quando saiu do prédio, Nova York estava mudando de turno. Os que se apresentavam em algum palco ou trabalhavam à noite começavam a ir para casa, ou para onde quer que fossem descansar até a noite seguinte. Os que viviam de dia já acendiam as luzes nos apartamentos e se apressavam para pegar o trem ou o metrô da manhã. Os serviços de limpeza se arrastavam pelas ruas, fazendo muito barulho enquanto trabalhavam.

Mas junto com o cheiro de lixo, ela sentiu no ar o perfume das padarias que soltavam pelos dutos de ventilação os mais variados odores açucarados e fermentados, justamente para atrair quem passava.

Ela se lembrou dos salgadinhos de soja que tinha jogado no banco do carona e eles foram seu café da manhã enquanto dirigia para o necrotério. Lá, serviu-se de uma lata de cafeína fria, que era muito mais segura que o líquido que diziam ser café.

Ela não esperava que alguém já tivesse dado início aos exames *post mortem* em Ava Crampton. Simplesmente queria dar mais uma olhada em sua vítima, antes de voltar para a Central.

Eve entrou na sala de Morris e ali estava ele, vestindo sua roupa de proteção e com o corpo já preparado sobre a mesa.

— Você trabalhou no turno da noite? — perguntou Eve. Foi então que reparou na tristeza em seu rosto e nos sinais de uma noite sem dormir.

Ele estava de preto novamente, austero e inquieto.

— Não, mas vejo que você trabalhou. — Ele selou as mãos enquanto estudava o corpo. — Ela era muito bonita.

— Era, sim. Acompanhante licenciada de alto nível.

— Eu vi no seu relatório. Não tenho nada para lhe informar. Ainda não comecei os exames.

— Eu estava investigando o caso e quis dar mais uma olhada nela antes de começar meu turno. — Ela hesitou, mas a infelicidade que viu no rosto dele a fez ir em frente. — Noite ruim?

Morris ergueu a cabeça e encontrou seus olhos.

— Sim. — Ele hesitou enquanto ela tentava descobrir o que dizer, ou se devia dizer alguma coisa. — Há momentos em que sinto falta dela do que parece possível ou suportável. Mas a coisa está melhor. Sei que está melhor porque não acontece em todos os momentos de todos os dias, nem mesmo em todos os dias ou todas as noites. Mas há horas em que percebo, novamente, que não existe mais Amaryllis Coltraine nesse mundo, na minha vida, e isso me sufoca.

Dessa vez, Eve não pensou no que poderia ou deveria dizer. Simplesmente disse o que lhe saiu do coração e da alma.

— Não sei se algum dia isso passa, Morris, nem quanto tempo demora. Não sei como as pessoas conseguem superar.

— Minuto a minuto, depois hora a hora, depois dia a dia. O trabalho é um consolo — disse ele. — Os amigos são um consolo. A vida é para viver. Você e eu sabemos disso, embora passemos muito tempo com os mortos. Ou talvez por causa disso nós saibamos bem o quanto precisamos viver. Chale tem sido uma grande ajuda para mim.

— Isso é bom — disse ela, pensando no padre que tinha sugerido que Morris procurasse. — Você pode... Você sabe, a qualquer hora.

— Sim — seus lábios se curvaram —, eu sei. Você é uma colega e uma amiga, e ambas significam consolo e conforto. — Ele suspirou e olhou para o corpo novamente. — É isso.

— Vou deixar você trabalhar.

— Fale-me dela — pediu Morris, antes que Eve se afastasse. — Tudo o que não está no seu relatório.

— Ela vivia muito bem. Sabia cuidar de si mesma e dos seus negócios. Acho que era esperta; também acho que se orgulhava do seu trabalho e gostava do que fazia. Não creio que alguém possa ser realmente bom em alguma coisa, em longo prazo, se não gostar do que faz. Acho que ela apreciava estar com as pessoas e fazia com que elas se sentissem importantes, desejáveis, era boa nisso. Não só no sexo, não vejo como apenas isso seria suficiente. Ela nasceu em Nova York, veio de uma família da classe trabalhadora; os pais se separaram quando ainda era criança. Conseguiu sua licença de primeiro nível aos 19 anos, sempre manteve seu histórico limpo, assistiu às aulas, fez testes para alcançar níveis mais elevados e trabalhou para chegar no topo. Acho que vivia do jeito que quis viver, ao longo do tempo que lhe foi permitido.

— O que mais se pode querer? Obrigado.

— Preciso voltar à Central. — Ela foi até a porta, mas parou quando chegou lá. — Escute, Morris, vá jantar conosco qualquer dia desses, ou algo assim. Quando ele simplesmente a observou, sorrindo, ela deu de ombros. — Sabe o que é? Roarke precisa ter uma chance para se divertir com aquela churrasqueira que ele comprou no ano passado. Poderíamos marcar um encontro de verão com alguns amigos e um pouco de carne.

— Eu gosto da ideia.

— Excelente, vou organizar tudo e aviso a você.

Quando ela saiu, ouviu Morris falar no gravador:

— A vítima é do sexo feminino, tem pele escura...

Eve pegou o *tele-link* enquanto saía do necrotério e enviou uma mensagem de texto.

Na mesma hora, Charles Monroe ligou para ela.

— Bom dia, tenente Docinho.

— O que houve, todo mundo madrugou hoje?

— Nós acordamos cedo. Louise teve um plantão noturno na clínica e acabou de chegar em casa. Estou preparando o café da manhã. Quer uma omelete?

— Eu ia deixar uma mensagem, ia perguntar se você teria um tempinho para mim hoje.

— Para você, qualquer hora é hora para... — O sorriso desapareceu do seu rosto. — Eu não raciocinei direito. Se você me ligou a essa hora é porque houve uma morte. É alguém que eu conheço?

— Não tenho certeza. Ava Crampton.

— Ava? — Ele passou a mão pelo cabelo. — Sim, eu a conheço. O que aconteceu? Você pode me contar?

— Prefiro não falar pelo *tele-link*. Estou trabalhando na rua, não muito longe da sua casa. Será que eu poderia...

— Claro, venha até aqui.

— Estou a caminho.

O jardim que Louise havia plantado alguns dias antes de ela e Charles se casarem estava belíssimo. Mais alegre do que elegante, com um leve ar selvagem, e isso acrescentava uma camada extra de personalidade à casa que eles compartilhavam.

Louise a encontrou na porta, os cachos loiros ainda úmidos do banho. Ela pegou a mão de Eve, puxou-a com força e beijou seu rosto.

— Eu queria que não fosse preciso alguém morrer para você vir nos visitar.

— Você está ótima, Louise. — Ainda bronzeada da lua de mel, pensou Eve, e cintilante pela felicidade que o casamento lhe trouxera. — Desculpe interromper a manhã íntima de vocês.

Prazer Mortal

— Vamos tomar café. Charles está cozinhando, isto é, cozinhando de verdade. As omeletes que ele prepara são incríveis. Você vai comer conosco enquanto conversa com Charles.

Louise a levou até a cozinha enquanto falava. Charles estava em pé diante do fogão, agitando uma frigideira para a frente e para trás.

— Você chegou na hora certa — saudou ele. — Sente-se.

— Seu AutoChef está quebrado?

— Gosto de cozinhar quando há tempo e um bom motivo.

— O cheiro está bom. — Louise colocou uma caneca na mão de Eve, que tomou um gole na mesma hora. — Uau, você usou café de verdade. Só isso já é motivo para acreditar em Deus.

— Espere até você provar minha omelete. Você vai ser testemunha de um milagre. O que aconteceu com Ava?

— Sinto muito pela sua amiga.

— Tínhamos uma relação de simpatia mútua, mas não éramos muito próximos. Eu gostava dela, era impossível não gostar. Era charmosa, brilhante, uma figura muito interessante. Não posso acreditar que tenha sido um cliente. Ela era muito cuidadosa.

— Foi um cliente e não foi. Ele armou tudo, usou uma identidade falsa e se apresentou para ela com a aparência esperada, exatamente como o cliente devia ser. Ela o encontrou no parque de diversões em Coney Island. Um lugar público. Ela o investigou. Não havia nada que ela pudesse ter questionado.

— Você está dizendo que ela nem mesmo o conhecia?

— É o que parece. Como eu disse, ela o investigou e registrou isso na sua agenda. Como ela poderia desconfiar? — Com uma habilidade que surpreendeu Eve, Charles deslizou uma omelete sobre um prato, e em seguida despejou mais ovos batidos na frigideira.

— Coma enquanto está quente — aconselhou. — Ela deve ter feito uma verificação de antecedentes criminais, algo semelhante ao que os policiais ou investigadores particulares fariam. Teria descoberto a sua ficha na polícia, se houvesse alguma, além do seu emprego e seu estado civil.

— Dados básicos?

— Sim. Em seguida faria uma busca na internet por artigos sobre ele, ou escritos por ele. Então, devo supor que ela executou um programa que reuniria todas as informações que coletou e daria ao novo cliente uma classificação. Quando ela o conhecesse já teria uma boa ideia de quem ele era, quais eram os seus hábitos e o seu estilo de vida. É uma questão de se proteger, mas também um método para dar à acompanhante licenciada uma noção do que o cliente pode querer dela.

— Então ela tomava muito cuidado — afirmou Eve — Mas ao mesmo tempo corria riscos. Vi o salão de sadomasoquismo do apartamento dela.

— Eu trabalhei com Ava uma ou duas vezes. — Ele acabou de preparar a segunda omelete. — Mas não nessa área.

Eve tomou o café e se perguntou como é que Louise conseguia se sentar ali comendo uma omelete, enquanto o marido falava sobre as suas experiências de sexo grupal.

Quando ele terminou a última omelete, sentou-se junto a elas.

— Charles, isso está fantástico. — Sorrindo para o marido, Louise completou o café dele com o bule que estava na bancada. — Você não contou como ela morreu, Dallas.

— Foi esfaqueada — disse Eve, sem entrar em mais detalhes.

— E o assassino se fazia passar por esse outro homem, o tal que ela investigou?

— Exato.

— Ele deve ser muito parecido com o cara para ter conseguido enganá-la.

— Sim, estamos trabalhando por esse ângulo. Ela teria mantido o compromisso e ido em frente caso percebesse que aquele não era o homem que tinha contratado seus serviços?

— Não. — Charles balançou a cabeça com força. — Ela poderia perder sua licença por causa disso, e jamais correria o risco. Além do mais, sair com alguém que você não tenha verificado é muito perigoso. Ela curtia o perigo, mas não a ponto de se colocar nesse tipo de situação. Ava gostava de ter variedade no trabalho, mas seguia as regras. Quando um cliente contrata alguém no nível da Ava, ele... ou ela... ou eles... não estão pagando apenas pelo sexo. Estão em busca de uma experiência que relativamente pouca gente pode bancar. Ela sem dúvida fornecia isso, mas permanecia dentro da lei, e sempre tomava todas as precauções razoáveis para se proteger.

Talvez, Eve pensou. Só que isso não foi suficiente.

Quando Eve voltou para a Central, Peabody não estava em sua mesa, mas quase todos os detetives da equipe já tinham chegado. Baxter, elegante como um modelo de passarela, ergueu a cabeça ao vê-la.

— Ela foi dormir um pouco — informou ele. — Faz uns 15 minutos.

— Ótimo.

— Mira está na sua sala.

— Ah, é?

— Meu garoto e eu vamos sair. Tem um afogado no lago do Central Park. Duas crianças o encontraram.

— Bela maneira de começar o dia.

— A diversão nunca acaba.

Mira estava sentada na horrenda cadeira para visitantes da sala de Eve, com seu lindo terninho rosa-claro. Para combinar, usava sapatos de salto alto alguns tons mais escuros que a roupa e um colar de várias correntes entremeadas com minúsculas pérolas e pedras coloridas. Seu pesado cabelo castanho descia em cachos em torno do rosto adorável, de um jeito elegante que lhe caía muito bem.

Seus olhos azuis muito calmos se ergueram da tela do tablet e se encontraram com os de Eve.

— Estava relendo seus dados. Tinha algum tempo livre agora, então pensei em esperar por você aqui.

— Obrigada por vir tão depressa. — Aquela cena deixou Eve levemente desconfortável. Em geral as consultas aconteciam no consultório claro e bem ventilado de Mira, e incluíam xícaras de chá floral que Eve fingia beber.

O que a lembrou de lhe oferecer alguma coisa.

— Aceita um chá ou algo assim?

— Na verdade, eu adoraria um pouco do seu café. Dennis e eu ficamos na rua até tarde ontem à noite, com amigos. Bem que eu preciso de um estimulante.

— Certo.

— Você dormiu?

— Ainda não. Vou me deitar em qualquer lugar quando puder. — Em algum momento entre a visita ao apartamento da vítima e a chegada à Central, sua energia tinha voltado.

Talvez fosse a omelete.

— Ele atacou depressa — disse Eve, pegando as canecas fumegantes do AutoChef. — Dois a zero para ele. Dois crimes arriscados, organizados e bem planejados.

— Sim. Ele é organizado, controlado o suficiente para passar algum tempo interagindo com suas vítimas sem deixar de manter a personalidade que preparou. Clientes, as duas vezes.

Eve se virou com o café na mão.

— Ele compra as suas presas.

O sorriso iluminou o rosto de Mira.

— Você poderia trabalhar na minha área.

— Não, obrigada. Para isso, a pessoa precisa ser gentil com os malucos. Ele compra as suas presas — repetiu. — Esse é um ângulo interessante para analisar. Ele acredita que, já que pagou por eles, os escolhidos são seus para serem mortos, certo? Como se ele fosse um caçador. Só que não se caça com uma baioneta, então essa questão é secundária.

— Não tenho certeza. Pensamos em uma baioneta como uma arma de guerra, quando um homem certamente caça outro homem.

O assassino escolheu o território, estabeleceu as regras, as próprias regras, e determinou a arma a ser usada. Tudo de forma premeditada.

— Mas, no caso de Houston, ele não sabia, com certeza, quem seria a sua presa. Não, eu não fui clara — corrigiu Eve. — O caçador não sabe em qual animal ele vai atirar na floresta. Só conhece a espécie... o tipo de animal. Ele vai atrás desse tipo. Ele gosta da adrenalina.

— Em ambos os casos, o assassinato envolveu muita proximidade; os dois aconteceram em locais onde a descoberta foi um fator importante, provavelmente parte da adrenalina. Ele é um sujeito maduro e a natureza especial e obscura das armas me diz que ele está interessado no que é único... e quer mostrar seu conhecimento e sua habilidade.

— Está se exibindo, foi isso que pensei.

— Exato. Nossa, como isto está gostoso — murmurou Mira, tomando mais um gole do café. — Ele tem muitos recursos, ou acesso a dinheiro. Tem excelentes habilidades de eletrônica ou, mais uma vez, tem acesso a elas. Sua escolha dos homens cuja identidade roubou me diz que das duas, uma: ele se ressente de pessoas que têm posição de autoridade, especificamente no mundo corporativo, ou as considera apenas subordinadas... pessoas que servem para ser usadas.

Mira inclinou a cabeça ao ver Eve rir discretamente.

— Por que isso faz você sorrir?

— Porque se encaixa em uma teoria com a qual estou brincando e que me pareceu meio fora de propósito, a princípio. A senhora acabou de resumi-la, doutora. Investigamos as pessoas que trabalham com Sweet e Urich, especialmente as mais próximas, que conheciam os códigos e as senhas, ou poderiam obtê-los. Por acaso eu tenho um babaca que vou trazer para interrogatório por causa de outro delito, e ele se encaixa nessa descrição. Então pensei que talvez deva olhar para cima, e não para baixo.

Intrigada, Mira assentiu e deu a si mesma o prazer de respirar o aroma do café.

— Você diz para cima no nível hierárquico?

— Sim, começando do topo. Vamos seguir nessa linha. — Eve se sentou na quina da mesa e ficou de frente para Mira. — Ele compra suas presas... puxa, eu gosto dessa ideia! E sente que tem direito a elas. Tudo é muito caro, material exclusivo. São indulgências, pequenos prazeres que apenas pessoas com muita grana podem ter, então comprar as vítimas o torna mais importante. Agora ele quer levar tudo a que tem direito. E quer mostrar o quanto é esperto, quer exibir suas habilidades, sua... criatividade. Ele não faz lambança, não espanca as vítimas, não as mutila, não existe agressão sexual.

— O tempo curto seria um fator importante — lembrou Mira.

— Sim, mas se ele consegue planejar tudo tão bem, poderia incluir mais tempo se quisesse mutilar, estuprar ou humilhar. Ele não se dá ao trabalho, até onde eu descobri, de guardar suvenires das vítimas. Crampton usava muitas joias. Levaria apenas um segundo para arrancar um colar, ou lhe retirar um anel do dedo.

— O assassino não se importa com as coisas que pertencem a eles — disse Mira. — Concordo.

— Não é nada pessoal, não é nada passional, não há nem mesmo raiva. Trata-se apenas de planejar, executar e fugir. Mas ele deixa a arma para que possamos ver como ele é o máximo.

— Você está considerando esses crimes como assassinatos movidos a adrenalina, apenas? Nenhuma outra motivação além da morte em si?

— Ainda não encontramos ligação alguma entre as vítimas. Nada. Continuaremos cavando e, quando ele matar o próximo, vamos procurar por isso. Mas não vamos encontrar. As vítimas são só um item a mais no pacote.

— Ele é um homem maduro, como eu disse. Culto, refinado, capaz de assumir papéis e se adaptar a diferentes situações. Teve de convencer suas duas vítimas de que ele era quem elas esperavam. Um homem com muito dinheiro que planeja surpreender sua esposa com um gesto romântico. Um homem, igualmente rico, que procura sexo e companheirismo após o fracasso do seu casamento. Tipos diferentes, dinâmicas diferentes. Ele teve que assumir as duas personalidades por tempo suficiente para posicionar a sua presa no local exato onde pretendia matá-la.

Mira bebeu mais café e se remexeu na cadeira, de um jeito que o seu belo colar refletiu um pouco da luz que entrava através da janela estreita da sala de Eve.

— Ele certamente já determinou e pesquisou o próximo tipo de vítima, a localização, o método. Já decidiu o momento e fez o cálculo exato do tempo. Deve morar sozinho ou com alguém que ele domina. Ambas as mortes ocorreram no fim da noite, e as cenas levaram um bom tempo para serem planejadas. Seria difícil fazer isso se ele tivesse um cônjuge ou alguém com quem dividisse apartamento. A menos que ele não seja questionado em casa, ou tenha inventado razões cuidadosas para se ausentar. Ele nem tentou disfarçar o que fez fingindo um roubo. Então, vou adicionar "confiante" e "arrogante" às suas características.

Mira olhou para o relógio e anunciou:

— Preciso ir.

— Obrigada pelo seu tempo.

Mira se levantou, entregou a caneca vazia e então, sorrindo, colocou a palma da mão na bochecha de Eve.

— Durma um pouco, Eve.

— Sim, vou tentar fazer isso.

Mas quando Mira saiu, ela voltou ao trabalho. E sorriu com ar sombrio quando leu a atualização das investigações, que Peabody adicionara ao arquivo. Ela e McNab tinham descoberto a grife do sapato.

— Emilio Stefani, loafer de couro em alto brilho e fivela em prata de lei. Que custa... vocês devem estar de sacanagem comigo. *Três mil dólares* por um par de sapatos para andar por aí?

Aquilo simplesmente feria seus princípios. Mas ela seguiu em frente.

— Quanta grana esse canalha tem? E o que há de errado com as pessoas? Mesmo assim, é uma boa pista.

Ela leu mais detalhes e assentiu de novo. McNab podia se vestir como um palhaço psicótico, mas tinha um cérebro de policial. Havia feito alguma mágica computacional e estimara o número do sapato em 42 ou 43, com maior probabilidade para 42.

Essa era uma pista muito boa.

Ela ordenou que o sistema pesquisasse quanto calçavam Dudley e Moriarity, e determinou que o computador analisasse os fabricantes de calçados e escolhesse os três mais exclusivos. Enquanto o programa rodava, convocou dois guardas e ordenou que eles fossem pegar Mitchell Sykes e sua amiga para interrogá-los.

Seu computador apitou e ela leu o relatório preliminar de Morris. Sem surpresas. Pensou em pressionar o laboratório para obter mais informações sobre a baioneta, mas decidiu que ainda estava muito confusa para lidar com o novo e aprimorado Dick Cabeção.

Pareceu-lhe que a energia extra que sentia — provocada ou não pela omelete — estava se dissipando.

Trinta minutos para tirar um cochilo, disse a si mesma. Trancou a porta e se esticou no chão da sala.

— Computador, programar alarme para tocar daqui a trinta minutos.

Entendido.

Essa foi a última coisa que ouviu antes de apagar.

Minutos depois, Roarke conseguiu destrancar a sala por fora e entrou para encontrá-la. Eve estava de bruços com a cara no chão, ele observou. Esparramada como os mortos que defendia.

Ele pensou que certamente havia um lugar melhor para tirar um cochilo, mas tornou a trancar a sala antes de se esticar no chão, ao lado dela.

E caiu no sono em segundos.

Dallas, seu período de descanso de trinta minutos acabou.

— Bosta. Já acordei! — Ela abriu um olho e acordou. — Meu Deus, Roarke!

— Você tem direito a uma sala maior, sabia? Uma que seja grande o suficiente para acomodar um sofá. Prefiro mil vezes o que fizemos juntos no chão ontem à noite a isto.

Ela esfregou os olhos que ardiam.

— Eu não tranquei a porta?

Ele sorriu.

— Preciso ir ao meu escritório por algumas horas e vim dar um beijo de despedida na minha esposa. Por que você não foi até o dormitório dos policiais para tirar o seu período de descanso de trinta minutos?

— Aquilo é nojento. Você nunca sabe quem vai entrar ou quem esteve lá por último, o que andaram fazendo naquelas camas, com quem, ou que outras pessoas poderiam ter estado lá.

— Bem observado. — Ele se sentou e os dois ficaram cara a cara. — Mas eu não tenho muita certeza de que isso aqui seja melhor. — Como Mira tinha feito, ele acariciou sua bochecha. — Você precisa dormir mais um pouco, querida.

— Mendigo, esculhambado.

— O quê?

— Você sabe o ditado... é o mendigo falando do esculhambado.

Ele pensou por um momento.

— Acho que você quer dizer o sujo falando do mal lavado.

— Dá no mesmo. McNab e Peabody identificaram o sapato.

— Sim, eu sei.

— Três mil dólares para evitar que os pés toquem o chão.

Ele decidiu não contar a Eve quanto tinha gastado nas botas que ela calçava naquele exato momento.

— Você deveria estar satisfeita. Eles vão ser mais fáceis de rastrear do que algo que tivesse sido comprado no Descontão dos Calçados.

— Verdade. Tenho que ferrar com o babaca... o traficante de drogas... depois vou levar um papo com o Terceiro e o Quarto.

— Divirta-se — Ele se inclinou para beijá-la. — Vejo você em casa mais tarde. — Ele se levantou, puxou-a do chão e deu a si mesmo o prazer de abraçá-la. — Vamos conversar sobre isso e outras coisas durante o jantar.

— Sim, eu... — Ela recuou de leve e encontrou os olhos dele, que sorriam para ela. — É isso, então.

— Só? — murmurou ele, e roçou os lábios nos dela.

— Não só isso. Fui ver Charles para conversar com ele sobre a segunda vítima. Ele estava preparando café da manhã para Louise, porque ela tinha acabado de chegar de um plantão na clínica. Ele estava cozinhando *de verdade* ali, com ovos em uma frigideira. E nós ficamos sentados na cozinha, comendo omeletes...

— Você comeu uma omelete e eu só consegui um pacote de salgadinhos de soja.

— Falamos sobre acompanhantes licenciados, e ele contou que já trabalhou com a vítima algumas vezes. Fiquei pensando em como devia ser esquisito para ela, para Louise, ficar sentada ali, tomando café da manhã enquanto falávamos sobre sexo e sadomasoquismo com clientes. Mas não foi esquisito. É o lance deles, simples assim. É como se você e eu conversássemos sobre assassinatos durante o jantar. Faz parte do pacote.

— Gosto do nosso pacote. — Ele tocou de leve no queixo dela. — Tente não estafar a minha tira até ela cair dura.

— Ele vai matar de novo, e logo — garantiu ela, quando Roarke caminhou até a porta. — Já marcou esse compromisso ou, pelo menos, deixou registrado em sua agenda. E não importa *quem* é a vítima, e sim *o que* ela é. Ele vai gostar do que vai fazer, e isso me deixa puta demais.

— Então, pense em como ele vai ficar puto quando você pegá-lo.

— Estou contando com isso. A gente se vê mais tarde.

Capítulo Dez

Eve reuniu tudo de que precisava antes de sair da sua sala para a Sala de Ocorrências.

— Peabody, comigo! — ordenou, e continuou andando.

Peabody se esforçou para alcançá-la.

— Nós localizamos o sapato.

— Bom trabalho. A principal loja da cidade, quando se quer sapatos chiques e exclusivos, é a loja dessa grife na Madison. Precisamos de uma lista com os nomes das pessoas que compraram esse sapato nos números que procuramos.

— Oba, compras! Apesar de eu não poder pagar nem o dedão de um par de meias em um lugar como esse.

— É trabalho de campo — avisou Eve. — Primeiro vamos arruinar o dia de Mitchell Sykes. Ele está na Sala de Entrevistas A e é todo meu. Você pega a amiga, na Sala B.

— Vou interrogá-la sozinha? — Peabody esfregou as mãos.

— Quero que você entre lá como se o caso já estivesse encerrado. Temos tudo de que precisamos para prendê-la, mas a Procuradoria quer economizar o dinheiro dos contribuintes, resolveu lhe propor um acordo, blá-blá-blá. O primeiro dos dois a entregar o esquema e o golpe poderá alegar apenas apropriação indébita de remédios controlados e receberá uma sentença mais leve.

— Porque nós queremos que ela entregue Sykes.

— Exatamente.

— E eu vou ter de me mostrar revoltada porque a Procuradoria não está apoiando totalmente o nosso plano, por questões políticas e outros lances. Então o acordo é esse, maninha, e é melhor você agarrá-lo antes do seu namorado.

Eve esfregou a orelha, pensativa.

— Veja até onde isso leva você. Caso perceba que ela é tão idiota quanto ele, mude a tática. Vamos pegar os dois no fim. Mas quero resolver isso rápido. Temos peixes maiores para assar.

— *Fritar*. Peixes para fritar.

— Nossa, por que você se importa com a forma como um peixe metafórico é preparado?

Eve se afastou e entrou na Sala de Entrevistas A.

— Aqui fala a tenente Eve Dallas, chegando para interrogar Mitchell Sykes. E aí, Mitch, como vão as coisas?

— Não tenho tempo para isso.

— Quem tem?

— Olhe, já lhe disse tudo que sei sobre o assunto. Nem precisava estar aqui, mas a ordem do sr. Sweet é "colaboração total com a polícia".

— Que doce! — disse ela, para se divertir. — Você já ouviu os seus direitos?

— Não. Por que eu deveria...

— Rotina, Mitch, todo mundo sabe disso. — Ela leu os direitos e deveres do acusado — Então, você entendeu seus direitos e deveres?

Ele soltou um suspiro longo e barulhento.

— Claro que sim.

— Excelente. Então, já que estamos tão ocupados, vamos direto ao assunto. Você e sua amiga estão afundados na merda até o pescoço. Minha parceira está com ela na sala ao lado neste exato momento, propondo um acordo. Não quero lhe oferecer a mesma coisa porque simplesmente não vou com a sua cara.

Os ombros dele se retesaram no instante em que Eve mencionou a moça.

— Não sei do que você está falando, mas não sou obrigado a ouvir isso.

— É, sim, porque está preso. Você e sua amiga estão desviando drogas de Dudley & Son para vendê-las no mercado aberto. Sei disso e tenho provas consistentes do esquema. As contas secretas de vocês não são mais secretas.

Mitch sorriu com ar despreocupado, mas uma fina linha de suor se formou sobre o lábio superior dele.

— Basicamente, o que estamos fazendo aqui é apenas uma formalidade, só para minha satisfação pessoal. — Ela abriu as mãos. — Preciso me divertir de vez em quando, certo?

— Você... você está inventando tudo isso.

— Peguei vocês dois com a mão na massa, Mitch. Você e Karolea Prinz desviaram da sua própria empresa, depois aproveitaram as fraquezas, as necessidades e as doenças dos outros para distribuírem o que tinham roubado.

Ela se inclinou sobre a mesa e avançou um pouco mais para perto do rosto suado dele.

— Vocês dividem os lucros e abriram algumas contas no exterior sob o nome de Sykpri Empreendimentos. — Ela observou seu rosto ficar cada vez mais pálido. — Os caras da Receita Federal vão se divertir com essa parte da história, mais tarde. Por enquanto, porém, você é todo meu. Prinz está confirmando os detalhes neste exato momento aqui ao lado, na outra Sala de Interrogatórios.

— Eu não tenho nada a dizer. Quero falar com Karolea.

— Você não é obrigado a falar comigo, mas também não vai falar com ela. Neste momento sua amiga está ocupada salvando a própria pele. Agora podemos seguir em frente, porque me parece que qualquer pessoa que rouba e vende drogas... uma pessoa que tem a habilidade de criar uma conta que não pode ser detectada pelos sistemas comuns, não teria nenhuma dificuldade em roubar as coisas do próprio chefe... sua identidade e cartões de crédito... para se proteger quando resolvesse assassinar alguém.

— Eu não sou assassino! — Dessa vez, sua voz chiou como se fosse o guincho de um rato, e isso aqueceu o coração de Eve. — Meu bom Deus, eu nunca matei ninguém.

— Bem, isso nós vamos ver. Você é ladrão, mentiroso e traficante de drogas, além de ser um perfeito idiota. — Ela se recostou como se avaliasse a ideia. — Sim... matar alguém é apenas um pequeno passo adiante. Talvez tenha sido assim: você usou a empresa e os serviços de Jamal para montar uma base de clientes de renda mais alta, mas ele quis uma fatia maior. Ou talvez tenha mudado de ideia. Você não podia aceitar isso, então teve de eliminá-lo, certo? E por que não implicar o seu próprio patrão no crime? Matar dois coelhos com uma cajadada só e talvez obter uma boa promoção. Então...

— Não! — Ele deu um pulo da cadeira, mas logo se sentou de novo, como se suas pernas não conseguissem segurá-lo. — Eu nem conhecia aquele homem, o tal de Jamal. Não sou assassino!

— Apenas ladrão, mentiroso, traficante de drogas e um completo idiota? — Ela deu de ombros. — Convença-me, porque tenho outras coisas para fazer, Mitch, e esta parte do caso já está fechada, embrulhada e com um laço em cima.

— Isto é loucura. — Seus olhos se arregalaram e giraram. — Loucura!

— Desculpa não convincente.

— Escute... — Ele afrouxou o nó da gravata e passou a língua nos lábios. — Ok, tudo bem, nós desviamos produtos do estoque.

— Produtos do estoque? Você quer dizer *drogas*. E como representante da Dudley, Karolea tinha acesso a elas.

— Sim, tinha. Tudo o que precisávamos fazer era alterar os registros e ajustar as faturas. Nada complicado. A empresa deixa

Prazer Mortal

margem para esse tipo de prejuízo no orçamento. Nós só queríamos o dinheiro. Tenho direito a algumas regalias, considerando as horas extras que trabalho. Sabe quanto custou a minha formação profissional? E agora estou preso ali, resolvendo pendências para Sweet? Nós não machucamos ninguém. Nós... simplesmente oferecemos um serviço. E vendemos tudo com desconto.

— Você rouba drogas da Dudley...

— Karolea *consegue* a mercadoria — disse ele, falando depressa. — É ela que lida com essa área. Estou nas vendas.

— Entendo. Então ela *consegue* as drogas e você as vende.

— Exato. Temos clientes regulares. Puxa, até parece que vendemos *zeus* nas esquinas, para as crianças. São medicamentos seguros. Estamos ajudando as pessoas.

— Como o cara viciado em analgésicos que compra de você em vez de procurar um médico para pedir tratamento ou ajuda. Ou a pessoa que toma uma overdose de tranquilizantes, ou aqueles que misturam produtos químicos para ficar doidões. Ou aqueles, seu babaca, que revendem as drogas nas esquinas, para as crianças.

— Nós não somos responsáveis pelo que...

— Não me venha com esse papo, você já confessou e tudo está gravado. Não preciso ouvir suas histórias e justificativas.

— Você não pode acreditar de verdade que eu matei o motorista.

— Ora, claro que não. Eu só disse aquilo para você abrir o bico quanto ao resto. Bom trabalho. — Ela consultou as horas. — Agora nós dois podemos ir embora. Eu para trabalhar, você para a sua cela.

— Mas... eu quero um advogado.

— Tudo bem. Eles vão permitir que você entre em contato com um, antes de ser fichado. Obrigada pela sua colaboração. Fim do interrogatório!

Ela se levantou, abriu a porta e saudou os guardas que esperavam.

— Podem levá-lo, mas deixem que ele entre em contato com o seu advogado.

Ela entrou na Sala de Observação e assistiu Peabody encerrar a conversa com Karolea Prinz, que chorava muito.

— Ela chorou sem parar — contou Peabody, enquanto elas desciam para a garagem. — Muito *mesmo*. Ela diz, ou acha, que está apaixonada pelo babaca. Não queria entregá-lo, mas...

— Na hora do vamos ver, o amor foge correndo.

— Acho que é por aí, a não ser quando se trata de amor de verdade. Vamos ver os sapatos agora?

— Não vamos *ver* os sapatos. Nós *já vimos* qual é o sapato. Quero resolver isso logo.

— Sapatos são divertidos. — Peabody deu um pulinho de empolgação. — Vai ser bom ter o benefício extra da diversão, depois de todo esse choro. É uma boa combinação. Fechamos um pequeno e lucrativo esquema de revenda de medicamentos controlados, resolvemos uma parte da investigação e agora vamos suspirar diante de sapatos que nunca poderei comprar, mas vou imaginar que poderia.

— Você sabe o que acontece com as pessoas que gostam de imaginar ter coisas pelas quais não podem pagar?

— Elas têm sonhos felizes?

— Não, têm uma vida de crimes.

Enquanto dirigia, Eve considerou essa possibilidade e a aplicou ao caso.

— Talvez esse cara suspire olhando para limusines extravagantes e acompanhantes licenciadas caríssimas, e isso só serve para irritá-lo, porque ele não pode encomendá-las como se fossem pizza. Então descarrega a raiva e a frustração matando as pessoas. O que não é mau em termos de teoria, a não ser pelos sapatos. Quando você tem 3 mil dólares para gastar em um par de sapatos de grife, certamente não está suspirando de vontade de ter as coisas.

Prazer Mortal 169

— Talvez ele tenha roubado os sapatos — sugeriu Peabody.
— Ou os recebeu de presente, ou detonou grande parte da sua poupança só para poder comprá-los.

— Tudo isso é possível e não deve ser descartado. Mas ele também teria de gastar uma grana preta em uma besta e setas especiais, daquelas bem caras... além de uma baioneta antiga. A menos que ele tenha fraudado a identidade de outra pessoa para adquirir essas coisas. De qualquer modo, ele ainda deverá ter algum tipo de ligação com as duas corporações. Caso contrário, por que invadir e passar por todas aquelas camadas de segurança?

Tudo acabava voltando para as empresas, Eve concluiu.

— Se ele é apenas um hacker homicida, poderia ter acessado qualquer identidade ou linha de crédito... e poderia pagar por todas as limusines extravagantes e acompanhantes licenciadas top que ele quisesse curtir a qualquer momento, e é por isso que essa teoria não é boa.

Eve olhou para o painel quando ouviu o bipe que avisava sobre a chegada de novos dados.

— É do laboratório — avisou Peabody. — Um relatório sobre a arma. A sua teoria da arma antiga está certa. Ela é de meados do século XX. Dick Cabeção descobriu a marca, o fabricante e até o número de série. Ele foi muito meticuloso.

— Seja meticulosa você também e comece uma pesquisa. Encontre o proprietário.

Isso deu a Eve alguns minutos de silêncio. Quem seria a próxima vítima na lista dele?, imaginou. Que tipo de profissional? Talvez um cabeleireiro famoso em um salão de primeira linha, um piloto de avião particular, algum designer famoso e exclusivo.

Ela pensou em Leonardo, o marido de sua amiga mais antiga. E lembrou da própria Mavis com uma fisgada no estômago. Ela era uma famosa estrela de videoclipes. Eve disse a si mesma que ia falar com eles, para colocá-los em estado de alerta.

Nada de shows particulares até ela liberar.

— Não está registrada. — Peabody ergueu a cabeça enquanto Eve procurava uma vaga para estacionar. — A arma não foi vendida por nenhum fornecedor legítimo nos últimos vinte anos. Algo com essa idade pode ter sido comprado há duas vezes mais tempo, antes de as armas desse tipo serem obrigadas a ter registro. Ela pode ter sido passada por herança de família ou algo assim. É uma arma de uso militar, e não há como rastrear quem era o dono original cem anos atrás. Não existem registros sobre esse tipo de coisa.

— Ok. — Ela colocou a viatura em rota vertical subitamente, fazendo com que Peabody gritasse, e se apertou em uma vaga do segundo andar, junto da calçada. — Então ele já era dono e não precisou registrar a arma, como acontece com milhares de pessoas... ou comprou no mercado paralelo. Como outras milhares de pessoas fazem.

Elas desceram até o nível da rua e caminharam mais um quarteirão até a butique de sapatos. Ao passarem pela frente da loja, Peabody deixou escapar um som de desejo.

— Não faça isso! Pelo amor de Deus, você é uma policial que está investigando um homicídio, não uma turista fazendo *tour* pelas vitrines da cidade.

— Mas olhe para aqueles sapatos azuis com saltos de prata e pequenas borboletas.

Eve olhou para os sapatos com os olhos semicerrados.

— Dez minutos nos pés, duas horas de cãibra. — Ela empurrou a porta.

O ar tinha um cheiro que provavelmente se parecia com o de flores sobrevoadas por borboletas de sapatos. Calçados e bolsas estavam expostos sob luzes cintilantes individuais, como obras de arte ou joias. Sofás cor de chocolate se espalhavam pela loja, assim como poltronas em tons de creme.

Clientes ou curiosos passeavam pelo lugar enquanto outros estavam sentados, vários deles cercados por coloridas pilhas de sapatos. Alguns exibiam expressões que fizeram Eve pensar em viciados em drogas chapados.

Uma mulher desfilava de espelho em espelho, calçando um par de saltos altíssimos amarelo-ovo cintilante.

A equipe de vendedores se destacava dos clientes e curiosos porque todos eram magros como palitos e vestiam roupas justas pretas, mas confortáveis.

Eve ouviu um assobio vindo de Peabody e rosnou para a parceira.

— Desculpe. — Peabody deu um tapinha na própria clavícula. — É reflexo.

— Você terá outro reflexo quando estiver no chão com minha bota no seu pescoço.

— Madames! — O homem que passou exibindo um sorriso ofuscante usava um paletó com mangas que terminavam em pontas finas como navalhas. — O que posso fazer para tornar seu dia especial?

Eve pegou seu distintivo.

— Que bom você me perguntar isso. Pode começar me dando a lista de clientes que compraram este sapato, no tamanho 42 ou 43. — Ela mostrou a foto para o atendente.

— Sério? Isso é uma evidência? Que emocionante!

— Sim, também estamos emocionadas. Quero saber quem comprou este sapato nesses dois tamanhos.

— Certamente. Que divertido! Você deseja que eu faça a pesquisa em que período?

— Desde quando o sapato está à venda?

— Esse modelo foi lançado em março.

— Ok, pesquise desde março.

— Só nesta loja ou em toda a cidade?

Eve lançou para ele um olhar cauteloso.

— Ora, ora, encontramos um vendedor de sapatos que gosta de cooperar.

— Você está brincando? Esta é a coisa mais divertida que me aconteceu o dia todo.

— Na cidade toda, para começar.

— Na cidade toda, então! Me dê só alguns minutos. Sentem-se. Vocês aceitariam um pouco de água com gás?

— Não, obrigada, estamos bem.

— É por isso que as pessoas que podem adquirir sapatos magliciosos compram nesses lugares e pagam uma nota alta — afirmou Peabody, assentindo com a cabeça quando o vendedor saiu. — Os clientes recebem água com gás servida por pessoas que parecem artistas de cinema.

— E vivem tão entediados que deliram de alegria quando você lhes pede para fazer uma pesquisa de clientes.

— Mas isso é bom para nós.

— Sim, é.

Peabody juntou as mãos, como se rezasse.

— Por favor, você não precisa de mim até ele voltar. Cinco minutos é tudo o que eu peço para uma rápida adoração no altar dos sapatos.

— Não babe neles. — Eve virou as costas e, só para testar, fez uma ligação para a DDE pelo seu smartwatch novo.

— Algum progresso? — perguntou a Feeney.

— Vamos conseguir uma projeção provisória do rosto do assassino. Mas não há nada nos outros discos, até agora. Ele franziu os lábios. — Você está com um *tele-link* novo?

— Mais ou menos.

— O som da ligação está cristalino.

— É o meu smartwatch.

— Ah, sem essa! Esses brinquedinhos têm um som péssimo.

— Modelo novo.

— Roarke não me contou. Quero dar uma olhada nele quando você aparecer.

— Pode ser. — Ela viu o vendedor voltando, quase como se tivesse molas nos pés. — Preciso desligar.

— Aqui está! — Ele lhe entregou um disco. — Vendemos um par nessa cor, tamanho 42, em março. E vendemos outro par, tamanho 43, no mês passado. Em preto nós vendemos...

— Eu não perguntei em preto. Você vendeu só dois pares desse modelo e dessa cor em quatro meses?

— Nesses tamanhos, nessa cor e nessa loja, sim. No resto da cidade foram vendidos outros mais, em lojas de departamentos e butiques.

— E os comprados aqui? Foram clientes regulares?

— Foram sim. — Ele assentiu. — Portanto, receio que eles provavelmente não sejam as pessoas que vocês estão procurando. Anthony Sampson, o famoso produtor, comprou o dele no mês passado. Winston Dudley, o rei dos medicamentos, veio em março.

— Só por curiosidade, já que a minha parceira está muito ocupada babando com os sapatos daqui, quem vendeu esses dois pares?

— Patrick atendeu o sr. Anthony. E o sr. Dudley só trabalha com Chica.

Eve esticou o pescoço e olhou para Peabody.

— Posso passar mais alguns minutos aqui. Vou fazer umas perguntas a Chica, já que estou na loja; assim adianto o meu relatório e dou mais um tempinho para a minha parceira, que parece estar se divertindo.

— Pode apostar. Chica está bem ali, terminando de atender um cliente. É aquela com cabelo cor de berinjela.

Berinjela?, pensou Eve. Para ela aquilo era roxo.

— Obrigada.

Ela se aproximou da atendente, se sentou e a chamou com um gesto.

— Que modelos a senhora quer experimentar?

— Vou ficar com o que estou usando. — Ela mostrou seu distintivo.

— Ok. Essas botas são excelentes para uma policial. Um bom investimento, em estilo clássico.

— Se você diz... O que sabe sobre Winston Dudley?

— Winnie? Tamanho 42, forma média. Tem um arco plantar acentuado, mas com ajuste fácil. Ele gosta dos lançamentos. Prefere estilos clássicos, mas de vez em quando dá uma variada.

— Ele vem muito aqui?

— Depende da sua agenda. Às vezes eu levo uma seleção de lançamentos para ele.

— Você faz visitas domiciliares para apresentar sapatos?

— Sapatos, cintos, gravatas, bolsas e outros acessórios. É um serviço que prestamos à nossa clientela mais requintada.

— Você tem algum agendamento para vê-lo em breve?

— Não. Na verdade, ele esteve aqui na loja alguns dias atrás. Comprou seis pares. Eu provavelmente não o verei até o mês que vem, e isso só se ele estiver na cidade.

Eve entregou-lhe um cartão.

— Faça um favor a nós duas. Se ele ligar para você pedindo para vê-lo em casa, entre em contato comigo antes de ir.

Chica estudou o cartão e pela primeira vez pareceu preocupada.

— Por quê?

— Porque eu sou uma tira com belas botas.

Chica riu, mas virou o cartão em suas mãos.

— Escute, ele é um ótimo cliente. Recebo uma boa comissão e uma gorjeta generosa quando o atendo em casa, e odeio fazer alguma coisa que possa estragar tudo.

— Você não vai estragar nada.

— Ok, acho que isso não é da minha conta.

— Muito bem. — Eve se levantou e chamou: — Peabody, enxugue suas lágrimas de adoração. Já acabamos aqui.

— Oh, meu Deus! — Peabody sorriu quando elas entraram no carro. — Foi o melhor momento do dia. Você viu aqueles...

— Não descreva um par de sapatos esquisitos e caros para mim.

— Mas eles eram...

— Você vai acabar vertendo lágrimas de dor e sofrimento a qualquer segundo. Dudley comprou aqueles sapatos nesta loja, em março. Tamanho 42.

— Você está de sacanagem?

— Não mesmo. Vamos pesquisar o outro nome... foi vendido só mais um par nesta loja... e vamos ver todos os outros pares vendidos em toda a cidade e no resto do mundo, só por garantia, mas essa informação foi muito boa. É uma prova circunstancial, mas é muito boa. Vamos estragar o dia dele. Verifique com o quartel-general dele se o chefão está lá. Se não estiver, descubra onde podemos encontrá-lo.

Dessa vez, quando chegaram à Dudley & Son, elas foram recebidas no saguão por uma mulher de terninho escuro risca de giz que exibia belas pernas e seios espetaculares. Usava o cabelo preso em um rabo de cavalo comprido puxado de um rosto que ostentava um nariz empinado, altivo, lábios carnudos e olhos azuis muito grandes e profundos.

— Olá, tenente... olá, detetive. — Ela estendeu a mão. — Sou Marissa Cline, a assistente pessoal do sr. Dudley. Vou acompanhá--las diretamente até a sala dele.

— Agradeço a atenção — declarou Eve.

Marissa fez um gesto para apontar o caminho e começou a andar rapidamente sobre os seus saltos em vermelho-metálico. Eve se perguntou se ela os considerava um bom investimento.

— O sr. Dudley está muito preocupado com essa situação — continuou Marissa —, e com o envolvimento indireto da empresa em um crime.

Ela encostou a palma da mão em um sensor, passou um cartão na fenda de segurança e fez um gesto para Eve e Peabody entrarem no elevador.

— Aqui é Marissa. Estou levando duas pessoas para o sexagé-simo andar.

Identidade confirmada. Ativando.

— E então, podemos dizer que o sr. Dudley é muito diligente e envolvido com o funcionamento da empresa? — perguntou Eve.

— Ah, sim, claro. Quando o pai dele se aposentou, há cerca de três anos, o sr. Dudley assumiu as rédeas, basicamente a partir dessa sala, o seu quartel-general.

— E antes disso?

Marissa sorriu, sem expressão.

— Antes?

— Antes de ele assumir as rédeas?

— Oh, ah... O sr. Dudley viajava constantemente para outras filiais e pontos de venda, a fim de adquirir uma ampla gama de experiência em todos os níveis da empresa.

— Certo.

Eve se perguntou se aquele era o código corporativo para dizer que Dudley ficava circulando pelo mundo, curtindo um monte de viagens e festas enquanto seu pai o mantinha na folha de pagamento. Elas saíram do elevador em uma espaçosa área de recepção, elegantemente decorada com várias espreguiçadeiras brancas equipadas com minitelas. Em meio a flores, um balcão de bebidas e áreas de socialização, três mulheres atraentes trabalhavam ativamente em computadores.

Marissa bateu com força e rapidez — essa parecia ser a sua marca registrada — em uma das portas duplas, que se abriram na mesma hora.

O escritório de Winston Dudley era mais parecido com uma elegante suíte de hotel. Tinha uma vista exuberante e luxuosa, e era iluminado por candelabros cintilantes.

Uma grande quantidade de móveis o ajudava a preencher o espaço, e todos eles estavam artisticamente colocados de modo a favorecer a interação entre as pessoas. Ele se levantou de trás de uma mesa com superfície preta espelhada.

Prazer Mortal 177

Era mais atraente pessoalmente do que na foto da carteira de identidade. Eve atribuiu isso ao que as pessoas chamavam de carisma. Notou a maneira como ele sorria ao olhar em seus olhos; o jeito como se movia, gracioso como um dançarino. Havia apenas um toque de flerte nesse movimento fluido, no sorriso e nos olhos de Dudley, ela pensou. O tipo de flerte que insinua: "Você é uma mulher desejável e eu aprecio mulheres desejáveis."

Olhos ávidos, ela pensou, o que a fez se perguntar se ele tinha usado alguns dos seus produtos agora há pouco.

Seu cabelo, quase branco de tão loiro, estava penteado para trás e exibia um rosto delicado com ossos proeminentes, de um jeito quase feminino, ela refletiu. Suas feições não eram tão fortes e marcantes quanto as de Urich, mas eram parecidas.

Seu terno lhe caía de forma perfeita, em uma cor que ela imaginou que se chamava índigo. Abotoaduras antiquadas cintilavam nos punhos de sua camisa azul-clara. Seus dados de identificação e o exame visual que Eve fez estimavam que Dudley teria cerca de 1,80 metro de altura e mais ou menos 77 quilos.

De novo, medidas próximas das de Urich.

Seus sapatos eram tão pretos e brilhantes quanto a escrivaninha, e não ostentavam nenhum detalhe prateado.

Ele pegou a mão de Eve em um aperto firme (tinha a pele macia), e a segurou dois segundos a mais que o necessário, como parte do flerte.

— Tenente Dallas. Eu esperava que um dia ainda fôssemos nos conhecer, mas sob circunstâncias diferentes. Espero que Roarke esteja bem.

— Sim, ele está ótimo.

— E detetive Peabody, é um grande prazer conhecê-la pessoalmente. — Ele a cumprimentou. — Terminei de ler recentemente o livro de Nadine Furst. Sinto como se já conhecesse vocês duas. Por favor, sentem-se. Café preto — disse ele quando Marissa levantou uma bandeja —, e bem forte. — Ele bateu na lateral da cabeça. — Esses detalhes do livro ficam na cabeça da gente. Obrigado, Marissa. Pode deixar que avisaremos se precisarmos de mais alguma coisa.

Ele se sentou em uma das poltronas grandes e pousou os antebraços nos largos braços da poltrona.

— Sei que vocês estão aqui por causa do assassinato do motorista e sua suposta relação com o nosso funcionário Augustus Sweet. Isso tudo é muito angustiante. O que posso fazer para ajudar?

— Você pode me dizer onde estava na noite em questão.

Seus olhos se arregalaram por um breve instante, mas depois se acenderam com uma ponta de diversão.

— É sério? Eu sou suspeito?

— Rotina, sr. Dudley...

— Por favor, me chame de Winnie.

— É pura rotina, mas isso nos ajuda a cortar alguns itens da lista.

— Claro. Eu estava em um jantar com vários amigos em Greenwich, Connecticut. Acredito que minha acompanhante e eu chegamos ao local um pouco antes das 20h e partimos por volta da meia-noite. Vou pedir a Marissa para lhe informar os nomes de todos e a localização. Isso vai ajudar?

— Para mim está ótimo. Como você chegou lá?

— Meu motorista. Tenho um carro particular e um motorista. Vou lhes repassar essa informação também.

— Excelente, então. — Ela o conduziu através de algumas questões padronizadas... Perguntou se ele conhecia a vítima, se já tinha usado os seus serviços, e fez mais algumas perguntas relacionadas a Sweet. — Devo informá-lo de que acabamos de prender, interrogamos e fichamos dois dos seus funcionários.

— Minha Nossa... Por causa do assassinato? Quem...

— Não, foi um assunto não relacionado com a morte. Mitchell Sykes e Karolea Prinz. Eles desviavam alguns dos seus produtos e depois os vendiam.

Prazer Mortal **179**

Ele se recostou e tentou manter sobriedade na expressão.

— Gostaria de obter mais informações sobre esse assunto. Isso é muito perturbador. Não deveria ser possível. Obviamente preciso reunir meus chefes de departamento das áreas de Segurança e Estoque. Estou em dívida com a senhora, tenente.

— Nada disso, apenas fizemos o nosso trabalho. Outro assunto não relacionado, só para cortar da lista. Você conhece Sylvester Moriarity?

— Sly? Sim. Ele é um ótimo amigo. Por quê?

— Estou só preenchendo algumas lacunas. Ele também estava nesse jantar?

— Não. Ele não é muito ligado aos anfitriões, e ontem éramos um grupo restrito.

— Ok. Obrigada pelo seu tempo e pelo café. — Ela se levantou e sorriu quando ele também se levantou. — Oh, só para encerrar... E quanto a ontem à noite? Você pode me dizer onde estava?

— Claro. Tomei um drinque com uma amiga por volta das 17h e depois fui para casa. Desejava uma noite tranquila e queria muito terminar o livro. *O caso Icove*. Simplesmente fascinante.

— Então, ninguém apareceu?

— Não.

— Você falou com alguém?

— Não, pelo contrário. Foi uma daquelas noites que eu quis apenas para mim mesmo. Estou curioso... Por que a senhora deseja saber isso?

— Sou intrometida. Faz parte do meu papel de tira. Obrigada, mais uma vez.

— Vocês são mais que bem-vindas, ambas. Permitam-me que eu as acompanhe até lá fora e faça com que Marissa obtenha as informações que a senhora precisa. Espero que nos vejamos novamente em breve, em algo não relacionado a trabalho.

Marissa tinha os dados na ponta da língua — quase, Eve pensou, como se já tivesse sido instruída a reunir tudo. No elevador, Eve agitou a cabeça antes de Peabody ter a chance de falar e disse:

— Ótimo café.

— Ah... Sim.

— É muito bom quando a gente consegue alguém que coopera tanto. — Eve se encostou com ar despretensioso na parede da cabine. — Poupa tempo. Quero que você verifique o motorista e o jantar, só para que possamos descartá-lo. Temos que fazer o registro, mesmo que seja óbvio, que ele não reservou aquela limusine nem matou Houston. Então... O que você e McNab vão fazer hoje à noite?

A boca de Peabody se abriu, em choque.

— Ahn... Bem, estamos pensando em assistir a algum filme, a menos que tenhamos de fazer hora extra.

— Provavelmente vocês vão sair do turno na hora certa.

Ela atravessou o saguão, saiu na calçada e não tornou a falar até estar atrás do volante e já com o carro em movimento.

— Canalha escorregadio.

— Sim, eu ia dizer que...

— Se aquele elevador não estiver grampeado, com câmeras e microfones, juro que eu vou ter um caso com Summerset.

— Você vai... Ah... Merda, é mesmo!

— O saguão deve ser bem vigiado também.

— Você realmente não queria saber o que McNab e eu vamos fazer hoje à noite, então?

— Por que eu me importaria, porra? Ele é escorregadio — repetiu ela.

— Ele é, sim, mas não matou Houston. E não tinha um álibi para A Noite do Sapato.

Eve deu uma risada.

— Essa foi boa. Exatamente, e ele também mede quase 1,80 metro e é um pouco mais pesado que Urich. O que mais deduzimos disso?

— Temos a ligação que você queria entre as duas empresas. Pode chamar de "Winnie e Sly". Ótimos amigos. Esta é a primeira conexão verdadeira que encontramos.

Prazer Mortal 181

— Isso mesmo. Uma conexão excelente. O que mais nós conseguimos?

— Deixa eu ver... O quê?

— Quem *não estava* no famoso jantar há duas noites, quando Jamal Houston estava sendo furado no pescoço pela seta de uma besta?

— Sylvester Moriarity? Você está achando que... Foi como naquele caso que resolvemos algum tempo atrás, no qual as duas mulheres tinham matado o marido uma da outra? Cada um matou uma das vítimas? Mas por quê?

— Não sei. Mas é uma teoria interessante. Rastreie Sly e vamos ver se ele é tão escorregadio quanto Winnie.

Capítulo Onze

Enquanto a decoração da Dudley & Son apostava de forma obsessiva nos ângulos retos e estilo moderno, a Intelicore tinha um estilo carregado e cheio de ornamentos de decoração. Curvas e arabescos, Eve notou. Vasos imensos e muito dourado.

Entrar em contato a caminho de lá abriu as portas da empresa e as levou diretamente aos corredores sagrados dos gabinetes de Sylvester, o Terceiro.

Como seu colega Dudley, ele reinava no último andar — ou andares, já que uma série de escadas de mármore se unia ao espaço do escritório e se abria para o que a assistente pessoal de Moriarity explicou serem seus aposentos particulares.

Foi-lhes servido café em um bule de prata e elas foram convidadas a aguardar ali, enquanto o Terceiro encerrava uma reunião. Deixada sozinha com Peabody, Eve examinou a área do escritório.

Gosto sofisticado, talvez em excesso. Bem, isso também poderia descrever Roarke, refletiu Eve. Com a diferença que ele escolhia esse estilo mais em casa que no trabalho. A escrivaninha grande e entalhada ficava diante de janelas triplas — com telas de privacidade acionadas — e tinha sobre ela o centro de dados e comunicações que já se esperava, entre lembranças diversas... um relógio antigo, uma caixa pintada.

Tapetes grossos, desbotados pela idade, se espalhavam pelo chão, enquanto luminárias de vidro colorido adornavam mesas com pernas curvas. As obras de arte que cobriam as paredes provavelmente valiam uma fortuna considerável.

Moriarity entrou e encheu a atmosfera da sala com sua aura de homem ocupado, cheio de movimentos precisos e trajando um terno impecável. Seu rosto anguloso de lábios finos exibia um bronzeado dourado; seus cabelos queimados de sol, levemente em desalinho, e os olhos de um verde brilhante e arrojado criavam uma imagem de homem ativo e atlético.

Ele ofereceu a Eve um aperto de mão firme e mecânico, depois fez um aceno de cabeça para Peabody.

— Peço desculpas por fazê-las esperar. O incidente da noite passada exigiu uma reunião de departamento. Espero que a senhora tenha uma atualização sobre o ocorrido.

— O assassinato de Ava Crampton é uma investigação aberta e ativa. As evidências sustentam que a identidade e o cartão de crédito de Foster Urich foram hackeados pelo responsável por essa morte.

— Então ele não é suspeito.

— No momento nós acreditamos que o sr. Urich estava em sua casa, em companhia de uma amiga, quando Ava Crampton foi morta.

Moriarity fez que sim com a cabeça.

— Se Foster diz que estava em casa é porque realmente estava. Posso atestar sua honestidade sem hesitação, e faço isso neste momento. Ele é uma peça valiosa desta empresa.

— Só para ficar registrado, sr. Moriarity, onde o senhor estava ontem à noite, entre 21h e 1h?

Sua mandíbula se apertou e desenhou uma carranca severa naqueles lábios finos.

— Não consigo enxergar como isso pode ser do interesse da senhora, no que diz respeito a este crime.

— É uma questão de rotina e coleta de informações. A identificação do seu funcionário foi usada, o serviço de carro da empresa foi usado, a linha de crédito de sua empresa foi usada, e tudo está relacionado a um homicídio. O senhor é o dono da empresa, não é verdade, sr. Moriarity?

— Minha posição dificilmente teria... — Ele se obrigou a interromper o que ia dizer e ergueu a mão. — Não é importante de forma alguma. Eu recebi um pequeno grupo de amigos no meu camarote na ópera. Antes disso, tomamos coquetéis em um quarto privativo no Shizar, e depois caminhamos os dois quarteirões até o Met, para assistir ao espetáculo. Mais tarde, nos reunimos para um jantar tardio no Carmella. Essas atividades aconteceram mais ou menos entre 18h30 de ontem e 1h de hoje.

— Ajudaria nossos registros se pudéssemos obter os nomes das pessoas que compunham seu grupo.

Seus olhos fuzilaram os dela.

— Já é duro o bastante ter qualquer tipo de conexão com um assassinato, tenente. Agora a senhora me diz que vai entrar em contato com meus amigos pessoais para confirmar minha palavra? Isso é um insulto.

— Assassinato é um assunto desagradável para todos.

Os músculos de sua mandíbula se contraíram quando ele enfiou a mão no bolso para pegar uma agenda pequena.

— Seu comportamento não me agrada, tenente.

— É comum eu ouvir isso.

— Sem dúvida. — Ele leu em voz alta uma série de nomes e contatos com a velocidade de uma metralhadora, e Peabody se esforçou para anotar tudo em um caderno.

— Obrigada. O senhor faz alguma ideia ou já especulou sobre como a identificação de Urich foi hackeada?

Prazer Mortal 185

— Acabei de concluir uma reunião sobre esse assunto e solicitei uma triagem completa e uma investigação interna.

— O senhor acredita que a invasão foi levada a cabo por alguém da empresa, então.

Ele inspirou fundo e bufou.

— Se não foi esse o caso, a nossa segurança é falha, e a segurança é o núcleo da minha empresa. Se foi esse o caso, houve uma falha na nossa seleção de funcionários, e trabalhamos no ramo de investigações pessoais. Portanto, de um modo ou de outro, isso exige que façamos a nossa própria investigação.

— Espero que o senhor nos mantenha informados sobre o seu progresso e as suas descobertas.

— Acredite em mim, tenente... Quando descobrirmos como isso foi feito e por quem, nós a notificaremos. Não vou permitir que a reputação da Intelicore fique manchada por causa disso. Agora eu tenho outra reunião, com nossa divisão de relações públicas. Estamos enfrentando uma crise de mídia por causa disso. Então, se não há mais nada no momento...

— Obrigada pelo seu tempo. Se o senhor puder nos dar mais um minuto, gostaria de confirmar o seu paradeiro anteontem, entre as 19h e a meia-noite. Isso nos seria muito útil.

O vermelho quase explodiu em suas bochechas.

— Isso é simplesmente ultrajante.

— Pode parecer que sim, sr. Moriarity, mas estamos seguindo uma linha de investigação, e seria benéfico tanto para o senhor quanto para a sua empresa se tivéssemos todas essas informações confirmadas.

— Fiquei em casa nesta noite, já que a senhora quer saber. Tive uma dor de cabeça, tomei alguns analgésicos e fui para a cama mais cedo. Estou preso?

Eve respondeu com ar gentil.

— Por enquanto, não. Peço desculpas pelo inconveniente e pela intromissão, mas temos um cadáver no necrotério que tem ligação com a sua empresa. Devemos a ela o máximo de meticulosidade. Mais uma vez, obrigado pelo seu tempo. Peabody, venha comigo.

No elevador, Peabody pigarreou para limpar a garganta.

— Acho que é compreensível que ele esteja chateado, mas estamos apenas fazendo nosso trabalho.

Eve deu de ombros.

— Ele pode ser um babaca, se quiser, desde que consigamos as informações. Confirme o álibi para que possamos cortá-lo da lista de suspeitos.

— Sim, tenente. Ahn... O que você e Roarke vão fazer hoje à noite?

Divertindo-se com aquilo, Eve ergueu uma sobrancelha.

— Não temos planos. Eu provavelmente vou trabalhar até mais tarde, mesmo. Vou pegar no pé do pessoal da DDE. Temos um hacker em algum lugar que gosta de matar pessoas. Os técnicos precisam encontrar a fonte de tudo.

Lá fora, Peabody se acomodou no banco do carona.

— Ele não vai gostar de ouvir você chamando-o de babaca, se é que estava ouvindo.

— Oh, estava ouvindo sim, com certeza. E esperava que eu o chamasse de babaca, ou algum insulto similar. Ele preparou tudo. Dudley faz o escorregadio, Moriarity faz o ofendido.

— Você acha que foi tudo uma encenação?

— Sim, pelo menos em parte. — Ela tamborilou com os dedos no volante enquanto dirigia. — Se eles entraram nisso e estão juntos, qual é o objetivo de tudo? Qual o propósito? Eu te digo uma coisa: eles são espertos demais para o seu próprio bem. Cada um deles tinha um bom álibi para uma das noites, mas estava sozinho em casa na outra. Isolados do mundo. Mas por quê? O que está na raiz desse plano?

— E se Houston ter sido o motorista daquela noite foi algo manipulado? Parece aleatório, mas e se o assassino estivesse por trás disso... ou levasse em conta as grandes probabilidades de que seria Houston?

— Não parece ter sido assim, mas tudo bem. — Cara ou coroa, pensou Eve, mas 50% de chance não era tão mau. — Continue com sua teoria.

— Um desses caras tem alguma ligação com Houston. Isso poderia remontar ao tempo em que a vítima entrava em brigas e se metia em apuros. Poderia até ser mais recente. Houston viu algo que não deveria ver, ouviu algo que não deveria ouvir. Ele era motorista, pode ter sido uma conversa no carro, uma troca de dinheiro por mercadorias ilegais. Tanto faz. No caso da acompanhante licenciada poderia ter sido ciúme, ou uma paixão não correspondida.

— Nenhum dos dois estava na agenda dela.

— Bem, nós sabemos que eles, se é que são *eles*, conseguem roubar identidades. Talvez um deles, ou ambos, contratassem os serviços dela usando uma identidade falsa. Tudo bem, sei que estou forçando a barra — admitiu Peabody —, mas por que alguns caras podres de ricos e com ficha limpa na polícia se unem para matar pessoas que eles nunca viram mais gordas?

Excelente pergunta, Eve pensou.

— Talvez estejam entediados.

— Meu Deus, Dallas.

Eve viu a consternação na voz do Peabody se refletir no rosto da parceira.

— Você é policial há algum tempo e está na Divisão de Homicídios há dois anos. Ainda não percebeu que as pessoas são piradas?

— O tédio como motivo para matar é mais que pirado. Eu aceito a ideia de alguém fazer algo assim movido pela emoção, ao menos em parte, mas me parece que precisa existir algo além. Ciúme, vingança, lucro.

— Então escute só. Sério — acrescentou Eve quando Peabody franziu as sobrancelhas. — Talvez você esteja certa e exista um motivo concreto aqui, alguma ligação entre o assassino ou os assassinos e as suas vítimas; algo que não encontramos. Pois encontre. Se você conseguir isso, as coisas vão se esclarecer. Se não conseguir, isso vai reduzir o foco da busca. De qualquer forma será um progresso.

— Você está me oferecendo um caminho próprio na estrada da investigação?

— Pode ser. Trabalhe na Central, ou pegue o material que precisar e trabalhe em casa. Mas consiga um tempo para descansar antes que seu cérebro vire mingau.

— É isso que você vai fazer?

— Vou tentar falar com Mira e lhe passar algumas ideias; em seguida preciso levar o que temos para Whitney. Depois disso, sim, acho que vou trabalhar em casa.

Elas se separaram na Central. Eve foi em direção ao consultório de Mira ao mesmo tempo em que entrava em contato com o comandante e lhe pedia um horário para lhe repassar o relatório. Preparou-se para enfrentar a feroz assistente de Mira, que guardava os portões do castelo, mas encontrou uma mulher jovem e alegre no lugar do dragão.

— Quem é você? — quis saber Eve.

— Meu nome é Macy. A assistente administrativa da doutora Mira não veio hoje. Em que posso ajudá-la?

— Você pode me dar cinco minutos com o doutora Mira?

— Deixe-me ver o que eu consigo. A quem devo anunciar?

— Tenente Eve Dallas.

— Oh! — Ela saltou na cadeira e bateu palmas como se tivesse ganhado um prêmio. — Sei quem você é! Li o livro de Nadine Furst. A história é incrível!

Eve começou a dizer que aquilo não tinha sido nada, mas reconsiderou.

— Obrigada. Poder me consultar com a doutora Mira fez uma enorme diferença na resolução do caso Icove. Estou trabalhando em outro caso importante agora. Preciso muito falar com a doutora.

— Só um instantinho! — Ela quase cantarolou as palavras quando ligou o comunicador. — Doutora Mira, a tenente Dallas

Prazer Mortal

gostaria de ter cinco minutos com a senhora, caso esteja disponível. Claro... Sim, senhora. — Macy sorriu para Eve. — Você pode entrar direto.

— Obrigada. Quanto tempo você vai ficar aqui?

— Só alguns dias. Gostaria que fosse mais tempo. É divertido!

— Sim.

Mira fez menção de se levantar da mesa quando Eve entrou.

— Não, não se levante. Cinco minutos no máximo. Podem ser dois?

— Como?

— Desculpe, atropelei os pensamentos. Dois assassinatos, dois assassinos. Os meus casos.

Mira franziu a testa.

— Considerando o padrão e a repetição de vários elementos, devo concluir que esses assassinatos estão conectados.

— Conectados, sim, mas são dois assassinos atuando em conjunto, trabalhando dentro de um padrão definido. Poderia ser?

— Interessante. Se bem que os elementos e as execuções são muito semelhantes... Até mesmo a dinâmica.

— Sim, e isso pode ser deliberado. No primeiro crime, um funcionário seu é incriminado, mas você tem um bom álibi porque o assassino de verdade é o número dois. Depois vocês repetem o processo trocando os lugares.

— Uma parceria.

— Talvez até um negócio. Não sei, pelo menos por enquanto, mas tanto Dudley quanto Moriarity me fazem pensar nisso. Eles são figuras muito diferentes. — Apesar de dizer a Mira para ficar sentada, Eve circulou de um lado para outro pelo consultório bonito. — Pelo menos me projetaram imagens diferentes quando os interrogamos. Só que, no fundo, não são tão diferentes. Ambos são ricos e privilegiados. A riqueza foi herdada e eles ganharam posições de destaque em corporações antigas e tradicionais. E os dois são amigos.

— São? — perguntou Mira.

— Sim, Dudley confirmou isso. Eles são amigos, mas nenhum deles mencionou ter discutido com o outro a situação muito semelhante em que se encontram... Isso é papo furado. Cada um deles tem um álibi bem estabelecido para a noite do assassinato ligado à sua empresa, mas estava sozinho em casa na noite do outro.

— Espelhos, então. — Mira franziu os lábios e assentiu. — E talvez seja um reflexo tão perfeito que isso alertou os seus instintos e suspeitas.

— Até os álibis são parecidos. Ambos passaram a noite fora com amigos, várias pessoas, cobrindo a noite inteira. Seria mais inteligente se um dos dois estivesse com uma mulher, em uma reunião de negócios ou alguma variação mais ampla. Mas eles mantiveram o mesmo padrão. E são presunçosos. Eu não gosto de gente presunçosa — Ela deu de ombros. — Estou prestes a relatar tudo a Whitney. Queria sua opinião antes de fazer isso.

— O que você está teorizando é certamente possível. Eu teria que concluir que, se este é o caso, os dois homens têm um profundo e fortíssimo nível de confiança... ou necessidade mútua. Se qualquer um deles tivesse falhado, mudado de ideia ou de algum modo atrapalhado a parceria, o outro também sofreria as consequências.

— Ok. Vou pesquisar isso. Obrigada.

— Eve, se você estiver certa eles podem ter terminado o projeto. Cada um já fez a sua parte.

— Não. — Ela pensou no cintilar que viu nos olhos de Dudley, no tom severo e de superioridade de Moriarity. — Não, eles não terminaram. Acham que desempenharam bem demais os seus papeis para dar tudo por encerrado.

Organizando os pensamentos, Eve dirigiu-se ao gabinete do comandante Whitney. Identificou o latejar atrás dos olhos e compreendeu que a energia extra trazida pela cafeína estava em guerra com a fadiga. Peabody não era a única que precisava de descanso.

Prazer Mortal 191

Saltou da plataforma aérea e se virou na direção da seguinte, mal registrando o que acontecia atrás dela. Choros, xingamentos, lamúrias, gritos, tudo isso era o som ambiente em uma central de polícia. Mas ela percebeu o movimento do homem que vinha em direção a ela e que enfiou a mão no bolso. E viu os olhos dele, os dentes rangendo, a raiva que transbordava.

Eve colocou a mão na arma e se deslocou de lado, para bloqueá-lo.

A faca estava fora do bolso dele antes que ela tivesse a chance de pegar a arma e uma lâmina a cortou. Ela sentiu a fisgada na parte externa do antebraço. E ouviu o choro se transformar em gritos altos de puro terror.

Ela reagiu:

— Porra! — E acertou o homem que a atacara com um chute no saco enquanto finalmente conseguia sacar a arma. — Seu filho da puta do cacete!

Como o homem estava no chão em posição fetal e quase vomitando, ele não respondeu.

— Tenente. Nossa, tenente, ele a feriu!

— Eu sei que ele me feriu, estou sangrando! E por que ela está gritando? — Eve quis saber quando se abaixou, colocou um joelho na base das costas do homem que ainda fazia sons de quem ia vomitar e lhe prendeu com um par de algemas. — Deixe-me repetir: eu estou sangrando.

— Ele ia atacar esta mulher quando a senhora se interpôs no caminho. É o que parece. Sou o detetive Manson — apresentou-se ele — Unidade de Vítimas Especiais. O idiota no chão é o ex dela. Ele a visitou ontem à noite, espancou-a, estuprou-a e ameaçou furar seu coração se ela o abandonasse. Ele saiu para beber e ela fugiu. Ele deve tê-la seguido até aqui ou algo assim. Ainda vamos descobrir.

— Como diabos ele conseguiu entrar aqui com uma faca? — Quando ela perguntou isso, viu Manson usar um par de pinças para pegar a arma do chão.

— Puxa vida, essa é uma daquelas facas de plástico da lanchonete. Ele afiou a ponta com alguma coisa. Creio que ele estivesse esperando aqui para atacá-la. Dentro da Central de Polícia. Que canalha maluco!

— Leve-o para a porra de uma cela. Certifique-se de fichá-lo e acusá-lo de agredir uma policial com uma arma letal. — Ela se agachou e quase colou o rosto no homem que a atacara. — Você poderá ganhar prisão perpétua por isso, seu imbecil. Se somar as outras acusações você está ferrado. E sua façanha me custou uma jaqueta ótima.

— A senhora precisa ir para a enfermaria, tenente.

Eve olhou para a manga rasgada e o sangue que escorria.

— Droga!

Em vez de ir se cuidar ela entrou no banheiro, arrancou a manga da jaqueta e preparou um curativo improvisado. Então, com algum pesar diante da jaqueta boa e resistente, jogou o que sobrou dela dentro do reciclador de lixo.

O latejar constante da dor no braço se juntou à dor que sentia pulsar na cabeça. Vou para casa, pensou ela. Assim que apresentasse o relatório para Whitney ela iria para casa, limparia o ferimento e dormiria um pouco. Duas horas de sono seriam o bastante.

Em casa.

Sentado atrás da sua mesa quando ela entrou, Whitney levantou um dedo para lhe pedir silêncio enquanto ele terminava de ler um relatório. Eve permaneceu onde estava enquanto, atrás da janela do comandante, um dirigível se movia pelo céu com um anúncio que piscava muito; um par de ônibus aéreos se cruzavam no ar e um bonde elétrico despejava uma carga de turistas.

Whitney bateu com o dedo indicador de sua mão imensa na tela e lançou os olhos escuros e intensos para Eve.

— Como você se feriu? — ele quis saber.

— Foi só um arranhão.

— Eu perguntei *como*.

— Sim, senhor. Um palerma estava no décimo andar, ala leste, à espera da sua ex, que veio dar queixa dele na Divisão de Vítimas Especiais depois que ele a espancou e estuprou. Ele pegou uma faca de plástico do restaurante e a afiou. Eu acabei no caminho dele. Um tal detetive Manson o mantém sob custódia.

— Esse não é um curativo apropriado.

— Vou cuidar disso depois. Eu estava a caminho daqui, para lhe fazer o meu relatório, e então...

Mais uma vez ele levantou um dedo, virou-se para o comunicador e ligou para a assistente.

— Envie um médico ao meu gabinete para atender a tenente. Ela está com uma lesão no antebraço esquerdo. Ferimento à faca.

— Senhor, escute, realmente não é necessário...

— Relatório.

— Sim, senhor. — *Droga*.

Ela relatou os fatos, as medidas que tinham sido tomadas e as várias linhas de investigação que estavam sendo averiguadas.

— Você ainda não encontrou nenhuma ligação sólida entre as vítimas.

— Não, senhor, não encontramos nada que os ligue um ao outro, além do assassino.

— E você acredita que ambas as vítimas foram mortas pelo mesmo indivíduo?

— A detetive Peabody e eu acabamos de concluir as primeiras entrevistas com Winston Dudley e Sylvester Moriarity. Acredito que o resultado dessas entrevistas abriu outra via de investigação. Fui me consultar com a dra. Mira sobre a possibilidade de...

Ela parou ao ouvir uma batida na porta.

— Entre! — ordenou Whitney.

Eve olhou o médico com uma desconfiança instintiva.

— Comandante, se eu puder concluir meu relato antes de...

— Sente-se. Você pode continuar o relato enquanto ele trata de você.

— Meu nome é Carver, senhora — anunciou o médico, com ar alegre. — Vamos dar uma olhadinha nisso.

Eve não gostou da ideia de tratar de uma facada com alguém chamado Carver, que soava como cavar, mas como tinha recebido uma ordem direta do comandante, sentou-se.

— Bom curativo improvisado — elogiou Carver, enquanto o removia. — Foi um estrago feio. Vamos ajeitar tudo.

Várias observações sarcásticas vieram à mente de Eve, mas ela as engoliu quando Carver começou a desinfetar o ferimento que, em sua opinião, já tinha sido devidamente limpo no banheiro.

— Existe uma conexão entre Dudley e Moriarity — começou ela: — Eles são amigos, frequentam os mesmos grupos sociais e ambos são chefes de grandes corporações que conseguiram por herança de família. Cada um deles tem uma bela... Merda!

Ela deu um pulo e olhou com raiva para Carver, que já colocava a seringa de volta em sua maleta.

— Uma picada desagradável, mas é melhor que uma infecção — explicou ele.

— Cada um dos suspeitos — continuou ela, falando entre dentes — tem um álibi forte para a noite em que a identidade do seu empregado foi usada para atrair as respectivas vítimas. Mas os dois estão sem álibi para a noite do outro crime.

— Você acha que eles estão trabalhando juntos, então? Mas... por quê?

— O motivo poderá vir à tona à medida que mudarmos a abordagem e investigarmos com atenção cada vítima em relação a cada empresa e seu respectivo chefe, tanto em nível pessoal quanto profissional. Ou pode ser exatamente o que parece à primeira vista: assassinatos planejados pela adrenalina do ato em si.

Ela fez de tudo para ignorar o leve zumbido do aparelho de sutura eletrônica e o desconforto vago e persistente de sentir sua pele sendo unida no lugar do corte

— O padrão confere — continuou ela. — As vítimas exibem riqueza, posição social, apreciam prazeres pessoais, as armas são incomuns e vistosas, os locais escolhidos para o ato são públicos e arriscados. Em ambos os casos, uma identidade falsa foi utilizada, supostamente, por funcionários de uma das empresas administradas pelos dois suspeitos. O ataque feito por um hacker externo às empresas seria possível, mas nesse momento me parece ter sido um trabalho interno. As probabilidades apontam para isso.

— E o perfil de Mira?

— Os dois se encaixam. As entrevistas, senhor, me pareceram um verdadeiro teatro, em ambos os casos. Texto ensaiado, cada qual assumindo um tipo específico de papel. Eles são arrogantes, presunçosos, e gostam de estar sob os holofotes. Temos uma prova adicional: a imagem parcial de um sapato que a DDE conseguiu aprimorar, com base na gravação do sistema de segurança de Coney Island. A partir dessa imagem nós podemos estimar a altura do assassino; já conseguimos identificar o estilista, o modelo do calçado e o tamanho. O sapato é da grife Emilio Stefani...

Enquanto enfaixava o braço de Eve, Carver soltou um assobio baixo e fez um comentário.

— Esses sapatos custam uma nota!

— Três mil dólares, confirmando o que Carver disse. Dudley comprou um par do modelo da imagem, na mesma cor e tamanho, em março. Apenas mais um par foi vendido aqui na cidade, na mesma cor e tamanho que o detetive McNab determinou pela imagem da segurança. O segundo comprador está na Nova Zelândia. No momento do assassinato, ele estava em locação, gravando uma superprodução para o cinema. Com isso, sobrou apenas Dudley.

— Isso é bom, mas não lhe garante um mandado de prisão e muito menos uma condenação. Se você está focada nesta linha de investigação, consiga mais evidências.

— Pretendo fazer isso, senhor.

— Prontinho. — Carver se levantou. — Quer um analgésico?

— Não, eu não quero um analgésico.

— A escolha é sua, mas isso vai doer por algum tempo. Posso dar uma olhada em você amanhã e trocar o curativo. Vou precisar só colocar um pouco mais de NuSkin, a pele artificial, para ficar tudo novo em folha.

— Estou bem. Está tudo bem. — Aliviada por ele ter terminado, Eve se levantou.

— Obrigado, Carver. — Whitney se recostou quando o médico tocou a têmpora com um dedo, em sinal de saudação, e saiu.

— Se a baioneta for de uso militar e você souber a época, verifique se algum dos dois tem um antepassado que serviu nas Forças Armadas e tinha acesso à arma, e faça mais buscas sobre a besta. Um deles ou os dois podem ter licença para armas desse tipo.

— Se Moriarity usou a besta, como eu acredito, ele treinou bastante. Mesmo a pouca distância, ele tinha que estar confiante de dar um primeiro tiro certeiro. No segundo assassinato temos a mesma coisa. O golpe foi bem no coração, e isso garantiu que o sangramento fosse pequeno e diminuiu os respingos. Eles levaram algum tempo para aprimorar suas habilidades, ou já eram bons nisso.

— Consiga mais elementos — repetiu Whitney. — E cuide desse braço.

— Sim, senhor. Obrigada, senhor. — Percebendo que estava sendo dispensada, Eve saiu.

Quando retornou à sua sala, deu início a uma busca em seu tablet para ver se encontrava algo sobre a possível conexão militar. Foi uma linha de investigação que ela deixara passar, admitiu para si mesma, e não devia ter deixado. Talvez isso tivesse algo a ver com as cerca de quarenta horas em que já estava acordada, mas isso não era desculpa.

Mais uma vez o turno estava mudando quando ela passou pela Sala de Ocorrências, e viu Baxter saindo da sua mesa.

— Você chegou cedo e está saindo tarde — observou ela. — Quem é você e o que fez com o verdadeiro Baxter?

— Rá-rá... Acabei de encerrar o caso desta manhã. A promotoria aceitou a acusação de assassinato em primeiro grau e o caso está fechado. O meu relatório será encaminhado para você.

— Ótimo.

— Mandei o garoto para casa. Ele ainda está namorando a gatinha dos Registros, mas estamos livres se você estiver precisando de mais ajuda no seu duplo homicídio.

— Tudo bem, eu aviso você.

— Ouvi dizer que você levou uma facada — acrescentou ele, acenando com a cabeça para o braço dela.

— As notícias voam.

— Ah, e também te enviei a avaliação mensal de Trueheart. Ele vai se tornar um bom detetive. Precisa de um pouco mais de tempo, mas se você me der sinal verde, vou aconselhá-lo a prestar o exame.

— Foi bem depressa, Baxter.

— Ele é rápido, a menos que o assunto seja mulheres. — Sorriu ao dizer isso. — Tem bons instintos e analisa as situações sob todos os ângulos. Além do mais, o garoto me pegou como instrutor. É impossível ele ser reprovado.

— Vou olhar a avaliação e pensar no caso.

— Ele foi feito para a Divisão de Homicídios — acrescentou Baxter, quando Eve se virou para sair.

Ela parou e tornou a olhar para ele.

— Por quê?

— Ele olha para um cadáver e vê uma pessoa. Nós podemos acabar esquecendo isso e analisar apenas o caso, você sabe como é. Mas ele não, e isso não acontece só porque ainda é novato. Ele é desse jeito mesmo. Este aqui é o lugar dele, pode escrever o que digo, mesmo que você ache que ele ainda precisa de mais tempo de farda.

— Vou pensar sobre o assunto.

Ela pegou o que precisava de sua sala e se juntou ao êxodo dos que terminavam o turno.

Colocou o carro para rodar no sistema autônomo para poder deixar a mente vagar.

Baxter e Trueheart, ela pensou. Algumas pessoas teriam considerado os dois como uma dupla estranha. O detetive astuto, geralmente atrevido, e o tímido novato de natureza doce.

Ela não achou essa dupla esquisita, e foi por isso que tinha designado Trueheart para ser ajudante de Baxter. Acreditava que eles se complementavam, e que o estilo do Baxter ia amadurecer e tornar o novato mais firme.

Isso realmente aconteceu, mas a parceria também tinha... "amolecido" não era a palavra certa, refletiu. Talvez "aberto" fosse uma definição melhor. Ela tornara Baxter mais aberto. Ele sempre fora um policial confiável, inteligente, mordaz, competitivo. E, na opinião dela, uma figura muito autossuficiente.

Trueheart mudara isso, de modo que agora eles eram muito mais parceiros do que instrutor e ajudante.

Entendiam um ao outro, se comunicavam com e sem palavras, confiavam um no outro. Um policial não podia arrombar uma porta e invadir um local com o parceiro, a menos que tivesse confiança absoluta nele.

Um homem não matava ninguém quando estava com um parceiro, a menos que houvesse confiança absoluta nisso. Confiança, entendimento, compreensão mútua e um objetivo comum.

Qual era o objetivo comum?

Como se desenvolvia essa confiança e esse entendimento? Como e quando eles decidiam que era preciso matar?

As amizades, ela pensou, assumiam muitas formas e eram construídas com base em muitos motivos. Mas elas se fortaleciam e perduravam por meio do afeto genuíno, da necessidade real e da base construída em um terreno comum, não era verdade?

Considerando isso tudo, ela pegou o *tele-link* no painel do carro e ligou para Mavis Freestone.

— Dallas! Belle e eu estávamos justamente falando de você!

Como Belle tinha cerca de 6 meses de idade e só dizia "bá!", Eve imaginou que aquela fora uma conversa curta.

— Ah, foi? Escute, Mavis...

— Eu estava enumerando para ela todas as coisas que ela vai poder ser quando crescer. Sabe como é, a presidente da república, a deusa de todos os estudos, uma estrela de videoclipes como a mamãe ou uma grande estilista igual ao papai. Contei que ela poderia ser a supertotal de todas as totalidades, como Roarke, ou uma superpolicial como você.

— Eis a questão, eu estava justamente... Você está usando uma coroa?

Mavis levantou a mão e tocou na coroa de ouro cintilante que estava sobre uma montanha de cabelos — atualmente pintados em um ousado tom de verde grama.

— Nós estávamos brincando de passarela.

— Mavis, você está sempre brincando de passarela.

Mavis soltou uma gargalhada alegre e feliz.

— Ser uma garota é o mais que demais de todos os máximos. Olha só, você tem que ver isso!

Eve piscou quando Mavis balançou a tela do *tele-link* e naquele espaço de um ou dois segundos o mundo se tornou um borrão de cores e formas. Então, no meio delas, a bebê rechonchuda e loira surgiu engatinhando pelo chão em direção a um animal vermelho não identificado. Um urso, um cachorro ou algo desse tipo, imaginou Eve. De qualquer modo, Belle se concentrou nele com o foco de uma rajada de laser, agarrou o animal, caiu de bunda no chão e começou a mastigá-lo vigorosamente.

— Isso é *mag* ou não é? — exigiu Mavis. — Nossa Bellamia está crescendo rápido demais!

— Não chore. Meu Deus, Mavis.

— Isso sempre me transforma numa manteiga derretida. Ela já está engatinhando, e você viu como ela sabe exatamente o que quer e não descansa até alcançar? Esta manhã ela se arrastou e pegou suas sandalinhas cor de rosa com estrelas, e fez isso sozinha.

— Incrível! — exclamou Eve.

E talvez fosse mesmo, como ela podia saber? Uma coisa ela sabia com certeza: atributos em comum não eram a base de sua amizade com Mavis. A golpista e a tira não tinham nada em comum, pelo menos na superfície. Eve supunha que o que tinha cimentado aquela amizade era uma espécie de reconhecimento mútuo.

— Onde está Leonardo?

— Oh, ele foi fazer a prova de uma roupa. Vai trazer guloseimas quando voltar para casa.

— Prova de roupa com quem, algum cliente regular?

— Ah, sim. — Mavis se curvou, pegou Belle e o mamífero vermelho. — Carrie Grace, a rainha do cinema. Você precisa falar com ele?

— Não. É que estou trabalhando em um caso que...

— Uau! Viu, Bella?

Bella soltou uma risada deliciosa, de um jeito muito parecido com o da mãe, e balançou a coisa vermelha no ar, segurando-a pela orelha babada.

— O lance é que alguém está matando pessoas que prestam o que chamamos de serviços sofisticados ou exclusivos. São serviços caros, fornecidos por profissionais no topo de sua área de atuação.

— Mas eu não... oh... Oh! Como o meu ursinho de mel?

— Sim, como o seu ursinho de mel, e também como você, Mavis. Simplesmente me faça um favor: não aceite nenhuma apresentação, compromisso ou reunião até eu encerrar este caso. O mesmo vale para o seu ursinho de mel. Nada de novos clientes.

— Combinado! Nossa Bellarina precisa da mamãe e do papai. Tenho um show em Londres, marcado para o fim da semana que vem. Nós estávamos meio que pensando em acrescentar alguns dias de diversão.

— Dias de diversão?

— Descanso, divertimento. Tirar umas férias.

— Ah, façam isso, então. Vão se divertir. De qualquer modo me avisem sobre o que decidirem.

— Droga, vou arrumar as malas daqui a cinco minutos. Você realmente acha que alguém pode tentar nos machucar?

— Provavelmente não. Mas não quero arriscar.

— Ah, eu também te amo.

— Por que você me ama? Por que nós nos amamos?

— Porque somos do jeito que somos e aceitamos isso numa boa.

Enquanto passava pelos portões da mansão, Eve refletiu que essa frase era um perfeito resumo de tudo.

Quando abriu a porta do carro, o calor quase a derrubou. E quando teve de se apoiar com força na porta do veículo porque sua cabeça girou, teve que admitir que algumas horas de sono eram a coisa mais urgente do dia, naquele momento. Ela se recuperou, caminhou para dentro de casa e sentiu a atmosfera refrigerada e calma.

— Você se meteu em briga novamente? — Summerset perguntou. — Ou isso é alguma expressão de moda alternativa?

Ela se lembrou do curativo no braço e na falta da jaqueta que poderia escondê-lo

— Nenhum dos dois. Perdi uma aposta e tive que tatuar o seu nome no braço. Então fiz isso com um canivete.

Um pouco sem graça, ela pensou enquanto subia as escadas, mas foi o melhor que conseguiu dizer, porque o seu cérebro queria desesperadamente ser desligado.

Só duas horas de sono, disse a si mesma. Duas horas para recarregar as baterias, então ela analisaria tudo com a mente fresca.

No quarto, ela nem se deu ao trabalho de remover a arma e o coldre. Simplesmente caiu de cara na cama e ficou. Nem sentiu o baque na bunda quando o gato se aboletou lá.

Quarenta minutos depois, Roarke chegou em casa.

— A tenente voltou com um curativo no antebraço esquerdo — relatou Summerset. — Não parece nada sério.

— Ah, melhor assim.

— Você precisa dormir.

— Preciso mesmo. Bloqueie todos os *tele-links* pelas próximas duas horas, ok? A menos que seja uma emergência ou algo ligado ao caso.

— Já fiz isso.

Roarke subiu e a encontrou atravessada na cama, de bruços e com a cara no travesseiro, uma posição que sinalizava esgotamento. De seu lugar sobre a bunda de Eve, Galahad piscou duas vezes.

— Vou assumir o seu lugar agora, arranje outra coisa para fazer — Roarke murmurou. Tirou o paletó, a gravata, os sapatos. Quando arrancou as botas de Eve, ela não se moveu nem um centímetro.

Repetindo o que fizera naquela manhã na sala de Eve, na Central de Polícia, ele se deitou ao lado dela, fechou os olhos e apagou.

Capítulo Doze

Ela caçava. Com uma baioneta dentro da bainha na lateral do corpo e uma besta nas mãos, ela perseguia sua presa por salas ricamente decoradas, luzes brilhantes e sombras suaves.

A fragrância floral era tão forte que ela parecia estar num jardim. Na mesa esculpida que ela vira na sala de Moriarity, dois homens encapuzados e sem camisa se ocupavam de uma mulher que gritava muito, presa a um aparelho de tortura.

— Não posso ajudar você — explicou Eve. — Você nem mesmo é real.

A mulher parou no meio de um grito e sorriu com ar cansado.

— Quem é real? O que é real?

— Não tenho tempo para filosofar. Eles já escolheram a próxima.

— A próxima? Próxima quem? Próxima o quê?

— Você se importa de calar a boca? — pediu um dos homens encapuzados. — Está interrompendo nossa programação.

— Tudo bem, podem ir em frente.

Ela foi para a sala ao lado e balançou a arma no ar, formando um arco da direita para a esquerda. No elegante drama que vivenciava em preto e branco, o vermelho vivo no chão era sangue, e no sangue flutuava um quepe de motorista.

Eles deixavam sinais, ela reparou. Gostavam de deixar pistas. Gostavam de se imaginar espertos demais, protegidos demais, ricos demais para serem pegos.

Ficou no centro da sala, estudando tudo. O que estava faltando? O que será que ela deixara passar?

Foi em frente e entrou em sua própria sala na Central, onde o quadro de homicídios dominava o cenário.

A resposta estava ali? Já estava ali?

Motorista de limusine, besta, empresa de transportes.

Acompanhante licenciada, baioneta, parque de diversões.

Quem, o quê, onde.

Mas... Por quê?

Ela saiu pela porta e entrou na Sala de Ocorrências.

Só que, em vez dos policiais, das mesas e do cheiro de café ruim, ela se viu no que imaginou ser o salão de um clube privativo. Grandes poltronas de couro, lareira com uma chama que parecia fraca — embora o calor fosse inclemente; cores fortes, pinturas na parede representando caçadas de alto nível.

Cães de caça e cavalos.

Dois homens estavam sentados e giravam grandes taças redondas contendo conhaque cor de âmbar. Charutos compridos e finos soltavam fumaça, pousados sobre a bandeja de prata na mesa entre eles.

Eles se viraram para ela como se fossem um só, e seus sorrisos eram de desdém.

— Desculpe, mas você não é sócia deste clube. Tem de sair ou enfrentará as consequências. É preciso mais que dinheiro para pertencer a este lugar.

— Sei o que vocês fizeram e acho que sei como. Mas não sei o porquê.

— Não respondemos a você, nem a gente da sua laia.

Foi Dudley quem levantou a arma, uma enorme pistola de prata.

Prazer Mortal 205

Ela ouviu o estalo quando ele a engatilhou.

Ela se contraiu e seus olhos se abriram. Jurou ter ouvido o barulho do disparo, e sentiu até mesmo o cheiro.

— Shh... — Ao lado dela, Roarke a puxou para junto dele e a envolveu com os braços. — Foi só um sonho.

— O que esse sonho está me dizendo? — murmurou ela. Quando tentou se virar de barriga para cima, um irritado Galahad cravou as garras em sua bunda. — Ai, cacete! — Ela o afastou e se viu cara a cara com Roarke.

— Oi.

— Oi, mais uma vez. — Ele acariciou de leve o ferimento no braço dela. — Como aconteceu isso?

— Um idiota com uma faca de plástico afiada até fazer uma ponta, tudo isso dentro da porra da Central. O pior é que Whitney me obrigou a aceitar que um médico cuidasse do ferimento enquanto eu lhe apresentava o relatório.

— Um absurdo esse canalha obrigar um dos seus policiais a ter um ferimento tratado.

— Eu já tinha feito um curativo improvisado. A jaqueta já era.

Ele a aconchegou mais um pouco, para a possibilidade remota de ambos caírem no sono novamente.

— Haverá outras jaquetas.

— Eu não gosto de Dudley, nem de Moriarity.

— Isso não é conveniente? Eu também não gosto deles.

— Dudley faz o gênero "sou nojento, mas charmoso", com seu olhar sedutor do tipo "adoro as mulheres", e o outro é "sou um homem ocupado e muito importante, então vamos logo com isso, serviçal". Talvez eles sejam isso mesmo, afinal de contas. Talvez. Mas por dentro estavam rindo de mim.

Ele observou o rosto de Eve enquanto ela falava, e decidiu que a possibilidade remota de eles voltarem a dormir já não existia.

— Conheço esse seu olhar — murmurou ele. — Você acha que eles fizeram isso juntos.

— É uma teoria. — Ela fez uma careta. — É a teoria certa. Não só porque não gosto deles. Também não gostei do babaca do Sykes, mas não suspeitei de assassinato.

— Tudo bem, então você sabe quem foi. E como aconteceu?

Ela o atualizou sobre tudo, os álibis em um dia e a falta deles no outro, a amizade entre os dois.

— Não é muita coisa, mas havia... um tom, uma sensação, a percepção de que eles estavam prontos para encenar aquele teatro. E... Sei o que deixei de enxergar. A família. São empresas familiares, certo?

Quando Eve se sentou, ele manteve o braço em volta da cintura dela.

— Vamos ficar deitados aqui mais um pouco. Estou ouvindo.

— Bem, por que razão não havia nada que lembrasse família nas salas deles? Ambos têm espaços enormes, todos bem projetados. Não vi fotos de família, foto alguma, na verdade. Nada de "veja, este aqui é o bastão de críquete que o meu..."

— Taco. Críquete se joga com tacos.

— Aquilo não parece um taco. Também não parece um bastão, mas... tudo bem isso não importa. "Aqui está o troço de jogar críquete que o meu velho e querido pai me deu quando eu fiz 10 anos" ou "sim, este aqui é o relógio de bolso que foi do meu bisavô". São empresas familiares sem símbolos familiares em lugar algum. Nada. Nenhum dos dois. Eles administram uma empresa que passa de pai para filho há gerações e não havia nada.

— Vou bancar o advogado do diabo. Pode ser algo deliberado, para provar que eles alcançaram o sucesso por mérito próprio.

— Isso tem a ver com aonde eu quero chegar. Legados são importantes para pessoas desse tipo, nem que seja para exibir. E a família tem um peso importante. Mira tem sua família espalhada por todo o consultório. Whitney tem coisas do mesmo tipo, Feeney também; talvez isso seja diferente, mas devia haver algum tipo de referência. Você não acha estranho que nenhum dos dois tenha nada que seja visível e que os conecte à família, com exceção da própria empresa?

— Você supõe que eles se ressentem de terem sido colocados no lugar que ocupam?

— Talvez. Não sei. Ou imaginam que merecem isso, então quem se importa com o velho e querido papai ou quem quer que seja? E pode não significar nada, mas é estranho que aconteça com os dois. Um ponto em comum. Acho que foi assim que tudo começou. Eles têm bastante em comum.

— É um longo salto, ir de uma história de semelhante para uma parceria assassina.

— Há mais do que um passado semelhante entre eles.

— Sexo?

Ela considerou a ideia.

— Talvez. Isso certamente adicionaria uma camada de conexão e confiança. Pode ser sexo, até amor. Ou apenas o vínculo de mentes semelhantes, interesses parecidos. As pessoas acabam se encontrando.

— Nós nos encontramos.

— Own! — Ela exagerou na exclamação e sorriu para ele. Beijou-o de leve e depois se afastou. — Preciso atualizar meu quadro de homicídios e fazer algumas pesquisas. Tenho de continuar procurando uma ligação entre as vítimas, ou entre as vítimas e a empresa, mesmo que eu não ache que elas existam. E preciso fazer uma busca sobre os possíveis antepassados militares que podem ter tido uma baioneta.

— Carne vermelha.

— Hã?

— Vamos comer bife. Nós dois precisamos de energia.

— Você não está mais cansado. Estou analisando os seus olhos, e veria se você estivesse cansado. Isso é irritante.

— Continuo querendo bife.

— Agora eu também quero. Mas primeiro preciso de um banho. Quero me livrar da sujeira desse um dia e meio acordada. — Ela fungou no pescoço dele. — Por que você sempre cheira tão bem?

— Posso ter sido abençoado pela natureza para ter sempre um cheiro bom... ou talvez seja resultado do banho que tomei no escritório. Vá em frente. — Ele deu um tapa amigável na bunda dela. — Vou preparar a comida.

Ela se sentiu melhor depois do banho, depois de mais uma caneca de café e uma roupa limpa. E quando entrou em seu escritório de casa, percebeu o aroma da carne grelhada e se sentiu melhor ainda.

E isso a lembrou da conversa de manhã cedo com Morris.

— Ah, eu meio que comentei com alguém sobre vir aqui... sabe como é, para usar aquela sua churrasqueira com algumas pessoas.

Roarke levantou a garrafa de vinho que tinha aberto.

— Você quer que eu coloque pessoas na grelha?

— Algumas pessoas. Mas isso deve ser feito em particular. Quero só meia taça de vinho.

Ele serviu.

— Você está querendo que nós organizemos um churrasco.

— Não estou "querendo" exatamente isso, mas é que eu vi Morris hoje de manhã e ele me pareceu muito triste. Falei da churrasqueira com ele meio sem pensar, e depois esqueci. Só me lembrei agora, quando senti o cheiro do bife.

Ele foi até ela e lhe entregou a taça de vinho. Em seguida, pegou no seu queixo e beijou-a.

— Você sabe ser uma boa amiga.

— Não sei como isso foi acontecer.

— Sábado à noite?

— Pode ser. A menos que...

— Há sempre um "a menos que...", mas como vamos receber policiais e pessoas dessa área, todos já sabem dessa possibilidade.

— Tudo bem por você?

— Eve, sei que isso continua a surpreender e confundir você, mas eu realmente *gosto* de me relacionar com as pessoas.

— Eu sei. Se não fosse por isso, você seria perfeito. — Quando ele riu, ela se aproximou e ergueu a tampa de um prato — Nossa, isso está com um cheiro fantástico. Já estou recebendo uma carga de energia e ainda nem provei a comida.

— Vamos ver o que acontece quando você provar. Como está o seu braço? — perguntou ele, quando se sentaram à mesa junto da janela.

— Está bem. — Ela movimentou o ombro e flexionou o braço. — Quase não sinto dor.

— Devíamos fazer uma aposta — decidiu ele — para ver se você consegue ficar, digamos, duas semanas sem sofrer uma lesão no trabalho.

— Eu só estava saindo de uma passarela aérea e indo para outra. — Ela cortou o bife. — Estava cuidando da minha vida. Que tipo de idiota acha que vai conseguir escapar depois de esfaquear a ex-mulher com uma faca de plástico dentro da Central de Polícia?

— Alguém que pensa apenas na satisfação do ato, não nas suas consequências.

— Provavelmente estava chapado — murmurou ela. — Mas não a ponto de não sentir dor quando eu lhe chutei o saco e as bolas dele foram fazer cócegas na língua.

Imaginar a cena fez Roarke sorrir.

— Foi isso que você fez?

— Uma reação rápida e muito satisfatória.

— Essa é a minha garota! — Ele brindou com ela.

— O que eu poderia fazer? Um babaca com uma faca de plástico na Central de Polícia. Parece até que ia tentar...

Ele também conhecia aquele olhar e não disse nada para interromper sua linha de pensamento.

— Matar a ex-mulher com uma faca de plástico dentro da Central de Polícia — completou ela.

— Isso mesmo.

— Poderia ser só isso? Será que existe gente tão doente assim?

— Eu não saberia dizer. — Observando-a, ele tomou um gole de vinho. — Responda você mesma.

— Foi o Major Ketchup no banheiro com o bisturi a laser.

— Humm. — Ele cortou os aspargos macios. — Obviamente nós fomos feitos um para o outro, já que eu consigo interpretar isso. Você está querendo dizer "Foi o Coronel Mostarda no escritório com o castiçal".

— Tanto faz. É esse jogo... quem foi mesmo? McNab ou Peabody disseram algo sobre esse jogo em algum momento. Como é o nome?...

— Detetive.

— Você sempre sabe essas porcarias. Mas, sim, foi isso mesmo, e me pareceu interessante, então eu pesquisei no computador do que se tratava e joguei um pouco. Mas isso não vem ao caso.

— Você jogar no computador é uma grande novidade, mas eu diria que esse seu *brainstorm* sobre o crime é algo muito maior. Você está especulando que Dudley e Moriarity, se de fato estiverem nessa parceria homicida, estão na verdade disputando um jogo.

— Os elementos são todos esquisitos, bem como os métodos. A arma, a vítima, o local do assassinato. Os crimes parecem ataques aleatórios, conectados pelo tipo de cada elemento, e mesmo assim tudo me parece aleatório. E se for mesmo? E se for aleatório porque eles não passam de elementos de um concurso, um jogo, uma competição? E se não for algo tão doentio e estivermos diante de um acordo muito doido?

— Se assim for, a questão seria por quê.

— Por que alguém participa de um jogo, entra em um concurso, compete? Para ganhar!

— Querida, essa perspectiva é uma das razões pelas quais você não é uma jogadora contumaz. Muita gente joga simplesmente porque curte o jogo ou a experiência.

Ela espetou o garfo em outro pedaço de bife.

— Perder é uma merda.

— Minha tendência é concordar, mas tem mais um detalhe. Sua hipótese é que dois empresários respeitados e poderosos, sem

Prazer Mortal

antecedentes criminais ou reputação de violência se uniram. E não apenas para matar, mas para matar... por esporte?

— Por esporte. — Ela apontou o dedo para ele. — Exatamente. Veja as vítimas. Jamal Houston. Nenhum dos homens ou de suas empresas usava o seu serviço de transporte. Nada do que descobrimos mostra qualquer ligação prévia com ele. Peabody está pesquisando a remota possibilidade de um deles ter ido com Jamal para alguma viagem curta, o que não é provável ou lógico. Pode ser que ele tenha visto ou ouvido algo comprometedor e um deles, ou ambos, decidiram eliminá-lo. Mas veja que história confusa. Para começar, um ou ambos tiveram de usar um serviço que não usavam rotineiramente, pois isso limitaria a sua segurança. Então, um ou ambos teriam que fazer ou dizer algo incriminador, ilegal, imoral, o que quer que seja, na frente de um motorista cujos serviços eles não costumam usar.

Ela pegou um pouco da batata assada que já tinha mergulhado na manteiga, provou um pedaço e depois continuou falando enquanto — na visão de Roarke — a enterrava no sal.

— Depois, um ou ambos têm que decidir matá-lo e escolher um método que chame a atenção para o crime quando, cacete, eles poderiam ter contratado um assassino.

— Por que você não salga a manteiga sozinha e a come com uma colher?

— O quê?

— Deixa pra lá. Tudo bem, eu concordo que esse cenário não faz sentido. Seria muito complicado e ilógico.

— E não explica Ava Crampton. Nenhum deles aparece no arquivo de clientes dela. Tudo bem, talvez um deles ou ambos tenham usado seus serviços apresentando outra identidade, mas acho difícil de engolir que ela não teria descoberto o rosto de um, ou de ambos, em seu processo de seleção. E se usaram uma identidade falsa e conseguiram se safar numa boa, por que matá-la? Não vi nenhuma evidência de chantagem, caso ela tenha descoberto quem era o cliente e tenha resolvido ameaçá-lo. Isso seria burrice e colocaria em risco sua valiosa reputação quando ela já nadava em dinheiro. Ela ainda se arriscaria a perder a licença que mantivera sempre imaculada. Devemos considerar ainda o método, o local e a óbvia vontade de o assassino se exibir.

— Não tenho como contestar isso. Coma seus legumes.

Ela revirou os olhos, mas comeu alguns aspargos.

— Então é isso. Simplifique tudo e separe as informações e seus elementos básicos.

— E você tem uma partida de Detetive.

Ela fez um círculo com o dedo no ar enquanto mastigava mais bife.

— Ou a versão deles desse tipo de jogo. Talvez a versão deles de uma caça urbana para abater presas grandes.

— O que nos leva ao ponto inicial. Por quê? Trata-se de assassinato, Eve, e pela sua suposição, é o assassinato de pessoas inocentes e que eles não conheciam.

— Pessoas importantes em seus respectivos campos de atuação. Pessoas em negócios ou serviços prestados à elite social e financeira. Acho que isso é um elemento. Talvez seja parte do motivo. Ainda não sei.

— Porque menos que isso não seria meritório.

Eve fez uma pausa com uma garfada generosamente salgada de batata a caminho da boca.

— Meritório.

— Estou só tentando seguir a trilha que você está abrindo. Você descreveu os dois como arrogantes, presunçosos, ricos, privilegiados e, pelo conhecimento relativamente limitado que tenho deles, não discordo.

Roarke serviu mais água, pois imaginou que ela ficaria com muita sede depois daquela quantidade de sal no organismo.

— Eles estiveram imersos em privilégios a vida toda — continuou ele —, usufruíram sempre do melhor; foram capazes de selecionar o melhor em todas as áreas. Isso pode ser uma experiência

Prazer Mortal   **213**

inebriante quando a pessoa vem do nada. Por outro lado, talvez uma pessoa assim ache que merece apenas o melhor e menos que isso é intolerável.

Ele ergueu o vinho e fez um gesto amplo antes de beber.

— Para que matar um morador de rua, por exemplo? — continuou ele. — Onde está o brilho disso, onde está o prestígio? Gente assim não lida com essas pessoas, para começo de conversa. Elas estão muito longe desse outro mundo.

— Mas um serviço de motorista de elite e a melhor acompanhante licenciada da cidade, apesar de estarem abaixo do seu nível, ainda são pessoas que você poderia ou aceitaria utilizar.

— É lógico.

— Muito lógico — insistiu ela. — Uma arma incomum ou singular aumenta o brilho do ato.

— E talvez o desafio.

— O mesmo acontece com os locais dos crimes. Tornam tudo mais desafiador e meritório.

— Cada um deles completou a sua rodada, se é que se trata disso — ressaltou Roarke. — Ou levou o seu troféu. Talvez seja o fim da disputa.

— Não. Isso foi um empate, não é? Um empate não vale, não no caso de jogos, de competições ou esportes. Empates são péssimos para todo mundo. Alguém tem que ganhar. Eles precisam decidir quem é o vencedor na rodada seguinte.

Ele refletiu longamente sobre isso.

— Eles sabem que você está atrás deles, confirmando álibis, verificando antecedentes. Isso adicionaria mais emoção e mais sabor à disputa, se a motivação for realmente essa.

— Eles estavam preparados para me receber. — Ela balançou a cabeça enquanto relembrava as duas conversas. — Foi isso que me chamou a atenção quando falei com cada um deles. Eles estavam prontos com o seu desempenho, seu script, seu jogo. Era mais uma rodada, certo? Um nível acima. Ok, nós dois nos classificamos bem na primeira rodada, agora é o momento de "derrotar a tira" para ganharmos pontos de bônus. Eles devem ter considerado isso quando usaram identidades dos próprios funcionários. Certamente queriam esse elemento extra.

— O bônus maior representado por você, com a sua reputação.

— Adicione a minha ligação com você e teremos um pouco mais de... Como se chama? Ostentação?

— Já que estamos falando nisso, considere o momento escolhido. Acabamos de chegar de férias. É muito fácil verificar que nós dois voltamos ao trabalho. E se alguma pesquisa foi feita, existia uma grande probabilidade de você ser a investigadora principal em um novo homicídio assim que chegasse. Eu diria que eles planejaram isso, esperavam e fizeram de tudo para garantir que seria você. Querem apenas o melhor.

— Ele estava com o livro. Dudley — lembrou Eve. — O livro de Nadine, sobre o caso Icove. Há muita agitação na mídia por causa disso, no momento. Droga, talvez eu devesse avisar a Nadine para ter cuidado. Ela ficou muito famosa como autora deste best-seller. E o canalha fez questão de mencionar isso.

— Eu não consigo enxergá-la como alvo, mas você se sentiria melhor se entrasse em contato com ela.

— Por que ela não seria um alvo?

— Ambas as vítimas eram prestadoras de serviços. Alguns até as considerariam uma espécie de serviçais.

— Talvez, pode ser, mas vou dizer a ela para não fazer nada precipitado. Sei que, droga, ela vai tentar me arrastar para uma entrevista exclusiva e querer arrancar mais de mim sobre a investigação.

— Uma amizade complexa e cheia de camadas.

— Isso é um pé no saco! — Mas ela se afastou e foi até sua mesa para contatar a amiga.

Ela estava energizada, analisou Roarke enquanto tomava o vinho demoradamente. Energizada e pronta. Aquilo era mais que o sono recuperado e a refeição, embora só Deus soubesse o quanto ela precisava dos dois. O mais importante era a missão. Ela enxergava

Prazer Mortal 215

melhor agora, e talvez fosse sobre isso que Sinead se referira ao falar do dom de Eve. Ela podia ver e sentir tanto as suas vítimas quanto os seus assassinos.

Ele se levantou e foi até o quadro de homicídios dela.

Dava para ouvi-la discutindo com Nadine sobre ser a convidada especial do programa *Now* para tratar do caso, e depois dar uma entrevista exclusiva para o Canal 75, mas prestou pouca atenção à conversa.

Aquilo também era uma espécie de jogo, ele supunha. Cada uma desempenhava seu papel, tentava impor sua agenda e respeitava a habilidade da outra. Uma troca de ardis entre duas mulheres cabeças-duras e obstinadas que acreditavam de forma irrestrita no seu dever para com a profissão que tinham escolhido.

Quando Eve desligou e murmurou "café", ele anunciou:

— Vou tomar um também.

Roarke esperou até ela chegar e lhe entregou uma xícara.

— Os que os servem são invisíveis — anunciou ele.

— O quê?

— Estou falando das pessoas, algumas delas, que gozam esse nível de privilégio social e financeiro. Pessoas que podem ter o que querem, quando querem e escolheram não se importar, ou simplesmente não têm a noção exata do mundo para se importar com os que não podem nada. São os ricos que não veem os que os servem; não enxergam os que suam muito para pagar o aluguel, ou os que mendigam pelas esquinas com as barriga vazia. Eles não veem aqueles que fornecem os serviços que usam, pois essas pessoas não passam de androides em sua visão de mundo restrita pelos privilégios. Aposto que não sabem os nomes, e muito menos a situação daqueles que trabalham para eles, com exceção dos seus assistentes ou administradores pessoais — e mesmo no caso desses, não sabem nada além dos nomes.

— Tá vendo, você sabe. E é infinitamente mais rico do que qualquer um dos dois.

Ele balançou a cabeça.

— É diferente, não só com relação a isso, mas a tudo. Eu já fui o invisível. Essa foi uma das coisas que decidi mudar. E já matei. Existe um peso nisso para a maior parte das pessoas. Mas eu consigo ver e imaginar como eles podem matar sem sentir esse peso.

— Porque as vítimas não são pessoas para eles. Não passam de objetos, uma cadeira ou um par de sapatos, simplesmente algo que compram. Eles pagam pela morte, essa impressão continua aparecendo na minha cabeça. Eles compram essas pessoas e se tornam donos delas.

— E é uma nova emoção assassinar alguém.

Falando nisso, ele conseguia vê-los sentados em suas lindas casas tomando conhaque bom e conversando sobre essa nova emoção.

— É tudo novo e fascinante — continuou ele. — Quando você pode ter qualquer coisa que goste ou queira, sobram poucas opções novas e fascinantes.

— Você se sente assim?

— Nem um pouco. — Ele sorriu de leve quando se virou para ela. — Mas, ao meu modo, são os negócios em si, os ângulos, as estratégias de abordagem, as possibilidades é que são novas e fascinantes. E eu tenho você. Quem eles têm? Como você disse, eles não mantêm nada em exposição que os conecte a uma família, a um ente querido.

— Essa é uma das coisas que eu vou pesquisar. Suas ex-mulheres, suas ligações familiares, as pessoas com quem eles interagem. O que fazem durante os momentos de lazer?

— Eles não jogam polo nem squash, mas eu estava certo com relação ao golfe. Você me deixou curioso — disse ele quando ela fez cara de estranheza. — Então pesquisei um pouco dessas coisas. Ambos são sócios do Oceanic Yacht Club, que é bastante exclusivo, como era de esperar. Eles participam ou patrocinam um grande número de corridas e eventos. Ambos gostam de jogar bacará e apostam alto. Cada um deles possui participação majoritária em cavalos de corrida, que frequentemente competem entre si.

Prazer Mortal 217

— Competição — repetiu ela. — Mais um padrão.

— Quando não estão em Nova York administrando suas empresas. Ou, como concluí depois de cavar um pouco mais, quando ficam simplesmente sentados no seus tronos como reis, usando suas coroas simbólicas, eles tendem a seguir as modas e tendências. Navegam, esquiam, apostam em cassinos, participam de festas e estreias.

— Juntos?

— Muitas vezes, sim, mas nem sempre. Eles também têm interesses separados. Dudley gosta de jogar tênis e assiste aos jogos mais importantes. Moriarity prefere o xadrez.

— Esportes que não são de equipe.

— Parece que sim.

— Eles competem um com o outro em várias áreas. Isso é parte da dinâmica entre os dois. Individualmente, buscam atividades em que o jogador compete frente a frente, em vez de fazer parte de uma equipe. — Ela fez que sim com a cabeça. — São bons dados. Agora preciso levantar mais informações. Você quer entrar nisso?

— Tenho algum tempo livre e posso encaixar uma pesquisa extra. — Ele passou a ponta do dedo indicador pela covinha do queixo de Eve. — Por um preço.

— Nada é de graça.

— Esse é o meu lema. O que posso fazer por você, tenente?

— Você poderia pesquisar o passado. Veja se os dois estudaram juntos em algum momento, ou se têm algum parente em comum. Basicamente eu gostaria de saber quando foi que eles se conheceram, em que circunstâncias, esse tipo de coisa.

— Vai ser fácil.

— E use os recursos oficiais.

— Você sabe como estragar minha diversão. Isso pode lhe custar o dobro. Pode começar a pagar a conta lavando os pratos — sugeriu, e se afastou.

Ela fez uma careta, mas não podia reclamar, porque ele tinha preparado a refeição.

— Aposto que esses caras não esperam que suas parceiras sexuais coloquem um monte de pratos sujos na máquina de lavar louça! — gritou ela.

— Querida, você é para mim muito mais do que uma parceira sexual.

— Sim, sei — resmungou ela, mas recolheu os pratos e os colocou dentro da máquina.

Depois se sentou, alimentou o computador com todas as informações que Roarke lhe dera e acrescentou vários elementos da sua própria pesquisa no arquivo.

— Computador, rodar um cálculo de probabilidades de Dudley e Moriarity matarem as duas vítimas na condição de competidores e/ou parceiros, e considerarem estes atos como parte de um jogo ou esporte.

Entendido. Processando...

— Sim, leve o tempo que for preciso e pode decompor todos esses dados. Computador, agora uma tarefa simultânea. Verificar dados de ex-cônjuges e namoradas de Dudley e Moriarity. Além disso — ela pensou depressa —, fazer um levantamento de qualquer anúncio oficial de compromisso de noivado ou matrimônio para os dois nomes pesquisados, e rodar uma verificação de todo o histórico das pessoas envolvidas.

Tarefa secundária confirmada. Processando...

— Computador!... Apresentar os dados da pesquisa anterior sobre serviço militar dos antepassados dos dois suspeitos. Mostrar tudo na tela um.

Entendido. Dados exibidos na tela um...

Prazer Mortal

Ela se sentou, começou a analisar as informações e agradeceu a Deus por ter limitado a busca entre os anos de 1945 e 1965, pois apareceram dezenas de nomes em cada uma das famílias.

Ela tomou mais café enquanto lia os novos dados e encontrou mais um padrão.

— Computador, separar os nomes dos oficiais com poder de comando e que estão na lista atual, tantos os de maior quanto os de menor patente. Exibir esses dados na tela dois.

Entendido. Processando... Tarefa primária concluída. Probabilidade de 54,2% de os suspeitos Dudley e Moriarity terem matado as duas vítimas na condição de competidores ou parceiros em um jogo ou esporte.

— A probabilidade não é pequena, mas também não é nada empolgante. — Ela estudou os nomes restantes na tela um. — Apenas cinco nomes. Ok, computador, apresentar o perfil completo dos indivíduos listados na tela um, com destaque para o serviço militar que eles prestaram.

Enquanto o sistema trabalhava, ela se levantou para atualizar seu quadro dos homicídios, circulou de um lado para outro pela sala e considerou hipóteses enquanto esperava o computador anunciar que sua tarefa secundária tinha sido completada.

Ela estudou a composição fotográfica que Feeney tinha lhe enviado, com base na imagem parcial da segurança do parque de diversões.

Poderia ser Dudley, ela pensou. Ostentando um cavanhaque falso e cabelos castanhos compridos. Também poderia ser Urich. Mas também poderia ser um exército de outros homens. Era exatamente isso que a equipe de advogados de defesa argumentaria.

O sapato era uma aposta melhor. Mas ela guardaria todas as composições fotográficas para dar mais peso à acusação e fazer a balança pender para um dos lados, mas somente quando precisasse disso e estivesse pronta.

Ordenou que os nomes apresentados na tela dois fossem salvos e removidos, e depois substituídos pelos novos dados.

Uma ex-mulher para cada um deles, observou, ambas originárias de famílias de prestígio e muito abastadas. Mesmo círculo social, novamente. Dois anos de namoro para Dudley, quase três para Moriarity. Pouco mais de dois anos antes do seu casamento com Annaleigh Babbington, o noivado de Dudley com uma tal de Felicity VanWitt havia sido anunciado, e as informações sobre o término dessa relação tinham sido divulgadas sete meses depois.

— Eu pensei que esse era o meu trabalho.

— Hã? — Ela olhou para trás, distraída, quando Roarke entrou.

— Os relacionamentos.

— Estou vendo outra coisa. O que você achou?

— Felicity VanWitt, que foi noiva de Dudley durante pouco mais de seis meses, é prima de Patrice Delaughter — ele apontou para a tela —, ex-esposa de Moriarity.

— Foda! — Ela se empolgou

— Sim, sou foda sempre que tenho chance, mas só com você, querida.

— Não estou falando de você. — Mas ela riu. — Delaughter se casou com Moriarity logo depois que Dudley e a prima terminaram. Moriarity devia ter 26 anos, e Dudley, 25. Eles se conheceram por intermédio dessas duas mulheres. Quero falar com elas. Espere! — exclamou, quando o computador a interrompeu, anunciando mais uma tarefa concluída.

Ela respirou fundo e se concentrou para ler os dados.

— Colocar na tela.

Sem parar de andar, ela leu os dados que acompanhavam cada nome.

— Veja este aqui! Joseph Dudley, o bom e velho Joe. Tio-bisavô do nosso amigo Dudley. Joe foi expulso de Harvard, abandonou Princeton, foi fichado por embriaguez e desordem. Depois se alistou no Exército como soldado de infantaria. É o único militar

Prazer Mortal

de carreira e também é o parente mais próximo. Não um primo de sexto grau, seja lá o que isso signifique. Ele foi o irmão do bisavô de Dudley.

— Serviu durante a Guerra da Coreia — acrescentou Roarke. — Ganhou a medalha do Coração Púrpura.

— Aposto que ele tinha uma baioneta. Aposto minha bunda que ele tinha.

— Eu já tenho sua bunda, ou pretendo ter.

— Que gracinha. Eu aumento a aposta com a possibilidade de Joe ter trazido a baioneta para casa como recordação, e ela ter sido passada para Winnie.

— Difícil de provar.

— Isso é o que vamos ver, mas mesmo que eu não consiga, é mais um indício forte e provável. Já temos um monte.

— A propósito, eles não frequentaram as mesmas escolas. Mas a noiva e a ex-mulher, as que eram primas, frequentaram a Smith, bem como uma prima de Dudley, mais ou menos na mesma época.

— Ok, então eles se conhecem há muito tempo. Frequentavam o mesmo grupo, pelos menos quando tinham 20 e poucos anos. E continuam no mesmo time. Ambos tiveram casamentos fracassados. Não têm filhos e continuam solteiros e sem namoradas. Há muitos pontos em comum. Mentes também semelhantes? Ambos são competitivos.

Ela soltou um suspiro e continuou.

— Assassinato, porém, é um assunto diferente. Veja a ex-noiva. Está casada agora, há 11 anos, e tem dois filhos. Mora em Greenwich, isso facilita as coisas. Trabalhou como psicóloga até ter o primeiro filho. Manteve o status de mãe em tempo integral até o ano passado.

— Quando o filho mais novo deve ter entrado na escola.

— É com ela que eu quero falar primeiro. Amanhã. Eles não vão adiar a próxima rodada indefinidamente. Não temos muito tempo.

Ela se sentou à mesa e voltou ao trabalho.

Capítulo Treze

Eve acordou na quietude do quarto e, por um instante, pensou que ainda sonhava. Mas conhecia os braços ao redor dela e as pernas enroladas às suas. Conhecia o cheiro dele e se deixou mergulhar naquilo enquanto sua mente vagava pela névoa do sono.

Ela mal se lembrava de ter ido para a cama. Ele a tinha carregado, como costumava fazer quando ela desabava em cima da mesa de trabalho. Havia toneladas de informações, refletiu, mas nada nesse fluxo era sólido o bastante para levar a investigação para além das teorias.

Eve tinha analisado tudo mais uma vez, passara e repassara todos os dados. Conexões que levavam a outras conexões sempre significavam algo, então elas iam interrogar mais pessoas.

Continue a nadar nesse mar de números, disse a si mesma, e você vai encontrar terra firme.

— Você está pensando muito alto.

Ela abriu os olhos e fitou Roarke. Era raro acordar com o marido em um dia útil, porque ele normalmente se levantava bem antes dela. Muitas vezes Eve achava que ele tomava mais decisões sobre negócios nas horas próximas do amanhecer do que a maioria das pessoas tomava em um dia inteiro de escritório.

Eles viviam o trabalho ou trabalhavam a vida? Puxa, seu cérebro não estava pronto para lidar com perguntas filosóficas àquela hora do dia. O melhor era simplesmente saber que qualquer que fosse a resposta — e talvez as duas opções fossem válidas — eles concordavam com ela.

Pela rotina habitual das manhãs, na hora em que ela se levantava ele estava conferindo as cotações da bolsa e analisando outros relatórios financeiros no monitor, tomando café já completamente vestido com um de seus seis milhões de ternos de caimento perfeito.

Por que os homens usavam ternos?, imaginou. Como e por que as coisas eram assim? Os homens usavam ternos e as mulheres usavam vestidos, com exceção dos travestis? Quem decidia essas coisas? E como é que todo mundo aceitava quando um cara resolvia: "Isso mesmo, vou usar ternos e amarrar um fita colorida em volta do pescoço." E as mulheres diziam: "Tudo bem, e eu vou usar essa roupa curta que deixa minhas pernas de fora e depois calçar uns sapatos que parecem uma perna de pau espetada na parte de trás dos meus pés."

Isso era algo para refletir, ela decidiu. Mas outra hora, porque agora era melhor acordar daquele jeito: os dois aquecidos, macios e nus juntos, como tinha acontecido nas férias.

— Você continua pensando muito alto — murmurou ele. — Ligue o botão de "mudo" no seu cérebro.

Isso a fez sorrir, aquela voz rouca da irritabilidade antes do café. Esse geralmente era o jeito dela. Ela tentou avaliar que horas eram pela luz cinza suave que entrava pela claraboia que havia sobre a cama, e tentou calcular quanto de sono eles tinham conseguido aproveitar.

Mas ele abriu os olhos. Como um relâmpago azul, ela pensou, em meio ao cinza suave.

— Você não vai mesmo calar a boca, não é?

Que se danem as horas, ela decidiu. Se ele ainda estava na cama é porque ainda era muito cedo.

— Acho que eu poderia pensar em outra coisa. Ela acariciou a lateral do corpo dele com suavidade. Observou os olhos dele quando deslizou para cima, por entre suas pernas emaranhadas. — Já vi que você acordou, afinal. É engraçado como o pau de um cara sempre acorda antes dele. Por que acontece isso?

— Ele não gosta de perder nenhuma oportunidade. Tal como agora — disse ele, quando ela o guiou para dentro dela.

— Gostoso. — Ela suspirou, e quando começou a se mover, tudo foi lento e fácil.

Suave, doce — esse aspecto da sua tira guerreira nunca deixava de deslumbrá-lo. A mente dele e o seu corpo acordaram para ela e a excitaram até ela alcançar um longo e silencioso ápice enquanto o dia dava seus primeiros sinais de vida no céu acima deles.

Os olhos dela, cor de uísque, o intoxicavam. Mas era mais que isso: neles estava a luz pela qual ele tinha ansiado por toda a sua vida. Ela era o seu amanhecer, o seu nascer do sol depois das longas e duras sombras da noite.

Querendo mais e precisando ir além, ele girou o corpo, colocou-a debaixo dele e pressionou os lábios contra a curva do pescoço dela. E sentindo esse sabor, quebrou o seu jejum dela.

Ela suspirou novamente, só que durante mais tempo e mais profundamente, com um grito preso na garganta, enquanto o prazer lhe saturava cada poro. Sua mente se esvaziou e todos os pensamentos cíclicos se dissolveram sob o zumbido feliz daquela sensação. A batida constante feita de coração, sangue e respiração pertencia a eles naquele momento ainda nebuloso, antes do amanhecer. Com isso não havia perguntas, nenhum caso a resolver, nenhuma tristeza, nenhum arrependimento.

Ela se entregou a tudo aquilo e a ele, e se permitiu abrir-se para um passeio lento.

Quando a respiração dela acelerou, quando tudo se aglutinou dentro dela, quase explodindo na linha fina que existia entre a necessidade e a liberação, ela segurou o rosto dele com as duas mãos. Queria o rosto dele diante dos seus olhos quando os limites entre ambos se dissolvessem.

Por um momento longo e maravilhoso, o mundo desapareceu por completo e a manhã resplandeceu para a vida com uma alegria silenciosa.

Com aquele início agitado do dia, ela não se sentiu culpada por perder algum tempo com um café da manhã de frutas vermelhas e um bagel. Enquanto os relatórios da manhã rolavam na tela, ela se permitiu o prazer de uma segunda caneca de café.

— Hoje vamos ter 36 graus. — Ela acenou com a cabeça para a previsão do tempo. — E olhe só esse grau de umidade!

— Hoje a cidade vai estar uma sauna a vapor.

— Eu gosto de vapor. — Ela mordiscou o bagel enquanto o gato a observava com esperança e ressentimento. — E vamos estar fora da cidade por algum tempo. Connecticut — lembrou a ele. — Passei muito tempo tentando entender a ex-noiva de Dudley, a sua ex-esposa e a ex-mulher de Moriarity. Ninguém conhece um homem tão bem quanto a ex-mulher, e ninguém fica mais feliz em poder compartilhar os podres dele.

— Então é melhor eu manter você sempre comigo.

— Seria um tolo se não fizesse isso. Nenhum dos dois suspeitos conseguiu ou quis manter um relacionamento sério de longo prazo. Exceto, ao que parece, um com o outro. — Ela pegou uma framboesa escura e grande da tigela. — Isso é revelador. Cansei de ler colunas sociais, artigos e muitas fofocas. Eles namoraram muitas das mesmas mulheres, e isso também é interessante. Um outro tipo de competição, talvez.

Ela pegou mais frutas vermelhas.

— Tem mais uma coisa que achei interessante. Um monte de citações curtas sobre um deles, ou ambos, estarem em alguma tourada na Espanha, uma grande estreia em Hollywood, uma viagem para esquiar no Matterhorn ou sei lá onde. Fazendo o roteiro brilhante típico das pessoas desse nível social. Essa também seria a nossa vida se eu não fosse tão chata para essas frescuras?

— Certamente. Passe-me um pouco mais de café, chata.

Ela soltou uma risada.

— Lembre-se dos seus podres, garotão, e do quanto eu os conheço. De qualquer modo, o que achei interessante é que nenhuma das ex-mulheres estava nos locais desses roteiros glamorosos junto deles. Não achei uma única menção a isso. Elas ainda ocupam a mesma posição social; as ex-esposas, em particular, frequentam os mesmos lugares, mas nunca estão lá ao mesmo tempo. Seguindo essa linha, pesquisei um pouco mais fundo. A ex-mulher de Moriarity tem um segundo ex-marido e eles se encontram. Vão aos mesmos lugares ao mesmo tempo, várias vezes. Quero que ela me diga por que isso acontece.

Ela fez uma pausa e perguntou:

— Você sabia que há um monte de notas em colunas sociais e pequenas fofocas sobre nós e nossas férias?

Roarke ergueu um dedo de advertência para Galahad, que já pensava em avançar nas frutas vermelhas. O gato virou a cabeça para a tela, como se tivesse um súbito interesse pelo noticiário financeiro.

— Espero que haja.

— Isso não te incomoda?

— Não, as coisas são como são. — Ele a viu tomar um pouco do suco de laranja ao qual ele acrescentara um suplemento vitamínico. — Nenhum dos jornalistas que escrevem esse tipo de coisa faz ideia de que eu estou sentado aqui tomando meu café da manhã com a chata da minha mulher, depois de curtirmos um agradável sexo matinal.

Ela desviou o olhar.

— O gato sabe.

— Ele vai manter a boca fechada, se souber o que é bom para ele. Temos o nosso lar. — Ele colocou a mão rapidamente sobre a dela. — Fora daqui a nossa privacidade não é tão importante, nem tão possível.

— Eu entendo isso... mais ou menos. Algumas pessoas, e acho que esses dois são exatamente assim, buscam esse tipo de atenção. Eles gostam de ler sobre a roupa que estavam usando quando comeram pizza em uma das *trattorias* de Florença.

Segundo as notícias, Eve usara uma calça cropped em tom verde-acinzentado e uma bata branca sem mangas. Deu de ombros.

— Eles gostam de atenção — continuou. — Acho que isso explica por que escolheram esse tipo de jogo de assassinato, com elementos que chamam muito a atenção. Curtem ouvir a mídia falar do assunto.

— Mais um motivo para eles terem calculado o momento da nossa chegada, pois isso aumentava as chances de você ser nomeada como investigadora principal.

— Talvez. — Ela bebeu o resto do suco sem fazer ideia de o quanto isso agradava a Roarke. — Preciso ir. Vou pegar Peabody na casa dela, para economizar tempo.

— Você vai avisar às pessoas sobre sábado, ou eu devo fazer isso?

— Sábado?

— Seu churrasco com amigos.

Ela ficou sem expressão por alguns segundos.

— Oh. Certo. Deixa que eu aviso.

Ele pegou um bloquinho de post-its e o entregou a ela.

— Um lembrete. — Ele a pegou pelo queixo, puxou-a para si e lhe deu um beijo. — Tente não voltar para casa com novas facadas ou buracos.

Ela passou um dedo pela lateral do corpo de Roarke, onde ele mesmo tinha levado uma facada.

— Digo o mesmo a você.

Ela usou o tempo em que se arrastava pelo tráfego para enviar mensagens sobre o que Roarke chamara de "churrasco com amigos", pois assim ficaria com menos uma coisa na cabeça. E logo se esqueceu do assunto.

Chamar atenção, refletiu. Seus assassinos gostavam disso. Consideravam isso um direito seu? Provavelmente. Mas era algo diferente do assassino que buscava atenção porque, em algum nível, queria ser descoberto, agarrado e até mesmo punido.

Se aquilo era, como a sua teoria indicava, uma espécie de concurso ou competição, ser descoberto não era o objetivo. O *prazer de ganhar* é que era — ou pelo menos a competição em si.

No entanto, as competições tinham regras, concluiu. Devia haver algum tipo de estrutura. E para ganhar, outra pessoa precisava perder.

Quantas rodadas havia nesse jogo?, ela pensou. Existiria uma partida final?

As perguntas giravam em sua cabeça quando ela parou em um sinal vermelho e observou, com ar distraído, os pedestres que atravessavam a rua. Pessoas comuns em um dia comum. Teriam reuniões durante o café da manhã, lojas para abrir, estratégias de marketing para planejar. Havia tarefas esperando para serem feitas.

Eram pessoas com uma direção a tomar, pendências a resolver, listas de coisas para comprar ou completar, deveres a executar. A maioria das pessoas comuns corria contra o relógio. Trabalho, escola, família, compromissos, horários.

Contra o que aqueles dois corriam? Eles não eram pessoas comuns, e sim dois homens nascidos em berço de ouro, no mais alto nível dos privilégios. Homens que podiam ter o que quisessem quando bem entendessem; as pessoas comuns os serviam, se regulavam pelas suas agendas e cumpriam todos os seus caprichos.

Poder e privilégio.

Roarke tinha ambos e, sim, talvez parte da razão pela qual ele era quem era derivava da sua realidade diferente. Ele tinha crescido na dificuldade e na fome. Mas isso não definia tudo.

Pensou nele e em Brian Kelly, aquela antiga e forte conexão alimentada por afeto e confiança. Brian era dono de um pub de sucesso em Dublin. Roarke era dono de metade do resto do mundo.

Prazer Mortal

Mas quando eles se encontravam, como acontecera no parque em uma cena de assassinato ou na fazenda da família, eram simplesmente amigos.

Iguais.

Era mais do que aquilo que você tinha, mais do que aquilo que poderia ganhar. Tratava-se do que você fazia com tudo isso e consigo mesmo.

Poder e privilégio, ela pensou novamente. Apenas uma desculpa para ser babaca.

A dois quarteirões da casa de Peabody, Eve ligou para a parceira.

— Chego em cinco minutos. Mexa-se até a rua.

Ela desligou sem esperar pela resposta.

Quando parou em fila dupla os outros carros buzinaram, irritados, mas ela simplesmente os ignorou e examinou o prédio onde já tinha morado.

Um lugar simples, uma construção baixa como tantas outras em uma cidade lotada de gente que precisava de espaço para comer, dormir e viver. Uma colmeia, ela pensou, que parecia alveolada com aqueles espaços, aquelas pessoas, todas vivendo umas por cima das outras. Agora ela vivia em uma casa muito incomum que Roarke construíra por ambição, necessidade, estilo, riqueza — e que ela sentia um pouco de vergonha em admitir que era uma mansão.

Talvez ela não fosse exatamente a mesma mulher que tinha sido no tempo em que morava naquela colmeia, e talvez entendesse que isso era melhor para ela. Mas sua essência permanecia a mesma, certo? Ela ainda fazia o mesmo que antes, lutava para ganhar o pão de cada dia, vivia a sua vida.

Talvez a pessoa fosse simplesmente o que era, considerou. Evoluindo, é claro, e mudando à medida que a vida mudava. Mas o núcleo de tudo continuava intocado.

Ela viu Peabody sair do prédio com o cabelo escuro puxado para cima e preso em um rabo de cavalo curto que balançava; uma jaqueta fina e solta se movia sobre os seus quadris. Calçava botas de verão em gel cor-de-rosa. Muito diferente do cabelo de franja reta, em cuia, e do uniforme muito bem limpo e passado que ela costumava usar quando Eve a tinha convidado para ser sua parceira.

Mudanças... e Eve admitiu que ela nem sempre se sentia confortável com mudanças. Mesmo assim, com botas em gel cor-de-rosa ou não, Peabody era um tira completa, até o último fio de cabelo.

— O dinheiro não faz de você um idiota — anunciou Eve quando Peabody abriu a porta. — Ele só faz de você um idiota com dinheiro.

— Então tá — reagiu Peabody.

— Quanto às pessoas que matam só pela adrenalina? Elas sempre tiveram a sede e a tendência de fazer isso. Só não tinham os colhões.

Peabody balançou a bunda para se acomodar melhor no banco.

— E você acha que vamos descobrir isso sobre Dudley quando falamos com sua ex-noiva?

Uma tira até o último fio de cabelo, Eve pensou novamente.

— Vou ficar muito surpresa se não descobrirmos.

— Pela pesquisa que fiz, ela me parece uma mulher íntegra. Faz trabalho voluntário como conselheira no centro de juventude local, e o marido é treinador do time de softball. Eles são sócios do Country Club local e ela preside alguns comitês aqui e ali. Isso me parece a rotina e o estilo comuns a pessoas com esse nível de vida social e financeira.

Pessoas comuns, pensou Eve mais uma vez, só que com dinheiro.

— Ela estaria em um lugar muito mais alto na escala social se tivesse se casado com Dudley. — Peabody deu de ombros. — Mas não ficou exatamente na pior. De qualquer modo, pelo que você desenterrou ontem à noite, ela está ligada a Dudley e Moriarity através da prima e desde os tempos de faculdade. Isso me faz pensar... Se estamos certas sobre esses dois, há quanto tempo será que eles curtem esse mundo nojento e horroroso?

— Esse tipo de parceria exige confiança absoluta... ou burrice. Não acho que eles sejam burros, pelo menos não por completo.

— Eve considerou a ideia. — Mas é um tipo de confiança construída ao longo do tempo. Porque se um deles roer a corda, tudo se quebra; se alguém falar, ambos caem. E ainda assim...

— Ainda assim?...

— Se tudo tem a ver com competição, um deles tem que perder. E "perder", nesse caso, seria não consumar o assassinato, ou ser apanhado, ou estragar tudo. Não consigo ver de outra forma.

— Talvez nenhum deles acredite que possa perder.

— *Alguém* tem que perder — rebateu Eve.

— Sim, mas quando McNab e eu jogamos, por exemplo, sempre fico chocada e irritada quando perco. Entro sabendo que vou ganhar. Toda vez. Acontece o mesmo com ele. E acho que estamos no mesmo nível de habilidade nos games que disputamos. Quando jogamos separados, geralmente vencemos o adversário.

— É algo para refletir. — Eve acelerou um pouco mais com o carro. — É um bom pensamento — decidiu. — Eles são canalhas arrogantes. Talvez o conceito de perder não esteja na lista das possibilidades. — Ela deixou a ideia na mente, interagindo com outros elementos. — As mortes são planejadas. São cronometradas e, até agora, sabemos que as duas foram orquestradas para acontecer uma logo depois da outra. Não foi um ato de impulso. Alguém tramou, planejou, basicamente coreografou o assassinato, há um desejo de matar. Você pode escondê-lo, enfeitá-lo com camadas diversas, mas algo vai se manter ali e vai querer ir em frente.

Peabody concordou.

— Especialmente para alguém que esteja perto o suficiente para ver. Então eles, de certo modo, reconhecem um ao outro.

Reconhecimento. Não era esse o mesmo termo que ela tinha alcançado quando avaliou a sua longa amizade com Mavis?

— Sim. Eu diria que o reconhecimento é um fator. O que precisamos é encontrar outras pessoas que os reconheçam. Precisamos correr atrás disso até conseguirmos material suficiente para prendê-los e fazê-los suar um pouco. Ou o suficiente para conseguirmos um mandado de busca de apreensão. Porque eles certamente se comunicaram um com o outro depois de cada morte. Duvido que um deles ou ambos tenham esperado até a mídia divulgar o crime para confirmar o fim da rodada.

— Na minha busca não achei nenhuma conexão entre as vítimas, entre as vítimas e Sweet ou Foster, entre as vítimas e Moriarity ou Dudley, ou qualquer combinação entre esses nomes, exceto pelas suas conexões com as empresas, algo já conhecido.

— Isso pode estar lá, talvez seja algo mais sutil, alguma coisa que simplesmente ainda não apareceu.

Connecticut era um lugar diferente, Eve refletiu. O espaço que as pessoas podiam reivindicar para suas atividades se espalhava por todos os lados, com muito verde, muitas árvores e jardins cuidados de forma tão meticulosa quanto qualquer senhora da alta sociedade quando volta do salão de beleza. Os veículos transbordavam estilo e cintilavam em calçadas bem pavimentadas — e à medida que os espaços privativos aumentavam de tamanho, ela passou a vislumbrar quadras de tênis de saibro vermelho, o azul caribenho das piscinas e os círculos escuros dos helipontos.

— O que as pessoas fazem aqui?

— O que elas querem — foi a resposta de Peabody.

— O que eu quero dizer é que é impossível a pessoa simplesmente caminhar. Não há um delicatéssen na esquina, nenhuma carrocinha de cachorro-quente, nenhuma vida ou movimento. Só casas.

— Acho que é por isso que essas pessoas moram aqui ou se mudam para cá. Eles não querem burburinho. Preferem silêncio e espaço. Você é diferente porque consegue ter as duas coisas — lembrou Peabody.

Usando o GPS do seu smartwatch, Eve passou por uma entrada de carros que circundava uma casa construída sobre uma pequena elevação. VanWitt escolhera uma residência em forma de U, só que modificada, tendo um núcleo central de dois andares que se ligava a duas laterais de um andar só, em uma construção de pedra, madeira e vidro.

Prazer Mortal   233

As flores eram alegres, abundantes, e as árvores altas projetavam grandes sombras.

Ela seguiu até onde o caminho se alargava para formar um pequeno estacionamento e parou ao lado de um conversível compacto e esplêndido em vermelho metálico.

— Aqui é bonito. — Peabody olhou em volta enquanto elas caminhavam até a porta principal. — Provavelmente é um bom lugar para criar filhos, com todo esse espaço. Área de baixa criminalidade, boas escolas.

— Você está pensando em se mudar?

— Não. Eu também gosto do burburinho. Mas consigo entender as pessoas que buscam lugares como este.

Uma mulher vestindo camisa branca para dentro da calça cropped atendeu à campainha.

— Posso ajudá-las?

— Felicity VanWitt. — Eve ergueu seu distintivo. — Somos a tenente Dallas e a detetive Peabody, da Polícia de Nova York. Gostaríamos de falar com ela.

— As crianças! — A mão da mulher acertou com um tapa forte o próprio coração.

— Não tem nada a ver com as crianças.

— Oh. Oh... Elas saíram em uma excursão até Nova York com o clube de jovens. Eu pensei... Desculpe. A doutora VanWitt está atendendo um cliente. Você pode me dizer do que se trata?

— Quem é você?

— Anna Munson. Sou a governanta.

— Precisamos falar diretamente com a doutora VanWitt.

— Ela deve terminar a sessão daqui a dez minutos. — Ela hesitou. — Sinto muito, não quis ser rude, mas é que não estamos acostumados a ter a polícia na porta.

— Não há problema — garantiu Eve. — Viemos aqui na esperança de a doutora poder nos fornecer observações pessoais sobre uma investigação em aberto.

— Entendo. — Claramente ela não entendia, mas recuou para deixá-las entrar. — Se não se importarem em esperar, avisarei a doutora que vocês estão aqui assim que ela sair da sessão.

A casa era bonita e espaçosa, tanto por dentro quanto por fora. E era bem administrada, pelo que Eve percebeu, por Anna. As flores pareciam ter vindo diretamente dos jardins e estavam dispostas em arranjos simples. Anna as levou até uma sala de estar com vista para os jardins e para uma casinha bonita que acompanhava uma piscina cintilante.

— Aceitam algo para beber? Pensei em lhes oferecer café gelado.

Eve não conseguia entender por que alguém estragaria um bom café colocando gelo, e balançou a cabeça.

— Não, obrigada.

— Eu aceito um pouco, se não for incômodo.

Anna sorriu para Peabody.

— Isso me dá uma desculpa para preparar um pouco para mim também. Por favor, sentem-se, fiquem à vontade. Vou demorar apenas... você disse que é a tenente Dallas? Eve Dallas?

— Exatamente.

— A do livro? O caso Icove? Eu o li na semana passada. Ah, a história é tão emocionante... Horrível, é claro — acrescentou rapidamente. — Mas não consegui largar o livro. Dallas e Peabody, imaginem só! A doutora VanWitt também está lendo o livro. Vai ficar feliz em conhecê-las.

— Ótimo — reagiu Eve, e não disse mais nada. Só balançou os ombros para afastar o desconforto quando Anna saiu, caminhando rápido. — Durante quanto tempo mais você acha que isso vai acontecer? "Ohhhh, o livro do caso Icove!" Droga.

— Não sei quanto tempo vai durar, mas acho o máximo. E você tem de reconhecer que isso muda a atitude das pessoas. Ela foi educada, mas parecia desconfiada; agora está empolgada por estarmos aqui.

— Acho que sim. — Eve vagou pela sala. Flores, algumas fotos de família, pinturas agradáveis, móveis confortáveis em cores suaves e serenas.

Considerando o tamanho e a disposição dos cômodos da casa, ela suspeitou que aquele espaço fosse uma espécie de sala de espera, e não um ponto de encontro familiar.

Anna voltou logo trazendo uma bandeja com o café gelado de Peabody, um segundo copo com a mesma bebida e uma xícara de café preto quente.

— Lembro de ter lido no livro que a senhora aprecia café, tenente, então preparei uma xícara, por via das dúvidas. A doutora virá logo para receber vocês. O outro café gelado é para ela. Há mais alguma coisa em que eu possa ser útil?

— Não, estamos bem. Obrigada pelo café.

— Não tem de quê. Deixe-me apenas...

Ela parou de falar quando Felicity entrou, com outro copo na mão.

— Anna, você deixou o seu café na cozinha. — Felicity lhe entregou o copo e em seguida caminhou direto até Eve. — É um prazer conhecê-la, tenente. Vocês duas, na verdade. Estou absolutamente fascinada pela história do caso Icove, e espero desesperadamente que vocês tenham vindo aqui para me fazer uma consulta sobre algum assassinato fascinante.

Ela riu ao dizer isso, de um jeito alegre e descontraído, obviamente sem parecer que falava sério. Usava o cabelo ruivo cortado bem curto e os olhos, em um tom de verde profundo e escuro, mantiveram o calor e a descontração.

— Na verdade, doutora VanWitt, gostaríamos de lhe fazer algumas perguntas sobre Winston Dudley. — Eve reparou quando o entusiasmo e a descontração desapareceram.

— Winnie? Eu não sei o que poderia lhe informar. Não o vejo há anos.

— Você já foi noiva dele.

— Fui, sim. — O sorriso permaneceu no lugar, um pouco tenso nos cantos. — Isso foi praticamente em outra vida.

— Então você poderá nos contar um pouco sobre essa vida. — De forma deliberada, Eve pegou seu café e se sentou.

— Se precisarem de mim, estarei na cozinha — anunciou Anna.

— Não, por favor, fique. Anna é como se fosse da família — explicou Felicity. — Eu gostaria que ela ficasse.

— Por mim, tudo bem. Como você conheceu Dudley?

— Em uma festa na casa da minha prima, Patrice Delaughter. Ela o conhecia socialmente. Estava saindo com Sylvester Moriarity e, na verdade, ficou noiva dele pouco depois daquela festa. Winnie e eu começamos a nos ver a partir daí e fomos noivos por um curto período de tempo.

— Por que tão curto?

— Eu gostaria que a senhora me contasse por que razão isso é tão importante para alguém. Já se passaram quase 15 anos.

— E eu me pergunto por que é difícil para você falar sobre isso, mesmo depois de passados quase 15 anos.

Dessa vez, foi Felicity quem se sentou, pegou seu café e tomou um gole longo enquanto analisava Eve.

— O que foi que ele fez?

— O que a faz pensar que ele fez alguma coisa?

— Sou psicóloga. — Seu rosto e sua voz se aguçaram. — Tenente, você e eu podemos continuar com esses jogos enigmáticos o dia todo.

— Só posso dizer que o nome dele está ligado a uma investigação; minha parceira e eu estamos fazendo verificações sobre os antecedentes das pessoas envolvidas e seu nome surgiu na pesquisa.

— Bem, como eu disse, não o vejo nem falo com ele há muito tempo.

— Foi um rompimento doloroso?

— Não exatamente. — Seu olhar se afastou de Eve. — Nós apenas não combinávamos.

— Por que você tem medo dele?

— Não tenho motivos para ter medo dele.

Prazer Mortal

— Não tem motivos... *agora?*

Ela se remexeu na poltrona. Estava se esquivando, notou Eve. Tentava escolher as palavras exatas e a atitude certa.

— Não sei se naquela época havia algum motivo para eu ter medo dele. A senhora não está aqui apenas para fazer um histórico simples, tenente, ou só porque o nome dele está ligado a uma investigação. A senhora o está investigando. Acho razoável que eu saiba do que se trata e qual é o motivo disso, antes de lhe contar qualquer coisa.

— Duas pessoas estão mortas. Isso é suficiente?

Felicity fechou os olhos e levantou a mão. Sem uma palavra, Anna foi se sentar no braço da poltrona e pegou a mão na dela.

— Sim, é o suficiente. — Ela abriu os olhos novamente. Eles permaneceram diretos e fixos quando se encontraram com os de Eve. — Tenho alguma razão para ter medo dele, por mim mesma ou pela minha família?

— Acredito que não, mas é difícil afirmar com certeza porque não tenho as informações sobre o que aconteceu entre você e Dudley. Ele esteve em um jantar aqui em Greenwich algumas noites atrás — completou Eve. — A poucos quilômetros daqui. Ele não entrou em contato com você?

— Não. Nem teria motivo para isso. E eu gostaria que as coisas continuassem desse jeito.

— Então nos ajude, doutora VanWitt — pediu Peabody, mantendo a voz baixa e tranquila. — Faremos o que pudermos para garantir que tudo continue assim.

— Eu era muito jovem — começou Felicity. — E ele era charmoso e bonito. Fiquei absolutamente deslumbrada. Eu me senti nas nuvens, embora agora isso pareça cliché. Ele me perseguiu e me cortejou. Enviou flores, presentes, poesias, me deu atenção. Não foi amor da minha parte, percebi depois que tudo acabou. Foi só... fascínio. Ele era, literalmente, tudo que uma jovem mulher poderia querer ou pedir.

Ela parou de falar por um momento. Não se esquivava mais, reparou Eve, simplesmente desenterrava o passado. Tentava se lembrar.

— Ele não me amava. Percebi isso antes mesmo de entender meus próprios sentimentos, mas eu queria muito que me amasse. Desesperadamente. Então tentei ser o que ele queria que eu fosse, como as mulheres jovens costumam fazer. Ele, eu, Patrice e Sly íamos juntos para todos os lugares. Era tudo empolgante e... oh, Deus, muito divertido. Fins de semana em Newport ou na Côte d'Azur... uma viagem improvisada para jantar em Paris. Qualquer coisa e tudo era novidade.

Ela respirou fundo.

— Ele foi meu primeiro homem. Eu era ingênua e fiquei nervosa, mas ele foi muito atencioso. Na primeira vez. Ele queria outras coisa na cama, e algumas delas me deixavam desconfortável. Mas ele não forçava, pelo menos não abertamente. Mesmo assim, quanto mais tempo passávamos juntos, mais eu sentia que algo estava fora do lugar. Alguma coisa... Como se eu visse uma sombra ou um movimento com o canto do olho, mas ao virar a cabeça tudo tivesse desaparecido. Mas eu sabia que tinha visto algo estranho.

Ela bebeu café para limpar a garganta.

— Ele gostava de drogas ilícitas. Muita gente gostava, para uso recreativo. Pelo menos era assim que me parecia. Afinal, divertir-se era o que ele fazia de melhor, o que todos nós fazíamos, então havia sempre o pequeno impulso de algo novo. E ele me pressionava a usar, para eu me divertir, para não ser tão fechada.

"Quando ele e Sly estavam juntos havia uma sensação de loucura. Isso foi muito atraente no início, muito empolgante. Mas depois se tornou excessivo. Tudo era muito rápido, muito forte e muito selvagem. No fundo, porém, eu não era a pessoa que tentava ser."

Ela fez uma pausa e respirou fundo. No braço da poltrona, Anna continuava sentada. Uma muralha silenciosa de apoio.

Prazer Mortal

— Ele começou a me machucar. No início eram pequenos "acidentes"... acidentes que deixaram hematomas. Comecei a perceber que ele gostava de me ver assustada. Ele sempre me acalmava depois, mas eu podia ver em sua expressão que ele gostava de me assustar... me trancando "sem querer" em um quarto escuro, ou dirigindo rápido demais, ou me mantendo debaixo d'água tempo demais quando íamos à praia. E o sexo ficou mais agressivo, violento. Cruel.

Ela olhou para o café gelado por um longo momento, como se revivesse tudo, pensou Eve. Mas sua mão estava firme quando ela levantou o copo para beber.

— Apesar disso, ele era muito charmoso, envolvente. Por um tempo eu pensei que o problema fosse comigo, porque era fechada demais e não me abria o bastante para tudo que era novo ou excitante. Só que...

— Você não queria o que ele queria — ajudou Eve. — Não queria fazer o que ele a pressionava a aceitar.

— Não, eu não queria. Aquilo não estava em mim. Comecei a perceber, ou seria mais *aceitar*... que fingia ser algo que não era para agradá-lo, e sabia que aquilo não poderia continuar. Eu *não queria* continuar — corrigiu. — Uma vez ouvi uma conversa entre ele e Sly; ambos falaram de mim e riram à minha custa. Eu sabia que precisava terminar tudo, mas não sabia como. Minha família o adorava. Ele era encantador, doce, perfeito. Exceto por aqueles movimentos furtivos que eu percebia com o canto do olho... exceto pelos acidentes. Então escolhi brigar com ele em público, porque tinha medo dele. E o convenci a terminarmos tudo. Ele ficou revoltado, me disse coisas terríveis, mas cada palavra era um alívio porque eu sabia que ele não me queria e não se importava comigo. Ele enfim iria embora e eu ficaria livre. Ele nunca mais tornou a falar comigo.

Ela balançou a cabeça e soltou uma risada curta, de surpresa.

— Digo isso literalmente. Nunca mais me dirigiu a palavra. Foi como se todos aqueles meses não tivessem acontecido. Nós dois fomos ao casamento da minha prima com Sly e ele não falou comigo e nem se dignou a olhar para mim. Mas entenda, não parecia um desdém deliberado. Era simplesmente como se eu fosse invisível, como se não existisse. Como se nunca tivesse existido. Eu não estava mais no mundo, para ele. E isso foi um alívio ainda maior.

"Os que os servem são invisíveis", foi o que Roarke dissera, e Eve entendeu exatamente o que Felicity quis dizer.

— Era isso que você queria saber, tenente?

— Era, sim. Você tem uma bela casa, doutora VanWitt. Aposto que tem filhos ótimos, um bom marido, trabalha bem, faz o que gosta e tem amigos que considera importantes.

— Sim, tenho tudo isso.

Eve se levantou.

— Talvez você fosse jovem, talvez fosse ingênua, deslumbrada, ou estivesse fascinada. Mas não era burra.

— Ele é um homem perigoso. Ambos são. Acredito nisso.

— Eu também. Ele não vai incomodar você nem a sua família — prometeu Eve. — Você não faz mais parte do mundo em que ele orbita, e ele não tem motivos para machucá-la. Vou conversar com a sua prima.

— Será que vai ajudar se eu entrar em contato com ela e lhe contar um pouco desta conversa?

— Talvez ajude, sim.

— Farei isso. — Felicity se levantou da poltrona e estendeu a mão a Eve e Peabody. — Espero ter ajudado, mas devo dizer que esse tipo de coisa é muito mais emocionante e muito menos desgastante em um livro do que na vida real.

— É verdade.

Capítulo Quatorze

Peabody se manteve calada durante vários quilômetros, enquanto a paisagem verdejante passava zunindo.

— Você realmente não acha que exista uma chance de Dudley atacá-la ou a alguém da sua família?

— Não nesse momento... não enquanto ele estiver disputando essa competição. Se ele quisesse vingança por ela tê-lo largado ou por tê-lo forçado a terminar com ela, já teria feito algo há muito tempo.

Eve queria conversar com Mira a respeito, mas...

— Ela não era digna dele — continuou. — Ele simplesmente a usou como um brinquedo e logo se cansou dela. É assim que as coisas funcionam na cabeça dele. Então foi exatamente como ela percebeu: ela deixou de existir em seu mundo. Não é nem uma luzinha de lembrança na cabeça dele, neste momento. Se eles continuarem com a disputa, continuarem a acumular pontos, ou sei lá como eles marcam cada vitória, um deles poderá decidir tornar a disputa pessoal. Mas não neste momento.

— Se é uma competição, como é que dois homens com esse perfil inventaram isso? Será que um deles simplesmente propõe: "Ei, que tal organizarmos um torneio de assassinatos?" Quase consigo ver isso — acrescentou Peabody. — Muita bebida envolvida, muito tempo juntos, talvez usando drogas. Tem coisas que a gente diz ou faz sob a influência de drogas que parecem muito brilhantes, engraçadas ou perspicazes, mas nunca são levadas em frente quando a mente está limpa e sóbria. Mas eles foram em frente, e se isto é uma competição, eles determinaram regras e, como você disse, se estruturaram.

Ela se mexeu e franziu a testa para Eve ao continuar.

— É um passo grande. Mesmo que para eles seja apenas um jogo, é um passo gigantesco. Não apenas o assassinato em si, que já é gravíssimo, mas a escolha dos detalhes... as vítimas, as armas, calcular o tempo exato, o local, preparar álibis. Você entra nisso sem preparo prévio? Puxa, se você vai participar de uma grande competição, seja de esportes, jogos, talentos, qualquer coisa, você não vai apenas se inscrever e encarar o que vem, não se quiser ganhar. Você não monta em um cavalo para competir pelo Grande Prêmio sem nunca ter cavalgado antes, certo? Porque as chances são muito grandes, não só de perder, mas de sair humilhado da brincadeira. E não vejo esses caras correndo o risco de ser humilhados.

— Boa. — Excelentes observações, na verdade, Eve notou. — Eu também não.

— Você acha que eles já mataram antes?

— Aposto a sua bunda nisso.

— Por que a minha bunda? — Com os olhos semicerrados, Peabody balançou o dedo indicador no ar. — Porque ela é maior? Porque tem mais carne? Dizer isso é aplicar um golpe baixo.

— Sua bunda está aí embaixo. Mas eu aposto a minha também, se isso faz você se sentir melhor.

— Vamos apostar a bunda de Roarke, então, porque de nós três ele é quem tem a melhor bunda.

— Por mim, tudo bem. Vamos apostar todas as bundas nisso: eles já mataram antes. Juntos, muito provavelmente por impulso, acidente,

Prazer Mortal

plano deliberado, isso eu ainda não sei. Mas aposto até mesmo a bunda formada em psiquiatria de Mira que matar alguém virou o foco principal para eles. Além de escapar de tudo impunemente.

— Mira tem uma bunda excelente.

— Tenho certeza de que ela ficará feliz em saber que você pensa assim.

— Puxa, não conte a ela. — Peabody recuou ao pensar nisso e deu de ombros. — Eu estava apenas seguindo o tema.

— Pois siga este tema... — sugeriu Eve. — A probabilidade é alta, considerando que nossa teoria está correta, de que Dudley e/ou Moriarity mataram, por acidente ou deliberadamente, nos últimos 12 meses. Consegui 89,9% quando testei isso no programa de probabilidades ontem à noite. Levando o raciocínio em frente e assumindo que isso está correto, é muito provável que essa morte tenha ocorrido quando estavam juntos, e eles conspiraram para encobrir o crime. Empolgados com esse sucesso, ambos decidiram criar uma competição para poder reviver a emoção dessa experiência.

— Por mais maluco que isso seja, faz mais sentido do que a ideia de "vamos sair por aí e matar algumas pessoas".

— Eles podem ter feito alguma viagem, de negócios ou de férias. Ambos passam mais tempo circulando pelo mundo do que fingindo trabalhar em Nova York. Quero rastrear as viagens que os dois fizeram nos últimos 12 meses, depois procurar pessoas desaparecidas, assassinatos não resolvidos, mortes avulsas ou suspeitas nesses locais durante os períodos em que eles estavam por perto.

— É possível que tenham matado alguém cuja ausência não foi notada.

— Sim, mas começamos com o que temos de concreto. Acho que haverá duas mortes.

Peabody concordou com a cabeça, lentamente.

— Uma para cada um deles. Eles precisariam começar em pé de igualdade. Meu Deus, a coisa fica mais doentia a cada momento.

— E a próxima rodada está chegando.

Roarke não tinha nenhum apreço especial por golfe. Jogava raramente, e apenas para socializar ou complementar um encontro de negócios. Embora apreciasse a matemática e a ciência do jogo, preferia esportes que exigissem mais suor — ou correr mais riscos. Mesmo assim, achou simples e agradável distrair um parceiro de negócios com uma boa partida de golfe, especialmente quando ele agendou tudo para o mesmo horário marcado por Dudley e Moriarity.

Ele trocou o terno por uma calça cáqui e uma camisa de golfe branca em um dos vestiários, e depois foi esperar pelo seu convidado em uma das salas do clube, onde se distraiu assistindo aos melhores momentos de várias partidas de golfe no telão da parede.

Quando avistou Dudley saindo de um vestiário, levantou-se da poltrona e caminhou em direção ao balcão de bebidas em um ângulo projetado para que os seus caminhos se cruzassem. Ele parou e acenou com a cabeça para Dudley casualmente.

— Olá, Dudley.

As sobrancelhas do homem se ergueram de surpresa.

— Roarke! Eu não sabia que você era membro deste clube.

— Não costumo vir muito aqui. O golfe não é meu jogo preferido — explicou, dando de ombros. — Mas tenho um sócio que está na cidade e é louco por isso. Você joga sempre aqui?

— Duas vezes por semana, geralmente. Vale a pena manter minhas habilidades em dia.

— Aposto que sim, e como não tenho grandes habilidades para jogar golfe, duvido que eu represente um grande desafio para Su.

— Qual é o seu *handicap*?

— Doze.

Roarke observou Dudley sorrir com uma expressão de escárnio que ele não se preocupou em disfarçar.

— É por isso que vale a pena manter as habilidades em dia.

— Suponho que sim. E o seu *handicap*?

— Ah, oito.

Prazer Mortal **245**

— Acho que é o nível de Su. Eu devia sugerir que ele jogasse com você, assim ele se divertiria muito mais.

Dudley soltou uma risada curta, depois acenou para alguém. Roarke olhou para trás e viu Moriarity responder com outro aceno casual enquanto se aproximava.

— Eu não sabia que você jogava aqui, Roarke — disse Moriarity, ao se juntar a eles.

— Venho raramente.

— Roarke veio para distrair um parceiro de negócios com uma partida, embora alegue que o golfe não é o seu jogo favorito.

— É o jeito perfeito de misturar negócios e prazer — comentou Moriarity —, quando a pessoa tem alguma habilidade.

— O que é uma coisa sem a outra? Ah, ali está David! — Roarke se virou mais uma vez e chamou o homem magro com cabelo preto salpicado de fios prateados para se juntar ao grupo. — David Su, estes são Winston Dudley e Sylvester Moriarity. David e eu temos alguns interesses mútuos no Olympus Resort, entre outros negócios.

— Muito prazer. — David estendeu a mão para ambos. — Winston Dudley Terceiro seria o seu pai?

— Ele mesmo.

— Nós nos conhecemos. Por favor, diga a ele que mandei lembranças.

— Ficarei feliz em fazer isso. — Dudley se virou lentamente e deu as costas para Roarke. — Como vocês se conheceram?

— Temos vários interesses comerciais mútuos e uma paixão compartilhada pelo golfe. Ele é um concorrente de respeito.

— Você já jogou com ele?

— Muitas vezes. Eu o derrotei na última vez que jogamos por uma única tacada. Precisamos marcar uma revanche.

— Talvez eu possa ser um bom substituto do meu pai. O que você me diz, Sly? Podemos formar duas duplas?

— Por que não? A menos que Roarke se oponha.

— Nem um pouco. — Conseguir aquilo, refletiu Roarke, não poderia ter sido mais fácil.

Logo depois eles foram para o lado de fora e se colocaram em meio à brisa, examinando o primeiro buraco. Dudley ajeitou o seu boné de golfe.

— Conheci sua esposa — comentou ele com Roarke.

— É mesmo?

— Você já deve ter ouvido sobre o assassinato. Um motorista de limusine foi contratado por alguém que, ao que parece, invadiu uma das contas de nossa equipe de segurança. Uma coisa terrível.

— Sim, eu soube. Vi uma matéria no noticiário local. Espero que isso não esteja lhe causando muitos problemas.

— De leve, apenas. — Ele dispensou o problema com um movimento do punho enquanto pegava seu taco driver com o *caddie* e se preparava para começar a jogar. — Sua esposa me prestou um serviço, porque descobriu uma fraude que estava sendo executada por dois dos meus funcionários.

— Sério? Mas isso não estava ligado ao assassinato?

— Aparentemente, não. Foi algo que ela encontrou enquanto investigava a conta invadida. Eu deveria mandar flores para ela.

— Ela consideraria isso parte do seu trabalho e nada mais.

Dudley executou alguns movimentos em balanço, para se preparar.

— Eu presumi, ao ler o livro de Nadine Furst, que você costumava se envolver mais no trabalho dela.

Roarke deu um sorriso descontraído.

— Isso cai muito bem na história de um livro, não é? Mesmo assim, o caso Icove tinha uma importância verdadeira, e certamente gerou um interesse que ganhou vida própria. Um motorista de limusine assassinado, mesmo com a fraca conexão com alguém do seu alto nível, não é assim tão... sensacional.

— A mídia parece achar o assunto bem fascinante. — Virando as costas para Roarke, ele foi para o *tee*, preparar a bolinha.

Prazer Mortal   247

Ele tinha ficado irritado, observou Roarke, e não foi surpresa se ver basicamente ignorado pelos dois homens. Su era mais interessante para eles, pois seu sangue era mais azul e mais verdadeiro do que o de um novato vindo dos becos de Dublin.

Roarke sabia que eles não teriam sequer trocado duas palavras, muito menos combinado um jogo de golfe em duplas, se Dudley não acreditasse que Roarke conhecia a fundo a investigação de Eve. Agora que ele indicara o contrário, Dudley tinha perdido o interesse.

A distância entre eles deu a Roarke a oportunidade de observá-los.

Os dois roubavam no jogo, ele reparou, e no quinto buraco já tinha decifrado seus códigos e sinais. Tudo muito suave, sutil, concluiu ele, e muito bem treinado.

Eles formavam uma tremenda dupla, refletiu.

No meio do percurso, Roarke e Su optaram por mandar o carro na frente e caminhar até o próximo buraco.

As temperaturas ainda não haviam atingido o auge; no verde arborizado do Queens, com uma brisa ocasional para agitar o ar, o calor estava bem agradável.

E a caminhada em si, para Roarke, mostrou-se mais interessante do que bater em uma bolinha com um taco.

— Eles foram desrespeitosos com você — comentou Su —, embora tenham feito isso de forma muito educada.

— Isso não me incomoda.

Su balançou a cabeça.

— Eles parecem tão à vontade sendo grosseiros quanto usando seus confortáveis sapatos de golfe.

— Imagino que dediquem mais tempo aos sapatos. A grosseria, para eles, é simplesmente uma segunda natureza.

— É o que parece. — Ele lançou sobre Roarke um olhar curioso enquanto caminhavam. — Em todos esses anos em que somos sócios, você sempre me ofereceu uma partida de golfe, esporte que não aprecia, mas é a primeira vez que arranja uma partida com quatro jogadores. E fez isso — completou Su —, manipulando Dudley para que ele mesmo a sugerisse.

— Um dos motivos pelos quais gosto de fazer negócios com você, David, é que você percebe as coisas sempre com muita clareza e enxerga longe, por mais que o papo seja furado.

— Uma habilidade que compartilhamos. Estou vendo que você tem outras preocupações aqui.

— Tem razão. Quis essa oportunidade para saber a sua opinião, já que você conhece o pai de Dudley. O que acha sobre o filho?

— Sei que ele e o seu amigo não são o tipo de gente com quem eu gostaria de jogar golfe regularmente.

— Porque eles roubam no jogo.

Su parou, estreitou os olhos.

— Eles roubam? Eu desconfiei disso e fiquei cismado. Por que eles se arriscariam a receber uma advertência da administração do clube por roubar em um jogo casual? Nós nem sequer fizemos apostas.

— Para alguns, vencer é mais importante que o jogo em si.

— Você vai denunciá-los?

— Não. Isso também não me incomoda. Estou feliz em deixá-los vencer este jogo do jeito deles, já que há um jogo muito maior que eles vão perder. Esta partida foi, para mim, uma forma de observá-los e uma chance de aumentar sua sensação de direito adquirido e sua já imensa autoconfiança. Devo pedir desculpas por atrair você para essa manobra?

— Não, se você me der mais detalhes.

— Assim que eu puder. Você conhece bem o pai de Dudley?

— Bem o suficiente para lhe assegurar que o pai está muito desapontado com o filho. Vejo agora que ele tem bons motivos. — Su emitiu um longo suspiro. — É uma pena que você não dedique mais tempo e esforço ao seu jogo de golfe, porque há uma habilidade natural em você, Roarke, além da excelente forma física... mas não há interesse. Se você tivesse isso, acho que mesmo com a trapaça nós conseguiríamos derrotá-los.

Bem, Roarke refletiu, afinal de contas ele estava ali para distrair um sócio.

— Posso tornar a trapaça mais difícil para eles.

— Pode mesmo?

— Hummm. — Roarke enfiou uma mão no bolso e acionou um ponto da tela do seu tablet, que estava preparado com uma série de modificações ainda não lançadas no mercado. — Na verdade, podemos dizer que eu vim aqui para fazer exatamente isso. O jogo em si, David, será vencido principalmente pelas suas habilidades, meu caro, e vou me dedicar a ele com mais... interesse a partir deste momento.

O sorriso de Su se ampliou, forte e feroz.

— Vamos arrasar com os safados.

Eve entrou na Sala de Ocorrências da Divisão de Homicídios no instante em que Baxter e Trueheart saíam.

— Há uma tal de Patrice Delaughter à sua procura — avisou Baxter. — Nós a levamos para a Sala de Visitas.

— Ora... As notícias voam.

— Voam mesmo. Já soube de sábado e mal posso esperar.

— Muito obrigado pelo convite, tenente — acrescentou Trueheart.

— Certo. Ótimo. Peabody...

— Escute — interrompeu Baxter. — Trueheart é tímido demais para perguntar, mas eu não sou. O garoto pode levar uma namorada?

— Não me importo — garantiu Eve, quando Trueheart ficou vermelho e encolheu os ombros largos. — Acho que isso significa que você quer levar uma namorada também.

— Na verdade, não. — Baxter sorriu. — Se eu levasse uma namorada teria de dar atenção a ela, e nesse dia eu quero tudo só para mim: a comida, a cerveja e o churrasco. Estão nos esperando no tribunal. Baxter bateu com o dedo na testa e caminhou em direção à passarela aérea.

— Obrigado, tenente — repetiu Trueheart. — Casey vai ficar muito empolgada com o sábado. Há... precisamos levar alguma coisa?

— Como o quê?

— Um prato?

— Temos pratos. Temos *muitos* pratos.

— Ele está falando de comida — explicou Peabody. — Não se preocupe com isso, Trueheart. Eles também têm muita comida.

— Por que eles teriam de levar comida quando vão à casa de alguém para comer? — perguntou-se Eve, em voz alta, quando Trueheart apressou o passo para acompanhar Baxter.

— É uma gentileza social.

— Existem muitas dessas "gentilezas". Quem as inventou? É como o caso dos vestidos e dos ternos.

— Como assim?

— Deixa pra lá. Vou conversar com Patrice Delaughter. Transcreva a entrevista que fizemos com VanWitt e comece a investigar as viagens.

— Beleza!

Eve dirigiu-se à Sala de Visitas da divisão, com suas mesas simples e resistentes, máquinas de venda automática, cheiro de café de má qualidade e carne artificial. Alguns policiais estavam ali, fazendo um pequeno intervalo no trabalho ou realizando entrevistas informais.

Ninguém iria pensar que a mulher sentada à mesa de canto era uma policial. Uma cascata de cabelos ruivos ondulados com reflexos dourados se espalhava por seus ombros, em uma cachoeira de fogo. Seu rosto de porcelana era dominado por olhos verdes ousados, e era notável como se pareciam as suas feições e as da prima.

As semelhanças acabavam aí.

Ela usava uma camiseta regata justa e decotada sobre seios impressionantes, e uma saia igualmente curta e justíssima que mal cobria suas estupendas pernas. Muitos cordões finos de comprimentos variados brilhavam em volta do pescoço, desciam sobre os seios impressionantes e iam até a cintura da saia curta e justa.

Ela parecia... indolente, pensou Eve. Era como se tivesse todo o tempo do mundo para ficar sentada ali — com seus brilhos e chamas na sala sem graça — e parecia se divertir um pouco ao observar o lugar onde estava.

— Senhora Delaughter?

— Sou eu mesma. — Patrice analisou Eve longamente, dos pés à cabeça, e só então estendeu-lhe a mão. — Você deve ser a tenente Dallas.

— Sinto muito que você tenha ficado aqui à minha espera. Eu estava justamente planejando ir procurá-la, em algum momento.

— Felicity entrou em contato comigo. Eu estava na cidade e decidi vir até aqui. É um lugar fascinante. Sua jaqueta é fabulosa. Leonardo?

Eve olhou para a jaqueta azul que usava para cobrir sua arma.

— Acho que sim.

— Linhas simples com recortes na barra, combinando uma cor forte, o azul Nikko, com uma interessante marca celta nos botões, que combina com o design do seu anel. Muito inteligente. E o caimento é perfeito.

Eve olhou para baixo novamente. Ela só pensava naquela roupa como "a jaqueta azul".

— Leonardo é uma das razões pelas quais vim à cidade. Ele está desenhando um vestido para mim — explicou a visitante.

— Ok. Você quer alguma coisa para beber?

O sorriso de Patrice passou de bonito a deslumbrante.

— O que é mais seguro beber aqui?

— Água.

Com uma risada, ela gesticulou.

— Então quero água.

Eve se afastou, fez uma careta para a máquina de venda automática e, mentalmente, alertou-a para que não lhe causasse problemas. Digitou um código, pediu duas garrafas de água e, para sua surpresa, a máquina as liberou sem incidentes.

Quando Eve voltou a se sentar, Patrice ergueu a mão.

— Deixe-me só dizer, antes de começarmos, que eu já sabia um pouco do que Felicity lhe contou hoje, mas não tudo. Temos um relacionamento amigável e um amor de primas, mas sempre entramos e saímos da vida uma da outra ao sabor do acaso. Eu bem que gostaria, quando ela se envolveu com Winnie, de ter tomado conta dela com mais cuidado, mas não o fiz. Nós duas éramos jovens, mas ela sempre foi mais suave que eu, mais doce, mais fácil de magoar. Então, imagino que eu esteja aqui por conta disso já que, de certa forma, eu me sinto responsável pelo que aconteceu com ela. E pela forma como ele a tratou.

— Ela superou tudo.

Felicity sorriu novamente.

— Ela é mais suave, mais doce e, de certa forma, mais forte que eu. A mulher com quem ele acabou se casando não era nem suave nem doce, e saiu do casamento mais rica. E talvez um pouco mais dura.

— Você conhece Annaleigh Babbington?

— Conheço, embora não sejamos particularmente próximas. Eu namorei o segundo marido dela durante um tempo. — Patrice piscou e abriu de novo aquele sorriso. — Somos peixes coloridos e brincalhões em um pequeno lago incestuoso. Pelo que Felicity me contou, imagino que você vá conversar com ela em algum momento. Terá de ser mais tarde, já que ela está de férias no Olympus Resort pelas próximas duas semanas. O que posso lhe adiantar, já que é do conhecimento de todos em nosso pequeno lago, é que Leigh e Winnie não se suportam.

— Existe algum problema entre você e Sylvester Moriarity?

— Nenhum.

— Por que você não me fala sobre isso? Sobre ele.

— Sly. — Ela suspirou e bebeu um pouco de água. — Nenhuma mulher se esquece do seu primeiro... Estou falando do primeiro marido, é claro. Você ainda está no primeiro casamento, tenente.

— Planejo ficar só nele.

— Todas nós planejamos. Eu era louca por Sly. Talvez fosse meio louca de modo geral, mas era jovem, rica e me considerava invulnerável. Ele era excitante, loucamente distante e um pouco perigoso sob todo aquele verniz de sofisticação. Isso me atraiu... estou falando do que estava por baixo do verniz.

— Ele era "perigoso" em que sentido?

— As coisas eram no estilo "só se for *agora*", tudo mais forte, mais rápido, mais alto e mais baixo do que para o resto do mundo. Tinha que ser assim ou seríamos como todos os outros, e isso jamais permitiríamos. Bebíamos demais, consumíamos qualquer droga ilícita que estivesse na moda, fazíamos sexo em qualquer lugar e em todos os lugares. — Ela inclinou a cabeça. — Sua mãe alguma vez veio com aquele papo de que se os seus amigos saltassem de um penhasco, você também saltaria?

Eve teve um lampejo, muito breve, do rosto de sua mãe... e da aversão em seus olhos pela criança que ela colocara no mundo.

— Não.

— Bem, esse é um papo clássico. Só que nós tínhamos que ser os primeiros a saltar do penhasco. Se havia uma tendência, éramos nós que a lançaríamos. Se surgissem problemas, iríamos conseguir superá-los. Só Deus sabe quanto dinheiro nossos pais tiraram dos seus cofres para nos manter fora da cadeia.

— Não existem prisões em seus registros policiais.

— Mas existem muitas mãos que foram molhadas por quantias altas. — Patrice passou os dedos sobre a palma da mão. — Isso também é clássico e funciona em todos os idiomas. Nós éramos autoindulgentes, imprudentes, e de repente eu fiz a coisa mais imprudente de todas: eu me apaixonei. Acredito que ele também tivesse sentimentos por mim, e eu achava que era amor... talvez até tivesse sido por um tempo, de algum jeito estranho. Então ele conheceu Winnie, e apesar de eu ter demorado muito para enxergar, Sly amava mais a ele do que a mim.

"Não de forma romântica, exatamente, e também não sexual", acrescentou ela. "Sly gosta de mulheres. Mas o que eu percebi depois que nos casamos, e depois que ficou claro que não poderíamos continuar casados, é que ele e Winnie não eram os dois lados da mesma moeda. Eles eram *o mesmo lado*. E não queriam mais ninguém, nem mesmo em longo prazo, do outro lado."

— Ele alguma vez machucou você fisicamente?

— Não, nunca. Acho que pode ter havido outras... outras mulheres que ele machucou, mas nunca a mim. Eu era a sua esposa e isso era, de novo, e de um jeito estranho, um motivo de orgulho para ele. Durante um tempo. Mesmo assim, foi depois que nos casamos, cerca de um ano depois, que Winnie e Felicity terminaram. Winnie começou a sair com um monte de mulheres e Sly me perguntou se eu estaria disposta a receber uma pessoa para ser nossa parceira sexual.

Ela fez uma pausa, tomou um gole de água e estudou Eve.

— Felicity me disse que você lhe pareceu alguém que não faz julgamentos pessoais sobre as ações dos outros, tenente.

— Não tenho motivo para julgá-la, sra. Delaughter.

— Faça-me um favor então, considerando o assunto que vamos tratar... me chame de Pat. — Ela pousou a água e não disse nada por um momento, enquanto algumas pessoas conversavam em murmúrios ao redor delas, umas entravam e outras saíam. — Isso me leva de volta àquela época. Nossa, eu realmente era louca por Sly. Pensava que ele era tudo o que eu queria na vida. Emocionante, bonito, ousado. E naquele momento eu me sentia completamente aberta para experimentar tudo. O problema é que, no início, achei que ele estava se referindo a Winnie quando me propôs aquilo, e eu não me sentia aberta para isso.

— Por quê?

Ela se inclinou para a frente.

— Acabei por perceber que Sly não era tudo o que eu queria, e havia algo ali que poderia me condenar ou amaldiçoar, mas *Winnie*?

Prazer Mortal

Depois que Felicity terminou com Winnie, Sly voltou a exibir aquela crueldade oculta por baixo do verniz. Havia algo em seus olhos, em sua voz e no seu corpo que enviava alarmes para todos os lados. Eu realmente não sei como explicar isso para você, mas apesar de ser jovem e aventureira, não estava disposta a dividir a cama com Winnie. Nesse ponto fui muito clara e firme com Sly.

— Como ele aceitou essa resposta?

— Ele mal falou comigo nas duas semanas seguintes; para ser franca, sumiu por alguns dias e foi passar algum tempo em... Deus, eu não me lembro exatamente para onde ele foi. Mas isso não vem ao caso. Quando ele voltou e fizemos as pazes, ele me disse que ficara zangado com a minha atitude, porque eu insultara seu melhor amigo e tinha colocado restrições no nosso próprio relacionamento.

Ela sorriu de leve.

— Não mudei de opinião sobre as restrições, mas fiquei aliviada quando Sly me garantiu que também não era isso o que ele queria. Ele não tinha pensado em outro homem compartilhando a cama conosco, nem mesmo o seu bom amigo. Ele queria outra mulher. E eu pensei, ora, isso poderia até ser divertido, e eu tinha sido muito dura com Winnie, então, por que não?

"Ele sugeriu contratar uma profissional, o que manteria as coisas distantes e sem envolvimento emocional. Gostei da ideia, confesso. No começo foi tudo muito sexy, excitante e estranhamente íntimo. Ela era habilidosa, lindíssima e muito sedutora. Foi paciente comigo, já que era a minha primeira vez com uma mulher e em um *ménage*."

Eve sentiu empolgação.

— Você se lembra do nome dela?

— Sinto muito, não lembro. Nem tenho certeza de ter ouvido o nome dela, ou se era o seu nome verdadeiro. Isso é importante?

— Talvez. Você se lembra de como ela era?

— Perfeitamente, está gravado na minha memória. — Patrice não sorriu quando bateu na testa. — Sly gostou de nos observar uma com a outra por algum tempo, e depois curtiu nos ter juntas ao redor dele. Só que a partir de um determinado momento ele começou a machucá-la, foi muito rude, bem diferente do que costumava ser ou do que eu esperava. Não gostei daquilo, mas nada parecia incomodá-la. Na verdade, ela me acalmou. Lembro de ter bebido baldes de champanhe, depois fumei um pouco de *zoner* e ingeri algo que imaginei ser *exotica*. Então tudo ficou meio louco. Muito louco, na verdade. Movimentos frenéticos e malvados. Eu me senti sem controle e sem limites. Tenho muito poucas lembranças do que aconteceu no resto da noite, até o dia seguinte.

— Ele lhe deu alguma droga diferente?

— Sim, ele me deu *whore* e uma dose de *coelho louco*. Era o meu marido e fez isso comigo. Ela apertou os lábios por um momento e agarrou os cordões em volta do pescoço como se fossem uma âncora, para se manter no lugar. — Gosto de sexo. Gosto *muito* de sexo, mas aquilo não foi consensual. Você entende o que quero dizer?

— Entendo, sim.

— Quando voltei ao mundo real, digamos assim, achei que tinha exagerado no álcool, nas drogas e na experiência. Fisicamente me senti dolorida, enjoada e meio fora do ar durante dias, a ponto de Sly ter de colocar uma androide doméstica só para cuidar de mim, mantendo-me na cama e me trazendo sopas e chás até tudo passar. Mas o pior é que eu tive flashes durante meses, momentos em que eu jurava que via o rosto de Winnie junto do meu, ouvia a voz dele e sentia o seu corpo. Sly nunca me pediu para repetir a experiência e me disse que eu estava imaginando coisas, então eu deixei passar. Mas uma parte de mim sabia, pelo jeito que Winnie olhava para mim, que eu não tinha imaginado aquilo.

Quando Patrice caiu em silêncio, Eve se inclinou para a frente até seus olhos se encontrarem.

— Você quer fazer uma pausa?

— Não. Não, vamos resolver logo isso. Um dia eu estava esperando por uma amiga no restaurante Chi-Chi. Íamos almoçar e fazer algumas compras, mas de repente a acompanhante licenciada que eu tinha conhecido entrou e se sentou na cadeira diante de mim. Fiquei muito surpresa, para dizer o mínimo. Ela disse que havia limites e o meu marido havia ultrapassado vários deles, mas afirmou que negaria tudo, até mesmo ter me encontrado, se eu comentasse algo com ele. Ela contou que ele tinha me dado drogas e deixou o seu amigo fazer sexo comigo enquanto eu estava sob a influência delas.

Sua voz vacilou, mas ela tomou um longo gole de água e voltou mais forte.

— Talvez eu não me importasse, e isso era problema meu. Mas ela poderia perder sua licença, caso se envolvesse com um cliente usuário de drogas ilícitas, então ela também negaria isso, caso algum dia fosse denunciada. Mesmo assim, achava que eu tinha o direito de saber que ele tinha abusado de mim. Ela me disse que eles tinham gravado tudo. Tinham gravado todas as vezes que se revezaram, fazendo sexo comigo. Ela me disse que não fez nada naquela hora porque teve medo deles, era nova na profissão e o meu marido era um cliente. Saiu do restaurante antes de eu ter chance de dar uma única palavra, ou antes de eu sequer pensar em algo para dizer. Mas eu sabia que ela tinha me contado a verdade.

— Você quer mais água? — ofereceu Eve.

— Não, estou bem. Isso aconteceu há muito tempo, já superei tudo. — Mas ela respirou fundo. — Esperei por uma oportunidade. Levou semanas para aparecer. Tive de vasculhar a casa toda quando ele estava fora, quando eu sabia que teria tempo de sobra. Finalmente encontrei o disco. Fiz uma cópia, que ainda tenho guardada. Ele sabe que eu tenho essa cópia. Eu o confrontei com isso e suponho que, em linguagem técnica... fiz chantagem com ele. Consegui um acordo maravilhoso no nosso processo de divórcio. — Ela respirou fundo mais uma vez e se recostou. — Suponho que fui fria e mercenária.

— Pessoalmente, acho que você foi muito esperta.

Aquele sorriso espetacular cintilou de novo.

— Obrigada. Nunca contei isso a ninguém. Nem mesmo ao meu marido, o meu terceiro marido, a quem amo muito. Casei-me pela segunda vez antes de superar por completo o que tinha acontecido, e isso foi um erro. Mas Quentin e eu temos um bom casamento, uma vida estável, e eu prefiro que ele não saiba, mesmo agora. A questão é que Felicity achou importante, até mesmo vital, que você compreendesse quem são esses homens.

— Realmente é vital. Só um instante. — Eve se levantou, pegou o comunicador e se afastou um pouco, a fim de ligar para Peabody. — Minha parceira vai trazer algumas fotos para você ver. Tudo bem?

— Claro, tudo bem. — Seus dedos se fecharam sobre os cordões mais uma vez, contorcendo-os. — Devo sair da cidade?

— Não creio que ficar aqui seja um problema para você, mas sei que vocês costumam viajar e frequentar os mesmos círculos... os mesmos lugares em momentos diferentes. Eu manteria as coisas assim.

— Isso é fácil.

— Eles estão geralmente juntos no mesmo lugar e ao mesmo tempo?

— Muitas vezes, pelo que leio e ouço. Gostam de jogar e apostar; gostam de competir e ostentar. Bem, todos nós gostamos, é parte do que somos e fazemos. Eu os vejo às vezes, aqui e ali, e faço questão, por orgulho, de falar com eles sempre que esses encontros acontecem. Mas é só falsidade. Não temos relações sociais verdadeiras, e não temos amigos em comum que sejam amigos de verdade. Acho que você entende.

— Entendo, sim.

— O mais estranho é que eu nunca tive medo de nenhum dos dois... até agora. Percebi que tinha uma vantagem sobre ambos, e tudo aconteceu muito tempo atrás. Nem parece real. Só que Felicity ligou hoje e de repente tudo se tornou muito real, e fiquei com medo.

— Você quer receber proteção, Pat?

— Consigo me virar sozinha, eu acho. Mesmo assim, obrigada. Você realmente acredita que eles mataram duas pessoas?

Eve manteve seu olhar fixo para que Patrice pudesse ler a verdade na mensagem.

— Neste momento, Moriarity e Dudley são pessoas de interesse em minha investigação. Não tenho provas contra nenhum deles até agora. — Ela esperou um segundo e completou: — Você me entende?

— Sim, sim, entendo perfeitamente.

Quando Peabody entrou na sala, Eve a chamou com um gesto.

— Esta é a detetive Peabody. Esta é Patrice Delaughter.

— Obrigada por ter vindo, sra. Delaughter.

Ela sorriu, mas lhe faltou um pouco do brilho anterior.

— Vir aqui foi uma experiência e tanto.

— Eu gostaria que você desse uma olhada nessas imagens. — Eve abriu a pasta e começou a espalhar várias fotos. — Por favor, diga-me se reconhece alguém.

— É ela. — Eve mal acabara de espalhar as fotos para identificação quando Patrice colocou o dedo dobre a imagem de Ava Crampton. — Essa é a profissional contratada por Sly. Está mais velha, é claro, mas eu a reconheço.

— Esta é a acompanhante licenciada que Sylvester Moriarity contratou quando vocês eram casados, e que posteriormente lhe contou sobre a noite em que você e seu marido foram seus clientes?

— Sim, não tenho dúvidas sobre isso. Ela é impressionante, não é? Um rosto difícil de esquecer. Ela provocou uma reviravolta na minha vida. Eu me lembro dela.

— Ok. Obrigada.

— Espere! — Patrice agarrou o punho de Eve. — Felicity disse que houve dois assassinatos. Ela é uma das vítimas?

— É, sim. Vou lhe dizer o que quero que você faça. Fique fora do caminho do seu ex-marido, e fora do seu radar. Ele não tem motivos para lembrar de você e devemos deixar as coisas desse jeito. Pode ser que eu precise de você mais adiante, mas vou tentar manter as informações que me deu fora do caso.

— Ele a matou.

— Eu só posso afirmar que ela está morta.

Patrice fechou os olhos.

— Vou pedir a meu marido para vir a Nova York. Vou contar tudo a ele. Se você precisar usar o que eu lhe contei, use. Ela me ajudou e não precisava fazer isso. Se ele foi o responsável pela sua morte, isso deve ter a ver com aquela noite, você não acha?

— Eu diria que sim. Onde está o seu marido?

— Agora ele está em Londres, a negócios.

— Deixe-me suas informações de contato e vá para lá. Você se sentirá mais segura. Posso mandar alguns policiais para escoltá-la até onde você precisar ir, e para ficar ao seu lado até você embarcar.

— Eu pareço assim tão abalada?

— Você fez o que era certo. Por que deveria se sentir abalada?

— Vou lhe dar o meu cartão, aceitar a escolta dos seus policiais e seguir o seu conselho. E vou entrar em contato com Felicity e pedir que ela e sua família se juntem a nós em Londres.

— Acho uma boa ideia. Peabody!

— Eu cuidarei de tudo. Pode me esperar bem aqui, sra. Delaughter.

— Eu sempre me imaginei como uma mulher intrépida — murmurou Patrice. — Agora vou lhe pedir para ficar aqui comigo até tudo ser arranjado.

— Sem problema. Você sabe se Moriarity ou Dudley possuem uma besta?

— Não faço ideia, desculpe. Sei que ambos compartilham um interesse por armas e por guerra. Temos alguns conhecidos em comum que estiveram em grupos de caça com eles ou participaram dos mesmos safáris. Quentin e eu não temos interesse algum nesse tipo de coisa. Mas eu posso perguntar por aí.

Eve considerou a ideia.

Prazer Mortal

— Quando você chegar a Londres, talvez possa entrar em contato com alguém que tenha saído para caçar com eles. Sem mencionar nenhum dos dois, especificamente.

— Sim, vou só perguntar sobre a experiência — disse Patrice, com um aceno de cabeça. — "Quentin e eu estamos pensando em experimentar um safári ou participar de uma caçada. Como funciona, o que a pessoa faz, você sabe detalhes, tem alguma história?" Sim, eu consigo fazer isso.

Ela se inclinou para a frente e fitou Eve longamente.

— Acho que você sabe a resposta para isso, e eu preciso saber. Por que ela e não eu? Por que matar a ela, uma profissional que foi contratada há tanto tempo?

— Ela era a melhor na sua área de atuação — explicou Eve, em poucas palavras. — Você era apenas a esposa na época, e depois deixou de ser. Mas ela se tornou a melhor em seu trabalho, e a conexão antiga entre eles tornou isso... irresistível, na minha opinião.

— *Apenas* a esposa. — Patrice soltou uma risada fraca. — Bem, graças a Deus eu não era importante para ele.

— Você ainda será. Quando tudo isso acabar você terá muita importância. Pela minha ótica, esse é o tipo de vingança que o dinheiro não pode comprar.

Eve se levantou quando Peabody entrou na sala com dois policiais.

Capítulo Quinze

Conexões, refletiu Eve quando Patrice se afastou, flanqueada por dois policiais corpulentos.

— Você escolheu dois guardas imensos para que ela se sentisse mais segura?

— Acho que isso vai ajudar — admitiu Peabody. — Ela identificou a foto de Ava Crampton na mesma hora. Já se passaram mais de 12 anos, mas ela acertou em cheio.

— Alguns rostos ficam gravados na alma da gente — pensou Eve. Como o rosto do seu próprio pai sobre o dela, no escuro, enquanto se empurrava para dentro dela. Ela entendia muito bem como alguns rostos, alguns momentos e alguns pesadelos nunca desapareciam.

— Portanto, Crampton não foi uma vítima aleatória.

Eve agitou a cabeça e fez um gesto para que Peabody a acompanhasse até a sua sala.

— Ela teve má sorte. E o seu instinto de que havia ligações entre todos eles foi bem no alvo.

— Parabéns para mim! Mas eu não vi o que estava bem na cara.

— Não dava para ver, e eles contavam com isso. As chances de conversarmos com qualquer uma das ex-mulheres eram mínimas, na visão deles. Mesmo que o fizéssemos isso, nenhum dos dois imaginou que elas falariam e reviveriam as velhas humilhações.

— Tivemos sorte, então.

— Não — corrigiu Eve. — Nós trabalhamos no caso e tivemos sorte. Ava Crampton não foi apenas uma conexão, mas provavelmente um ponto fraco do seu passado, para dizer o mínimo. Isso pesou um pouco, foi uma espécie de bônus para a disputa. O aleatório não era nada aleatório, foi aí que eu errei e você acertou.

— De novo, parabéns para mim! Desculpe, eu me empolguei por um momento.

— E o momento acabou.

— Tudo bem. Portanto, a estrutura da disputa determina que exista alguma ligação entre o assassino e as vítimas. E talvez, em ambos os casos, a coisa seja muito antiga, e por isso é improvável que as vítimas tenham reconhecido o seu assassino.

— Dudley matou Crampton — lembrou Eve. — Apesar de ele provavelmente ter transado com ela naquela noite, a conexão era com Moriarity. Foi ele que a contratou. A esposa era dele. A casa era dele.

— Outro tipo de rodízio.

— Sim, ou... — Eve ponderou, sem parar de andar — ... mais uma prova de amizade. Deixe-me fazer isso por você, amigão.

— Mas aí não é amizade, é... Mira teria uma palavra certa para isso. Uma palavra sofisticada.

— Seja qual for essa palavra, haverá uma conexão entre Dudley e Jamal Houston. Uma ligação também antiga, talvez de décadas. Provavelmente a opção que você sugeriu, a época em que Houston se metia em confusão com drogas ilícitas — lembrou Eve, quando entrou na Divisão de Homicídios. — Dudley e Moriarity usavam drogas, e aposto que Dudley, pelo menos, ainda usa. Eles tinham de comprá-las em algum lugar. Houston usava e vendia, e eles têm mais ou menos a mesma idade. Podem ter feito alguns negócios antes de Houston se acertar na vida.

Ela se virou e entrou em sua sala.

— Patrice disse que suas famílias gastaram uma grana considerável molhando muitas mãos para mantê-los fora da cadeia e fora dos registros. Houston talvez tenha sido preso em uma venda dessas para Dudley, por exemplo. O pai de Dudley teve de desembolsar dinheiro para manter seu filho fora da prisão, mas provavelmente ficou revoltado e puniu o filho de outra forma.

— Para mim isso faz sentido. Mais um motivo para vingança. As duas vítimas os serviram, de algum modo — sugeriu Peabody, e entrou na sala atrás de Eve. — Depois, elas se tornaram bem-sucedidas e ganharam muita grana, mas ainda ofereciam serviços.

— Pode ser o bastante. As duas vítimas eram o que Delaughter chamou de *pessoas inferiores*. — Eve ficou em pé, analisando o quadro dos crimes. Sem dizer nada, Peabody foi até o AutoChef e programou dois cafés. — Eram pessoas abaixo deles, mas que agora podem mandar e de fato mandam. Seus serviços foram comprados no passado e eles os compraram mais uma vez agora.

Eve tomou o café, apoiou o quadril na quina da mesa e continuou estudando o quadro.

— Quem conseguiria ligá-los a uma acompanhante licenciada que eles contrataram quando tinham 20 e poucos anos? Isso é o que eles pensam. Nenhum dos dois está na agenda dela. E quem os ligaria a um motorista de limusine que fornecia drogas quando todos eram pouco mais que adolescentes?

— Mas mesmo que consigamos comprovar essas ligações, isso não encerra o caso.

— Não, mas vai ajudar a condená-los. Esse foi mais um erro de arrogância... a piada interna deles.

— E talvez, como você disse, eles ainda usem drogas.

— Talvez *não*, isso é *certo*. Dudley tem todo o playground à disposição, não resistiria à tentação de experimentar. E com o

Prazer Mortal 265

relacionamento distorcido que eles têm, eu diria que Moriarity também curte isso.

— O sexo é outro ponto importante. Eles não estavam na agenda da vítima, mas podem estar na de outra pessoa.

Eve balançou a cabeça.

— Há muito ego ali para eles pagarem por sexo e, pior que isso, correrem o risco de alguém descobrir o que fizeram. Eles estão acima disso, tão no alto da cadeia alimentar para ter que pagar por sexo. Muitas mulheres devem estar ansiosas para fazer sexo com eles. A coisa não tem a ver com sexo, afinal de contas. Nunca teve. Tudo se resume a poder, domínio, violência, privilégio. Emoções caras. Um homem droga sua esposa para poder ver seu melhor amigo estuprá-la? Isso não teve a ver com sexo. Teve a ver com a diversão deles, e ainda tem. Teve a ver com a ligação que existe entre eles. Ela foi só mais um elo na corrente que os une. Eles são almas gêmeas.

— Se eles drogaram Delaughter para poderem compartilhá-la, pode ser que tenham feito isso de novo... já que os dois usam o sexo como uma espécie de vínculo.

— Sim. Mas devem ter sido muito mais cuidadosos, já que ela descobriu tudo. O que você conseguiu sobre as viagens?

— O suficiente para dizer que eles estão em toda parte. Podem morar oficialmente aqui em Nova York, mas ficam na cidade só metade do ano. Talvez menos da metade. Estou organizando uma tabela com as viagens que os dois fizeram juntos, e também aquelas em que viajaram separados, mas foram para o mesmo lugar. Ambos têm jatinhos particulares, vários jatinhos, então é difícil amarrar todas as pontas. Além disso, ambos têm residências, chácaras, chalés, imóveis de todo tipo em toda parte. Vamos ter muita coisa para investigar, mesmo que pesquisemos só nos últimos 12 meses.

— Envie-me parte dessa pesquisa, enquanto eu começo a busca por pessoas desaparecidas e assassinatos com o caso ainda em aberto.

Ela se sentou em sua mesa, olhou mais uma vez para o quadro. E ligou para Charles Monroe.

— Acabei de lhe enviar um e-mail — avisou ele. — Estamos ansiosos para encontrar todo mundo no sábado.

— Sábado... Ah, certo. — Que merda ela tinha inventado? — Beleza!

— Você não está me ligando para perguntar se podemos levar a salada de batata.

— Não. É para falar de Ava Crampton. Ela alguma vez comentou com você sobre um incidente que aconteceu nos seus primeiros anos de profissão? Ela foi contratada para fazer um *ménage à trois*... ela, um marido e a mulher dele. O marido era um homem jovem e rico. Durante o encontro, o marido preparou para a esposa, sem ela saber, uma mistura de *whore* com *coelho louco*, e chamou um amigo para participar da festa. O marido e o amigo se revezaram para transar com a esposa.

— Não, ela não me contou e nem contaria. Ava poderia ter perdido sua licença ou ter sido suspensa por não denunciar o uso de drogas ilícitas, ainda mais se a esposa não estava ciente do que aconteceu, nem dera o seu consentimento prévio. Isso seria considerado estupro e Ava poderia ter sido acusada e fichada. Isso seria o fim da sua carreira. Denunciar mais tarde o que tinha acontecido iria protegê-la da acusação, já que ela poderia alegar que aceitara tudo por coação ou medo, mas isso ficaria registrado em sua ficha.

— Foi o que pensei.

— Se isso realmente aconteceu... como você descobriu?

— Ela contou tudo à esposa.

Na tela, ele sorriu.

— Isso parece coisa dela. Direta e honesta.

— Agora, me dê uma visão rápida quanto à motivação do marido. Apenas opiniões genéricas.

— Sem conhecer o histórico do caso ou a dinâmica que existe entre os participantes, só me é possível especular. O uso de uma droga para facilitar o estupro indica necessidade ou desejo de controlar e rebaixar a vítima. Ao trazer outro homem para o evento sem o conhecimento prévio ou a permissão da esposa, o marido expande esse controle, aprofunda a degradação e, ao mesmo tempo, demonstra ao outro homem que aquela mulher é propriedade dele, o marido. Ele pode fazer o que quiser com ela. Basicamente está dizendo "use-a, é para isso que ela está aqui". Ao compartilhá-la, eles a transformam em uma espécie de mercadoria, pouco mais que um pedaço de carne que eles poderiam dividir no jantar. E isso também poderia ser uma forma de liberar alguma homossexualidade latente.

— Ao fodê-la em conjunto, eles metaforicamente fodem um ao outro.

— Poderíamos colocar dessa maneira.

— Interessante. Obrigada.

— Se precisar de algo mais, estou aqui.

Por alguns momentos, ela se sentou e deixou que as peças se encaixassem em sua mente. Depois de atualizar suas anotações, ela as resumiu em um relatório, incluiu as duas entrevistas, as suas impressões, a opinião genérica de um terapeuta sexual e os caminhos que pretendia seguir.

Depois, enviou cópias para Whitney e Mira.

Atualizou seu arquivo sobre os dois assassinatos, completou seu quadro de homicídios e em seguida se sentou com os pés sobre a escrivaninha com mais uma caneca de café na mão, e deixou que as ideias se acomodassem mais um pouco.

Hoje à noite, ela pensou, ou amanhã. Não haverá muito tempo antes da próxima rodada. Se o padrão que ela estava descobrindo fosse realmente um padrão, Moriarity seria o próximo a jogar. Isso significava que a vítima estaria mais ligada ao passado de Dudley, e a isca seria algo ou alguém ligado à Dudley & Son.

— E poderia ser qualquer pessoa! — reclamou, em voz alta.

Não, não exatamente. Teria que ser alguém que estivesse em Nova York, pois tanto Dudley quanto Moriarity estavam em Nova York. Então o alvo morava ou trabalhava na cidade... ou estava de visita.

O alvo era alguém importante em seu campo de atuação — dele ou dela — um trabalho ligado à prestação de serviços, provavelmente. Origens humildes?, ponderou. As duas primeiras vítimas tinham isso em comum. Começaram de baixo e foram subindo até o topo.

Isso fazia sentido?

Alguém ainda em atividade. Alguém que poderia ser contratado, chamado, consultado ou agendado.

Merda!

Alguém ia morrer porque dois idiotas arrogantes queriam se unir num pacto de sangue, e ela não podia provar isso.

Não serviria de nada ela ficar obcecada com o que ainda poderia acontecer, lembrou a si mesma. Melhor cavar mais fundo o que já tinha sido descoberto. Abrindo o arquivo que Peabody lhe enviara, começou uma busca lenta e sistemática pela próxima morte.

Tinha listas e gráficos de dados na tela quando Peabody entrou mais uma vez na sala.

— Dallas.

Eve olhou para trás a tempo de pegar a barra de cereais que Peabody lhe atirou.

— Esses troços são nojentos.

— Não são, não, eles são nutrientes saborosos. A máquina de venda automática me garantiu isso. Além do mais, se você descobriu tantas pessoas desaparecidas ou assassinatos não resolvidos quanto eu, precisa de energia.

— Talvez. — Com alguma relutância, Eve abriu a embalagem. O foco na investigação tinha conseguido sufocar a leve dor de cabeça que sentia, e que agora se concentrava atrás dos olhos. Ela deu uma mordida e estremeceu. — Nossa, o que eles colocam nessas coisas?

— É melhor não saber. Se não formos mais sair esta noite para fazer algum trabalho de campo, vou levar os arquivos para casa; pretendo trabalhar um pouco mais neles.

— Por que você já está indo para casa?

— Porque acabou o meu turno, eu quero meu marido e comida de verdade.

Eve fez uma careta ao olhar para o seu smartwatch.

— Droga!

— Posso ficar aqui se você quiser trabalhar mais.

— Não, pode ir. Eu perdi a noção da hora. Envie o que você descobriu para o meu computador de casa porque também já vou... — Ela parou quando viu que tinha perdido a atenção de Peabody. Sua parceira tinha mudado de expressão e ajeitava o cabelo com um sorriso idiota na cara.

— O que Roarke está fazendo aqui? — quis saber Eve, antes mesmo de ouvir a voz dele.

— Olá, Peabody. Gostei do seu cabelo. Você está com um look legal, prático e feminino, tudo junto.

— Oh. — Ela se agitou um pouco mais. — Obrigada.

— A tenente está fazendo você trabalhar até mais tarde?

— Ela já está saindo — reagiu Eve. — Vai logo!

— Tenha uma boa noite — disse Roarke. — Vejo você no sábado.

— Estaremos lá.

— Você sempre precisa fazer isso? — murmurou Eve, quando Peabody se afastou.

— Defina "isso".

— Fazê-la ficar com cara de boba.

— Aparentemente tenho esse poder, embora ela nunca me pareça boba. — Ele entrou e se sentou à mesa. — Você, ao contrário, me parece cansada e zangada. — Ele pegou a barra de cereais. — Isso aqui provavelmente é parte do motivo.

— Por que você está aqui em vez de estar em casa?

— Assumi o risco calculado de que a minha esposa ainda estaria em sua mesa de trabalho. Agora ela pode me levar para casa, depois que pararmos em algum lugar para jantar.

— Não, eu tenho muita coisa para...

— Investigar, eu sei. Podemos comer pizza.

— Isso é golpe baixo.

— Jogar limpo sempre me parece um desperdício. — Ele fez dois pontos ao acertar a barrinha na entrada do reciclador de lixo — Reúna o que você precisa e vamos comer, enquanto eu conto sobre a partida de golfe que joguei hoje.

— Você odeia golfe.

— Mais do que nunca, então você me deve um favor. Você paga a pizza.

— Por que te devo um favor? — ela quis saber, enquanto organizava sua pasta de arquivos.

— Porque eu joguei 18 buracos com os seus suspeitos.

Ela parou, congelada.

— Você fez o quê?

— Consegui levar um parceiro de negócios que é louco por golfe para o clube onde Dudley e Moriarity costumam jogar. Montamos duas duplas.

Ela sentiu a raiva jorrar da sua barriga para a garganta.

— Droga, Roarke, por que você...

Ele a interrompeu cutucando sua barriga.

— Você não vai querer começar uma briga depois de eu ter passado uma manhã inteira tentando acertar buracos na grama com uma bolinha, em um clube. O que reconheço que teria feito de qualquer modo, já que David adora essa porcaria de jogo, de forma que me pareceu prático convencê-lo a me ajudar em uma pequena pesquisa de campo. De qualquer modo eu ocasionalmente encontrei os seus suspeitos por aí.

— Eu sei, mas... — Ela pensou sobre o assunto e teve que admitir que a explosão de cólera cedeu. — Tudo bem. O que você...

— Ande e fale ao mesmo tempo — interrompeu ele. — Agora eu já estou no clima para comer aquela pizza.

Prazer Mortal 271

— Tudo bem, tudo bem. — Ela pegou a bolsa e desligou o computador. — Você nunca jogou golfe com eles antes?

— E nunca mais vou jogar — jurou ele, quando saíram da sala. — Mas vencemos a dupla deles por três tacadas, o que não deixou nenhum dos dois num clima alegre. Embora tenham disfarçado bem — acrescentou, com um ar de resignação quando se viu espremido em um elevador com Eve e mais uma dúzia de policiais.

— Eles não gostam de perder.

— Eu diria que ganhar é uma espécie de religião para os dois. Eles trapacearam no jogo.

— Sério? — Ela estreitou os olhos. — Não é de surpreender. Quer dizer que eles trabalham juntos? Também trapaceiam em equipe?

— Exatamente. Não sei dizer como competem um com o outro em disputas individuais, mas para jogos em dupla têm um sistema.

As portas do elevador se abriram. Dois policiais forçaram a saída e mais três se apertaram para entrar. O suor de verão empesteou o ar como se fosse óleo de cozinha muito usado.

— Como é que uma pessoa trapaceia no golfe?

Um dos policiais em volta deles, obviamente um golfista, bufou e riu.

— Colega, isso não é tão difícil.

Ela deu uma olhada por cima do ombro.

— Colega tenente, olha o respeito!

— Sim, senhora.

— Basta usar sinais e palavras de código — explicou Roarke.

Roarke conseguiu um aceno sábio do policial que tinha falado.

— Suborne um *caddie* e ele pode "anular" algumas tacadas — continuou o policial. — Eu já joguei com um cara que carregava algumas bolas no bolso. Deixava-as cair por dentro das pernas da calça. Um babaca!

— Estes eram um pouco mais *high-tech*. — Roarke falou, olhando agora diretamente para o policial. — Usaram bolas adulteradas, preparadas com pequenos dispositivos direcionais.

— Filhos da mãe! Um homem que trapaceia no golfe é capaz de trocar a própria mãe pelo dinheiro do aluguel.

— No mínimo! — concordou Roarke, divertindo-se a ponto de tolerar o resto da descida até a garagem.

— Eles conhecem bem o campo daquele clube — continuou ele, enquanto caminhava com Eve até o carro dela. — Obviamente mapearam cada buraco e programaram várias situações. Eles sinalizam um ao outro enquanto estudam suas posições, os ângulos e assim por diante. Um se prepara para dar a tacada e o outro liga o dispositivo. Eles sabem disfarçar muito bem. Deixe que eu dirijo, já que você está com dor de cabeça.

— Eu não estou com dor de cabeça. Não exatamente. — Quando ele ergueu uma das sobrancelhas, ela se jogou no banco do carona. — Estou com dor atrás dos olhos, isso é diferente.

Ele deu a volta no carro e se colocou atrás do volante.

— Eles têm muito cuidado para não jogar tão bem a ponto de atrair a atenção. São bons jogadores, pelo menos é isso que parecem ser. E estavam arrasando no jogo de hoje, com alguma vantagem sobre nós. Até o décimo buraco.

— Eu não sei o que isso significa e não quero saber.

— Nem eu, para ser franco.

— Empresários de sucesso devem gostar de golfe. É uma espécie de requisito.

— Bem, de acordo com esse requisito eu sou um fracasso gigantesco como empresário. — Ele disse isso com um tom quase alegre e um orgulho bem definido. — De qualquer forma, começamos a diminuir a vantagem deles no décimo buraco.

— Como vocês conseguiram derrotá-los?

— David é um jogador excepcional, e podemos dizer que eu entrei no espírito da coisa e joguei com mais paixão.

— Mas eles estavam trapaceando. É preciso mais que um bom jogo para derrotar uma fraude.

Prazer Mortal

— Eles não são os únicos que sabem manipular um jogo. Interferi nos seus dispositivos usando um dos meus. Toda vez que eles roubavam, a bola rodeava o buraco ou era "fisgada".

— O quê, como um peixe?

— Eu te adoro. De verdade. — Incapaz de resistir, ele se inclinou e beijou a bochecha de Eve com muito barulho. — Você me faz sentir como um estúpido.

— Ok. Se você acha isso bom.

— Na verdade, nem um pouco. — Ele fluiu com leveza pelo tráfego. — Eu enviava a bola para a direita ou para a esquerda, ou a colocava em um local complicado, o que aumentava um pouco a pontuação deles. No golfe é melhor ganhar por pouco.

— Sei bem como é isso.

— De qualquer forma, no décimo terceiro buraco a falta de sorte começou a pesar para a dupla, e eles já não podiam se arriscar a usar em demasia os dispositivos. Então nós jogamos de forma honesta.

— Sério?

Ele virou a cabeça e sorriu para ela.

— Fiquei tentado a adicionar uma vantagem extra para nós, só para esfregar isso na cara deles. Mas tinha levado David ali para se divertir, e ele sentiu mais prazer em derrotá-los no jogo limpo. — Ele parou por um momento, ao atravessar um cruzamento. — Na verdade, eu também.

— Como eles reagiram à derrota?

— Ah, ficaram revoltadíssimos, mas disfarçaram isso com belas risadas e simpáticas congratulações. Chegaram até a nos pagar uma rodada de bebidas, no décimo nono buraco. A essa altura, as mãos de Dudley tremiam de pura raiva. Ele precisou mantê-las nos bolsos para tentar se conter. Mas acredito que o que o ajudou foi o que ele cheirou ou engoliu em uma visita ao banheiro.

— Sim, aposto que ele cheira, engole ou fuma muito. Mas quero saber como foi para ele perder para você, em particular.

Nada escapava à percepção da sua tira, ele pensou.

— Eu diria que eles passaram do desdém por mim ao ódio, o que também foi satisfatório. Se eu fosse do tipo sensível, teria raspado o seu nojo de mim com uma espátula, de tão espesso e pegajoso que era, mas o fato é que gostei muito de tudo.

— Isso é porque, ao beber à custa deles e juntando-se às suas belas risadas, você, na verdade, mandou que eles enfiassem o nojo naquele lugar.

— E com um modesto sorriso do tipo "hoje eu tive um pouco de sorte".

— Você mamou nas tetas da satisfação até a última gota — concluiu Eve.

— Exatamente! Foi como se eles fossem um par de vacas com tetas imensas.

— Eca!

— Seria muito bom você ter estado lá. Acho que gostaria de saber que Dudley ficou tão furioso no vestiário, quando não estávamos mais por perto, que ordenou que todos os seus tacos fossem destruídos.

— Como você sabe disso?

— Subornei um funcionário, naturalmente.

— Naturalmente, e é claro que no seu mundo os vestiários sempre têm funcionários atentos.

— Ele também destruiu o seu transmissor. Encontrei pedaços dele no chão da cabine que ele usou.

— Raiva, muita raiva. Muito bom. Posso usar isso.

— Foi o que pensei. Ele mencionou você. Fez questão de me contar que a conheceu pessoalmente e tentou descobrir o quanto estou envolvido na sua investigação. Fiz parecer que este caso não me despertou nenhum interesse em especial, já que se trata apenas de um motorista e uma acompanhante licenciada, coisas que obviamente não merecem a minha atenção e também não têm tanta importância para você, na minha opinião. Isso também não o agradou nem um pouco.

Prazer Mortal

Ela não disse nada por um momento enquanto ele passava lentamente pelo mar de veículos à frente.

— Isso foi bom. Uma jogada muito boa. Isso lhe provoca envolvimento emocional, faz com que ele queira aumentar sua importância, atrair mais atenção. Seus atos não podem ser comuns, esse é o ponto principal. Se você estava certo e eles me queriam como investigadora titular deste caso, provavelmente com você, não é bom que você não esteja interessado e seja apenas mais um dia de rotina para mim.

— O caso Icove foi enorme, tanto em termos investigativos quanto na cobertura da mídia e na atenção que atraiu no público. Você disse que ele mencionou o caso e o livro quando você o entrevistou. Ele fez a mesma coisa comigo.

— Merda — Ela passou as mãos pelo rosto. — Aquilo pode ter sido parte da inspiração para os crimes.

— Eles teriam chegado a esse ponto mais cedo ou mais tarde. Acho que o caso, o livro e o filme que será produzido fizeram com que ele, ou eles, tenham percebido o quanto pode ser empolgante virar inspiração para um livro ou um filme. Seria ótimo curtir uma competição e, ao mesmo tempo, gerar todo o interesse e a notoriedade de um caso importante.

— A emoção dura muito mais tempo. Sim, isso também faria sentido. — Ela refletiu. — Talvez.

Ele entrou em um estacionamento subterrâneo particular do tipo que ela, por questão de princípios, recusaria devido ao preço alto.

— Você poderia ter procurado uma vaga na rua.

— Viva um pouco, querida. Há um bom lugar a alguns quarteirões daqui. Está uma linda noite para um pequena caminhada, e posso garantir que a pizza é excelente.

Ele pegou a mão dela quando eles saíam.

— Você é o dono desse restaurante, certo?

— Como a minha esposa costuma se alimentar de pizza metade do tempo, me pareceu uma boa ideia ter um lugar perto de casa que servisse uma excepcional.

— Assim fica difícil de refutar.

O sol da tarde brilhante trazia as pessoas para a rua em grande quantidade. Turistas passeavam carregando sacolas de compras e olhando atônitos para os prédios altos e o tráfego aéreo. E atravancando o caminho, Eve pensou, então as pessoas com algum lugar específico para ir tinham de se desviar e se esquivar para continuar se movimentando. Era uma espécie de balé estranho e caótico, ela decidiu, pontuado pelo som de buzinas, pela tagarelice dos vendedores ambulantes nas calçadas, pelos bipes e sininhos dos *tele-links* e fones de ouvido.

Dois garotos passaram surfando sobre skates aéreos, rindo como hienas. E na esquina, o vendedor de uma carrocinha de lanches começou a cantar.

— Acho que isso foi uma boa ideia — decidiu Eve.

— É ótimo para acabar com a sua dor de cabeça, quer dizer, dor atrás dos olhos. — Ele parou e escolheu um ramalhete de flores vermelhas e azuis que estava exposto na calçada. Pagou o vendedor e entregou as flores para Eve enquanto a voz do dono da carrocinha de lanches encheu o ar com a ária de uma ópera italiana.

Foi um momento muito bom, pensou Eve. Um daqueles ótimos momentos tão típicos de Nova York.

— Acho que essas flores transformaram o nosso passeio em um encontro.

Roarke riu, enlaçou-a pela cintura e a puxou para junto dele em um beijo espalhafatoso que fez o vendedor de flores aplaudir.

— Agora sim, é um encontro.

Meio quarteirão adiante, ele a conduziu até uma pequena mesa de calçada do lado de fora de uma pizzaria movimentada, e apontou para a placa onde se lia "reservada".

— Você reservou uma mesa?

— Vale a pena estar sempre preparado. Também fiz o pedido antecipado, para que eles saibam exatamente o que nos servir. Agora que contei tudo sobre o meu dia, pode me contar sobre o seu.

— Foi um pouco doloroso.

— Não vejo nenhum hematoma.

— Não esse tipo de dor.

Ela começou a contar a conversa em Greenwich. Antes de terminar, um garçom trouxe uma garrafa de vinho tinto, outra de água com gás e uma bandeja com as entradas apresentadas de forma artística.

— Eu diria que ela tomou uma decisão sábia e teve a sorte de conseguir escapar — avaliou Roarke.

— Ela já tinha um compartimento de medo escondido quando estava com ele, mas tão bem enterrado em sua mente que se esquecia disso por longos períodos. Então algo a fazia lembrar de tudo, ou ela passava por um dia ruim e a sensação voltava. Mas havia algo de muito estranho nele, que ela só percebeu quando chegou perto demais. Acho que ela ficou tão conectada a esse circuito psicológico que isso deu origem a todo o seu medo.

— Bem, ele é um monstro, não é?

— Por que você diz isso?

— O homem de um dos seus casos, aquele que sequestrava mulheres e as torturava até a morte, era um monstro. Os Icoves, com seus egos distorcidos e sua ciência, também eram. Ele não é menos monstruoso. Usa a sua posição, algo que nunca lutou para conquistar, com o fim de intimidar, humilhar ou amedrontar, porque isso o faz se sentir mais importante. Agora ele expandiu essa percepção e mata por esporte, para se divertir. Recebeu de berço a sua riqueza e posição. Porém, em vez de fazer algo com isso, ou simplesmente usar seus recursos para algo construtivo, ele os usa como arma, considera essa arma algo que lhe é devido, e os assassinatos como um direito seu.

— Mais uma vez, difícil refutar isso. — Ela analisou a pizza que o garçom serviu e elogiou: — Parece muito boa. A segunda entrevista foi mais dura de enfrentar que a primeira. Tem certeza de que quer ouvir sobre isso durante o jantar?

— Esse é o nosso jeito, não é? — Mas ele percebeu algo nos olhos dela. — Pode esperar para contar depois, se você preferir.

— Prefiro não fazer isso... Prefiro não esperar.

Então ela contou tudo a ele, enquanto comiam. Contou sobre traição, crueldade e estupro. Era realmente melhor colocar a dor para fora e externar tudo ali mesmo, enquanto a cidade zumbia ao redor deles, com o conforto da comida e da mão estendida para cobrir a dela em um gesto de compreensão absoluta.

— Você sente uma ligação com elas, e em especial com Patrice Delaughter.

— Talvez mais do que deveria.

— Não. — Ele cobriu a mão dela novamente. — Não mais do que deveria.

— Elas não precisavam me contar o que aconteceu, nenhuma das duas. Mas escolheram fazer isso. Como Ava também escolheu, ao contar a Patrice o que eles tinham feito com ela. Ava também poderia simplesmente ter se afastado e permanecido calada sobre o que viu. Todas elas fizeram o que era correto, e isso certamente não foi fácil.

— Para as duas que continuam vivas e estão bem, em companhia de suas novas famílias, acho que as coisas serão mais fáceis agora. Espero que quando você encerrar o caso, os compartimentos de medo que você citou estejam vazios.

Ela bebeu um pouco de vinho e pensou: Não, os compartimentos de medo nunca se esvaziavam por completo. Mas guardou o pensamento para si.

— Esses dois homens são monstros. Assassinos nem sempre são monstros — acrescentou ela. — Alguns matam por razões terríveis e egoístas, mas não são monstros. O idiota da Irlanda foi burro, egoísta, e acabou com a vida de Holly Curlow por quê? Porque ela feriu seus sentimentos? Porque estava bêbado e chateado? Agora, ele nunca vai superar o que fez. Vai reviver aqueles momentos em sua mente pelo resto da vida, pois ele não é um monstro.

Prazer Mortal

E você vai lembrar para sempre o nome dela, e o seu rosto, Roarke pensou.

— Alguns matam porque estão perdidos, têm más inclinações, estão assustados ou são gananciosos. Mas esses dois matam acho que, por algum motivo, eles julgam ter esse direito. E mais, por baixo do verniz está o monstro, mas debaixo do monstro existe uma espécie de criança horrenda e mimada.

— Você os conhece melhor agora.

— Conheço-os, sim — concordou ela, com olhos de tira. — Conheço algumas das suas fraquezas e as rachaduras no verniz. Quanto à próxima vítima... haverá uma conexão em algum lugar, em algum momento. Peabody estava certa sobre isso, e nós vamos encontrá-lo. Não sei se essa percepção vai nos ajudar a impedi-los, mas vai me ajudar a trancar muito bem a porta da cadeia depois que os pegarmos.

— Vou ajudar você quando chegarmos em casa. Vamos dividir essas pesquisas e ver o que conseguimos descobrir a partir delas. — Ele lhe serviu um pouco mais de vinho. — Acho que você tem razão. Eles já mataram antes.

— Não posso fazer nada sobre essas pessoas que eles já eliminaram, exceto usá-las para impedir que matem outras. O problema, Roarke, é que ainda não tenho provas suficientes para impedi-los antes de ser consumado o próximo ataque. Sei e sinto, na boca do estômago, que já estou atrasada. O relógio da vida de alguém já está em contagem regressiva neste exato momento.

Ela olhou em volta para a agitação, para os turistas, para os outros clientes sentados em lindas mesas ao ar livre, bebendo vinho.

— Talvez a próxima vítima esteja jantando também, e tomando um bom vinho. Está trabalhando até mais tarde ou se preparando para sair à noite. Provavelmente está entregue a uma atividade comum, exatamente o que as pessoas fazem em uma noite de verão em Nova York. Essa vítima não sabe quanto tempo de vida ainda tem. Não sabe que os monstros estão se aproximando da sua porta, e eu vou chegar tarde demais.

— Talvez isso seja verdade e sei que você vai sofrer por isso, caso aconteça. Mas, Eve, os monstros não sabem que você está à espreita. Eles não sabem que o relógio deles também já entrou em contagem regressiva. É disso que você deve lembrar agora, é nisso que precisa focar.

Ele levantou a mão dela e beijou-a.

— Vamos para casa agora e talvez, apenas talvez, consigamos chegar à porta da vítima a tempo.

Capítulo Dezesseis

Luc Delaflote chegou à residência elegante no Upper East Side precisamente às 20h. Afinal, era um homem que se orgulhava da sua pontualidade. Um androide de ar digno e solene o recebeu à porta; escoltou Luc e o motorista — que carregava ingredientes cuidadosamente embalados — até a cozinha espaçosa com vista para o pátio, onde havia um pequeno lago de carpas ornamentais e belos jardins.

Delaflote levava seus próprios instrumentos de trabalho, pois tinha certeza de que isso demonstrava sua importância e sua marcante excentricidade.

Cinquenta e dois anos antes, ele tinha nascido em Topeka e fora batizado com o nome de Marvin Clink. Por meio do seu talento, estudo, trabalho e grande ambição, o jovem Marvin adotou o título de Delaflote de Paris, *maître cuisinier*. Já tinha planejado e preparado refeições para reis e presidentes, salteado e flambado para emires e sultões. E já tinha levado para a cama duquesas e empregadas de cozinha.

Costumavam dizer — ele sabia disso e repetia a frase — que os afortunados o bastante para provar seu *pâté de canard en croûte* sabiam como os deuses jantavam.

— Você já pode ir agora. — Ele dispensou o motorista com um leve movimento de mão. — Quanto a você — apontou para o androide. — Mostre-me logo as panelas.

— Um momento, por favor — disse o androide ao motorista. Em seguida, abriu várias gavetas fundas onde havia uma grande variedade de panelas, frigideiras fundas e rasas. — Vou acompanhar o seu motorista e já volto para auxiliá-lo, senhor.

— Auxílio é algo que não quero de você. Fique fora da minha cozinha. Xô!

Sozinho, Delaflote abriu o seu estojo de facas, colheres e outras ferramentas. Pegou um saca-rolhas e abriu as garrafas de vinho especial que ele *pessoalmente* tinha selecionado. Em seguida, procurou nos armários de aço escovado uma taça de vinho que fosse digna da bebida.

Serviu-se e bebeu lentamente, enquanto analisava o seu reino temporário: o fogão, os fornos, as pias e as bancadas. Decidiu que aquilo ia servir.

Para a cliente que pagara generosamente todo o custo de sua viagem até Nova York apenas para que ele lhe preparasse um jantar romântico de fim de noite para dois, ele decidiu que criaria uma seleção de aperitivos, com destaque para o caviar que escolhera e serviria envolto por uma profusão de gelo em flocos. Quando o apetite deles estivesse aguçado, o casal afortunado desfrutaria de uma entrada à base de mousse de salmão, juntamente com suas baguetes exclusivas e algumas finas fatias de abacate. Seu prato principal, o *poêle de Delaflote*, seria servido com vegetais baby glaceados e guarnecido com generosos ramos de alecrim fresco colhidos no seu próprio jardim de ervas.

Ah, a fragrância!

Prazer Mortal 283

A isso se seguiria um mix de folhas colhidas uma hora antes de ele embarcar em seu jatinho particular, e por fim haveria sua seleção de queijos envelhecidos. Para o *grand finale*, Delaflote tinha planejado o seu famoso *soufflé au chocolat*.

Satisfeito, preparou a lista de canções que comporiam o fundo musical de baladas românticas — todas em francês, *bien sûr*, e adequadas para um jantar romântico. Vestiu o avental e começou a trabalhar.

Como às vezes fazia, agiu como seu próprio *sous-chef*, cortando, picando, fatiando e descascando. As formas, as texturas e os aromas o agradaram e o deixaram mais empolgado. Para Delaflote, tirar a casca de uma batata podia ser tão sensual e prazeroso quanto despir, lentamente, uma amante.

Ele era um homem de pequena estatura e boa forma física. Seu cabelo, uma juba dramática e cuidadosamente estilizada em castanho brilhante, fluía de um rosto dominado por grandes olhos castanhos cobertos por pesadas pálpebras. Esse conjunto lhe emprestava a aparência de um romântico, um sonhador, e muitas vezes eram o primeiro elemento na sua arte de seduzir as mulheres.

Ele adorava mulheres, tratava-as como rainhas e gostava de ter várias amantes orbitando a sua volta ao mesmo tempo.

Vivia a vida plenamente, conseguia do mundo cada gota de sabor e desfrutava de cada pedaço, por menor que fosse.

Com o frango no forno e a musse esfriando, ele se serviu de outra taça de vinho. Apreciando o sabor, provou um dos seus próprios cogumelos recheados e os aprovou.

Limpou a área, lavou as verduras, legumes e ervas para a salada, e depois colocou-as para secar. Mais tarde ele despejaria sobre a salada um leve molho de estragão, enquanto a cliente e o seu afortunado marido estivessem apreciando o prato principal. Satisfeito com os perfumes que enchiam o ar, cobriu o frango com molho — essa receita era um segredo guardado com tanto cuidado quanto as joias da Coroa britânica — e acrescentou os lindos vegetais minúsculos.

Só então saiu para o jardim murado onde, de acordo com a vontade da cliente, a refeição seria servida. Mais uma vez aprovou o ambiente. Rosas exuberantes, hortênsias imensas, árvores em arco e lírios que pareciam estrelados erguiam-se em profusão e se espalhavam pelo pátio pavimentado. A noite estava clara e quente, e ele cuidaria para que dezenas de velas estivessem artisticamente dispostas e acesas — a fim de acrescentar o brilho do romance.

Ele verificou a hora. Os garçons deveriam estar chegando a qualquer momento; enquanto os esperava, ligou para o androide e o mandou preparar a mesa, depois de fazer uma seleção de toalhas de mesa, guardanapos e louça fina.

Acendeu um de seus cigarros de ervas para fumar enquanto acabava de preparar o cenário.

A mesa bem no centro, pequenas velas brilhando em castiçais transparentes. Rosas do jardim espalhadas sobre uma tigela rasa. Mais velas emoldurando o pátio — todas brancas. Ele mandaria um dos garçons pegar mais velas, caso julgasse que as que havia ali não fossem suficientes.

Ah, ele avistou capuchinhos, lindas flores raras e coloridas. Espalharia algumas sobre a salada para dar mais cor e chamar atenção para o prato.

Taças de cristal, *mais oui.*

Os sons da cidade e do tráfego atravessavam as paredes do jardim, mas ele iria suprimi-los com música. O androide ainda precisava lhe mostrar onde ficava o sistema de som, para que ele pudesse escolher as canções apropriadas.

Girou o corpo e parou quando viu um homem sair das luzes da cozinha para as sombras do jardim.

— Ah, vocês chegaram. Ainda há muito trabalho para ser... — Ele parou e suas sobrancelhas se ergueram quando ele reconheceu o homem.

— *Monsieur*, o senhor não estava sendo esperado.

— Boa noite, Delaflote. Peço desculpas pelo subterfúgio. Não queria que soubesse que era *eu* o seu cliente de hoje à noite.

— Ah, então o senhor quis se manter incógnito, *oui*? — Abrindo um sorriso de quem já vira de tudo, Delaflote tocou a lateral do próprio nariz. — Para gozar do seu *rendez-vous* com uma dama, neste lugar discreto e silencioso, não é? Pois pode confiar em Delaflote. Se tem uma coisa que sou é discreto. Mas nós ainda não acabamos de arrumar tudo. O senhor precisa me dar mais algum tempo para eu acabar de preparar o ambiente, bem como a refeição.

— Tenho certeza de que a refeição seria extraordinária. Só o cheiro já está maravilhoso.

— *Bien sûr.* — Delaflote fez uma leve reverência.

— E você veio sozinho? Não trouxe seus assistentes?

— Tudo está sendo preparado apenas pelas minhas mãos, conforme foi solicitado.

— Perfeito. Você se importaria de ficar parado ali por um instante? Quero verificar uma coisa.

Com um dar de ombros gaulês que ele aperfeiçoara ao longo dos anos, Delaflote deu alguns passos para a direita.

— Sim, exatamente aí. Um momento só... — Ele recuou até a cozinha e pegou a arma que tinha encostado na parede. — O aroma está realmente excepcional — disse ele, quando voltou. — É uma pena.

— O que é isso? — Delaflote franziu a testa para a arma.

— É a minha rodada. — E puxou o gatilho.

A pequena lança atravessou o coração como se o órgão tivesse sido pintado como o centro de um alvo. Com sua ponta afiada e implacável, ela atravessou as costas do *chef* e foi se fixar no tronco de uma cerejeira ornamental.

Moriarity estudou o *chef* preso ali, com as pernas e os braços se agitando enquanto o corpo e o cérebro morriam. Ele se aproximou e fez uma curta gravação da cena, para levar como prova de que tinha completado a rodada.

Com a facilidade de um homem que sabia que tudo estava no lugar, voltou para dentro e recolocou a arma em seu estojo. Abriu o forno por um momento e inspirou o riquíssimo aroma, antes de desligá-lo.

— É realmente uma pena.

Para não desperdiçar todo o material, recolocou o vinho no lugar e pegou o champanhe que Delaflote tinha deixado na geladeira. Deu uma última olhada em volta para se certificar de que tudo estava como deveria estar e então, satisfeito, caminhou de volta através da casa e saiu pela porta da frente. O androide que ele tinha programado para o evento estava à sua espera dentro de um sedã preto de quatro portas.

Ele olhou a hora e sorriu.

Toda a aventura tinha levado pouco mais de vinte minutos.

Ele não falou com o androide; já tinha lhe dado todas as instruções. Conforme programado, o serviçal mecânico estacionou na garagem de Dudley.

— Coloque isso nos aposentos privados do sr. Dudley — ordenou ele. — Em seguida, leve o carro de volta. Depois, volte para a sua base e se desligue pelo resto da noite.

Na garagem, Moriarity pegou o martíni que tinha deixado sobre um banco menos de trinta minutos antes e saiu da garagem pela porta lateral. Caminhou em direção à casa, circulou pelo salão e se juntou à festa barulhenta e lotada — que já estava em andamento.

— Kiki! — Ele escolheu uma mulher aleatoriamente e passou um braço ao redor da sua cintura. — Acabei de comentar com Zoe o quanto você está maravilhosa hoje à noite, mas tive que procurá-la por toda parte para vir lhe dizer isso pessoalmente.

— Oh, que amor!

— Diga-me... É verdade o que ouvi quando estava lá dentro, uns minutos atrás? Sobre Larson e Kit?

— O que você ouviu? — Ela olhou para ele, muito interessada. — Obviamente, eu não estou interagindo o suficiente com as pessoas, já que não ouvi nada sobre essa fofoca.

— Vamos pegar outra bebida e vou contar a todos vocês.

Enquanto caminhava ao lado dela, seu olhar encontrou o de Dudley através do mar de pessoas. Quando ele inclinou a cabeça em um leve aceno, ambos sorriram.

Prazer Mortal   287

E ve esfregou uma das mãos na nuca para aliviar a tensão.
— As pessoas desaparecem ou acabam mortas. É por isso que existem policiais, mas...

— Você encontrou algo? — Roarke trabalhava no computador auxiliar do escritório dela, em vez de usar sua própria máquina, pois desse jeito eles podiam trocar impressões com mais facilidade.

— Cerca de nove meses atrás os dois viajaram para a África, foram a um clube de caça privado. Isso custa uma grana preta, e cada pessoa só tem permissão de matar um animal da lista aprovada. Há vários guias, um cozinheiro, criados de toda espécie, tipos diferentes de transporte, incluindo helicópteros. Você dorme em camas de gel em tendas grandes, brancas e climatizadas; as pessoas circulam à vontade, comem em pratos de porcelana fina, bebem vinho caro, blá-blá-blá. Este folheto aqui sugere um ar de elegância aventureira. Você pode tomar um café da manhã gourmet, depois sair e atirar em um elefante ou qualquer coisa assim.

— Por quê? — perguntou Roarke.

— Foi exatamente o que eu pensei, mas algumas pessoas gostam de atirar em coisas, especialmente quando essas coisas não podem atirar de volta. Melly Bristow, uma estudante de Sydney, fazia mestrado, era fotógrafa de vida selvagem e trabalhava no resort como *chef* de cozinha. Uma bela manhã ela não apareceu para preparar o tal café da manhã gourmet. Eles acharam que ela tinha ido sozinha tirar fotos e fazer vídeos, coisa que costumava fazer ocasionalmente, segundo as declarações que tenho aqui; todo o material fotográfico dela tinha sumido, bem como a mochila. Ela não atendeu ao *tele-link* que todos devem manter consigo o tempo todo, e os hóspedes ficaram um pouco irritados porque ela estava atrasando a caçada da manhã.

Eve girou em sua cadeira.

— Outra pessoa preparou o café da manhã e depois, já que ela ainda não tinha aparecido, eles triangularam o sinal do *tele-link* dela; um dos guias saiu para encontrá-la e trazê-la de volta. Só que tudo que encontrou foi o *tele-link*. Preocupado com isso, ligou para a sede do resort e eles formaram uma equipe de busca. Encontraram seu equipamento fotográfico, ou a maior parte dele, e descobriram uma trilha de sangue. Seguiram-na e acabaram chegando a uma família de leões, onde a fêmea e os filhotes estavam comendo o que restou dela.

— Por Deus, esse é um fim horrível. Mesmo que ela já estivesse morta.

— Acho que ela foi poupada de ser comida viva ou atacada enquanto ainda respirava. — Mesmo assim, Eve teve de concordar que aquilo era horrível.

— Você acha que Dudley e Moriarity a mataram e depois jogaram a culpa nos leões?

— Essa é uma artimanha que não se vê todos os dias. — Eve refletiu, como se pensasse em voz alta. — Mas o lance é o seguinte: quando a recuperaram, ela ainda usava o cinto... ou o que restou dele. A arma de atordoar que todos são obrigados a carregar ainda estava presa no coldre. Essa era a sua terceira viagem com esta empresa, então ela não era novata; segundo o folheto, todos os membros da equipe de apoio têm de passar por um treinamento antes de sair com um grupo. Ela teve tempo para tirar o *tele-link* do suporte e largá-lo no chão, mas não pegou a arma de atordoar? E não foram encontradas na câmera as fotos tiradas naquela manhã.

Isso não encaixava, ela pensou. As coisas não batiam.

— Ela circulou e caminhou mais de dois quilômetros para longe do acampamento, mas não tirou foto alguma? — Cada passo dessa história era um sinal de alerta para Eve. — Eles descobriram o que seria o local da morte, pelo mato pisado, o sangue, pelas marcas de quando ela foi arrastada e tudo o mais. O local ficava a dois quilômetros do acampamento e eles sentiram falta dela logo ao amanhecer. Ela deixou a lanterna na mochila e saiu no escuro; apesar de saber que, segundo os dados deste site, é a hora em que muitos dos animais com presas imensas saem para caçar.

— O que os investigadores locais determinaram?

— Morte por fatalidade. O pescoço dela estava quebrado. Aparentemente, os leões atacam direto a garganta e a abrem com as garras, ou quebram o pescoço da presa. As leoas mães e os jovens arrastam a presa de volta para o covil ou para a velha toca, para que os filhotes possam comer.

— Dois quilômetros é uma corrida considerável, mesmo se ela entrou em pânico... e quem não entraria? Mas por que ela correu para longe do acampamento, em vez de ir na direção do refúgio?

— Em uma corrida eu aposto no leão. Tudo bem, talvez ela fosse burrinha, pode ser, mas analisei seus dados e ela não me pareceu estúpida. Passou um tempo nas estepes australianas, fez outra temporada de caça em uma reserva no Alasca, visitou a Índia. Tinha muita experiência e sabia como cuidar de si mesma.

— Olhe para ela. — Eve colocou no telão a foto da carteira de identidade.

— Muito atraente — comentou Roarke. — Muito mesmo.

— Pode ser que um deles tenha achado que tinha direito a usufruir dela e ela não topou. Ou aceitou, mas a coisa saiu do controle. Quando você tem uma mulher morta em suas mãos, o que faz? Chama seu melhor amigo e confabula com ele.

— Eles trabalham muito bem juntos — afirmou Roarke, pensando na partida de golfe.

— São o mesmo lado da moeda. Foi assim que a ex-mulher de Moriarity os descreveu. E sempre foram bons parceiros. Vestiram-na e recolheram suas coisas. Eles sabiam onde a família de leões estava e conheciam o território de caça da fêmea, pois já o tinham visto no dia anterior e o guia tinha falado muito sobre isso. Carregar um peso morto durante dois quilômetros é complicado, mas fica mais fácil se você tiver ajuda. Depois, basta desovar o corpo, talvez fazer alguns cortes nele e torcer para que os felinos sintam o cheiro de sangue e venham comer. Atire a câmera em algum lugar, largue o *tele-link* da vítima no chão e volte para o acampamento. Se o bichano não cooperar... tudo bem, um pode servir de álibi para o outro. Vai continuar parecendo que ela saiu e foi atacada. A única diferença é que terá sido por um animal de duas pernas.

Ela pegou a caneca de café e fez cara de estranheza quando a encontrou vazia.

— De qualquer forma, esse pode ter sido o lugar onde tudo começou. Está tudo aqui, quer dizer, lá. Um assassinato por acidente, ou por impulso; o ocultamento da verdade; o trabalho dos dois juntos. A emoção da aventura e a possibilidade de eles escaparem sem castigo. A busca pelo corpo, sabendo que os dois eram os únicos que conheciam a verdade. Isso lhes trouxe mais emoção. Então, uau, tudo funcionou exatamente como eles esperavam. Eram intocáveis!... Puxa, isso não foi divertido?

— Quanto tempo fazia que eles estavam lá?

— Três dias. Isso aconteceu no quarto dia.

— Eles mataram algum animal?

— Ahn... — Ela voltou para a tela, e percorreu com o dedo as declarações e os relatórios. — Não.

— Então pode haver algo além do que você intuiu. Eles pagaram para matar e não conseguiram fazê-lo.

Ela não disse nada por um momento.

— Que horas são na África?

— Isso depende do país. É um continente grande.

— Zimbábue.

— Bem... — Ele olhou para o relógio. — Cerca de 5h.

— Como você sabe disso?

— Matemática, querida. Você não deve preocupar sua cabecinha linda com essas coisas.

— Vai se ferrar!

— Puxa, isso foi horrível. Humm... O que eles fizeram também foi. Antes de ligar para o clube de caça tentando descobrir mais detalhes, talvez eu tenha mais um caso interessante para você.

— Onde?

Prazer Mortal 291

— Nápoles, na costa da Itália. Eles participaram de um torneio de vela e ficaram pela região por algumas semanas. Durante esse período, Sofia Ricci, de 23 anos, desapareceu. Ela estava em um clube bebendo, como se costuma fazer nesses lugares. Mas brigou com o namorado e foi embora do lugar.

— Sozinha?

— Sozinha — confirmou Roarke. — E muito revoltada, segundo testemunhas. A última vez que alguém lembra de tê-la visto foi por volta da meia-noite. Ela não voltou para casa, mas sua colega de quarto não se preocupou, pois supôs que ela tivesse ido para a casa do namorado. Estava de folga no dia seguinte e, mais uma vez, ninguém deu pela sua falta. Até domingo, quando o namorado foi ao apartamento dela para tentar fazer as pazes. Ele contou à polícia que tinha voltado para casa cerca de meia hora depois da briga e tentou encontrá-la pelo *tele-link* duas vezes no dia seguinte. A polícia desconfiou dele logo de cara e por um bom tempo, mas a versão do namorado foi confirmada pelos registros das ligações. Ele imaginou que ela continuava sem querer falar com ele. A polícia nunca a encontrou. Isso aconteceu há sete meses.

— Há um grande oceano bem ali — comentou Eve.

— Exato. Seus suspeitos ficaram no iate de Dudley ou na *villa* de Moriarity durante esse período. Ambos, juntamente com outros membros do clube de vela, se juntaram ao grupo inicial de buscas.

— Mais uma emoção. Outra mulher — considerou Eve —, e bem jovem. A coisa pode ter começado assim, com eles imaginando que as mulheres são presas mais fáceis... dois homens contra uma mulher. A maioria delas não teria muita chance.

— A polícia liberou o namorado, mas ele foi o foco principal das suspeitas nas primeiras 72 horas. Registraram o caso como sequestro. Ela tinha amigos, família, era estável e sem grandes problemas, tinha um bom trabalho e assim por diante.

— Dois meses entre os dois casos. Peabody sugeriu que eles podem ter treinado com pessoas das quais ninguém daria falta, mas penso que não. A adrenalina é maior se for dado um alarme, se houver uma investigação, relatos e matérias na mídia. Ricci pode ter sido o segundo assassinato deles. Dois meses são um bom período para eles brindarem por ter escapado impunes de um assassinato e curtirem a empolgação disso, mas logo a emoção se dissolve e eles precisam de mais.

— Depois de dois meses já era hora de arquitetar um novo plano — concordou Roarke. — Trabalhar em conjunto implica decidir quem é o responsável pelo quê, e coordenar os horários.

— Sim, era hora de conversar sobre isso, trabalhar, bolar novas ideias. Longe de casa, mais uma vez — notou Eve. — Decidiram que não queriam se envolver diretamente com outro cadáver ou resolveram mudar de tática, a fim de usar para a desova um lugar onde provavelmente a morta não seria encontrada, pelo menos enquanto eles estivessem na área. Talvez tenham circulado por ali durante um tempo, até que deram de cara com uma mulher revoltada e um pouco bêbada.

— Uma mulher muito bonita, por sinal — complementou Roarke, e pôs a imagem no telão.

— Sim, isso pode ter sido parte da atração, no início. Use-a, compartilhe-a, mate-a. Mas eles não precisavam do sexo. Foi o assassinato que serviu de atração para os dois. Eles precisariam fazer isso de novo, talvez misturar um pouco os elementos para ver o que aconteceria.

— A essa altura já era um jogo? Será? Você acha que isso já tinha se transformado numa competição entre eles?

— É mais uma questão de intimidade. É... — Ela se virou e encarou Roarke longamente. — É o que estamos fazendo aqui, procurando os desaparecidos e os mortos. É você e a sua tia trocando algumas palavras, palavras que importam, em irlandês. É Charles preparando omeletes para Louise quando ela volta de um plantão.

Ela parou e hesitou.

— Isso me parece sentimental demais. Não sei com explicar...

Prazer Mortal 293

— Não, está perfeitamente claro — afirmou Roarke. — É mais do que trabalho em equipe, interesses compartilhados e parceria. Você vê isso como uma espécie terrível de amor.

— Acho que sim. Se eu fosse bancar a doutora Mira, diria que eles se encontraram e se reconheceram um no outro. Talvez se não tivessem... — Ela deu de ombros. — Sei lá, mas o fato é que se reconheceram. E é desse jeito terrível que se completam.

— Sim, eu entendo. Pode ter havido outros, Eve. Antes da África. Outros que, como Peabody teorizou, ninguém sentiria falta.

— Eles estavam aquecendo os motores — considerou ela, e seu estômago se contraiu com essa ideia. — Aperfeiçoando o trabalho em equipe antes de tentar matar alguém que teria mais destaque e poderia até ser conectado a eles. — Ela passou a mão pelo cabelo. — Vamos trabalhar a partir disso, buscando vítimas que tenham conseguido destaque. Vamos começar a procurar no período entre seis a oito meses, a partir da Itália. Assassinos desse tipo geralmente seguem uma escala ascendente. Eles precisam de mais uma doses.

Ela ordenou ao computador que levasse em conta a localização dos seus suspeitos para aquele período determinado e refinou a busca.

— Filhos da puta! Filhos da puta, eu sabia! Dados na tela, malditos, canalhas! Olhe só para isto! — Ela quase gritou com Roarke. — Sete semanas quase exatas depois da mulher na Itália. Rolou uma viagem rápida para eles se divertirem com jogatina. Las Vegas, mais perto de casa agora. Eles não viajaram juntos, mas se encontraram lá. Dudley chegou um dia antes. Os dois se inscreveram num grande torneio de bacará, que é um jogo idiota.

— Na verdade, é...

— Não interrompa!

— Sim, senhora.

— Espertinho — murmurou ela. — Uma mulher de 29 anos foi encontrada morta em seu próprio carro na beira de uma estrada no deserto, ao norte de Las Vegas. Tinha rajadas de arma de atordoar no peito. Foi espancada até a morte com uma barra de desmontar pneus, deixada no local. Não havia feridas defensivas e não houve agressão sexual. Levaram-na para lá e depois a mataram. Sua bolsa não foi achada, nem suas joias. Fizeram tudo parecer que tinha sido um roubo. Amassaram o carro dela também. Os policiais viram essa cena e imaginaram que o crime pode ter tido relação com tráfico de drogas. Um grupo de viciados ou traficantes, vagabundos cheios de marra, algo nessa linha. Obrigaram-na a parar com o carro, atordoaram-na com a arma e fizeram o resto.

"Mas aqui está a pegadinha. Essa nossa vítima, Linette Jones, cuidava do bar do cassino que oferecia o torneio de bacará. Tinha os dois dias seguintes de folga, pegou seu salário, um monte de gorjetas e seguiu para Tahoe, a fim de se encontrar com o namorado. Todos a sua volta sabiam para onde ela estava indo e quando, porque era algo tipo aniversário de namoro, e ela tinha comprado uma aliança que ia dar a ele... e que também não foi encontrada na cena do crime. Ela ia pedi-lo em casamento."

— Eles deram declarações a respeito do desaparecimento — observou Roarke, lendo os dados.

— Exatamente! Aposto que não conseguiram esperar. Simplesmente adoraram ver os policiais seguindo na direção errada. Foi aqui que eles começaram a ficar cada vez mais cheios de si e resolveram aumentar a aposta, colocando no jogo alguma antiga ligação existente entre eles e a vítima. Vou amarrá-los com essa linha de busca e fazer muita força, até conseguir enforcá-los.

— Eu não duvido disso, mas tudo que você tem são elementos que vocês, da polícia, insistem em chamar de "provas circunstanciais".

— E como a sua galera diz, "que se foda esse detalhe".

Ele soltou uma risada divertida que só serviu para fazê-la rosnar.

— Eu me pergunto por que ouvir você usar uma expressão tão comum na minha juventude me torna sentimental e me provoca excitação ao mesmo tempo.

— Expressões são úteis e acertam o alvo. Consigo juntar tudo e montar um padrão. Só preciso tornar tudo consistente o bastante para convencer um juiz a me fornecer um mandado de busca e apreensão. Preciso achar o crime seguinte. Três a quatro meses depois.

Ela encontrou o próximo, três meses e meio depois. Um homem dessa vez, mais velho que as outras vítimas.

— Um arquiteto — disse Eve —, considerado um dos melhores em sua profissão, assassinado quando estava de férias em sua casa de praia na Côte d'Azur. Foi encontrado flutuando em sua piscina pela esposa, em uma determinada manhã. Tinha recebido uma rajada de atordoar e depois foi amarrado com um arame fino; a arma foi deixada junto do corpo, antes de ele cair ou ser jogado na piscina.

— E a esposa? — perguntou Roarke, quando Eve acabou de contar os detalhes.

— Não ouviu nada. Eles tinham um filho de 6 anos que estava inquieto e febril, pelo que diz o arquivo; os médicos confirmam. Então ela foi dormir no quarto do garoto. Não havia motivo algum para a esposa matá-lo, pelo menos nada que tenha sido encontrado. Nenhum conflito no casamento, nenhum problema externo. Ela tem dinheiro próprio, e muito. Cooperou totalmente, inclusive abrindo os arquivos de todas as suas finanças pessoais sem pensar duas vezes. Ela não teria tido a força para fazer o que foi feito com o marido usando um arame fino, mesmo com ele atordoado. E não há provas de que tenha contratado um assassino.

— A primeira vítima masculina que você encontrou — observou Roarke. — Um homem de família que deixou esposa e um filho.

— Eu a conheço... a esposa. — Eve estreitou os olhos, tentando procurá-la na memória. — De onde a conheço? Carmandy Dewar. Eu já ouvi essa merda desse nome. Computador, procurar por Carmandy Dewar em arquivos e anotações ligados ao caso Dudley/Moriarity.

Entendido. Processando...

— Ambos, estavam na Côte d'Azur nesse dia?

— Sim, estavam. — Com todo o gás, pensou. Complementando um ao outro. — Saíram com um monte de gente que frequenta lugares como esse. Encontrei reportagens, fofocas, é isso! — Ela exclamou, no mesmo instante em que computador respondeu.

Tarefa completada. Carmandy Dewar aparece nas colunas sociais, em notícias relacionadas a Dudley e Moriarity. Mais especificamente Moriarity, que a acompanhou várias vezes ao...

— Ok, já entendi, cancelar a tarefa. — Ele namorou com ela — disse Eve para Roarke. — Antes de ela se casar com o arquiteto, Moriarity e ela namoraram. Ela é de família tradicional, dinheiro de berço, e frequenta lugares da moda. Ou frequentava, antes de o filho nascer. Pode apostar que eles foram procurá-la para oferecer apoio e apresentar condolências; participaram do funeral com ar chocado e triste. Figuras desprezíveis, filhos da puta presunçosos e convencidos.

— Então você vai querer acompanhar este caso aqui, apesar de ele sair um pouco do padrão. Dois meses atrás — informou Roarke. — Outra mulher. Larinda Villi, considerada a maior *mezzo--soprano* de sua época, talvez de todos os tempos. Uma celebridade que, aos 78 anos, continuava a ser uma das mais importantes e influentes patronesses das artes em todo o mundo. Foi encontrada na entrada da casa de ópera de Londres, esfaqueada no coração. Embora os dois estivessem na cidade nesse mesmo dia, Moriarity supostamente a negócios e Dudley participando da estreia de um grande filme do qual foi coprodutor, nenhum deles tinha ligação direta com Villi, nem negócios que sejam conhecidos.

— Mas foi um crime midiático — corrigiu Eve. — O padrão não foi quebrado, estava sendo estabelecido. Isso é exatamente o que estou procurando. Se cavarmos mais fundo, vamos encontrar algo além. O avô de um deles transou com ela, ou a mãe de um

Prazer Mortal

deles o obrigou a ir à ópera para ouvi-la cantar quando ele preferia ficar em casa descabelando o palhaço. Tem de haver alguma relação.

Ela andou de um lado para outro e lembrou que não tomava café havia algum tempo.

— Preciso de uma dose de cafeína.

— Vou providenciar. Quero uma também.

— Que horas são na África agora?

— Uma hora mais tarde que a primeira vez em que você perguntou — respondeu ele, da pequena cozinha.

— Eu poderia ligar para eles agora. — Ela andou de novo.

— Não, é melhor escrever, ressaltar os detalhes, mastigar tudo e estabelecer os padrões. — Colocar tudo no quadro, ela pensou. Todas as outras vítimas e os dados sobre elas. Então ela ligaria para a polícia da África, ampliaria o cenário e trabalharia em todos os casos, até os atuais.

— Obrigada. — Ela pegou o café que Roarke ofereceu e tomou alguns goles. — Eu já os peguei. Isso vai precisar de algum trabalho e mais refinamento, mas já tenho o suficiente para começar a mexer alguns pauzinhos. Você me poupou muito tempo hoje à noite.

Ele deslizou os dedos pela bochecha dela. Pálida de fadiga, reparou ele.

— E você vai me agradecer por isso trabalhando mais algumas horas.

— Preciso colocar tudo no meu quadro para poder organizar as pontas soltas, depois pedir a Reo que convença um juiz a me fornecer mandados de busca para as casas e os escritórios de dois homens podres de ricos, membros de famílias absurdamente importantes e que têm álibis em homicídios alternados. Preciso convencê-la, e também a Whitney, de que tudo se encaixa e que é o suficiente para um processo. Sem conseguir isso não dá para ir adiante. Ainda não. E até lá...

— O relógio de alguém está correndo. — Ele se inclinou para roçar os lábios dela com os dele. — Eu sei. Posso atualizar seu quadro com essas novas vítimas. Não fique tão surpresa porque sei como a sua mente funciona.

— Acho que sabe, mas... *eu mesma* tenho que fazer isso.

— Superstição?

— Não. Talvez. Provavelmente. De qualquer forma, tenho que fazer tudo sozinha. Isso vai ajudar a definir as coisas na minha cabeça.

Porque aquelas vítimas também eram dela agora, ele pensou. Esse era um outro tipo de intimidade.

— Vou trabalhar um pouco nos meus assuntos então, por um tempo.

— Isso vai levar algumas horas. Você deveria ir para a cama depois que acabar de...

— Gosto de ir para a cama com minha esposa, sempre que possível. E tenho como preencher algumas horas.

Mesmo assim ele imaginou, ao entrar em seu próprio escritório, que ela iria demorar mais que isso.

Ela esqueceu que horas eram na África quando entrou em contato com o clube de caça, mas sabia muito bem que já passava das 2h em Nova York.

Ela considerou a possibilidade de ser vaga, basicamente mentir, mas acabou decidindo o contrário. Se um dos guias, proprietários ou qualquer outra pessoa resolvesse entrar em contato com Dudley ou Moriarity para lhes contar sobre o interesse dela, tudo bem.

Ela achou que era um bom momento para lhes dar algo com o que se preocupar.

Quando terminou, olhou para as suas anotações. O guia tinha sido cauteloso no início, depois foi se mostrando cada vez mais aberto. Ele gostava de Melly Bristow, isso tinha ficado claro.

Nunca tinha entendido como ou por que razão ela se afastara tanto do acampamento.

Nunca tinha entendido como ou por que ela entrara no conhecido território de caça de uma leoa.

Nunca tinha conseguido se conformar por ela ter sido tão descuidada, e se perguntava por que tinha saído de sua base antes do amanhecer.

Dudley foi descrito como um fanfarrão que era grosseiro com os funcionários. Exigente, impaciente. O guia suspeitava que ele tinha levado drogas ilegais para o acampamento.

Moriarity era frio e indiferente. Raramente falava com os profissionais do lugar, exceto para pedir ou exigir alguma coisa.

Ela tentou a sorte com os investigadores locais em seguida, e conseguiu detalhar um pouco mais do que tinha conseguido pelos relatos da mídia.

Em seguida, avançou na linha do tempo para Nápoles, para Las Vegas, para a França, para Londres; sempre reunindo migalhas, pedaços, detalhes, e colocando no lugar as peças soltas do quebra-cabeça.

Usou a parte de trás de seu quadro para construir uma linha do tempo, apontando os locais, adicionando a foto de cada vítima e ligando tudo ao resto com mais anotações. Completando tudo com fatos e suposições.

Sete mortos, ela pensou quando se afastou do quadro. Ela sabia que aqueles dois pares de mãos estavam manchados pelo sangue de sete pessoas.

Talvez mais.

Continuou a olhar para aqueles rostos quando Roarke chegou por trás dela, colocou as mãos em seus ombros e massageou os pontos rígidos que encontrou ali.

— Todas essas vidas destruídas. Uma mulher aventureira, uma garota com um namorado que queria fazer as pazes com ela, um marido e pai, uma mulher prestes a começar a próxima fase de sua vida, uma idosa que espalhava beleza e cultura pelo mundo. E depois outro marido e pai que tinha transformado um mau começo em um presente honesto... e uma mulher que, um dia, deu a outra mulher a chance de escapar de um monstro.

"Todos estão neste quadro porque eles dois decidiram que precisavam de uma nova emoção, uma nova forma de entretenimento. É o mesmo que alguém ligar o telão para assistir a um filme."

— Não. É o mesmo que se viciar em uma droga nova e mais forte.

— Verdade. — Exausta e enjoada, ela esfregou os olhos. — Você está certo, é uma droga. E isso vai me ajudar a pegá-los. Essa necessidade, esse vício, vai trazê-los para mim.

— Venha para a cama agora, você precisa dormir. — Ele a virou de frente para ele e deslizou um braço para envolvê-la. — Deixe o caso descansar por algumas horas, Eve, para que você também possa descansar.

— Não consigo nem pensar mais. — E saiu com ele.

Já passava das 3h, ela percebeu, e não tinha recebido nenhuma ligação da Emergência. Talvez não fosse tarde demais. Talvez ela não precisasse colocar outro rosto no seu quadro.

Capítulo Dezessete

A princípio, ela achou que tinha sido acordada pelo leão que mastigava a sua perna com ganância — o que já era péssimo. Mas quando lutou com o sonho e tentou chegar à superfície da realidade, seu comunicador tocava de forma aguda e insistente.

— Droga, que merda!

A mão de Roarke acariciou o braço de Eve de cima a baixo para confortá-la quando ela se levantou da cama. Ele ordenou que as luzes se acendessem a 10%.

— Bloquear vídeo! — ordenou ela, enquanto pegava o comunicador na mesinha de cabeceira. — Dallas falando!

Emergência para a tenente Eve Dallas.

Quando o setor de Emergência ordenou que ela se apresentasse à casa localizada no Upper East Side e lhe repassou as informações básicas, ela se sentou na cama e colocou a cabeça entre as mãos. E compreendeu o que acontecera.

— Antes que você se culpe — disse Roarke a ela —, me diga o que mais você poderia ter feito.

— Não sei, esse é o problema. Se eu soubesse o que mais eu poderia ter feito, eu teria feito. E não ia olhar para um cadáver agora. — Ela passou as mãos sobre o rosto antes de erguer a cabeça. — Mas acho que eu sabia que isso ia acontecer.

— Você está cansada e chateada. Estou na mesma situação. Nós não tivemos uma noite de sono decente desde que voltamos de férias. — Ele passou a mão pelo cabelo e deu impulso para sentar na cama ao lado dela. — Sonhei que havia um leão gigantesco rondando a casa à procura do jantar.

Ela virou a cabeça e apontou para ele.

— Ele encontrou o jantar. Tive um sonho em que esse leão safado mastigava a minha perna. — Por alguma razão estranha, a solidariedade expressa pelo subconsciente de ambos a fez se sentir melhor. — Tenho que tomar um banho rápido para limpar a mente. Malditos leões.

— Eu quero um também. O banho, não o maldito leão.

Ela estreitou os olhos ao fitá-lo.

— Por favor. Acho que consigo resistir a você. Pelo menos dessa vez. Vou acompanhá-la até o local. Sua cena do crime não fica longe daqui.

— Nós mal descansamos três horas — lembrou ela. — Pode voltar a dormir, você não precisa...

Mas ele já deslizava para fora da cama.

— Vou bancar a sua Peabody até que a verdadeira chegue lá. Ela está muito mais longe que nós.

Ela passou a mão pelo cabelo e pensou.

— Eve poderia usar uma Peabody provisória até a verdadeira aparecer. E preciso de um pouco de café.

— Então vamos nos mexer.

Quando eles desceram a escada, 15 minutos depois, Summerset estava no saguão em pé, vestido com o seu habitual e impecável terno preto. Eve se perguntou se ele dormia vestido, como os vampiros dentro do caixão. Mas se absteve de dizer isso quando o viu segurando uma bandeja com duas canecas de café e uma sacola que cheirava a rosquinhas de canela.

— Talvez, em algum momento no futuro, vocês dois considerem a ideia de morar de verdade nesta casa — sugeriu o mordomo.

— Neste barraco? — Eve pegou o café antes que ele mudasse de ideia.

Roarke pegou o outro café e a sacola.

— Obrigado. Você pode entrar em contato com Caro? Ela terá que comandar a reunião holográfica das 8h. Estarei em contato com ela, caso alguma coisa precise ser modificada.

— Claro. Talvez eu deva sugerir que a tenente acrescente "policial assistente" em sua biografia oficial.

— Ora, isso foi cruel.

Mas Eve deu um largo sorriso quando saiu pela porta. Olhou para Summerset, para o gato que se aconchegara aos seus pés e disse:

— Obrigada.

Sua viatura estava à espera, como seria de imaginar. Como ele consegue fazer tudo isso?, perguntou a si mesma.

— Talvez eu precise de um Summerset. Meus Deus, eu realmente acabei de dizer isso?

— Não sei se devo lembrar que você *já tem* um Summerset. Ele acaba de nos abastecer de café e rosquinhas.

— Não quero pensar nisso. Vou dirigir. Você pode começar a bancar Peabody e descobrir quem é o dono da casa que vamos visitar e qual a ligação dele com Dudley. Deve haver uma conexão com Dudley desta vez.

Ela mordeu metade de uma rosquinha e foi mastigando enquanto dirigia, alternando com o café.

— É uma casa dessa vez — refletiu Eve. — Não é um lugar público. Deve haver algum ângulo a descobrir a respeito disso. Talvez houvesse outras pessoas por perto quando ele foi morto ou...

— A casa pertence a Garrett Frost e Meryle Simpson. Simpson é a diretora-geral da área de Marketing da Dudley & Son.

— Bem, eles continuam seguindo as regras. A vítima é um homem, então não é a dona da casa. Mas pode ser o seu companheiro.

— Marido — corrigiu Roarke. — São casados há nove anos.

— Provavelmente a questão não é com ele também, a menos que estejam mudando um pouco o padrão. O que o dono da casa faz?

— É advogado, trabalha com direito empresarial. Carreira sólida, está na mesma firma há 12 anos. É sócio minoritário da companhia, mas não vi nada que me pareça especial ou tenha a ver com as regras da competição.

— Então eles provavelmente continuam tomando fôlego e não têm conexão com a vítima. Aposto que Dudley já se divertiu bastante nessa casa. E certamente conhece a planta do lugar.

— Mas você acha que foi Moriarity que matou.

— É a vez dele de matar. — Ela ultrapassou um maxiônibus que se arrastava lentamente para o leste com sua carga de passageiros sonolentos. — E, sim, isso significa que Dudley teria que dar a ele os dados sobre a planta da casa. Eles querem tanto o assassinato quanto a vitória final... mais até — corrigiu —, então eles mantêm as condições do jogo equilibradas. É muito lógico, de um jeito tremendamente distorcido.

Enquanto Eve abria caminho pela cidade, Roarke continuava a brincar de ser Peabody, mas do seu jeito.

— Frost e Simpson são proprietários e moram na casa há seis anos. Eles também têm uma casa de férias em Jekyll Island, na Geórgia. E dois filhos, um casal, com 6 e 3 anos. Simpson também tem uma relação familiar distante com Dudley, pelo lado materno. É sobrinha do segundo marido de sua mãe.

— Interessante. Estão ampliando a conexão básica e adicionando outras ligações com eles. Isso só aumenta a minha suposição de que ele conhece bem a casa.

— O mais interessante é que Frost e Simpson compraram essa casa de Moriarity.

Ela lançou um olhar para ele enquanto acelerava para passar pelo sinal, que ficara amarelo.

— Você está falando sério?

— Estou, claro. Moriarity foi dono dessa casa durante cinco anos. Eu diria que ele já conhecia a planta da casa sem a ajuda do amigo.

— Eles realmente não dão a mínima para o risco de que alguém os ligue aos assassinatos. Na verdade, eles *querem* que isso aconteça.

— Isso adiciona novos níveis e camadas à competição — comentou Roarke. — Cria uma estrutura mais complexa.

— Sim, e lhes proporciona uma emoção maior. Isso está nas regras, faz parte das regras da competição — disse ela. — Eles precisam selecionar um alvo que tenha alguma conexão com eles, e facilitar a eliminação da vítima usando outra conexão. Isso aumenta os riscos e o valor das apostas. Quais são as apostas? O que o vencedor ganha?

Ela entrou pelo portão e estudou a casa enquanto exibia seu distintivo para o guarda que estava na porta.

Casa não... Mansão, ela corrigiu. Não chegava ao nível da mansão de Roarke, mas isso era impossível. Mesmo assim ela ostentava três andares, ocupava uma esquina inteira e fora construída lindamente atrás de um muro baixo.

Quando o guarda os liberou, ela dirigiu até junto de duas viaturas estacionadas.

— Certamente haverá um bom sistema de segurança aqui. — Tão logo saltou da viatura, ela rastreou com os olhos as câmeras e sensores. — Talvez tenham mantido o mesmo sistema que Moriarity tinha. Ele só precisou hackear as novas senhas.

— O corpo está nos fundos, tenente — informou um dos guardas. — Havia algum evento programado para acontecer no jardim e no pátio dos fundos. Foi o jardineiro que o encontrou. — O guarda apontou para o furgão de trabalho do profissional. — Ele declarou que veio aqui para fazer um trabalho no jardim e que os moradores estão longe, na Geórgia. Vão passar a semana toda fora.

"A casa estava trancada — continuou ele, indo na frente e relatando tudo para Eve e Roarke. — Não há sinal de invasão, nem de luta. Há muitos objetos de valor à vista. Não me parece que algo tenha sido levado daqui."

— Você já vasculhou a casa?

— Sim, senhora, fizemos uma ronda por toda ela. O lugar está vazio e absolutamente em ordem. Exceto pela cozinha — apontou, quando eles entraram. — Alguém esteve cozinhando lá. Há um frango sendo preparado no forno, aparentemente está quase pronto, além de um monte de outras coisas nas bancadas, comida e restos de alimentos.

— O forno estava ligado ou desligado quando vocês chegaram aqui?

— Desligado, tenente. As luzes e a música estavam ligadas, como agora. A vítima está vestindo um avental, e eu devo assinalar que é uma imagem marcante.

— Onde está o jardineiro?

— Nós o levamos lá para dentro, ele e o filho. Péssimo dia para trazer o filho para o trabalho — comentou. — O cômodo parece um quarto de empregada, ou de hóspede.

— Comece a bater nas portas da vizinhança, em busca de informações. Veja se alguém viu qualquer coisa que eu queira saber. Mantenha as testemunhas em segurança até eu ir falar com elas.

— Claro, senhora.

Eve saiu para o pátio e teve de concordar: aquela era uma imagem marcante.

Ela protegeu as mãos com spray selante e jogou a lata para Roarke, mas permaneceu onde estava por mais alguns instantes, analisando a cena.

— É uma área de jardim dos fundos. Há um muro, é claro, mas o local fica ao ar livre, com pessoas caminhando pela calçada

Prazer Mortal 307

ou dirigindo veículos na rua atrás do muro. Há prédios em volta, também. Pessoas que talvez estivessem olhando pela janela. Então, isso se encaixa nas regras.

Ela voltou a atenção para a vítima.

— Ele só pode ser um cozinheiro, certo? Um cozinheiro importante.

— Sim, é um *chef*. Se não me engano, trata-se de Delaflote de Paris. E, sim — confirmou Roarke —, ele é muito importante. Um dos melhores *chefs* do mundo. É dono de um restaurante que leva o seu nome, em Paris, e ocasionalmente cozinha lá. Em geral prepara refeições para clientes particulares, entre eles alguns chefes de Estado.

— Sim, isso se encaixa. Então Moriarity o trouxe até aqui, provavelmente usando a identidade ou informações adicionais de Frost ou Simpson. Precisamos verificar como ele chegou aqui e...

— Ele viaja em seu próprio jatinho. Isso será fácil de confirmar.

Ela assentiu.

— Trouxe Delaflote até aqui e até o colocou para cozinhar... ou pelo menos começar a cozinhar. Foi atraído ou forçado a vir aqui para o pátio e então temos o *chef* no jardim com um... que merda é aquela que prendeu o coitado a essa árvore?

— Algum tipo de lança?

Ela franziu a testa para ele.

— Que tipo de lança? Você é o especialista em armas.

— Ora, droga, o que impulsionou essa lança não está aqui, não é verdade? — Mas ele se sentiu desafiado, aproximou-se um pouco e analisou o que conseguia enxergar à fraca luz da manhã.

— Ela teve de ter um bom impulso e velocidade para atravessá-lo e entrar na árvore a ponto de sustentar o peso do corpo. Não creio que isso poderia ter sido feito com a mão. A lança é de metal, não de madeira, e tem um revestimento. Ela é fina e lisa... Acho que é um arpão.

— Tipo de caçar baleias?

— Este foi projetado para pegar mamíferos menores, ou pescar peixes, acho. Não é lançado com a mão, e sim propulsionado por algum tipo de arma. Mas isso é apenas um bom palpite.

— O *chef* no jardim com o arpão. Temos então um três a zero.

Ela se aproximou e reabriu seu kit de serviço.

— Seja a Peabody — disse a ele.

— Peabody não teria reconhecido essa arma como um arpão.

Ela teve de concordar, mas simplesmente apontou para o kit.

— Quero saber a hora exata da morte e confirmar a identidade da vítima.

Ele já vira isso ser feito algumas vezes, e tinha se oferecido para ocupar a posição de substituto de Peabody. Então trabalhou enquanto Eve examinava o corpo.

— Nenhuma outra marca visível nele. Não há ferimentos defensivos. — Ela olhou para baixo e colocou uma etiqueta junto de uma ponta de cigarro, para os peritos. — Provavelmente o cigarro é dele. Nem mesmo Moriarity seria arrogante o bastante para me entregar seu DNA numa guimba. Qual é a altura da vítima? Por volta de 1,70 metro? O arpão entrou direto no peito... mais um golpe no coração. Você quer matá-lo na hora, não quer que ele fique apenas ferido e consiga gritar. Isso mesmo, 1,70 metro, um arpão no meio do peito que o atravessou e acertou quase no centro do tronco desta árvore. Foi como se ele tivesse um alvo desenhado no peito.

— É Delaflote, sim — confirmou Roarke. — Luc Delaflote, 52 anos, dupla cidadania, francesa e americana, residência principal em Paris. Solteiro, três filhos, cada um de um relacionamento diferente.

— Não preciso de tudo isso, por enquanto.

— Estou sendo Peabody, e se tem uma coisa que a nossa garota gosta é de ser meticulosa. A hora da morte parece ser 22h18, mais ou menos. — Quando Eve franziu a testa ao ouvir isso, ele explicou: — Como é o meu primeiro dia de trabalho, eu gostaria de uma avaliação menos rígida, tenente.

Ela agitou a mão no ar, foi até a cozinha e tornou a sair. Estudou o corpo e depois repetiu tudo.

Prazer Mortal   309

— Alguém teve que deixá-lo entrar na casa, ou lhe deu as senhas para que ele pudesse entrar. Que tipo de cliente daria a alguém as senhas da própria casa? O mais provável é que alguém o tenha deixado entrar. E temos toda aquela comida. Portanto, ou a vítima trouxe o material ou o assassino já tinha tudo.

— Pelo que eu sei, Delaflote costuma insistir em trazer seus próprios suprimentos.

— Tudo bem, provavelmente não temos chance alguma de rastrear algum ingrediente sofisticado e pegar Moriarity com uma nota de compra. Se Moriarity o deixou entrar é porque a vítima o conhecia. Será que o *chef* já esperava encontrá-lo? Será que não teria verificado quem era o cliente, como qualquer outro prestador de serviço? Mas ele teve que entrar na casa, então alguém o deixou entrar. Se foi Moriarity, por que esperar tanto tempo para matá-lo? Quanto tempo leva para cozinhar um frango? — ela quis saber.

Ele apenas olhou para ela.

— Como diabos eu saberia responder isso?

Ela lhe lançou um meio sorriso.

— Aposto que Peabody saberia.

— Ai, cacete! Espere um pouco. Quantos quilos?

— Não sei. — Ela fez uma careta e ergueu as mãos paralelas. — Mais ou menos deste tamanho.

— Hum. — Ele digitou alguma coisa no tablet. — Talvez duas horas, de acordo com isto aqui.

— Você é uma Peabody muito boa. Devo supor que o assassino desligou o forno antes de sair. Não quis ativar os alarmes de fumaça ou de incêndio, e ter o corpo de bombeiros batendo aqui. O frango me parece pronto, mas acho que ele acabou de cozinhar com o calor do forno depois de desligado. E houve algum tempo para a preparação. Então, é provável que a vítima já estivesse aqui havia algumas horas. Cozinhando, misturando ingredientes e cortando coisas. Há muitas facas, cutelos e instrumentos bem afiados ali, e uma caixa sofisticada para guardá-los.

— Imagino que seja de Delaflote.

— Moriarity não deixaria esse cara entrar para depois ficar por aqui durante duas horas enquanto ele preparava a comida. Seria uma perda de tempo, algo muito arriscado. — Ela circulou pelo pátio e considerou as possibilidades. — Talvez ele o tenha deixado entrar, saiu e depois voltou. Vamos verificar os arquivos da segurança, mas não creio que ele tenha deixado as imagens lá. Ainda devia ser dia claro quando a vítima chegou.

Ela entrou e tornou a sair mais uma vez. Estava vendo mentalmente a cena, Roarke pensou, permitindo-se imaginar vários cenários até que um deles fizesse sentido.

— Um encontro com uma ceia tardia — disse ela, ao sair para o pátio. — Só pode ser isso. Não há comida suficiente aqui para uma festa. Parece um jantar chique para dois, bem tarde da noite. Há uma garrafa de vinho aberta e um copo. Isso também deve ser da vítima. Se é assim, onde está o vinho para o jantar? Onde está o champanhe? Não há nada na geladeira, nem sendo climatizado. Os proprietários certamente têm uma adega, ou um bar com vinhos em algum lugar por aí, mas...

— Delaflote provavelmente selecionou e trouxe os vinhos que queria para a refeição — emendou Roarke.

Ela confirmou com a cabeça.

— Então, esse cara está exercendo sua profissão de cozinheiro particular e toma um pouco de vinho enquanto arruma tudo. Prepara boa parte do pato principal e dos acompanhamentos. Há algo com cheiro de peixe na geladeira, coberto por uma película. Mas eu duvido muito que os donos da casa tenham deixado coisas com cheiro de peixe lá dentro, antes de sair de férias. *Até eu* sei que isso não se faz. Então vamos lá... ele preparou algumas coisas, botou o frango no forno, tem uma imensa salada já lavada que ele colocou nesse recipiente para secar. Fez um pequeno intervalo e veio para o jardim fumar um cigarro.

"Espere um pouco... Onde está o pessoal? Cozinheiros famosos como ele não têm ajudantes e subalternos para fazer o trabalho pesado? Descascar, picar, coisas assim?"

Roarke olhou para o desafortunado Delaflote.

— É um pouco tarde para perguntar a ele.

— Vamos verificar isso. De qualquer forma, ele estava aqui fora, curtindo o seu intervalo. Moriarity estava com ele ou o recebeu e saiu. Tinha a arma escondida em algum lugar... Não, ele saiu porque a arma estava em outro lugar, não por aqui. Se ele tivesse escondido a arma aqui, alguém poderia encontrá-la... talvez o jardineiro tivesse aparecido um dia antes. Ele faz a vítima ficar na frente da árvore. Afaste-se um pouco, meu chapa, ou chegue um pouco para o lado. Ele teve de agir depressa nesse momento, porque a vítima não correu. Não há jeito de alguém conseguir atirar um arpão desse jeito, atravessar a vítima e acertar o meio de uma árvore quando o alvo está correndo.

Eve se aproximou, se inclinou para fora atrás da porta da cozinha e ergueu a mão como se segurasse uma arma. Chegou para o lado alguns centímetros e confirmou com a cabeça. Era capaz de apostar que a simulação de trajetória do arpão, feita pelo computador, colocaria o assassino exatamente onde ela estava.

— Depois ele verificou tudo, só para ter certeza de que marcou seus pontos e ganhou esta rodada. Será que ligou para Dudley, a fim de confirmar o feito? Tirou uma foto, fez um vídeo curto, algo para mostrar ao seu amigo. Compartilhar o momento. Então entra na cozinha novamente e desliga o forno. Em seguida o filho da mãe decide... por que não? Pegar o vinho ainda não aberto, antes de sair.

— Entrar e sair pelos portões sem ser visto por ninguém. Isso também é um risco.

— Dudley usou um disfarce no parque de diversões. Moriarity também devia ter um. Algo que o fez parecer alguém que ele não é. E, a menos que seja um idiota, não veio para cá com seu próprio carro, não usou algum serviço de transporte nem pegou um táxi.

Teve de caminhar um pouco e tomar certa distância do local. E estava com a arma de ejetar arpões, ainda com ele. Carregava algum tipo de mala ou sacola para isso, e outra para o vinho. Podemos usar esses detalhes.

Isso era uma brecha, ela pensou. Um homem andando pela rua, carregando uma mala e uma sacola. Isso poderia ser uma brecha.

— Ele ia parecer um cara qualquer levando coisas do mercado para casa, mas nós podemos usar isso — afirmou Eve. — Ele deveria ter deixado o vinho aqui. Canalha presunçoso e ganancioso.

— Há um portão no jardim que dá para a rua — assinalou Roarke. — Seria mais inteligente usar isso, sair caminhando em silêncio junto do muro e ir até a esquina, em vez de sair pela frente e usar os portões principais.

— Sim. Bem observado.

— Desculpe eu ter demorado tanto. — Peabody chegou quase correndo e um pouco ofegante. — O metrô estava... Oh, oi, Roarke.

— Você pode ser você — disse Eve a Peabody. — E você pode voltar a ser você — disse a Roarke.

— Enquanto eu estiver sendo eu, vou te dar mais alguns minutos — sugeriu Roarke. — Vou procurar no sistema de segurança para ver se há algo de útil lá.

— Sim, você poderia fazer isso. A vítima é Luc Delaflote — disse Eve, começando a colocar Peabody a par dos fatos. — Um *chef* particular muito chique, top em sua área de atuação.

— Mesmo padrão. O que o prende à árvore?

— Acreditamos que seja um arpão.

— Como aqueles de caçar baleias?

Eve não conseguiu se conter.

— Ele parece grande o bastante para incomodar uma baleia?

— Mas é uma espécie de arpão para baleias, certo? Como naquele livro com o maluco, o navio e a baleia. Com o outro cara chamado Isaac ou Istak ou... espere um minuto... — Ela fechou os olhos com força, depois os abriu. — Ishmael. Trate-me por Ishmael.

Prazer Mortal 313

— Qualquer cara que sai em um navio com um arpão para enfrentar uma baleia é necessariamente maluco. E mesmo que seu nome seja Ishmael, vou continuar chamando você de Peabody. Este negócio saiu, provavelmente, de um lançador de arpões, que o impulsionou. É usado para matar peixes e *chefs* franceses sofisticados.

Com os lábios franzidos, Peabody estudou Delaflote.

— Funciona.

— Esta foi a hora da morte — Eve disse, e mostrou o medidor a Peabody.

— Quanta frieza! — foi a opinião de Peabody. — Fazer a vítima vir de Paris para passar todo esse tempo cozinhando e depois "zap", pregá-lo à árvore antes mesmo de o frango ficar pronto.

— O frango é o menor dos problemas da vítima, agora. Ele provavelmente trouxe os suprimentos consigo, deve tê-los comprado em Paris porque é um *chef* francês e devia preferir seus próprios fornecedores. Pesquise tudo. Quero identificar os vinhos que ele trouxe na bagagem. Duvido que tenha sido só o que está na garrafa aberta. Rastreie sua viagem também. Ele veio sozinho? Como chegou aqui depois que saltou do jatinho? Quero os horários de tudo. Precisamos que a DDE investigue o sistema de segurança, e é melhor chamar logo os peritos forenses e o legista. Os proprietários da casa precisam ser notificados do que aconteceu. Depois, vamos...

Ela parou quando Roarke saiu para o pátio.

— Tenente? Você deve ver isso.

— Ele apareceu na porra da gravação?

— Não — disse Roarke, caminhando em sua direção. — Mas há outra coisa que apareceu.

Ela o seguiu até uma pequena cabine de segurança bem equipada.

— Não há atividade alguma até este ponto. Dezessete e trinta.

Como ele já tinha visto tudo, simplesmente colocou as imagens para passar a partir do ponto marcado. Eve viu quando um carro parou no portão.

— Um sedan último tipo com placa de Nova York. Peabody, pesquise o carro.

Os portões se abriram devagar.

— Ele tinha a senha ou invadiu o sistema para entrar.

O sistema de segurança da casa pegou o carro na entrada. O motorista saiu, caminhou até a porta da frente e digitou um código.

— Esse cara não é Dudley, nem Moriarity. Volte um pouco e melhore a nitidez. Quero ver com mais cuidado... — Ela parou diante da tela e se inclinou de leve. — Isso é um androide. Ok, isso foi inteligente. Eles não são idiotas. Usaram um androide e o programaram para usar as senhas. Ele entrou, esperou pela vítima, recebeu-a e deixou a vítima entrar. Foi programado para estar ali e ser... quem ou o que eles querem que ele pareça ser. Um empregado, é o mais provável.

— Não houve mais atividade alguma até Delaflote chegar às 20h em ponto, com um motorista. — Mais uma vez, Roarke avançou a gravação. — Você pode ver que o androide de fato os deixa entrar. Quinze minutos depois a segurança foi desligada. Câmeras, alarmes e trancas. Se foi desligada, isso deveria ter emitido um alerta para a empresa de segurança, caso eles soubessem que os proprietários estavam fora. Suponho que os proprietários tiveram o bom senso de fazer isso. Sendo assim, os assassinos precisaram criar um caminho secundário para os dados do sistema, ou então usaram um clone que rodou imagens em um canal alternativo. Isso faria parecer que não houve interrupção no serviço.

— A Intelicore atua no setor de segurança e dados — lembrou Peabody. — Moriarity teria facilidade para conseguir um clone do sistema.

— E com a segurança desligada, Moriarity pôde andar até a porta sem correr o risco de ser capturado pelas câmeras. E nem precisou de senha para entrar porque a porta estava destrancada.

Eve andou para um lado, depois para o outro.

— E ele saiu de carro, e não a pé. Por que andar quando você pode tranquilamente sentar no banco de trás e fazer com que o androide leve você aonde é preciso ir? Nós ainda vamos confirmar, mas essa possível brecha no esquema acabou de se fechar.

— O veículo pertence a Willow Gantry — anunciou Peabody. — Estou verificando o resto dos dados.

— Esse carro deve ter sido roubado. — Eve percebeu que a possível brecha se fechara de vez. — Eles só precisaram do carro por algumas horas e usaram o androide para roubar o carro. Nem se deram ao trabalho de pegar o disco ou destruir a memória do sistema. Não se importaram de nós identificarmos o veículo ou o androide. O carro, a essa hora, já voltou para o lugar de onde tinha sido roubado, ou foi abandonado em algum local. O androide já foi desmontado e reciclado.

— Posso fazer um diagnóstico no sistema aqui, para ver se consigo localizar o desvio.

Eve olhou para Roarke e negou com a cabeça.

— Vou mandar a DDE fazer isso.

— Bem, então eu devo ir, agora. Antes, quero falar com você um momento, tenente. Boa sorte, Peabody.

— Vejo você amanhã.

— O que vai acontecer amanhã? — Eve quis saber quando Roarke a levou para fora.

— É sábado.

— Como pode já ser sábado?

— Culpe a sexta-feira por isso. — Ele colocou as mãos nos ombros dela, e a acariciou ali até que seus olhos encontraram os dele. — Você não poderia ter salvado este homem.

— Meu cérebro sabe. Estou trabalhando para fazer com que o resto de mim entenda.

— Esforce-se mais para isso. — Ele ergueu o rosto dela levemente para cima e a beijou.

Ele sabia o que havia dentro dela, em seu cérebro e no resto. E por ela entender que ele sabia, parte da tristeza diminuiu. Eve segurou seu rosto com as mãos e o beijou de volta.

316   J. D. ROBB

— Obrigada pela ajuda.

Ela voltou e encontrou Peabody na cozinha, estudando longamente o frango no forno.

— Quer saber?... Isso parece estar muito gostoso. Então vamos lá... Willow Gantry é uma cuidadora de crianças com 63 anos. Não tem ficha na polícia. Fui mais longe e verifiquei com a creche onde ela trabalha. Ela e o marido, casados há 38 anos, partiram dois dias atrás para visitar a filha e o genro, que esperam o bebê número dois para qualquer momento. Foram até o aeroporto dirigindo o próprio carro.

— O veículo foi roubado do estacionamento de longa duração de lá. Provavelmente o androide o deixou na rua ou em algum outro lugar quando eles terminaram. Peça à segurança do aeroporto para tentar localizá-lo — ordenou Eve. — Se não estiver lá, vamos fazer um favor aos Gantry e dar um alerta sobre o veículo roubado. Podemos devolvê-lo a eles.

— Seria péssimo voltar para casa e descobrir que seu carro foi roubado.

— Coisas piores acontecem, mas podemos evitar isso. Vamos ver o jardineiro e o filho dele.

— Há uma criança envolvida? — Um ar angustiado surgiu nos olhos do Peabody. — Uma criança viu o morto?

— Sim, tem uma criança lá dentro. Esqueci de mencionar? — Grata por Peabody estar lá para lidar com o fator "criança", ela abriu a porta.

Eve identificou um quarto para empregados, provavelmente havia uma doméstica que morava na casa, ou um mordomo tipo Summerset. A sala de estar era atraente e agradável, muito espaçosa e bem decorada.

O policial que guardava as testemunhas estava em uma das poltronas enormes, conversando com o garoto sobre beisebol. Uma boa tática, refletiu Eve, e se sentiu grata pela segunda vez em poucos minutos ao ver que o garoto tinha cerca de 16 anos.

Ele estava sentado com o pai em um sofá de braços altos e conversava com o policial, discutindo sobre uma jogada na terceira base do jogo que acontecera na véspera.

O garoto era magro e elegante, sua pele era macia e tinha um tom de chocolate, era um tipo singelo de beleza. Eve imaginou que os corações das garotas estremeciam quando ele lançava aqueles olhos castanho-claros na direção delas.

O pai, também magro e em boa forma, segurava um boné e o revirava sem parar, com dedos nervosos. Ele não tinha a beleza do filho, seu rosto era marcado por linhas de expressão, e seus cabelos escuros e brilhantes brotavam em pequenos cachos.

Ele ergueu a cabeça quando Eve entrou e olhou para ela com ar de esperança e dor.

— Policial, vou precisar usar um pouco esta sala.

— Sim, senhora. Temos aqui um fã dos Mets. — O policial balançou a cabeça fingindo pena, quando se levantou. — Tem gosto para tudo.

— Ah, qual é? — O garoto riu, mas seus olhos também correram para Eve e ele se aproximou um pouco mais do pai.

— Sou a tenente Dallas. — Eve fez um gesto para que eles permanecessem sentados quando pai e filho tentaram se levantar. — Esta é a detetive Peabody.

— Meu nome é James Manuel, e este é meu filho Chaz.

— Dia difícil para vocês — disse ela, e se sentou na poltrona que o policial tinha desocupado. — Você trabalha para o sr. Frost e a sra. Simpson, certo?

— Isso mesmo. Cuido dos jardins e do lago. Tenho vários clientes neste bairro. Os donos da casa estão fora. Eles não estavam aqui quando... isso aconteceu.

— Sim, eu sei. Por que você e seu filho estavam aqui agora de manhã?

— Íamos reabastecer o alimentador de peixes. As carpas precisam ser alimentadas com mais frequência no calor. Também íamos retirar o material morto e...

— Desculpe, iam fazer o quê?

— É preciso cortar as flores mortas das plantas e dos arbustos. Não podemos deixá-las caídas na terra porque...

— Tudo bem, já entendi.

— E devíamos colocar um pouco de fertilizante no solo. Meu filho veio comigo hoje para ajudar. Tínhamos um trabalho aqui perto. Vamos plantar algumas coisas e cuidar de um galpão. Chegamos mais cedo para fazer essa manutenção, já que os proprietários estão longe e não seriam incomodados. Tinha acabado de amanhecer quando chegamos. A dona da casa me deu um código para o portão principal. Tenho esse código há cinco anos, desde que comecei a trabalhar para ela. Ele também nos permite entrar pelo portão do jardim. Não na casa — explicou, rapidamente. — Nós nunca entramos lá.

— Compreendo. Então você veio fazer o seu trabalho e entrou pelo portão. Estacionou seu caminhão, depois você e seu filho entraram pelo jardim.

— Isso mesmo. — Ele respirou fundo. — Sim, senhora, foi exatamente isso que fizemos.

— Estávamos rindo — relatou o menino. — Contei uma piada e estávamos rindo. Eu entrei na frente. Nós nem vimos o morto, pelo menos não de cara. Estávamos rindo, papai se virou para trancar o portão e só então eu o vi. Foi nesse momento que eu vi o homem morto.

— Você deve ter ficado apavorado. — Com o jeito especial que tinha, Peabody se aproximou e se inclinou sobre o braço do sofá, junto do garoto.

— Eu gritei. — Chaz baixou os olhos. — Acho que gritei como uma garota. Então ri de novo, porque achei que aquilo não era real. Não achei que pudesse ser.

— O que você fez, então? — Eve quis saber.

— Eu deixei cair minhas ferramentas. — James estremeceu. — O barulho soou como uma explosão, pelo menos na minha cabeça.

Corri para onde o homem estava. Acho que eu estava gritando, a essa altura. Chaz me pegou e me puxou para longe.

— Foram as ferramentas. Elas fizeram um barulhão quando meu pai as deixou cair. Como um estalo forte, eu acho. Ele ia tentar tirar o homem da árvore. Meu Deus!

O menino pressionou a barriga com a mão.

— Você precisa de um minuto? — Peabody colocou uma das mãos sobre o ombro dele. — Quer um pouco de água?

— Não, obrigado. Não. Sei que a gente não deve tocar em nada nessas horas. Sempre vejo isso nos programas policiais. Assisto a muitos seriados e os policiais sempre dizem isso. Nem sei como me lembrei a tempo. Talvez nem tenha lembrado. Acho que eu simplesmente não queria que meu pai o tocasse. Foi... horrível.

— Nós saímos dali — continuou o pai. — Quer dizer, nós não ficamos no jardim. Eu receava que alguém ainda estivesse lá e meu menino... o meu filho...

— Você fez a coisa certa. Está tudo bem — disse Eve, para tranquilizá-lo.

— Pegamos as ferramentas. Eu não sei por que, mas sempre recolho as ferramentas. Fomos correndo para o caminhão. Ligamos para a Emergência, contamos o que vimos e onde estávamos. Depois trancamos as portas e ficamos ali até a polícia chegar.

— Você já viu este homem antes?

— Não, senhora. — James balançou a cabeça com força. — Acho que não. A sra. Simpson e o sr. Frost são pessoas boas. Trabalho para eles há cinco anos. Eles têm filhos. Isto não teve nada a ver com eles. Sei que eles não fizeram isso. Eles nem estão aqui.

— Eu sei, não se preocupe com eles. Onde estão os empregados? Onde estão as pessoas que moram nesses aposentos?

— Oh, a senhora deve estar se referindo a Hanna... a sra. Wender. Ela está com eles na Geórgia. Lilian também está. Ela é a jovem que ajuda com as crianças. Eles sempre viajam durante um mês no verão, para a outra casa.

— Eles têm um androide?

— Não, acho que não. Pelo menos nunca vi um desses por aqui. Eles têm Hanna e Lilian; tem também algumas faxineiras que vêm limpar a casa duas vezes por semana. E eu.

— Os outros empregados também têm um código para acessar o portão e o jardim?

— Não sei. Acho que Hanna e Lilian têm. Lilian leva as crianças para o parque, então elas precisam entrar e sair de casa. Hanna faz compras e tem outras tarefas, então ela entra e sai. Só que elas não estão aqui. Isso foi feito por outra pessoa. Não sei por que esse homem estava na casa, nem como chegou aqui. Por que alguém o mataria neste lugar? Esta é uma boa casa, um bom lar. Eles são pessoas boas.

— Isso é o que eu vou descobrir. Você fez tudo certo, vocês dois. Nós vamos tirá-lo daqui.

— Podemos ir agora?

— Podem, sim. O policial já anotou suas informações de contato, no caso de precisarmos falar com vocês de novo?

— Sim. Ele tem tudo. Devo contar o que aconteceu ao sr. Frost? À sra. Simpson? Devo dizer-lhes o que encontramos?

— Nós cuidaremos disso.

Eles se levantaram do sofá quando Eve ficou de pé, e Peabody os acompanhou até a rua. O garoto se virou e fitou Eve longamente.

— Isso não é como aparece nos filmes. É bem diferente.

Ela pensou em Sean de pé, diante do corpo de uma jovem garota morta, na floresta irlandesa.

— Sim, as pessoas sempre me dizem isso. Elas estão certas.

Capítulo Dezoito

Eve fez um passeio por toda a casa para sentir o ambiente, as pessoas que moravam ali. E para ter certeza absoluta de que não havia androides na residência.

Encontrou uma adega bem abastecida e segura. Mandaria a DDE consultar o registro para determinar em que momento a última garrafa tinha sido removida dali, mas mantinha sua opinião anterior: a vítima tinha trazido o vinho da França com ele, e o assassino o levara consigo.

Voltou para a cozinha. O que ela sabia sobre culinária não enchia uma colher de chá, mas ao menos ela poderia avaliar o conceito geral.

Ela se imaginou na cozinha da casa da fazenda na Irlanda, vendo Sinead preparar o café da manhã.

Havia uma determinada ordem para essas coisas, pensou.

— O que ele faria primeiro? Pegar seus suprimentos, pelo menos é isso que eu faria. Suprimentos e instrumentos de trabalho. Algumas das coisas deveriam ser refrigeradas, então ele as colocaria no freezer até precisar usá-las. Colocaria uma música para tocar... talvez se servisse de uma taça de vinho.

"Ele deixaria tudo organizado. Será que já trabalhou nesta casa antes? Vamos ter que descobrir. Se ele já conhecesse o espaço, não precisaria de tanto tempo para os preparativos."

Abriu o forno e analisou o fatídico frango.

— Roarke disse que essa ave levaria umas duas horas para ser preparada. Provavelmente era o prato de preparo mais demorado, então ele faria isso logo.

— Roarke sabe assar um frango?

— Não. Ele pesquisou.

Peabody encostou a cabeça mais uma vez no forno aberto e confirmou.

— Uns bons noventa minutos, no mínimo. Um pouco menos para os vegetais, acho que ele os colocaria na panela mais tarde. Na verdade, eu sei assar um frango, mas não de forma tão chique. Também tem um molho aqui. Você reparou que ele é cremoso?

— Sim, ficou uma beleza. Quanto tempo ele ainda ia esperar para colocá-lo sobre o frango no forno?

— Humm... Ele é profissional, talvez menos tempo que a média das pessoas. Ou mais, por ser tudo tão chique. Talvez meia hora. Ele teria que descascar e cortar os legumes, então levaria mais algum tempo depois de o frango estar no forno.

— Tem um troço com cheiro de peixe aqui. — Eve abriu a geladeira.

— É uma musse, ou algo assim. Isso provavelmente levou algum tempo para ser preparado. E temos as alcachofras. Acho que ele ia preparar algo com elas. Com o caviar também... tudo megassofisticado. E tem todas aquelas folhas ali. É uma pena que estejam murchas agora.

— Somando tudo, ele trabalhou aqui durante pelo menos duas horas. Pelo nível da garrafa, ele tomou umas duas taças de vinho. O legista pode confirmar isso.

— Sabe o que mais? — Com as mãos nos quadris, Peabody olhou em torno, com muito cuidado. — As coisas estão arrumadas.

Nada entornado, tudo sem confusão. Quando minha avó cozinha é como se um furacão tivesse passado pela casa. Então... ou ele ou o assassino limparam tudo.

— Acho que podemos eliminar o assassino. Não faria sentido ele se dar a esse trabalho, limpar uma bancada ou colocar algo na máquina de lavar louça não é algo que a Moriarity iria considerar um trabalho digno dele.

Mas a observação de Peabody a ajudou a ver as coisas com mais clareza.

— O profissional gostava de um espaço de trabalho organizado, então limpou tudo ou mandou o androide limpar. Vamos alimentar o computador com todos esses detalhes para ele calcular o tempo gasto, exatamente o que Moriarity fez. Então, com o sistema de segurança desligado, tudo que ele precisou fazer foi mandar o androide levá-lo embora de carro até o lugar para onde tenha ido depois.

— Ele não veio dirigindo até aqui. — Eve balançou a cabeça. — Não ia querer lidar com dois veículos. Talvez tenha sido trazido pelo androide também. Ou então teve de vir a pé, caminhando por vários quarteirões. Nesse caso, ele teria que se disfarçar um pouco. E guardar esse arpão em algum tipo de mala ou bolsa. Se a coisa aconteceu assim, o androide o deixou entrar pelo portão. E na saída ele guardou a arma no carro.

Ela enfiou as mãos nos bolsos.

— Isso é desleixo. Por que andar quando você tem um androide e um carro roubado à sua disposição, e será o suspeito que vai ter um álibi, segundo o padrão? Ele não ia querer perder tempo.

— O veículo lhe dá cobertura e garante o disfarce — acrescentou Peabody.

— E há um lugar bom e seguro para ir, que fica a cinco ou seis minutos de carro daqui.

— A residência de Dudley em Nova York.

— Isso mesmo. O androide o pegou lá e o trouxe até aqui. Ele sabia que a vítima estava ocupada na cozinha, ou dando um tempo no jardim. Tudo o que Moriarity teve de fazer foi andar pela casa. Se a vítima está na cozinha, só precisa falar com ele do lado de fora. Se a vítima está no pátio fumando, como foi o caso, Moriarity simplesmente saiu, colocou a vítima na posição certa e atirou. Colocou o mecanismo de volta no estojo, guardou o vinho, saiu da casa e o androide dirigiu o carro para ele. O momento da morte aconteceu entre cinco e dez minutos a contar da hora em que ele passou pelos portões.

Ela circulou pela cozinha mais uma vez.

— Quero que o tempo seja calculado, e vamos descobrir onde Moriarity esteve na noite passada e se eles têm a coragem de começar a servir de álibi um para o outro. Vamos visitar Dudley.

— Ele está ligado aos proprietários — lembrou Peabody. — Então, seguindo o padrão, ele tem um álibi.

— Isso mesmo, e eu quero saber qual é. Antes, quero entrar em contato com os proprietários. Precisamos confirmar que eles não contrataram a vítima. O cozinheiro deve ter um empregado ou assistente. Rastreie-os, consiga o relato do que aconteceu: como ele foi contratado, como tudo foi organizado, como ele viajou. E pergunte sobre os suprimentos. Ele mesmo os trouxe? Em caso afirmativo, onde os comprou? Descubra tudo sobre o vinho. Isso vai ser fundamental.

— Depois fazemos o quê?

— Depois juntamos tudo, cada ingrediente, cada camada, cada ângulo. — Ela sentiu quando sua raiva lutou para vir à superfície e se transformou em pura determinação. — E vamos fazer um bocado de malabarismos, Peabody, porque precisamos convencer Whitney, a Promotoria e qualquer outra pessoa que seja necessário a nos conceder mandados de busca. Quero vasculhar as casas deles, seus escritórios, áreas de lazer, clubes e casas de veraneio.

Prazer Mortal 325

Era provavelmente mesquinho e pouco relevante para o caso, mas Eve sentiu uma certa satisfação quando notou que a casa de Roarke era tão grande que poderia engolir a de Dudley inteira e ainda cuspir os restos fora.

Apesar de o espaço não ser nada desprezível. Pelo que parecia, tinha sido um hotel da era anterior às Guerras Urbanas. Alguém com visão o tinha reprojetado e o transformara em uma propriedade elegante e moderna demais para o seu gosto.

Ou, supôs, para o gosto que ela desenvolvera ao longo dos últimos anos.

As janelas, revestidas por telas de privacidade prateadas, lançavam reflexos cintilantes da cidade para a qual Dudley podia sorrir seu deboche do outro lado. Ele tinha optado por esculturas de pedra e metal na entrada, em vez de plantas.

Eve imaginou que aquilo era a ideia que alguém tinha de arte urbana elaborada e de alta classe. Esse alguém não era ela.

O sistema de segurança a fez passar pelas etapas habituais, e uma mulher jovem com belo corpo e uniforme vermelho finalmente abriu a porta.

— Tenente Dallas, detetive Peabody, bom dia. O sr. Dudley virá em breve. Ele pede desculpas sinceras por fazê-las esperar. Ele recebeu convidados ontem à noite, até muito tarde.

Ela apontou para o amplo saguão em prata com detalhes em vermelho, que levava a um grande espaço aberto onde as paredes se alternavam entre branco brilhante e preto brilhante, e o chão formava uma espécie de tabuleiro de xadrez nas mesmas cores.

Havia móveis em demasia ali, e cintilavam como pedras preciosas. Eve decidiu que aquilo faria seus olhos doerem depois de vinte minutos.

— Se vocês puderem esperar aqui, eu já pedi café. O sr. Dudley estará com vocês o mais breve possível.

— Quer dizer que ele deu uma festa ontem à noite?

— Exato. — A mulher sorriu alegremente, exibindo dentes perfeitos, mais brancos do que seria possível. — Uma festa no jardim. Foi uma noite linda para isso. Acho que o último convidado só saiu depois das 4h.

— Tem gente que não sabe a hora de ir para casa.

Uniforme Vermelho gargalhou de forma tão brilhante quanto seus dentes.

— Entendo o que a senhora quer dizer, mas o sr. Dudley não se importou, tenho certeza. O sr. Moriarity é um amigo muito querido.

O sorriso de resposta de Eve foi sutil e sarcástico.

— Aposto que sim.

— Vou ver a quantas anda o seu café.

Eve balançou a cabeça antes de Peabody ter chance de falar.

— Eu dormi menos de três horas esta noite — anunciou Eve, quando foi até a janela libertar um bocejo. — Será que o jardineiro não poderia ter começado o seu trabalho numa hora mais decente? Afinal de contas, o cozinheiro francês morto não iria a lugar algum.

— Eu acabei não contando sobre o meu problema no metrô agora de manhã — disse Peabody, seguindo o script. — Houve algum tipo de confusão, então tive que saltar uma estação antes e andar o resto do caminho até a cena do crime.

— Os dias cagados sempre começam mais cedo. A mídia vai pirar com este último assassinato, e o comandante vai querer que nós joguemos algum osso para os jornalistas.

— Pelo menos, a mídia não fez a ligação entre os dois primeiros. Talvez ainda não tenha chegado lá.

— Tivemos sorte até agora, mas a sorte não dura para sempre.

Outra mulher, também jovem, com um corpo cheio de curvas e igualmente vestida de vermelho, entrou na sala com um serviço de café e uma cesta de prata com bolinhos.

— Por favor, sirvam-se à vontade. Há mais alguma coisa que eu possa lhes trazer?

— Não, estamos bem, obrigada.

— Não deixem de experimentar um bolinho. Celia os preparou esta manhã.

Eve olhou para a cesta quando a segunda Uniforme Vermelho saiu da sala.

— Acho que Celia não participou da festa.

— Bem que eu gostaria de um bolinho — decidiu Peabody. — Meu café da manhã foi uma caminhada.

Quando ela se serviu, Dudley entrou.

Seus olhos estavam cintilando. Cintilavam até demais e tinham o brilho típico que é provocado por um pequeno impulso químico. Nada de terno hoje, ela notou, mas o traje casual de um cara rico. E o filho da puta estava usando os famosos loafers, os mesmos sapatos que calçava quando matou Ava Crampton.

— Este é um inesperado deleite matinal. — Ele sorriu para as duas. — Espero que vocês estejam aqui para me contar que encontraram a pessoa que matou o motorista naquela noite.

— Infelizmente, não.

— Ah, que pena. Acho que essas coisas levam tempo.

Serviu-se de um pouco de café, colocou na xícara três pequenos cubos de açúcar mascavo e se sentou muito confortavelmente em uma poltrona cor de safira radioativa.

— O que posso fazer por vocês, minhas caras damas?

— Sinto muito termos vindo incomodá-lo tão cedo — começou Eve. — Além do mais, já soubemos que você teve uma noite movimentada, uma festa que foi até tarde.

— Sim, uma festa maravilhosa. Na verdade, estou me sentindo bem esta manhã. Noites como essa são muito estimulantes.

— Esse tipo de agitação me cansa, mas há gosto para tudo.

— Não é?

— Receio que trazemos notícias perturbadoras — continuou Eve. — Você se oporia se eu gravasse a nossa conversa? Também preciso ler seus direitos e deveres. Trata-se de uma formalidade, mas é necessário registrar.

— De modo algum.

— Muito obrigada. — Eve ligou sua filmadora e notou que os olhos de Dudley ficaram um pouco mais brilhantes. — Aqui fala a tenente Eve Dallas e a detetive Delia Peabody, em entrevista com o sr. Winston Dudley Quarto, em sua residência. — Em seguida, leu os direitos e deveres dele. — Sr. Dudley, uma de suas funcionárias se chama Meryle Simpson, correto?

— Sim, ela é a nossa diretora de marketing. Também temos uma ligação familiar, embora seja por meios indiretos. Não... não me diga que algo aconteceu com ela. Eu achava que Meryle e sua família estavam passando algum tempo fora.

— Eles estão, sim. No entanto, a identidade dela, as informações de crédito de sua empresa e a casa da sra. Simpson foram usadas em um caso de homicídio.

— Não pode ser. — Ele apoiou a cabeça na mão e fechou os olhos. — De novo, não!

— Receio que possa ser, sim. É possível que as informações dela tenham sido obtidas por invasão de algum hacker antes das suas verificações de segurança recentes. Se não foi assim, o problema de vazamento de dados da empresa ainda existe.

— Isso é um pesadelo. — Ele respirou fundo e passou a mão sobre o cabelo loiro, quase branco. — Posso lhe garantir que Meryle certamente não está envolvida. Ela não é só é um membro confiável da equipe da Dudley & Son como faz parte da família.

— Não temos motivos para acreditar que ela esteja envolvida. Falei com ela e com seu marido esta manhã, e os informei do incidente. Também garanti a eles que não haveria necessidade de retornarem a Nova York neste momento, mas acredito que o sr. Frost pretende fazê-lo mesmo assim, para se tranquilizar de que a sua casa está em ordem.

— Sim, ele é um homem muito responsável. Que coisa terrível O crime foi na casa deles, você disse?

— Isso mesmo. O nome e as informações da sra. Simpson foram usados para contratar os serviços de um *chef* que atende clientes particulares. Ele se chama Luc Delaflote e veio de Paris.

— Delaflote!

Dudley pressionou a mão espalmada no coração. Eve se perguntou se ele havia praticado aquele gesto e a expressão de choque no espelho.

— Não. Meu Deus, ele foi a vítima? Ele está morto?

— Você o conhece?

— Sim, conheço. O homem é um artista, um gênio. Nós, eu, meus amigos, minha família, o contratamos muitas vezes para cozinhar em eventos e ocasiões especiais. Puxa, jantei em seu restaurante na última vez que estive em Paris. Como isso aconteceu?

— Não estou liberada para lhe dar mais detalhes, por enquanto. Como a dona da casa é sua funcionária e tem uma ligação familiar com o senhor, e agora sabendo de sua amizade pessoal com a vítima, preciso lhe perguntar sobre o seu paradeiro ontem à noite, entre as 21h e a meia-noite. Obviamente você estava recebendo convidados — continuou Eve. — Se eu puder ter a lista de nomes, mesmo que parcial, para verificar, isso tiraria o seu nome do caminho, para podermos nos concentrar em linhas de investigação viáveis.

— É claro, é claro. Isso é um choque. Vou entrar em contato com a nossa segurança e mandar que verifiquem todo o sistema mais uma vez, depois dessa nova invasão.

— Acho que isso seria sensato. Novamente lamentamos incomodá-lo em casa e com notícias tão angustiantes. Obrigada pelo seu tempo.

— Estou mais que feliz em lhes oferecer o meu tempo sob estas circunstâncias trágicas. Este é um acontecimento terrível.

Ele escolheu uma expressão sombria desta vez, e Eve achou que ele selecionava suas reações do mesmo jeito que um homem escolhe a gravata certa.

— Quero entrar em contato com Meryle, para lhe oferecer meu apoio e solidariedade. Isso não será problema, oficialmente falando, certo?

— De modo algum. Não vamos mais ocupar o seu tempo. Se pudermos obter essa lista de convidados, ou pelo menos alguns nomes, poderemos ir embora.

— Deixe-me apenas dizer a Mizzy que faça uma cópia da lista para você.

Ele se levantou e foi até um dos *tele-links* da casa.

— Belos sapatos — elogiou Eve, com um sorriso casual. — A fivela prateada chama a atenção, mas eles parecem confortáveis.

— Obrigado, eles são, sim. Stefani invariavelmente combina conforto com estilo. Mizzy, você poderia me trazer uma cópia da lista dos convidados da noite de ontem para a tenente Dallas? Sim, querida, obrigado.

Ele voltou e pegou o café novamente.

— Não vai demorar nem um minuto. Você já jantou no restaurante Delaflote? — perguntou ele.

— Não sei dizer com certeza.

— Ah, se tivesse ido lá certamente se lembraria. — Ele se esqueceu do olhar sombrio e triste quando um ar de deleite cintilou em seu rosto. — Estou surpreso de Roarke não ter lhe dado esse prazer.

— Sim, é uma pena, e agora perdemos a nossa chance. De qualquer modo, prefiro comida italiana — disse ela, pensando na pizza que tinha compartilhado com Roarke na noite anterior.

Mizzy, mais uma das empregadas de uniforme vermelho, avançou depressa sobre sapatos com saltos tão finos quanto palitos de dente.

— Aqui está, tenente. A lista de convidados com os dados para contato. Há algo mais que eu possa fazer?

— Isso deve bastar, por enquanto. Obrigada, mais uma vez. — Eve se levantou e estendeu a mão para Dudley. — Nossa, desculpe, eu perdi a noção do tempo. Fim da entrevista!

Prazer Mortal

— Mizzy vai acompanhá-las até a porta. Por favor, mantenha-me atualizado sobre todos esses assuntos.

— Você será o primeiro da fila.

Depois que elas saíram da casa e entraram na viatura, Eve se permitiu sorrir abertamente.

— Você reparou nos sapatos?

— Ah, e como! Agora temos registros dele e de seus pés assassinos.

— Pés assassinos?

— Bem, ele é um assassino e os pés estão colados nele. Seu álibi é sólido — acrescentou Peabody. — E a primeira bonitona de vermelho mencionou que Moriarity estava na festa, então parece que ele vai ter um bom álibi também.

— É uma viagem curta de carro daqui até a casa de Meryle Simpson. Cronometrei e deu seis minutos. Talvez um minuto a menos, àquela hora da noite, mas vamos calcular doze para a viagem de ida e volta, dez para matar, e vamos acrescentar mais uns dois, no máximo, para ele se congratular e pegar o vinho.

Eve deu uma última olhada na casa de Dudley pelo retrovisor, enquanto se afastava.

— Grande festa, bebidas rolando livremente, pessoas vagando pelo lado de fora e pela casa. Quem vai notar um convidado que deu uma escapada por menos de meia hora?

— É meio arriscado, mas eles são pessoas muito ricas, e gente desse tipo costuma se manter coesa ao grupo. Aposto que mais da metade das pessoas que estavam na festa vão jurar que Moriarity estava lá.

— Então, é melhor provarmos que não estava, pelo menos o tempo necessário para atravessar Delaflote com um arpão. Depois, certamente haverá uma conexão do passado entre a vítima e Dudley. Vamos achar isso. A vítima tem cerca de dez anos a mais que ele, então os dois não frequentaram a escola ao mesmo tempo. Vamos procurar nas fofocas e escândalos das colunas sociais, antes de qualquer coisa. E vamos investigar a vítima e descobrir o que Delaflote tinha em comum com Dudley. Se viajavam para os mesmos lugares, se tinham interesses em comum.

Ela pegou o *tele-link* do painel e ligou para Feeney.

— E aí? — disse ele, quando atendeu.

— Tenho imagens de Dudley com os mesmos sapatos que ele usou em Coney Island. Você consegue comparar essas imagens digitalmente e me confirmar que são o mesmo par?

— Mande-as para mim. A imagem do parque de diversões não está muito clara, mas deve dar para fazer uma análise probabilística.

— Estou indo para a Central. Vou precisar de você e dessa confirmação para mais tarde, ainda hoje. Preciso de munição, muita munição, para tentar conseguir alguns mandados de busca.

— Vamos fazer o melhor possível. Você quer isso mais tarde, mas a que horas?

— Aviso assim que souber.

Ela desligou.

— Peabody, reserve para nós uma das salas de conferência.

— Para quando?

— A partir de agora e até que eu esteja com tudo bem estruturado. Preciso de mais espaço para espalhar tanto material. Preciso de um quadro maior para os crimes, e enquanto você estiver providenciando tudo isso, preciso também de Baxter e de Trueheart.

— E eu preciso de um milhão de dólares e uma bunda menor, só para aproveitar a lista de necessidades. — Peabody deu de ombros ao ouvir o grunhido de Eve e começou a trabalhar.

A um quarteirão da Central, o comunicador tocou. Eve usou seu smartwatch para atender.

Emergência para a tenente Eve Dallas.

— Porra, você está de sacanagem comigo!

Obscenidades ditas durante um comunicado oficial podem resultar em advertência. Apresentar-se no Central Park, pista principal de jogging. Procurar pelos detetives Reineke e Jenkinson.

Prazer Mortal

— Qual é o assunto? — Eve quis saber.

Possível homicídio, e provável conexão com suas investigações anteriores ainda em andamento. O chamado dos dois detetives é muito urgente. Desligando...

— Entendido. Porra! — exclamou ela, assim que a ligação foi cortada. — Ligue para um deles agora mesmo. — Eve virou para oeste, praguejando ao longo do caminho, e então tomou a direção do centro da cidade.

— Reineke — avisou Peabody, apontando para o *tele-link* do painel.

— Espero que isso seja bom, Reineke — avisou Eve.

— Achamos que tem a ver com algumas das suas vítimas, tenente. À primeira vista parecia um suicídio, mas quando chegamos aqui e analisamos com mais cuidado, nos pareceu homicídio. Já pesquisamos o nome da vítima: Adrianne Jonas. Ela era o que chamam de facilitadora para os ricos. Quando eles querem obter uma coisa, ela arruma um jeito de conseguir. É a profissional número um na sua área de atuação, entende?

Sim, ela pensou quando seu estômago embrulhou. Ela tinha entendido.

— Continue.

— Ela está pendurada em uma árvore junto da pista de corrida aqui do parque, presa por um maldito chicote. Não se veem chicotes todos os dias, e normalmente não se vê uma mulher com vestido de festa pendurada numa árvore por um troço desses. Achamos que ela se encaixa bem no seu perfil de vítima. Lugar público, a vítima é uma profissional respeitada, arma do crime esquisita.

— Mantenha a cena bem protegida. — Ela encostou no primeiro meio-fio que viu e ignorou as buzinadas. — Leve a gravação dos sapatos para Feeney e organize tudo. Adiante tudo que for possível. Investigue a lista de convidados, Peabody. Trabalhe nisso.

Vou continuar até o parque, para me encontrar com os detetives na cena do crime.

— Dallas, como diabos ele fez isso? Como conseguiu...

— Não sei, dê o fora e trabalhe. Agora!

Peabody mal tinha batido a porta da viatura e Eve já ligava a sirene e saía a toda velocidade para o centro.

Ela imaginou que Adrianne Jonas tinha sido uma linda mulher, mas as pessoas enforcadas simplesmente não ficavam bonitas. O chicote tinha feito seu pescoço sangrar, e ela mal teve tempo de tentar impedir o estrangulamento antes de ser arrancada do chão.

Perdera os sapatos, provavelmente quando o seu corpo se retesou e ela se contorceu e chutou o ar com as pernas. Eles ainda estavam lá, cintilantes, sobre a grama.

— Duas pessoas que corriam de manhã a encontraram e deram o alarme. — Reineke balançou o polegar em direção a duas mulheres que prestavam declarações a Jenkinson. — Elas disseram que haviam encontrado uma mulher que tinha se enforcado, e estavam muito histéricas. Difícil culpá-las. Os guardas chegaram aqui, deram uma olhada e repassaram o caso para a Divisão de Homicídios. Uma vez que identificamos a vítima e levantamos todas as informações sobre ela, vimos a forma como ela tinha sido enforcada e achamos que... puxa vida, isso tem a ver com o caso de Dallas.

— Sim, você acertou. A hora exata da morte deve ser a madrugada de hoje. Isso não aconteceu ontem à noite. Ontem foi a rodada do Moriarity. Dudley simplesmente resolveu fazer a sua jogada logo cedo.

— Você acertou, tenente. Os instrumentos determinaram a hora da morte por volta de 3h. Nós adiantamos o seu lado e já solicitamos essa informação. Você quer conversar com as testemunhas? Posso lhe avisar que já recolhemos os depoimentos. Elas correm aqui três vezes por semana e sempre juntas, por questão de segurança. Ambas têm a ficha limpa. Moram no mesmo prédio, na rua 105.

— Não, se você já falou com elas, libere-as. Me dê só mais cinco minutos aqui, detetive.

— Pode deixar, tenente.

Ela pressionou os dedos sobre os olhos por um momento e se obrigou a limpar a mente. Trabalhe, ordenou a si mesma, da mesma maneira que tinha ordenado a Peabody.

Ele a atraiu até aqui, pensou. Contratou-a sob uma falsa identidade para manter o seu nome verdadeiro fora da agenda de clientes dela. Uma facilitadora para pessoas ricas. Esse tipo de profissional pode ser convocado para ir a lugares estranhos em horários ainda mais estranhos. Um serviço exclusivo para os ricos e excêntricos. Ele deve ter chegado aqui antes, para esperá-la. Ela provavelmente o conhece, sim, provavelmente ele já usou seus serviços antes. Alguém como ele certamente o faria. Ela deve ter ficado surpresa ao vê-lo, não é? Não esperava por ele, mas também não ficou preocupada.

Ela circundou o corpo. Nenhum rasgão nas roupas, notou. Um golpe rápido com o chicote, portanto ele deve ter praticado antes. Um golpe e ele lhe envolveu o pescoço. Foi doloroso, foi chocante, foi um estrangulamento.

Franzindo a testa, Eve se agachou e analisou o chão.

Ela caiu... talvez tenha ficado no chão, de quatro. Eve detectou o que pareciam pequenas manchas de grama nos calcanhares, nas mãos da vítima e nos joelhos, logo abaixo da bainha da saia.

— Mas ele teve de chicoteá-la acima dos braços. Ela não é alta, mas não precisava ser. Qual a sua altura... 1,60 metro?

— Um 1,58 metro, é o que informa a sua carteira de identidade. Desculpe, tenente. — Jenkinson deu de ombros quando ela se virou para ele com cara de estranheza. — Achei que você estivesse falando comigo.

— Estava só pensando em voz alta. O assassino teve de içá-la. Ele está em boa forma e é alto o bastante para conseguir fazer isso. Mas isso exige muita força. Ou alguma ajuda química — considerou.

A droga *zeus* transformava homens em deuses... ou pelo menos lhes dava a descarga de adrenalina para eles pensarem isso.

— Ele é usuário de drogas. Duas cheiradas lhe dariam força suficiente para isso. Talvez ele tenha trazido uma escada dobrável. Droga, talvez ele tenha dito para *ela* trazer uma. Bastou arrastá-la enquanto ela ainda sufocava, chutando o ar e tentando agarrar algo. Prendeu a extremidade do chicote e esperou até ela parar de chutar. Não demorou muito. Depois voltou para casa e contou a seu amigo que eles estavam empatados.

— Soubemos que houve outro crime ontem à noite.

— Sim, eles estão a todo vapor.

— Eu e Reineke queremos entrar no caso, Dallas. Esses filhos da puta merecem se ferrar.

— Tudo bem, vocês estão dentro. Levem-na para Morris. Os peritos da cena do crime devem vasculhar esta área como se ela tivesse sido polvilhada com diamantes. Digam-me o endereço dela. Onde está a sua bolsa?

— Não encontramos a bolsa. Pode ser que algum safado tenha aparecido aqui e roubado. As pessoas fazem qualquer coisa.

— E deixaria esses sapatos? Aposto que dá para vendê-los por mil dólares, numa boa. *Ele* levou a bolsa dela. Ela devia ter uma bolsa. Com maquiagem, cartões de crédito, *tele-link*. Provavelmente tinha algum spray de pimenta e um botão de pânico também. Ele pegou a bolsa, como seu amigo pegou o vinho. Estão muito confiantes e ficaram desleixados — murmurou ela. — Canalhas arrogantes.

— Ela mora na Central Park West. Não precisou ir muito longe para morrer. Você quer que um de nós vá até lá com você?

— Não. — Ela pegou o endereço. — Terminem aqui, registrem tudo com precisão e me enviem um relatório. Trabalhem nisso com Peabody. Sylvester Moriarity certamente tem alguma conexão passada com ela. Vocês precisam encontrá-la. Peabody vai atualizar vocês sobre tudo. Se estiverem investigando algum outro caso, repassem-no. Isto aqui é prioridade.

— Tudo bem.

Ela ficou por mais um momento ali, olhando para a não mais bonita Adrianne Jonas, então deu as costas e foi embora.

Caminhando pelo parque, pegou o *tele-link*. Ela só precisava falar com ele por um minuto, disse a si mesma. Trinta segundos. Talvez só precisasse ver o rosto dele.

Deus. Ela precisava de algo, pensou.

— Olá, tenente. — Caro, a assistente de Roarke, sorriu na tela. — Se você esperar um momento eu o coloco na linha.

— Ele deve estar muito ocupado. — Senão teria atendido pessoalmente, refletiu. — Não é importante. Torno a ligar mais tarde.

— Recebi ordens para passar a ligação, caso você entrasse em contato. Já vou... Você está bem?

Nossa, será que estava tão na cara?

— Estou bem, sim.

— Espere um segundo — disse Caro.

Burra, Eve se repreendeu. Foi idiotice tê-lo interrompido. Foi idiotice sentir necessidade disso. O que ela precisava era cuidar do trabalho, mas se ela desligasse agora, ele a caçaria de volta. E ela se sentiria ainda mais idiota.

— Eve? O que há de errado?

— Eu não devia ter ligado... mas isso não importa, porque agora já liguei. Eles conseguiram matar mais uma pessoa.

— Hoje?

— Às 3h, no Central Park. Eu só... Deus. Ele a enforcou numa árvore do parque. Usou um chicote. Acabei de...

— Onde você está agora?

— Estou saindo do parque e indo para a casa da vítima. Preciso dar uma olhada no lugar e tentar descobrir como ela foi contratada. Tenho que trabalhar nisso.

— Me dê o endereço. Vou te encontrar lá.

Ela sentiu sua garganta queimar e percebeu que a emoção lutava contra a decisão de manter a raiva sob controle.

— Não foi para isso que eu tirei você de uma reunião importante. Me desculpe por ter ligado.

— Se você não me der o endereço eu vou descobri-lo por outros meios, e você não vai gostar. Vamos evitar uma briga por algo sem importância, ainda mais quando estamos cansados e frustrados.

— Escute, eu tenho o meu trabalho e você tem o seu. Me desculpe se eu...

— Última chance de evitar a briga. Você está um pouco mais abatida do que eu, então vou ganhar.

Ela xingou baixinho, mas deu a ele o endereço.

— Vou liberar a sua entrada com a segurança do prédio.

— Ora, mas isso é um insulto. Chegarei lá em breve.

Ele faria o papel de Peabody novamente, pensou, ao entrar na viatura. Tudo bem, fazer o quê? Ela precisaria de todos os olhos, ouvidos, mãos e cérebros que conseguisse reunir.

Capítulo Dezenove

O porteiro deu uma olhada na viatura de Eve e, fazendo uma expressão de estranheza, deixou seu posto para ir até ela. E colocou um belo sorriso no rosto, ela teve de reconhecer isso.

— Algo que eu possa fazer por você, senhorita?

Ela ergueu o distintivo ao saltar do carro.

— Algumas coisas, sim. Primeiro, certifique-se de que a minha viatura ficará junto da calçada, onde eu a estacionei. Em segundo lugar, libere a minha entrada para o apartamento de Adrianne Jonas. Em terceiro lugar...

— Preciso verificar com a sra. Jonas antes de liberar a senhora. Ahn... — Ele deu mais uma olhada no distintivo — ... tenente.

— Vá em frente, então. Ela está a caminho do necrotério.

— Ora, mas o que é isso? Não brinque com uma coisa dessas. — O choque sincero e a angústia em seus olhos fizeram com que ela desejasse ter sido um pouco mais diplomática. — A sra. Jonas está morta? O que aconteceu com ela?

— Você a conhecia bem?

— A melhor dama que alguém poderia conhecer. Sempre com uma palavra simpática, sempre com um sorriso nos lábios. Ela sofreu algum acidente?

— Não, alguém a matou deliberadamente.

— Oh, mas o que é isso? — repetiu ele. — A senhora está me dizendo que alguém a matou? Por que alguém ia querer matar uma moça tão especial como ela?

— Gostaria de descobrir isso. Você precisa liberar a minha entrada... — Como ele tinha feito com o distintivo de Eve, ela olhou a placa de identificação no bolso dele — ... Louis. Tenho um consultor a caminho daqui. Você também precisa liberá-lo quando ele chegar.

— Preciso apenas de um minuto, senhora.

Ele tirou o elegante chapéu vermelho com detalhes em prata, baixou a cabeça lentamente e fechou os olhos. A simplicidade daquele gesto deixou Eve desconcertada, mas ela colocou as mãos nos bolsos e lhe permitiu um minuto de silêncio.

Ele soltou um suspiro e recolocou o chapéu. Endireitou as costas e abriu os ombros.

— Preciso escanear o seu distintivo. — Ele se moveu para a porta e a abriu para a área do saguão tranquila e imaculadamente limpa. — E vou precisar do nome do seu consultor.

Eve pegou o distintivo outra vez.

— Roarke.

A cabeça do porteiro se ergueu.

— Oh. — Ele lançou para ela e para o distintivo um olhar ainda mais atento. — Não percebi, senhora. Desculpe por atrasá--la, tenente Dallas.

— Não tem problema. — Quer dizer então que Roarke era o dono daquele edifício? *Grande surpresa!*

—– Basta a senhora pegar o elevador dois até o quinquagésimo primeiro andar e então... Por Deus, eu não estou raciocinando direito. Ele esfregou a mão na nuca e balançou a cabeça. — A sra. Wallace já está lá em cima. Ela chegou meia hora atrás.

— Sra. Wallace?

— Ela é assistente da srta. Jonas, e também temos Maribelle, que é a governanta, ela saiu há poucos instantes para cuidar de algumas tarefas matinais. Devo avisar a sra. Wallace de que a senhora está subindo?

— Não. Alguém mais trabalha para ela ou mora nesse apartamento?

— Tem a Katie. Acho que ela é o que se chama de copeira e empregada, mas ainda não chegou para trabalhar hoje. Maribelle tem seu próprio apartamento, que fica ao lado do da sra. Jonas.

— Ok. Obrigada.

— É o apartamento 5100, tenente — disse ele, enquanto ela atravessava o saguão a caminho do elevador. — Não pretendo ensinar-lhe a conduzir o seu trabalho, ou algo do tipo, mas se a senhora puder, suavize um pouco a notícia para a sra. Wallace, sim? Isso vai derrubá-la de verdade.

Eve concordou com o pedido e entrou no elevador. A notícia de um assassinato era para derrubar mesmo, pensou. Digitou os nomes que o porteiro lhe dera em suas anotações enquanto o elevador subia silenciosa e suavemente ao longo dos 51 andares.

Quando tocou a campainha ao lado das largas portas duplas do apartamento 5100, ela se perguntou o que significaria "suavizar um pouco a notícia".

A mulher que abriu a porta tinha cerca de três quilos de cabelos negros em cachos enlouquecidos e pele na cor do café que Peabody tomava regularmente. Seus olhos eram como folhas de primavera verde-claras, e se fixaram longamente nos de Eve, por muito tempo. Um tempo tão longo que Eve compreendeu que não precisaria "suavizar um pouco a notícia".

— Eu conheço você. — A voz grave pareceu perder o fôlego.

— Sei quem você é. Foi Adrianne. Algo aconteceu. — Seus lábios tremeram e sua mão pressionou o batente da porta. — Por favor, conte-me logo.

— Devo informá-la que Adrianne Jonas está morta. Meus sentimentos pela sua perda.

Ela quase perdeu o equilíbrio, mas quando Eve se preparou para estender o braço e ampará-la, ela se enrijeceu. Lágrimas brilhavam naqueles suaves olhos verdes, mas não escorreram.

— Alguém matou Adrianne.

— Sim.

— Alguém matou Adrianne — repetiu. — Ela não estava aqui quando cheguei hoje. Não está respondendo ao *tele-link*, e nunca deixa de fazê-lo. Alguém matou Adrianne.

Só porque a mulher não ia desmaiar ou gritar, nem sair correndo num impulso histérico, isso não significava que não estivesse em choque. Ser gentil, Eve supôs, tinha diferentes níveis.

— Eu gostaria de entrar. Por que não vamos aí para dentro e nos sentamos?

— Sim, eu preciso me sentar. Por favor, entre.

O saguão da entrada levava a outro conjunto de portas, agora abertas, que se conectavam a um grande espaço de pé-direito alto com uma ampla faixa de janelas. Os assentos tinham sido habilmente instalados debaixo das janelas, e havia mais portas de vidro entre as paredes.

A mulher escolheu uma poltrona de braço e se acomodou ali lentamente.

— Quando?

— Nesta madrugada. Ela foi encontrada no Central Park, perto do Great Hill. Você sabe por que ela estaria lá a essa hora?

— Tinha marcado um compromisso. Às 3h.

— Com quem?

— Darrin — Sua voz falhou. Ela balançou a cabeça e pigarreou. — Darrin Wasinski, um cliente. Ele queria que sua filha se casasse lá, e tinha que ser a esta hora da madrugada. Ela e o futuro marido tinham ficado noivos exatamente neste lugar e nessa hora.

Ela colocou os dedos sobre os olhos e respirou fundo várias vezes.

— Sinto muito. Estou tentando pensar com clareza, tenente.

— Não tenha pressa. Você quer que eu lhe traga alguma coisa? Um pouco de água?

— Não. Ele queria que ela o encontrasse lá para ter uma ideia do cenário, do terreno e da aparência do lugar a essa hora da madrugada. Sua filha queria algo romântico, mas inigualável. Algo que ninguém mais tivesse pensado em fazer. Ele queria que Adrianne lidasse com toda a logística do evento. Oh, Deus, Darrin também foi morto? Oh, Deus!

— Não. Ele é um cliente novo?

— Não, já usou nossos serviços antes, em assuntos pessoais e profissionais. É o diretor de operações financeiras da Intelicore, empresa aqui de Nova York.

Claro que é, pensou Eve.

— Eu deveria ter ido até lá com ela. — Sua respiração ficou mais forte e entrecortada enquanto ela lutava para recuperar o controle. — Adrianne é tão autossuficiente, e só Deus sabe como consegue cuidar bem de si mesma. De qualquer modo, eu deveria ter ido até o local com ela. Nós estivemos em uma festa na noite passada, e ela foi da festa direto para lá.

— Onde foi a festa?

— Na casa de Winston Dudley. Ainda havia muita gente quando fui embora, por volta de 1h30. Não sei a que horas ela saiu. Darrin a encontrou? Você sabe se...

Eve a interrompeu.

— Foi ele que marcou pessoalmente a consulta?

— Sim, nos enviou um e-mail ontem à tarde. Tenente, Darrin não teria ferido Adrianne, eu seria capaz de jurar isso. Ele é um homem adorável, dedicado à família... e foi por isso que fez de tudo para que esse projeto incomum da sua filha pudesse se realizar.

— Você, a sra. Jonas ou qualquer outra pessoa na equipe conversaram pessoalmente com ele sobre os acertos e planos?

— Não, só por e-mail. Foi algo do tipo "em cima da hora", e certamente não aceitaríamos esse trabalho se Darrin não fosse um cliente regular da empresa há muito tempo.

Uma reserva feita por um cliente regular e antigo, marcado para uma hora em que Adrianne Jonas já estaria fora, na festa para a qual Dudley a convidara. Essa seria a garantia de que ela estaria onde eles a queriam, e no momento que desejassem.

— Eu gostaria de cópias desses e-mails. Jonas já fez trabalho como agente facilitadora para o sr. Moriarity ou o sr. Dudley?

— Sim. Eles são excelentes clientes. Foi um assalto?

— Não.

— Não entendo como isso pode ter acontecido. Ela é treinada em autodefesa, tem faixa preta em diversas artes marciais; carregava sempre um spray de pimenta e um botão de pânico.

— Na bolsa dela?

— O spray, sim. Seu smartwatch tinha o botão de pânico. É muito parecido com o meu. — Wallace bateu no próprio punho. — Adrianne deu um desses a todas as pessoas que trabalham com ela. Nós vamos a locais incomuns, muitas vezes em horários estranhos. Todos nós temos prática em autodefesa. Ela nos queria sempre em segurança — acrescentou Wallace, e a primeira lágrima escorreu pela sua bochecha. — Você pode me contar o que aconteceu com ela?

Isso logo seria noticiado, pensou Eve.

— Ela foi enforcada.

— Oh, meu Deus, meu Deus! — Ela empalideceu e suas mãos se juntaram sobre o colo, como em oração. — Isso não pode estar acontecendo!

— Sei que é difícil, mas preciso ver todos os e-mails. Também ajudaria se eu pudesse vistoriar todo o apartamento. Ela mantinha o seu espaço de trabalho aqui?

— Sim. Sim, nós trabalhamos no apartamento ao lado, basicamente. Só que às vezes as atividades se multiplicam, se complementam e transbordam para esta sala de estar.

Prazer Mortal

— Aqui trabalham apenas você, a sra. Jonas e Katie?

— Oh, meu Deus, tenho que contar a Katie. Ela só vai chegar ao meio-dia hoje. Mas devo entrar em contato com ela agora mesmo. E também com Bill e Julie.

— Bill e Julie?

— São os pais dela. Eles moram em Tulsa. Ela é de Tulsa.

— Notificaremos seus pais. Talvez você possa contatá-los mais tarde hoje, depois que eu tiver conversado com eles.

— Certo. Sim, tudo bem. Eu estava preocupada, quer dizer, um pouco preocupada quando cheguei aqui esta manhã e não a encontrei. Mas imaginei que ela tivesse voltado para a festa depois da consulta, e talvez tivesse ido para a casa de alguém. Isso não é comum, mas ela e Bradford Zander, um dos outros convidados da noite passada, se veem de vez em quando. Mas ela não respondeu ao *tele-link*, e Adrianne fazia questão de atender sempre, ou pelo menos mandar uma mensagem avisando que tinha recebido a chamada. Mesmo assim, eu disse a mim mesma que isso não significava nada e resolvi dar a ela mais alguns minutos, pois ela poderia estar no chuveiro ou algo assim...

"Então eu vi você na porta e soube. Nós temos um arquivo completo sobre você, tenente."

— Vocês o quê?

— Oh, falando assim soou estranho. — Ela esfregou o rosto úmido comas palmas das mãos. — Adrianne acreditava em estar sempre preparada. Você pode ser cliente nossa, algum dia. Então, mantemos arquivos, artigos e dados básicos sobre as suas atividades. Ela admirava muito você. Acreditava de forma fervorosa em mulheres que deixam uma marca profunda na sociedade, fazendo o que lhes compete fazer. E assim que a vi na porta, entendi o porquê de ela não ter voltado para casa, nem ter atendido ao *tele-link*. Ela é minha melhor amiga no mundo, e eu sabia que você estava aqui para me contar que ela estava morta.

Wallace enxugou outra lágrima e piscou algumas vezes.

— Você vai descobrir quem fez isso com ela, não vai? É isso que ela teria esperado de você. Vou levá-la aos nossos escritórios.

Quando elas se levantaram, a campainha soou.

— Você pode me dar licença um minuto?

Quando Wallace foi até a porta, Eve se inclinou para mantê-la à vista. Observou Roarke entrar e pegar as mãos de Wallace entre as dele. Ele falava baixo, então tudo o que ela ouviu foi o conforto em seu tom de voz.

Quando ela se virou, Eve viu que as lágrimas tinham vencido novamente a batalha.

— Vou levar vocês dois até o nosso espaço de trabalho. E vou providenciar uma lista impressa dos e-mails que você precisa.

— Seria útil se você também me trouxesse uma lista de alguém que poderia saber que a sra. Jonas ia até o Central Park a essa hora da noite. — Aquele era um trabalho sem urgência ou necessidade, Eve pensou, mas daria a ela algo com o que se ocupar.

— Tudo bem. — Ela caminhou de volta pelo saguão e atravessou as portas, já abrindo-as para o grande salão anexo.

Outra sala de estar projetada, conforme Eve percebeu, para manter os clientes confortáveis. Um ambiente elegante e ensolarado, que provavelmente abrigava aparelhos para entretenimento ou equipamentos para servir alguns drinques.

Mais tarde, Eve decidiu, ela precisaria passar um pente fino pelo resto do apartamento, para verificar os espaços mais íntimos da casa.

— Você pode me dizer se ela teve problemas com alguém recentemente? Um cliente que tenha ficado chateado ou insatisfeito? Um desacordo pessoal com alguém?

— Não, ela nunca deixou um cliente insatisfeito. Sempre encontrava um jeito de conseguir o que eles queriam, e se não fosse exatamente o que procuravam, tinha um talento especial para fazê-los acreditar que o resultado era tão bom ou até melhor do que eles esperavam. No nível pessoal, ela mantinha as coisas de um jeito casual. Ainda não estava pronta, segundo dizia, para um

Prazer Mortal 347

relacionamento sério. Eu, sinceramente, não conheço ninguém que pudesse fazer isso com ela. As pessoas gostavam muito de Adrianne, isso era parte do segredo do seu sucesso: oferecer às pessoas o que elas queriam e ser agradável.

Ela saiu para outro espaço menor, que mais adiante se transformava em um escritório. O lugar lembrou a Eve o consultório de Mira. Não na decoração, ela percebeu, mas em algo que lhe pareceu feminino, bonito e eficiente, tudo ao mesmo tempo.

— Posso copiar todos os e-mails em disco, a menos que você prefira uma cópia impressa.

— As duas coisas não seria mau.

— Tudo bem. — Ela se sentou em frente ao computador. Quando terminou, entregou a Eve um arquivo impresso em papel de boa qualidade e um disco dentro de uma capa.

— Eu gostaria de digitalizar também outras correspondências, e alguns dos arquivos.

— Sinto que devo dizer que o nosso ramo de negócios é baseado em privacidade e discrição. Mas não quero me preocupar com isso agora. E sei que Adrianne ficaria revoltada com o que aconteceu. Puxa, dizer isso agora me pareceu uma imensa tolice.

— Não, nada disso. Você está certa.

Wallace conseguiu dar uma risada fraca.

— Ela também gostaria que você tivesse as ferramentas necessárias para realizar o seu trabalho. Eu gostaria que você me avisasse, caso faça cópias ou transfira nossos arquivos.

— Sem problema.

— Se você não precisa que eu fique aqui, eu poderia ter alguns minutos sozinha?

— Fique à vontade. Ahn... sra. Wallace? — chamou Eve, assim que ela se preparou para sair. — Parece-me que a sra. Jonas sabia escolher muito bem as suas amizades.

— Isso foi uma coisa gentil de se dizer — murmurou Roarke, quando ela saiu.

— Não estou me sentindo muito gentil. Adrianne não é a única revoltada agora. Eu te disse que conseguiria lidar com isso.

— Devo interpretar isso como uma afirmação de que você está chateada comigo?

— Não especialmente. — Eve suspirou. — Só um pouco, ainda mais porque você está aqui e eu posso socar você, caso precise.

— Se eu não tivesse vindo, você não estaria chateada comigo, mas eu não estaria aqui para você me socar.

— Não tente me convencer a usar a lógica agora. Eles tiveram uma noite realmente espetacular, festa chamativa, com o entretenimento privado deles como atração extra. Planejaram usar essa festa e um ao outro como álibis... com o bônus de tudo ser uma isca para Adrianne Jonas. Um dos dois saiu de mansinho e espetou o *chef*; depois, o outro saiu de mansinho e enforcou a agente facilitadora. E um deu cobertura ao outro.

"E você não me contou que era o dono deste prédio", completou ela.

— Tenho participação majoritária aqui, mas isso não estava na minha cabeça quando você me informou o endereço. Eu a conhecia um pouco... Adrianne.

— Você já foi cliente dela?

— Não. — Ele enfiou as mãos nos bolsos e vagou pela sala. — Sei como facilitar as coisas para mim mesmo. E se eu não tiver chance ou tempo de fazer isso, tenho Caro e Summerset. Mas ela desenvolveu uma reputação profissional excelente.

Ele tocou a moldura de uma foto onde Adrianne e Wallace sorriam, os braços em volta da cintura uma da outra.

— Era uma mulher adorável, com muito estilo e charme — acrescentou. — E também tinha talento para o pensamento fluido. Conheço várias pessoas que eram suas clientes e trabalhei com ela, ou melhor, trabalhei indiretamente com Bonita... Bonita Wallace — explicou, ao ver o olhar vazio de Eve. — Como eles conseguiram que ela fosse até o parque?

Prazer Mortal

Ela contou os detalhes a ele enquanto examinava a cópia impressa dos e-mails.

— Esse cara, Wasinski, não sabe nada sobre isso. Vou ter que dar uma olhada, mas ele vai ser como os outros. Apenas a isca. A diferença é que ele conhecia a vítima.

— Eles estão adicionando mais ligações ao jogo — disse Roarke.

— Sim, aumentando as apostas o tempo todo, agora. Olhe só, bem aqui no seu primeiro e-mail, ele pediu que ela não entrasse em contato direto via *tele-link*, já que ele estaria em reuniões a maior parte do dia. Nem para deixar mensagens no correio de voz, pois ele queria que tudo fosse uma surpresa, e a esposa poderia checar suas mensagens e blá-blá-blá. Pediu para ela só usar essa conta de e-mail que ele abriu em vez da sua conta normal para manter as coisas na surdina até eles combinarem tudo.

— E ela não questionou nada disso?

— Ele é um bom cliente, ela já o conhece há algum tempo. Usou o nome da filha, o nome da esposa, e ela costuma trabalhar com esse tipo de assuntos pessoais. Ele até mencionou saber que ela tinha sido convidada para a festa no jardim de Dudley. Por que ela questionaria? Provavelmente esse não foi o pedido mais estranho que ela já recebeu.

Eve se sentou na escrivaninha e começou a rolar a tela ao longo da correspondência mais recente.

— Já que você está aqui e eu não te dei nenhum soco, talvez você possa verificar o *tele-link* da mesa.

— Farei isso, mas com uma condição. Você vai parar de se culpar, aqui e agora.

— Não estou fazendo isso... Não exatamente.

Ela olhou para a foto e notou que estava certa na sua avaliação inicial. Adrianne Jonas era uma mulher muito bonita quando estava viva.

— Sinto que estou ficando para trás nesta competição, e por causa disso mais duas pessoas estão mortas. Mas também sei que essa competição é manipulada. Tudo está configurado para que eu não saiba quem é o alvo e, por causa isso, tenha que perder tempo checando todas as pistas e os álibis falsos deles.

— Por que gastar tanto tempo quando você já sabe que eles manipulam tudo e seus álibis são falsos?

— Porque não posso jogar pelas regras deles. Preciso mostrar a um juiz... e eventualmente a um juiz e a um grupo de jurados, que investiguei com cuidado, verifiquei e eliminei todas as possibilidades viáveis. Que compilei as provas. Talvez o tal de Darrin Wasinski tivesse uma ideia maluca, eles planejassem ter um caso, ou *ele* quisesse ter um caso com a vítima. Talvez ele tenha decidido cometer um assassinato igual a outro que viu recentemente porque ela não fugiu para Moçambique com ele, ou porque ela ameaçou contar à sua esposa que eles andaram aprontando em Moçambique quando ele deveria estar em Albuquerque, a negócios.

— Mas você não acredita em nada disso nem por um instante.

— Nem por um nanossegundo, mas tudo isso tem que ser verificado, investigado, eliminado. Quando tiro do cenário tudo que é falso e não deixo espaço para manobras, as coisas se mantêm no padrão certo. Isso me leva ao básico: é fundamental que eu estabeleça uma causa provável suficiente e apresente evidências circunstanciais que me garantam um mandado de busca, para eu poder prendê-los.

E, Deus, ela pensou, ela *queria* prendê-los. Queria ver aqueles rostos presunçosos e sorridentes atrás das grades.

— Esses canalhas se acham muito inteligentes, espertos, e tem mais: eles se julgam protegidos porque são ricos e importantes, e porque eu tenho que seguir todas as regras. Mas são essas regras que vão amarrá-los e sufocá-los, no final.

— Computador, tentar mandar uma mensagem à conta de e-mail que está na tela, mas sem enviar.

Um momento por favor... Esta conta foi encerrada. Deseja usar uma conta alternativa?

— Não. Cancele o pedido. Esse é o primeiro passo... a conta que ele abriu para atraí-la foi encerrada, e você pode apostar que ele fez isso por controle remoto. Podemos começar a trabalhar com isso.

— Sim, podemos. — O passo a passo e o fator tempo das regras de Eve podiam frustrá-lo, mas ele admitia que seguir todos os passos em vez de pegar atalhos era melhor para atingir a perfeição no trabalho. — Muito bom. Qualquer pessoa da DDE poderá encontrar a localização do computador que foi usado para abrir e fechar essa conta. E os assassinos certamente sabem disso.

— Então eles invadiram outro computador, ou usaram um computador público com uma identidade falsa. Mas tudo isso deixa rastros. Até agora eles continuam à nossa frente no jogo, mas estão deixando muitas migalhas de cookies para eu seguir.

Ele teve que sorrir quando passou a mão sobre o cabelo dela.

— Você quer dizer migalhas de pão.

— Eu prefiro cookies. E se eu pegar muitas migalhas, posso fazer uma droga de um cookie. Mas você está certo sobre a DDE. Vou chamá-los aqui para lidar com isso.

— Posso obter o local onde eles fizeram tudo em menos tempo do que você levaria para organizar essa operação.

Ela hesitou.

— Nós temos permissão. Vá em frente. Mesmo assim vou chamar a DDE para vir aqui. Eles podem fazer o resto do trabalho deles no apartamento e eu posso voltar para a Central, passando antes pelo necrotério. Os legistas estão com uma promoção "dois por um".

— Isso é doentio — comentou ele.

— Sim, mas me ajuda a não ficar doente. Enquanto você consegue as localizações e continua o trabalho dentro dos limites legais, vou pedir autorização para verificar os outros cômodos do apartamento da vítima. Nunca se sabe o que pode aparecer.

Nos cômodos privados de Adrianne, ela não encontrou nada que tivesse a ver com o crime, mas confirmou através dos arquivos que tanto Dudley quanto Moriarity haviam usado seus serviços no passado. Com a permissão de Bonita Wallace, usou o *tele-link* do escritório da vítima para notificar os parentes mais próximos.

Quando terminou, Roarke se debruçou sobre o espaldar da cadeira e beijou o topo da sua cabeça.

— Devastador para eles. Doloroso para você.

— Não posso pensar nisso agora. — Ela não podia se permitir sentir nada... não agora. — Ele usou um *tele-link* remoto e provavelmente descartável, pelo que você apurou, nas duas vezes. Uma para abrir a conta de e-mail e a outra para fechá-la.

— Exato, o mesmo *tele-link* nas duas vezes — confirmou Roarke. — Foi dele que os e-mails foram enviados. Descobrimos os vários locais a partir do qual ele o usou. Já os listei para você.

— Preciso acabar de reunir tudo de relevante aqui. Você me poupou algum tempo, então não vou precisar te dar um soco.

— Meu rosto ficará aliviado, mas estranhamente desapontado.

— Não sei a que horas vou para casa.

— Nem eu, já que depois de resolver alguns problemas do meu trabalho vou voltar à Central para ver se posso ser útil para Feeney em alguma coisa.

— Eu diria que Feeney sabe lidar bem com as coisas, mas depois de nove mortos eu não posso recusar ajuda alguma. Não adianta nada dizer que você não deve comprar um monte de comida para um bando de policiais, não é?

Ele abriu um sorriso alegre.

— Não adianta mesmo, ainda mais se eu tiver fome.

Quando eles chegaram à calçada, ao sair, ele segurou o rosto dela entre as mãos.

— Não adianta nada dizer a você para dormir uma hora, mesmo que seja no chão da sua sala, né?

— Provavelmente não hoje. — Seu *tele-link* tocou. — Espere um instante. Dallas falando!

— Diga que me ama!

— Não posso fazer isso. Meu marido está bem aqui do lado. Ele pode ficar desconfiado.

— Que nada, ele vai entender — afirmou Peabody, do outro lado —, ainda mais quando vocês dois ouvirem o que encontrei. Adivinha quem é filho de uma mulher que teve, no passado distante, um caso quente com um *chef* francês que morreu recentemente? Mais ou menos 25 anos atrás?

— Delaflote comeu a mãe de Dudley?

— Exatamente. Na época, isso foi um tremendo escândalo em toda a Europa. O famoso *chef* era bem jovem e sua amante ainda era casada com o pai de Dudley. Ela abandonou o marido e foi morar com Delaflote. Não durou mais que seis meses, mas isso acabou com o casamento e, de acordo com as fofocas de publicações daquele tempo, causou um sério constrangimento para a família Dudley.

— Isso vale um "gosto muito de você, Peabody".

— Own, o amor é lindo.

— Encontre-me uma ligação entre Adrianne Jonas e Moriarity, mais importante que aquela que nós já conhecemos... que ele era um cliente ocasional e tudo o mais. Só então nós poderemos conversar sobre amor. Como está a busca pelo sapato?

— Não sei, eu estava enterrada em casos ilícitos, moda, atos desatinados e escândalos de celebridades. Vou verificar.

— Estou indo para o necrotério. Quando terminar, vou direto para aí. Faça um polimento nesses dados, Peabody.

— Acho que eles já estão começando a brilhar. Sério mesmo.

Eve desligou.

— Preciso ir — avisou a Roarke.

— E quanto ao sapato? — perguntou, quando ela entrou no carro.

— Hoje de manhã o canalha estava usando os mesmos sapatos que pegamos na gravação das câmeras de segurança do parque. Mais migalhas de cookies.

Ele a observou ir embora e decidiu que compraria algumas dúzias de cookies antes de ir encontrá-la na Central.

Peabody ligou de volta no instante em que ela estava no corredor branco do necrotério.

— Continuo só no "gosto muito de você" — avisou Eve.

— Pois pode se preparar para me chamar de "meu docinho de coco", pelo menos. Ainda não é oficial, mas McNab me disse que, se esse não for o mesmo sapato, ele o comerá com molho barbecue.

— Ele comeria qualquer coisa com molho barbecue. Preciso de um laudo oficial.

— Feeney acaba de confirmar oficialmente que o sapato que Dudley usava esta manhã é do mesmo tamanho, da mesma marca e da mesma cor que aquele da câmera de segurança do parque.

— Está mais perto então, mas ainda longe de "meu docinho de coco".

— Ele não pode afirmar *inequivocamente* que é o mesmo sapato. Mas pode apresentar uma probabilidade de 88,7%.

— Quero de 90% para cima. Veja se ele consegue aumentar ainda mais a nitidez das imagens, ou chegar mais perto dos 100%. Noventa já seria melhor que 88%.

— Vou retransmitir seu recado.

Eve guardou o *tele-link* no bolso e empurrou as portas da sala de autópsia.

Morris ergueu a cabeça quando ela entrou.

— Puxa, Dallas, estamos tendo um verão infernal.

— Quando eu terminar, vai ser um inferno ainda mais quente para os dois canalhas presunçosos.

— Antes de irmos ao ponto, quero agradecer a você por organizar o churrasco de amanhã.

— Ahn... Acho que...

— Muitas vezes eu me vejo recuando, fugindo dos amigos. É mais fácil e autoindulgente ficar sozinho. Preciso de um empurrão para escapar desse círculo vicioso, de vez em quando.

Prazer Mortal 355

— Pois é. — Acabara de ir para o espaço o seu plano racional e muito razoável de adiar o tal churrasco. — Que bom.

— Posso pedir um favor? Eu gostaria de levar mais alguém.

O queixo de Eve quase caiu, tamanha a surpresa.

— Ah, claro... Eu não sabia que você já estava...

— Não é esse tipo de alguém. Trata-se de Chale, o padre Lopez. Ele é um bom amigo agora, e sei que você gosta muito dele. Ele também tem carinho por você.

Estava rolando muito "carinho" à volta dela, Eve pensou. Um padre em um churrasco de tiras. Pelo menos a maioria dos convidados eram tiras, corrigiu. Ah, que merda.

— Tudo bem. Vai ser bom revê-lo.

— Obrigado. E agora, quanto ao seu "crime de duas cabeças".

— Rá-rá, boa essa. Eu chamei o caso de "promoção dois por um". Nós temos a mente muito doente.

— Não tem como manter a mente sã num verão desses. Nosso francês nasceu em Topeka, por falar nisso. Foi batizado como Marvin Clink.

— Você tá de sacanagem comigo?

— Peabody fez a pesquisa toda, que incluiu os dados completos e a mudança do nome em cartório. De qualquer forma, a sua suposição na cena do crime estava correta. A morte foi provocada por um arpão. O ferimento confere e a arma, se pudermos chamá-la de "arma", já foi identificada pelo laboratório.

— Esse não é o seu relatório de costume. Você já confirmou essas coisas com o Dick Cabeção?

— Estamos todos trabalhando um pouco mais, desde ontem. E eu também fiquei curioso. Ele está apaixonado, sabia?

— Sim, ouvi dizer.

— Isso é um pouco perturbador.

— E como! — Ela lhe deu um empurrãozinho solidário. — Que bom que você sente a mesma coisa. Aquilo está me provocando arrepios.

O humor iluminou os olhos escuros dele e deu a Eve o seu primeiro momento "alto astral" do dia.

— É indelicado concordar, mas também sinto isso. A identificação da arma já está no computador da sua sala. Foi outro caso de golpe no coração. Em termos simples, o arpão lhe perfurou o peito, rasgou o coração e saiu pelas costas. O arpão foi removido, como você vê, devidamente registrado e enviado para o laboratório. Não há outros ferimentos. Ele tinha consumido pouco mais de 250 mililitros de vinho branco. Estou trabalhando para descobrir a marca.

— Eu tenho a garrafa.

— Ótimo, poderemos confirmar. Ele ingeriu uma refeição leve várias horas antes da morte. Salada, camarão grelhado, aspargos ao molho de vinho e uma pequena quantidade de *crème brûlée* de baunilha.

Apesar das circunstâncias, seu estômago se manifestou.

— Parece muito gostoso.

— Espero que sim. Ele tinha mais algum conteúdo estomacal esparso que, pela variedade e quantidade, me parece ter vindo da comida que estava preparando, bem como um pouco de queijo e dois biscoitos. Não havia drogas em seu organismo. Ele era fumante.

— Tudo se encaixa.

— Ele se submeteu a algum tipo de plástica facial e corporal — continuou Morris. — Mexeu em pouca coisa. Mantinha-se em boa forma, seus músculos estão bem tonificados.

— E quanto a ela? — Eve caminhou até o corpo de Adrianne.

— Ela não morreu tão depressa. Tinha consumido quase meio litro de champanhe, mas neutralizou os efeitos com um Sober-Up. Vamos lhe entregar a cronologia de tudo. Encontrei comida de festa em seu estômago. Caviar, pão torrado, frutas vermelhas, alguns vegetais crus e coisas assim, tudo em pequenas quantidades. Os alimentos foram consumidos ao longo de um período de duas a quatro horas antes da morte. Não encontrei sinais de atividade sexual, forçada ou consensual.

Prazer Mortal 357

Ele levantou a mão dela.

— Há hematomas leves nas mãos e nos joelhos, consistentes com uma queda. Também temos arranhões profundos no pescoço, consistentes com o sangue; e há pedaços de pele sob as unhas dela. Creio que ela arranhou o próprio pescoço, e você já viu que ela quebrou três unhas, sendo que duas delas saíram quase por completo.

— Tentou arrancar o chicote.

— Sim, ele deu três voltas no pescoço dela e o apertou com força. A pele foi rasgada nesses padrões aqui. O chicote obstruiu suas vias aéreas e destruiu a laringe.

— Ela não teria conseguido gritar.

— Não. E se você olhar melhor... Quer usar os micro-óculos?

— Não, já consigo ver. — Mesmo assim, ela se inclinou mais para perto. — Ele a sacudiu com força... talvez ele a tenha levantado um pouco do chão. Então lhe deu um empurrão para cima, o que a levou bem alto e permitiu que ele a içasse no galho. O pescoço dela não está quebrado. — Ela olhou para Morris em busca de confirmação, e ele concordou com a cabeça. — Então, tudo deve ter sido doloroso, aterrorizante e interminável. Só um minuto, talvez dois, mas um tormento sem fim.

— Exato, receio que sim. — Ele olhou para o corpo ao mesmo tempo que Eve. — Ela sofreu muito.

— Os pais dela entrarão em contato com você.

— Vou dizer a eles que foi tudo muito rápido e ela não sentiu dor alguma. — Ele tocou o braço de Eve por alguns instantes. — Eles vão querer acreditar em mim e acreditarão.

Enquanto Eve caminhava de volta pelo corredor branco, desejou poder acreditar também.

Capítulo Vinte

Eve entrou na Sala de Ocorrências com a velocidade de uma bala.

— Trueheart!

Ele pulou de susto em sua cadeira e jogou no chão uma pilha pequena de discos de arquivo ao se levantar para saudá-la.

— Sim, senhora!

— O que quer que você esteja fazendo, pare agora! Vou lhe enviar uma lista de armas... com imagens, marcas, modelos e números de identificação, quando for o caso. Investigue-as. Quero uma lista completa de fornecedores, lojas, colecionadores e licenças. Faça uma referência cruzada com Dudley e Moriarity, em nível pessoal e através das suas empresas... Dudley & Son e Intelicore, respectivamente. Analise também as subsidiárias e filiais, bem como os membros de suas famílias, vivos e mortos. Inclua ex-esposas e seus familiares vivos e mortos. Alguma pergunta?

Os olhos do auxiliar se arregalaram o suficiente para engolir um planeta inteiro, mas ele fez que não com a cabeça.

— Ahn... não, senhora.

Prazer Mortal

— Ótimo. Baxter.

Ele continuou sentado onde estava e sorriu de leve.

— E aí?

— Enviei para você a mesma lista de armas. Quero nomes e locais de clubes de caça, safáris e/ou locais de pesca que permitam o uso de bestas e/ou armas com arpão. Prefira os ambientes de primeira classe, de primeiríssima classe, dentro e fora do planeta.

Ele se ajeitou na cadeira.

— Você quer cada um deles em todo o universo?

— E quando você os obtiver, consiga as listas de membros ou as listas de clientes. Encontre Dudley e/ou Moriarity. Eles andaram praticando. Mais que isso, eles são uns exibidos. Treinaram com essas armas em algum lugar, em algum momento.

— Reineke, Jenkinson! Quero o relatório de vocês sobre o homicídio de Adrianne Jonas na minha mesa o mais rápido possível. Vocês vão trabalhar neste caso como se Adrianne Jonas fosse a amada mãe de vocês. Se Dick Cabeção ainda não tiver descoberto a origem do chicote, o pressionem até que ele o faça. Quando ele conseguir, passem tudo para Trueheart e Baxter. Enquanto isso, encontrem especialistas em chicotes.

— Especialistas? — repetiu Jenkinson.

— Se eu der para vocês uma porra de um chicote, vocês vão saber como enroscá-lo em torno do pescoço de uma mulher? Serão fortes o bastante para enforcá-la com isso? O assassino teve que aprender a usar o artefato em algum lugar, teve aulas com alguém. Especialistas, escolas, treinadores. Encontrem-nos, entrem em contato e cavem tudo até que alguém se lembre de Dudley ou Moriarity. Ou ambos. Cavem tudo! Entenderam?

— Entendi — respondeu Jenkinson, e Reineke ergueu o polegar em sinal de positivo.

— Carmichael!

Quando girou o corpo, duas vozes responderam.

— Estou chamado pela *detetive* Carmichael! — ela especificou, e o oficial Carmichael pareceu levemente desapontado. — Vou lhe dar uma lista com os nomes dos convidados para a festa que Dudley ofereceu ontem à noite e que servirá de álibi para ele.

— Tenente, não estou a par dos detalhes e das especificações desta investigação — disse Carmichael.

— Atualize-a! — ordenou Eve a Peabody. — Quando você estiver por dentro — continuou —, entre em contato com os convidados. Ambos os suspeitos deixaram o local da festa em algum momento. Moriarity provavelmente sumiu pouco antes das 22h, e deve ter retornado antes das 23h. Dudley saiu entre 2h e 2h30, e voltou depois das 3h. Pode ser que Dudley tenha estado em companhia da última vítima. Encontre alguém que percebeu a escapada e sentiu falta deles. Quando terminar a lista de convidados, comece a trabalhar com a equipe permanente e com todas as pessoas que tenham sido contratadas para o evento.

— Você, o cara novo! — Eve apontou para um rapaz de ombros largos que tinha sido transferido para a Central poucos dias antes de ela sair de férias.

— Detetive Santiago, tenente.

— Certo. Trabalhe com Carmichael. — Ela tentou pensar no que acontecia quando Roarke dava uma festa. — Dudley provavelmente contratou alguns manobristas para estacionar os carros. Alguns convidados provavelmente chegaram e foram embora com serviços de motorista particular. Ele deve ter contratado serviço de bufê, garçons e pessoas que não têm compromisso de lealdade com ele. Os prestadores de serviço são invisíveis para pessoas desse tipo; isso é uma vulnerabilidade, porque eles não imaginam que os empregados têm capacidade de observar as coisas e coragem de falar. Encontrem alguém com boa percepção e coragem.

Virando-se, olhou para os guardas.

— Newkirk, Ping e o outro Carmichael, façam o que os detetives precisarem que vocês façam. Qualquer coisa ou informação que apareça, por menor que seja, quero ser avisada. Haverá uma reunião completa com a análise de todos os relatórios atualizados daqui a duas horas na Sala de Conferências... Peabody?

Prazer Mortal

— Sala C.

— Sala de Conferências C daqui a duas horas. Mão na massa! — ordenou. — Esses filhos da puta estão matando pessoas com a mesma velocidade com que um garoto pisa em formigas. Porque querem vê-las esmagadas. Mais que isso... eles acham que somos idiotas e burros demais para derrubá-los. Vamos provar que eles estão errados. Peabody, venha comigo.

Eve foi direto para o AutoChef em seu escritório em busca de café, e apontou o polegar para a máquina.

— É melhor eu não tomar café. — A voz de Peabody mostrava um sincero arrependimento. — Estava quase desabando e tomei café para melhorar. Agora, sinto como se meus olhos estivessem colados, e meus músculos estão todos contraídos. Não encontrei a conexão entre a última vítima e Moriarity.

— Passe isso para Carmichael. O *policial* Carmichael. Por que eles dois têm o mesmo nome? Um deles precisa mudar isso. De qualquer forma, ele é um canalha muito cruel com os detalhes. E sim, eu sei que você acabaria encontrando a ligação — acrescentou, antes que Peabody pudesse protestar. — Mas só com olhos descolados e músculos relaxados. Além do mais, preciso de você para trabalhar em outras possibilidades. Espere aqui um instante.

Ela se sentou, copiou os arquivos relevantes e os transferiu para os policiais designados para cada função.

— E quanto ao vinho e aos suprimentos do *chef* francês?

— Tudo comprado na alegre Paris. — Com tantos detalhes na cabeça, Peabody tirou seu caderno para manter a precisão das informações. — Ele aceitou a reserva cinco semanas atrás.

— Cinco semanas. Isso é bom, porque confirma o planejamento em longo prazo. Dudley sabia que Simpson e a sua família iam viajar para a Geórgia. Ela marcou suas férias com antecedência, isso é comum para o verão em família. Eles queriam garantir que Delaflote estaria livre nesse dia e precisavam inventar e planejar o álibi no momento certo. Provavelmente treinaram isso também.

— A reserva foi feita por e-mail, através do que já descobri ser uma conta temporária no nome de Simpson. O assistente da vítima descreveu o evento marcado como uma surpresa para Frost, o marido da contratante. Um jantar íntimo e romântico para dois, ao ar livre.

— O jardim. Foi tudo preparado para acontecer no jardim — acrescentou Eve, concordando.

— Uma ceia tardia — continuou Peabody. — O adicional pela viagem, feita por Delaflote em seu próprio jatinho, foi paga no início desta semana através da conta de Simpson. Delaflote escolheu pessoalmente, no dia da partida, os suprimentos para o evento e todos os vinhos. Ele é dono de um vinhedo e selecionou três garrafas de Pouilly-Fuissé, uma garrafa de Sauternes e três garrafas de champanhe. Tudo com o rótulo Château Delaflote. Tenho as safras de todos eles, pois o *chef* mantinha uma espécie de planilha com detalhes de todos os seus trabalhos externos.

Ela fez uma pausa e um ar de satisfação invadiu seu rosto.

— E Dallas, tem mais um detalhe: como o cliente informou que esse era um jantar muito especial e sem teto de gastos, os champanhes são de uma edição limitada, uma safra *vintage*. São numerados! Ele pegou os números 48, 49 e 50 da reserva particular que guardava para clientes especiais.

O sorriso de Eve se espalhou lentamente, como um reflexo do prazer de Peabody.

— Talvez eu ame mesmo você.

— Own...

— Vamos encontrar uma dessas garrafas numeradas e vamos acusá-los com base nessa descoberta. Redija esse relatório. Você apresentará tudo isso à assistente da promotoria e ao comandante daqui a algumas horas.

— Oh, caramba!

— Ligue para Feeney e informe a ele a hora e o lugar da reunião. Quero um relatório bem elaborado dele, para a mesma finalidade. Quero todos prontos e na Sala de Conferências na hora

Prazer Mortal

determinada. Sem desculpas. Vou marcar a entrada do comandante e de Reo para dez minutos depois. Atualize Carmichael... os dois. Vou enviar um relatório sobre Adrianne Jonas assim que colocar tudo em ordem. Agora vá embora. E feche a porta.

Antes mesmo de a porta se fechar ela já estava ligando para o gabinete de Whitney. Marcou tudo com ele, ligou também para Reo e, em seguida, para Mira. Se tivesse tido tempo, ela teria aplaudido quando o rosto da assistente temporária apareceu na tela.

— Oh, olá, tenente. Nossa, a doutora está atendendo um cliente neste exato momento.

— Vou enviar para ela vários arquivos na próxima hora, já comecei a fazê-lo. Preciso que ela lhes dê atenção imediata e se apresente à Sala de Conferências C da Divisão de Homicídios, com as suas conclusões, às 14h15 de hoje.

— Ah, bom... acho que ela tem um compromisso...

— Isto é prioridade! O comandante Whitney e uma assistente da promotoria também estarão presentes. A presença da doutora Mira é obrigatória.

— Deus... Vou cancelar o compromisso e...

— Excelente. Se por acaso ela tiver alguma dúvida, pode entrar em contato comigo.

Assim que desligou com a assistente temporária, Eve enviou para Mira o relatório que Peabody fizera sobre Delaflote, e os relatórios que outros detetives tinham feito sobre Adrianne Jonas. Também enviou os relatórios do Instituto Médico Legal, os dos laboratórios e o laudo preliminar dos peritos.

Depois disso ela tentou esvaziar a mente e começou a redigir o seu relatório sobre cada um dos crimes mais recentes.

Por duas vezes ela se levantou para tomar mais café, verificar as horas, consultar o computador sobre o tempo necessário para percorrer a distância entre a casa de Dudley e cada uma das cenas dos crimes — a pé e de carro. Analisou o mapa com cuidado e depois confirmou com o computador as rotas mais rápidas de ida e volta.

Com quase uma hora de antecedência, ela reuniu tudo o que conseguiu para levar à Sala de Conferências. Saiu do escritório e viu que Jenkinson vinha em sua direção.

— Se você tem alguma novidade, fale enquanto anda.

— Deixe-me ajudá-la, tenente.

— Pode deixar, está tudo sob controle.

— Ok. — Ele se apressou para acompanhar o passo dela. — Nós confirmamos tudo com o serviço de motorista habitual da vítima, isto é, da *nossa* vítima. O profissional a levou até a casa de Dudley, e ela disse que avisaria a hora em que ele deveria pegá-la, mas mandou que ele reservasse algum tempo para levá-la até em casa e depois para o Central Park ou, dependendo da hora, direto da festa para o parque. Ela deixou isso em aberto.

— Imaginou que a festa podia ser fraca. Nesse caso ela iria cair fora para ficar um tempo em casa antes de voltar para o seu compromisso. Ok.

— Sim, mas o que ela fez foi cancelar a viagem de vez, mais ou menos às 2h.

Eve sentiu o sorriso lento surgir em seu rosto novamente.

— Porque conseguiu uma carona.

— Nós verificamos com todas as empresas de táxi em Manhattan. Ninguém pegou uma passageira naquele local entre 2h e 3h. E ninguém mais registrou uma corrida por volta dessa hora até a entrada de Great Hill, no Central Park. Só podemos supor que...

— Ela pegou carona — concluiu Eve, erguendo a cabeça e olhando para ele na porta da sala conferências. — Com Dudley.

— Essa é a nossa opinião. — Ele abriu a porta e a acompanhou. — Até agora, Carmichael e o novo colega não conseguiram nada com os convidados, mas estão perguntando se alguém viu a vítima e Dudley juntos entre as 2h e 2h30.

— Ok. — Eve largou suas coisas na mesa de conferência. — Ela com certeza não foi a pé da festa até o lugar marcado no parque calçando aqueles sapatos. E não há razão para Adrianne cancelar o

Prazer Mortal 365

motorista, a menos que tivesse alguém para levá-la, mas já confirmamos que ela não chamou nenhum transporte alternativo.

Havia muitos outros convidados na festa, ela pensou, muitas outras possibilidades de ela conseguir carona. Esse seria o argumento da defesa, mas ela conseguiria derrubá-lo.

— Vamos solicitar um mandado de busca e apreensão para todos os veículos de Dudley, em busca do DNA dela. Se encontramos as impressões digitais dela ou um fio de cabelo, isso vai fortalecer nossa teoria.

— Acho que o outro Carmichael achou alguma coisa, porque ele começou a fazer uns barulhos esquisitos com a garganta, como costuma fazer.

— Sim, grunhidos. Boa.

— Reineke também forçou a barra com Dick Cabeção e ele acelerou o laudo. A arma é um chicote australiano, feito de couro de... canguru.

— Aqueles bichos que pulam e têm uma bolsa na barriga?

— Esses mesmo. Um maldito canguru. O chicote tem 2,20 metros de comprimento, 3,50 metros se contarmos o cabo, que é de aço e chumbo. Cabeção disse que o cabo tem um revestimento de couro macio e está tentando descobrir a marca e a data de fabricação, mas já avisou que não se trata de antiguidade, nem nada assim. E diz que o chicote foi fabricado à mão. Então, Trueheart está pesquisando fabricantes de chicotes australianos. Quando Cabeção entregar o laudo completo, isso vai reduzir nossas possibilidades. Tenente, você sabia que aquele idiota está apaixonado? — completou.

— Sim, eu já sabia.

— Isso é assustador.

— É o que todos achamos. Volte ao trabalho, Jenkinson.

Sozinha, ela começou a completar o quadro de homicídios.

Montava diversas linhas cronológicas quando o outro Carmichael entrou, fazendo grunhidos.

— Chefe, descobri uma coisa.

— Desembuche — disse Eve, e continuou a trabalhar.

— Adrianne Jonas trabalhou como concierge no Kennedy Hotel on Park. Começou como assistente assim que saiu da faculdade. O avô de Moriarity era dono do hotel, em sociedade com alguns amigos. Eles sediavam muitos eventos lá, convenções de empresas, festas particulares, além de acontecimentos importantes e coisas desse tipo.

Eve ergueu a cabeça, pensativa, e reconheceu mais uma peça que se encaixava.

— Quando o velho bateu as botas, deixou sua parte para Moriarity, o neto, que a vendeu uns dez anos atrás. A vítima ainda trabalhava lá na época, só que saiu mais ou menos um ano após a venda. E escreveu um artigo na revista *The New Yorker* antes de ir embora, contando como uma garota do Meio-Oeste tinha se tornado uma das mais importantes concierges de Nova York.

— E ela usou essa experiência para abrir seu próprio negócio. Muito inteligente. Bom trabalho, Carmichael. Faça seu relatório, anexe esse artigo e qualquer outro que aparecer.

As coisas estão se juntando, pensou, migalha após migalha.

Quando seus quadros ficaram completos, ela se sentou diante do computador para verificar as imagens e os dados que pretendia colocar no telão.

— Tenente? Desculpe interromper.

— Se você tem alguma coisa para mim, Trueheart, isso não é interrupção. Se não tem, caia fora.

— É sobre o arpão.

— Pode desembuchar.

— Eles fizeram testes no laboratório sobre o mecanismo e o arpão, e verificaram os regulamentos para esses instrumentos e... acontece que o projétil...

— Desembucha logo.

— Ahn... Tanto o arpão quanto a arma para lançá-lo excedem os limites aceitos pela regulamentação de pesca esportiva, nos

Estados Unidos, na Europa e em vários outros países. A pesquisa de Baxter também cobriu excursões, passeios marítimos, clubes e organizações. O sr. Berenski...

— Meu Deus! — Ela se jogou na cadeira com os olhos arregalados e se virou para ele. — Você não o chama assim de verdade, chama?

Trueheart ficou vermelho.

— Bem, nem sempre. Ele concluiu que a arma foi produzida antes da regulamentação atual, e é de fabricação americana. Ou pode ter sido feita violando os regulamentos. Ele está mais inclinado a acreditar nisso, porque a arma tem entre cinco e dez anos de idade. Algumas das peças internas trazem a marca do fabricante. Fiz um rastreio e cheguei a uma empresa que fica na Flórida. É uma das subsidiárias da empresa de Moriarity, uma fábrica que se chama SportTec.

Com as pernas estendidas, ela sorriu e seus olhos ficaram fixos e frios.

— É mesmo?

— Tenho os dados, senhora, caso queira verificar.

— Isso foi só uma expressão, eu não estava duvidando. Continue cavando. Quero colocar essa arma nas mãos de Moriarity. — Ela franziu a testa quando Baxter entrou. — Ainda não terminei com o seu garoto.

— Tenho algo para dar mais peso ao que ele acabou de lhe trazer. Ambos os suspeitos pertenciam a um clube de pesca esportiva, e também a um clube de mergulho, embora tenham deixado que as suas filiações perdessem a validade. Mas eles ofereceram festas em sua ilha particular por duas vezes, uma faz uns cinco anos e a outra no último inverno, para cinquenta e poucos dos seus amigos mais próximos. Essas festas incluíam mergulho, pesca esportiva feita em um iate à escolha dos convidados e pesca submarina com arpão, entre outros esportes aquáticos. Várias celebridades estiveram lá, estrelas de videoclipes e coisas do gênero. Isso teve muita divulgação na mídia.

— Porra, claro que teve.

— Exatamente. Também consegui uma lista de especialistas e instrutores de chicotes. Há mais deles do que você poderia imaginar.

— Vá para a Austrália.

— Obrigado. Eu sempre quis conhecer esse país.

— Vá para a Austrália *pelo computador*. O chicote é feito de couro de canguru. Talvez Dudley tenha tomado algumas lições de como usá-lo com o mesmo sujeito que o fabricou. Acrescente à sua pesquisa "chicotes de couro de canguru fabricados à mão".

— Vou fazer essa pesquisa agora, mas o tempo é curto, Dallas, se você me quiser aqui de volta para a reunião.

— Comece, mas esteja aqui na hora marcada, mesmo que não termine a pesquisa. Faça um relatório com tudo o que já descobriu, mas seja direto e sucinto, porque nós temos muitas pessoas para convencer.

Quando eles saíram, ela se levantou para ir ao AutoChef da sala em busca de uma nova dose de cafeína. De repente, se deu conta de que tinha esquecido de carregar o aparelho com café de verdade, aquele com o qual ela já ficara tão acostumada.

— Merda. Às vezes a gente tem que engolir o que aparece.

Ela programou uma caneca grande de café bem forte. Quando o cheiro atingiu suas narinas, ela sorriu. O AutoChef tinha sido carregado com a marca preferida dela.

— Peabody, talvez isso realmente seja amor.

Ela tomou alguns goles e ignorou o tremor em sua barriga devido à sobrecarga de cafeína. De repente, Feeney entrou.

— Aqui tem os seus 90%. Noventa vírgula um, e você não vai conseguir mais que isso. Quero um pouco desse café.

Ele pegou a caneca e bebeu como um camelo em um oásis. E olhou-a por cima da borda.

— Talvez você precise disso mais do que eu. Parece que está sem dormir há uma semana.

— Quatro mortos, Feeney, em menos de uma semana. Sem contar aqueles! — Ela apontou para a parte do quadro onde colocara

Prazer Mortal

fotos das outras vítimas. — Todos esses crimes aconteceram antes. Foram as sessões de treinamento deles. E poderá haver outro rosto neste quadro hoje à noite ou amanhã. E o que tenho até agora?

Ela puxou o cabelo para trás e pressionou os olhos.

— É como costurar com teias de aranha. Só algumas linhas são um pouco mais fortes que teias de aranha. O que já tenho mostra motivação, método e oportunidade, mas não atinge o alvo. Preciso convencer o promotor público e Whitney de que nosso alvo é o certo.

— Você acredita que isso tudo junto poderá convencê-los? — Quando ela hesitou, ele espetou seu ombro com o dedo.

— Ai!

— É melhor você acreditar em tudo que vai mostrar, senão eles não vão embarcar na história. Não desperdice o meu tempo aqui, nem o tempo dos outros.

— Sei disso, eu sei disso. Estou cansada. Meio tonta e um pouco nervosa.

— Eu diria para você tomar um energético, mas você provavelmente já tomou baldes de café. — Ele a fitou longamente com um ar impiedoso. — Vá... Vá fazer alguma coisa para melhorar a sua cara.

— Há?

— Passe qualquer um desses troços que as mulheres usam. Uma coisa é você parecer sobrecarregada, outra coisa é exibir essa cara de arrasada quando está tentando conseguir mandados de busca e apreensão.

— Você acha que só porque eu tenho uma vagina tenho de carregar por aí uma bolsa cheia de produtos de maquiagem?

— Cruzes, Dallas, não precisa falar assim. Peça emprestado a alguém, pelo amor de Deus. Você não quer que eles olhem para você pensando: "Cara, Dallas precisa de uma boa noite de sono." Você quer que eles se concentrem no que você vai lhes mostrar, não é?

— Certo, tudo bem. Droga! — Ela pegou o comunicador. — Peabody, coloque esta ligação em modo privado.

— Que foi, apareceu mais uma pista?

— Estamos no modo privado?

— Estamos. O que foi que...

— Você tem alguma dessas merdas para pintar o rosto?

— Ah... certo. Bem, tenho um suprimento na minha mesa para emergências e... ei, o que há de errado com o meu rosto?

— É para mim. E se você disser uma palavra, se sussurrar uma sílaba, juro que arranco a sua língua com meus próprios dedos e a jogo para o primeiro cão raivoso que encontrar. Encontre-se comigo no banheiro e traga a porcaria. — Ela desligou. — Satisfeito? — perguntou a Feeney, e saiu da sala pisando duro.

Levou só cinco minutos, mesmo assim com Peabody tentando dar conselhos e instruções. A primeira coisa que Eve fez foi colocar a cabeça na pia, cerrar os dentes e ligar a água fria.

Isso afastou um pouco da fadiga.

Ela atenuou as olheiras e acrescentou um pouco de cor às bochechas, que teve de reconhecer que pareciam sem vida e pálidas.

— Pronto, já está bom.

— Tenho uns brilhos labiais fantásticos, um delineador *mag* e mais algumas...

— Já está bom — repetiu Eve. Passou os dedos pelo cabelo molhado e voltou para a Sala de Conferências.

O cheiro de comida atingiu o vazio do estômago dela. Nos poucos minutos em que tinha ficado fora, alguém enchera uma mesa com paninis, sanduíches e pizzas.

Roarke apanhou um panini e o estendeu para ela.

— Coma! Você vai pensar com mais clareza. E depois disso, pegue um cookie.

Ela não discutiu, simplesmente deu uma grande mordida. Depois fechou os olhos e disse:

— Ok, muito bom. Você trouxe cookies?

— Parecia o mais adequado. Agora tome este analgésico. Não adianta começar a reunião com dor de cabeça. Isso é só um

Prazer Mortal 371

analgésico — garantiu ele, colocando o pequeno comprimido na boca de Eve e lhe entregando uma garrafa de água. — Hidrate-se!

— Nossa, para com isso! — Ela engoliu a água e deu mais uma mordida no panini. — Sou eu que estou no comando aqui.

Ele puxou uma mecha úmida do cabelo dela.

— E isso combina com você. Sua Sala de Ocorrências está bombando ali fora.

— Preciso de cinco minutos de silêncio antes de...

— Comida! — McNab, que provavelmente tinha sentido cheiro de pizza lá da DDE, liderava a invasão.

— Seus cinco minutos acabam de ir para o espaço — disse Roarke, e ela concordou com a cabeça.

Ele se contentou em cruzar a sala e ir até a janela para se isolar dos sons provocados pelos policiais que se lançavam sobre aquela profusão de comida grátis.

Ao ouvir a voz do comandante, ela se virou. Mira também entrou e foi diretamente até onde ela estava.

— Eu não tive como escapar do consultório mais cedo.

— Você conseguiu rever o material que lhe enviei?

— Sim, li tudo. Você construiu argumentos muito persuasivos. Se pudéssemos esperar mais uma hora, acho que poderíamos refinar vários deles.

— Já estamos no meio da tarde de uma sexta-feira. E em pleno mês de julho, quando metade das pessoas que moram aqui procuram outro lugar para passar o fim de semana. Preciso mostrar tudo para Reo e convencê-la a me conseguir alguns mandados. Quero que eles sejam emitidos ainda hoje, antes do fim do expediente. Estamos só esperando por Reo para... Ah, ela acabou de chegar. Vou dar início.

Ela se colocou no centro da sala.

— Policiais, detetives, tomem seus lugares. Se vão continuar a devorar a comida, façam isso em silêncio. Comandante, obrigada por nos oferecer um pouco do seu tempo.

Ele fez que sim com a cabeça e se sentou. Tinha duas fatias de pizza em um prato e parecia... culpado, ela percebeu, sem saber ao certo o que fazer com aquilo.

— A esposa dele não gosta que ele coma entre as refeições — murmurou Feeney no ouvido de Eve.

— Ora, e eu achava que tinha perdido o almoço. — Reo escolheu um lugar e mordiscou metade de um panini.

Eve permitiu que os murmúrios, a movimentação e os risos corressem soltos por um momento. Deixou que todos se acomodassem sem pressa. E olhou para Roarke. Ele não tinha se sentado, preferiu ficar encostado na parede, junto das janelas.

Ela caminhou até a porta da Sala de Conferências, fechou-a e voltou para o centro da sala.

— Gostaria de chamar a atenção de todos vocês para aquele quadro. — Ela usou uma ponteira a laser e destacou cada foto. — Melly Bristow, Zimbábue, na África — começou, e citou o nome completo de cada uma das vítimas. — Todas essas pessoas foram mortas por Winston Dudley e Sylvester Moriarity. Sei disso com absoluta certeza, assim como sei com absoluta certeza que eles vão matar de novo se não forem impedidos.

Ela deixou a frase penetrar na mente de cada um e esperou mais dois segundos, em silêncio.

— A detetive Peabody e eu construímos um caso que acredito ser sólido o suficiente para a obtenção de mandados de busca para as casas, empresas e veículos dos dois suspeitos. Depois do assassinato de Adrianne Jonas, os detetives Reineke e Jenkinson se juntaram à equipe de investigação. No começo desta tarde, designei a todos os policiais desta sala tarefas específicas relacionadas a esta investigação. Juntos, nós construímos um caso mais abrangente. Trabalhamos em conjunto com a DDE, com a doutora Mira e com o nosso consultor especialista civil. Melly Bristow... repetiu ela, e ordenou que os dados de cada um aparecessem na tela.

Prazer Mortal 373

Levou tempo, mas ela não podia correr. Descreveu as vítimas, relatou as conexões e suas sobreposições. Pediu a cada membro da equipe que apresentasse suas descobertas e relacionou todas as conexões.

— Os sapatos. — apontou Reo. — Quantos pares foram vendidos nesse tamanho e nessa cor?

— Peabody.

— Três pares, só em Nova York. Apurei que um dos compradores estava na Nova Zelândia no momento do assassinato. O outro mora na Pensilvânia, tem 83 anos de idade. Embora eu não possa confirmar com absoluta certeza o paradeiro dele no momento em questão, não se ajusta à altura ou ao tipo de corpo que aparece na imagem que a DDE conseguiu recuperar do sistema de segurança do parque. Ele é 15 centímetros mais baixo, e pelo menos 10 quilos mais magro.

— Ok, isso é bom. Mas em todo o mundo haveria mais pares à venda, é isso que a defesa deles apontará.

— Tinham sido vendidos menos de 75 pares até a data do assassinato — disse Eve. — Peabody já eliminou 43 deles.

— Quarenta e seis no momento, senhora.

— Para mim é uma boa probabilidade.

— Vamos aos álibis — propôs Reo. Enquanto ela e Eve debatiam, o *tele-link* de Baxter tocou. Ele olhou para a tela, ergueu um dedo para Eve e saiu da sala por alguns instantes.

— Há pessoas que juram que eles estiveram na festa o tempo todo — continuou Eve. — Alguns afirmam que não se lembram de ter visto um deles, ou os dois, por longos períodos. Outros simplesmente não se lembram da presença nem da ausência deles. Se você não consegue destruir álibis tão frágeis, não está fazendo o seu trabalho direito.

— Você não vai me ensinar a trabalhar agora, vai? — disparou Reo de volta. — Estou cumprindo a minha obrigação, que é questionar cada aspecto de tudo. Se você for atrás desses dois antes de termos provas concretas, eles poderão escapar. Meu chefe não vai ordenar prisões, a menos que acredite que poderá condená-los. Eles são homens riquíssimos e podem pagar um exército de advogados muito espertos.

— Estou pouco me lixando se eles são...

— Tenente. — Baxter voltou. — Desculpe interromper, mas eu preciso de um minuto.

Ela caminhou até onde ele estava, escutou o que ele disse e concordou.

— Conte isso a todos.

— Acabei de conversar pelo *tele-link* com um dos mais respeitados e renomados fabricantes de chicotes... de couro de boi, de cobra etc. Ele confirma ter fabricado a arma do crime para uma tal de Leona Bloom, que encomendou o chicote para dá-lo de presente a um amigo. O chicote e um curso completo de como usá-lo. O fabricante do chicote mantém registros muito específicos, já que se orgulha muito do seu trabalho. As lições foram dadas a Winston Dudley Quarto, há seis anos. Em Sydney.

— Isso é bom — disse Reo.

— O cara do chicote se lembra bem de Dudley — continuou Baxter. — Contou que ele levou as aulas muito a sério. Não só fez o curso completo como pagou por mais uma série de aulas extras. O cara diz que Dudley tornou-se muito bom no manejo do chicote no fim do treinamento.

— Isso é muito, muito bom — afirmou Reo.

— Acertamos na mosca! — exultou Eve. — O que mais você precisa para realmente vê-los matar alguém, Reo? Podemos ligar as armas a esses homens, todas as vítimas a esses homens. Moriarity ainda deve ter a besta e o arpão. Dudley ainda tem a bainha que usou para a baioneta, pode acreditar. E a caixa original do chicote. Eles querem que uma parte da arma usada continue com eles, para poderem se vangloriar disso.

Ela continuou:

— Não temos como saber quem eles decidiram que vai morrer na rodada que virá a seguir, mas certamente já têm um novo alvo — ressaltou, e insistiu nessa parte da teoria. — Estamos lidando com homens que têm um vício e não vão parar. Eles *não conseguirão* parar — insistiu Eve. — Gostam muito disso e estão empatados. Não vão parar até um deles perder e mesmo quando isso acontecer, não vão parar. Depois de uma vida inteira brincando de trabalhar, brincando de praticar esportes e basicamente só brincando, eles encontraram algo em que são realmente bons, algo que podem compartilhar de forma absolutamente íntima, como fazem os amantes. As pessoas que matam são importantes apenas porque se destacaram em sua área de atuação. Mas falta a todas as vítimas o que esses homens considerariam o seu pedigree, o privilégio que eles têm de serem importantes por nascença.

"Eles são viciados", repetiu, "e não largarão essa droga. São almas gêmeas, e não vão desistir dessa união. E podem levar sua doença para outros lugares: Europa, América do Sul, Ásia, e adicionar alguns ingredientes doentios à mistura quando enjoarem de Nova York."

— Acho que eles vão ficar aqui nesta cidade até que terminem este concurso em particular. — Quem disse isso foi Mira, quase em um murmúrio. — Concordo com a avaliação da tenente. Esses homens precisam alimentar seus desejos, seus caprichos, seu senso de intimidade um com o outro. Precisam sentir esse prazer mortal para se satisfazerem, e esses crimes são sua competição mais importante, e ao mesmo tempo sua parceria mais importante. Eles trabalham juntos, mesmo quando competem entre si. Matar duas pessoas, uma após a outra, usando o mesmo álibi, teria sido outro nível de adrenalina. Uma nova emoção e sinal de codependência. Eles podem continuar com esse padrão ou criar novas fases para o jogo. E mais uma vez matar juntos. Acredito que é assim que eles planejam se entregar ao prazer final: matar você, Eve.

Capítulo Vinte e Um

Roarke se perguntou se ela tinha seguido os pontinhos até ali, mas dava para ver agora, com clareza, que ela não chegara lá. Ah, sim, o ego de Eve era muito saudável, mas ela simplesmente não tinha se dado conta da precisão com que se encaixava no perfil das vítimas.

Ela era a melhor naquilo que fazia; era bem conhecida por isso, em especial depois do grande sucesso do livro de Nadine; e tinha subido na carreira por conta própria.

Não era uma pessoa que se pudesse contratar para um serviço, pelo menos em termos técnicos, mas seu trabalho era servir às pessoas.

Quanto à ligação com os assassinos... ora, cacete, a ligação era através dele mesmo, certo?

A ficha estava caindo na mente dela naquele exato momento e, que merda, ela já estava imaginando como poderia usar isso, usar a si mesma.

— Então, na sua opinião eu sou um alvo — Eve disse a Mira.

— Minha opinião é a de que você não é apenas um alvo perfeito, mas seria, para eles, a presa final. O cálculo do momento para o primeiro assassinato foi preciso, e se tudo desse certo, você pegaria o caso — lembrou Mira. — Se você não tivesse sido designada para o primeiro assassinato, certamente já estaria envolvida de alguma forma no segundo, que também se relacionava a Roarke por meio do local onde a morte ocorreu. Você se encaixa em todos os requisitos deles para a escolha dos alvos. É famosa por ser uma das melhores em seu campo de atuação... um campo de prestação de serviços. Você ganhou notoriedade pelo que faz.

— Mas não tenho nenhuma ligação com o passado deles.

No instante em que ela disse isso, olhou para Roarke.

— É claro que tem — replicou ele. — Porque *eu* tenho. Meus negócios e os deles já se cruzaram no passado. E eles têm muitos motivos, se levarem as questões para o nível pessoal, para alimentar ressentimentos por mim devido a algumas dessas transações.

Ela enfiou os polegares nos bolsos da frente.

— Por que não atacariam você, então?

Ele sorriu.

— Isso não seria divertido? Eu não me encaixo — explicou. — Não presto serviços, meus talentos não estão à venda. Você protege e serve, tenente, e recebe um salário por isso. E se você raciocinar como eles, em vez de movimentar suas engrenagens mentais e imaginar como pode se fazer de isca, entenderá que você seria uma indulgência, um prazer especial. Porque é minha. Pela perspectiva deles, eu comprei e paguei por você. E não solte faíscas por ouvir isso.

Ele sentiu a fúria e a explosão de calor que vinha dela, mas continuou encostado na parede, observando-a.

Ela interiorizou a raiva. Ele teve que admirar sua força de vontade quando ela apenas assentiu.

— Eu gostaria de pensar e discutir mais sobre isso, só que detalhar o que temos na investigação até agora e obter os mandados são a prioridade e o propósito desta reunião. Você já tem material suficiente para apresentar ao seu chefe, Reo?

— Vou levar tudo para ele e pressioná-lo. — Reo permaneceu onde estava e analisou atentamente o quadro e as informações. — Você tem uma montanha de provas circunstanciais aqui, mas a soma de tudo forma um argumento concreto para os mandados de busca. Você tem receio de uma prisão sem provas, pode confessar. Mas conseguiu me convencer, e eu vou convencer a Procuradoria. A questão é que convencer um juiz a emitir mandados de busca para as casas de dois homens sem antecedentes, com o seu pedigree, suas conexões e influência... Bem, isso vai dar trabalho e levar algum tempo.

Ela se levantou.

— Portanto, é melhor eu começar. Por falar nisso, foi um bom trabalho de toda a equipe. Manterei contato.

— Vamos acrescentar mais material a essa montanha de indícios — disse Eve, quando Reo saiu. — Pesquisem mais fundo, forcem a barra, vasculhem tudo, refinem as buscas. Vamos empilhar mais evidências e vamos prendê-los. Voltem ao trabalho. Doutora Mira — completou, quando os policiais se levantavam —, se pudermos conversar mais alguns minutos seria ótimo. Comandante, vou mantê-lo muito bem atualizado e informado.

— Vou ficar aqui mais um pouco.

— Sim, senhor. Peabody, coordene o...

— Se a minha parceira está pensando em se colocar como isca, quero participar da estratégia e dos planos.

— A isca vai precisar da equipe de eletrônica — acrescentou Feeney, escolhendo um picles da mesa e mastigando-o lentamente.

— Não estou planejando qualquer operação desse tipo, no momento. — Eve se sentiu, literalmente, pressionada. — Essa possibilidade é só uma alternativa, para o caso de Reo não conseguir os mandados. Acredito que ela consiga, então vocês podem parar de me urubuzar. Peço desculpas, comandante.

— Não tem do que se desculpar.

— Doutora Mira, se eu for um alvo, é provável que eles já tenham escolhido o local, a arma e até as circunstâncias.

Prazer Mortal

— Concordo. Minha convicção é que você seria o troféu final desse torneio. Pelo menos aqui em Nova York e nesta fase da disputa. Tudo aponta para o prazer que eles obtêm com a competição e os seus respectivos resultados, então é pouco provável que já tenham se posicionado para a última rodada. Por outro lado...

— Se e quando nós conseguirmos os mandados de busca, a coisa mudará de figura — concordou Eve. — Isso vai irritá-los e os desafiará ainda mais. Eles vão querer me atacar mais cedo.

— Sim, sou obrigada a concordar. Eles deixaram pedaços de si mesmos nas cenas... as armas. Eles se conectaram indiretamente aos assassinatos, para garantir que você procuraria por eles. Apesar de competirem entre si, também estão competindo contra você, só que em equipe.

— E eles trapaceiam — informou Roarke, pegando uma garrafa de água da mesa.

— Mas quando tentaram isso com você, foram derrotados. Estou me referindo àquele lance na partida de golfe — disse Eve, dando de ombros. — Ainda não estou convencida de que você não seria um alvo mais empolgante. Você não presta serviços, tudo bem, mas emprega um universo de pessoas que fazem isso. Você já é um concorrente que eles odeiam, porque teve a coragem de construir a própria fortuna, em vez de herdá-la. E aposto que você também já se envolveu com algumas das mulheres com quem eles estiveram.

Ele tomou um gole de água, lentamente.

— Devo afirmar que o meu gosto por mulheres melhorou. Ressalto também algo que você sabe muito bem: não há melhor forma de me atacar do que assassinando a minha esposa.

— Aquela que você comprou e pagou para usar?

Ora, então isso a tinha deixado realmente irritada, não foi?, ele refletiu. E, por algum motivo cruel, a reação dela tinha contido o fogo da sua própria raiva.

— Sim, na cabeça deles. Eles não entendem você e, por extensão, nem a mim. E certamente não compreendem o amor. Você concorda comigo, doutora Mira?

— Concordo, sim. E preferem matar mulheres. Dá para ver pela porcentagem delas. — Mira apontou para o quadro. — Eles mataram homens e certamente continuarão a fazê-lo, se não forem impedidos. Mas as mulheres são o alvo preferido, já que ambos consideram as mulheres como algo a ser usado e descartado. Algo menor.

— Dudley em particular — completou Eve. — Ele se cerca de mulheres. Sua casa mais parece um harém. Ok... — Ela concordou com a cabeça e sua mente deu alguns saltos à frente. — Mas precisamos planejar alguma coisa. Os mandados de busca podem ser suficientes para me colocar no primeiro lugar da fila, mas precisamos trabalhar em algo que acelere esse processo.

— Mas se você esperar Reo antes de resolver isso — protestou Peabody —, teremos mais tempo para montar a estratégia da ação e o apoio.

Feeney balançou a cabeça.

— Se Dallas assumir o controle da ação, eles vão reagir. Isso os colocará na defensiva. Precisarão adiantar seu próximo passo e farão isso logo, enquanto estão chateados. Eles não vão manobrá-la porque *ela* os estará manobrando. Podemos colocar escutas e câmeras em você.

— Já tenho este smartwatch. — Eve ergueu o punho e os olhos de Feeney se estreitaram.

— Deixe-me ver. Tire isso — pediu ele, quando ela puxou o braço de volta. — Não vou roubá-lo.

Quando ela atendeu ao pedido e tirou o aparelho do pulso, ele o levou até uma cadeira, para examiná-lo melhor.

— Posso confrontá-los, fazer a revoltada. — Eve bateu com a mão no peito. — Tantos corpos se acumulando, e dois no mesmo dia. Eu sou a melhor, sem dúvida, mas eles estão apertando o cerco ao meu redor. Sei que estão envolvidos — continuou ela, e começou a caminhar pela sala. — Tenho todos esses indícios apontando para os dois, mas eles estão acumulando pontos enquanto estou girando em círculos. Isso me faz parecer incompetente.

Prazer Mortal 381

Ela poderia trabalhar nisso, percebeu. Sim, ela poderia trabalhar com esse material.

— Meu comandante está na minha cola, meu marido está irritado com as horas extras que eu faço. Estou começando a parecer uma idiota e não gosto disso. Vou botar fogo no circo.

— Quanto você vai dar a eles? — quis saber Whitney.

— Apenas o que eles me deram. As conexões que estão na superfície, mas preciso tornar tudo pessoal. Eles, eu. Meu orçamento extra — decidiu. — Isso mesmo. Não consigo acessar os recursos por meio do departamento, mas vou utilizar meu próprio dinheiro para obter esses recursos por fora. Vocês não sabem quem eu sou? Não sabem que tenho mais dinheiro do que vocês dois juntos? Isso vai atingi-los, não vai? — perguntou a Mira. — Roarke me comprou, mas agora posso ganhar bilhões de dólares, desde que ele me coma sempre que quiser.

— Dinheiro na mão... você sabe — murmurou Roarke, achando aquilo divertido, apesar de tudo.

Mira emitiu um pequeno suspiro.

— Eu diria que essa é a visão provável que eles têm do relacionamento de vocês.

— E eu diria que isso não parece um plano de emergência para agarrá-los — afirmou Roarke.

— Feeney tem razão, devo assumir o controle da ação. Posso até cronometrar tudo. Só vou entrar em cena depois que souber... ou tiver um razoável nível de certeza... de que vamos conseguir os mandados, mas antes de cumpri-los. Isso vai simplesmente adicionar mais incentivo para que eles antecipem o seu cronograma. Devemos atingi-los em cheio — insistiu ela, e Roarke entendeu que ela tentava forçar a barra para conseguir apoio dele. — Eles virão atrás de mim, tentarão matar uma policial, e esse vai ser o fim deles. Seus advogados caríssimos, suas fortunas de berço e seus malditos pedigrees não vão conseguir mantê-los fora das grades pelo resto da vida.

— É isso que te preocupa? — perguntou Roarke. — É isso, mesmo com o caso que você construiu, mesmo com as provas que você acredita que vai conseguir com os mandados? Você acha que eles podem passar ilesos pelo sistema?

— *Eles* me preocupam. — Em um movimento brusco, ela apontou para a quadro onde estavam os rostos dos mortos. — A possibilidade de eu ter de colocar outro rosto neste quadro me preocupa.

Ele observou o instante exato em que ela percebeu que tinha deixado extravasar suas emoções na frente do seu superior. E reparou quando ela as recolheu e retomou novamente o controle da reunião.

— Eles querem a minha foto nesse quadro — disse ela, em um tom frio e calmo. — Então, vamos fazer com que decidam me colocar lá antes do previsto.

— Sabe de uma coisa? Tenho trabalhado em algo assim, quando me sobra tempo. — Feeney continuava a analisar o smartwatch de Eve, e o seu comentário casual desfez um pouco do ar carregado. — Este aqui é excelente, bem compacto, e tem muito mais recursos do que eu imaginava.

Ele ergueu a cabeça e seu olhar passou rapidamente por Roarke antes de se fixar em Eve.

— O ideal seria você se deparar com eles dois em algum lugar público. Um restaurante, um clube, algo assim. Isso é o que faria você demonstrar revolta, entende? Você está ali numa boa, tentando relaxar do trabalho intenso e lá estão eles, bem na sua cara. Talvez você já esteja irritada, em meio a uma briga com Roarke, e isso apenas faz com que você passe dos limites. Tudo acontece por impulso e você lhes diz algumas verdades, como se tivesse perdido a compostura por um minuto.

— Isso é excelente — concordou Eve.

— Tenho bons momentos de inspiração. — Feeney se levantou, devolveu o smartwatch para Eve, olhou para Roarke e fez um elogio. — Esse foi um bom trabalho.

Prazer Mortal

— Obrigado.

— Peabody, veja se você consegue descobrir onde eles vão estar hoje à noite. Pelo menos um deles. Hoje é sexta-feira... eles não vão ficar trancados em casa jogando mahjong.

— Vai ser mais fácil e mais rápido se eu mesmo pesquisar. — Roarke pegou seu *tele-link* e saiu da sala.

— Mesmo assim quero você grampeada, com som e vídeo — avisou Feeney.

— Tudo bem. — Ela enfiou as mãos nos bolsos e fez menção de sair logo atrás de Roarke.

— Mantenha-os com raiva, a menos que prefira ficar trancada naquela fortaleza onde você mora, tentando colocar suas mãos em mais alguns bilhões de dólares.

— Mas que diabos... — de repente ela entendeu. — Meu Deus, Feeney!

— Foi você mesma que disse isso. Vou começar a preparar tudo.

— Quero dois policiais junto de você o tempo todo. A partir de agora! — determinou Whitney.

— McNab e eu podemos fazer isso — ofereceu Peabody.

— Eles já conhecem você — lembrou Eve.

— Mas não vão me reconhecer.

Mira saiu da sala e esperou até Roarke desligar o *tele-link*.

— Devo me desculpar com você — ela começou. — Eu não conseguiria, em sã consciência, guardar minha opinião para mim mesma, apesar de saber como ela reagiria e o que faria. Sinto muito.

— Tenho que aceitar o que ela faz. O que ela é — acrescentou Roarke, lembrando-se de que ela também o aceitava. Sem perceber que fazia isso, enfiou a mão no bolso e encontrou o botão que sempre carregava ali, como talismã. Um pedacinho dela. — Essa obrigação de aceitá-la teve início quando me apaixonei por ela, e foi selada quando nos casamos. Antes de você dizer que ela era um alvo, Mira, saiba que eu estava em um terrível impasse sobre lhe contar isso ou não.

— Entendo.

Ele manteve o olhar na psiquiatra por um longo tempo.

— Não sei qual lado teria vencido.

— *Eu* sei. Você acabaria falando, e depois teriam uma briga em particular, por causa da reação dela.

— Espero que você esteja certa.

— O que o incomoda mais, Roarke? O que ela planeja fazer ou o fato de estar prestes a fazer isso devido à sua ligação com você, que a qualificou como alvo?

— As duas coisas. Eles têm total desprezo por mim e gostam de demonstrar o que sentem, mesmo de forma sutil. Acho que supõem que fico insultado ou que podem ferir meus sentimentos.

— Como você disse, eles não entendem nem conhecem você.

— Se me conhecessem, já teriam tentado matá-la. Acham que a morte dela vai me deixar incomodado, que vai atrapalhar um pouco a minha vida pessoal e profissional, ou me causar algum tipo de desconforto.

Ele girou o botão entre os dedos e continuou.

— Eles adorariam fazer isso. No entanto, se soubessem que perdê-la me destruiria em níveis que não conseguem imaginar, iam esquartejá-la e tomariam banho com o sangue dela.

— Não — reagiu Eve, falando da porta. — Não, eles não iam porque eu sou melhor do que os dois somados. Eles não podem me vencer, e com certeza não podem nos derrotar. A senhora poderia nos dar um minuto, doutora? — pediu a Mira.

— Claro. — Ela tocou o braço de Roarke antes de voltar para dentro da Sala de Conferências.

— Você realmente acha que aqueles dois idiotas que já nasceram com um fundo fiduciário dentro do berço conseguiriam me derrubar?

Oh, sim, ele pensou, o ego dela era muito saudável, e o seu temperamento era forte. Só que, por Deus, o dele também era.

Prazer Mortal

— Não acho, não. Mas tampouco teria imaginado que esses dois idiotas conseguiriam planejar e matar nove pessoas ou mais, e fariam a Polícia de Nova York rodar em círculos, perseguindo o próprio rabo.

— Perseguindo o próprio... — A fúria dela entrou em erupção. Ele poderia jurar que sua própria pele quase ficou chamuscada pelo calor dessa lava. — É isso que você pensa sobre o que está rolando aqui? É isso que você acha sobre montarmos um caso sólido em menos de uma semana? Fazendo conexões que os ligam a tudo, depois de muito suor e noites sem dormir, desenvolvendo um trabalho policial bem-feito e consistente? Que estamos perseguindo o próprio rabo?

— É um caso tão sólido que você vai pintar um alvo nas próprias costas, em vez de confiar no tal caso sólido e no trabalho da polícia.

— Isso *é* trabalho da polícia, porra. Este é o *meu* trabalho e você sabe disso. Você soube disso desde o início, e se agora não consegue me apoiar quando...

— Pode parar! — avisou ele. — Eu não disse que não a apoiaria, mas não quero ser pressionado.

— Não tenho tempo para conversar, debater e discutir. Não segui os pontinhos e devia ter feito isso. Não percebi até Mira dizer, e isso devia estar piscando como um anúncio em neon no meu cérebro. Agora quero confirmar se o próximo alvo deles realmente sou eu, para não ter de me ver diante de mais uma pessoa que não consegui salvar.

— Entendo isso e entendo você muito bem. — Por Deus, ele estava cansado. Não conseguia se lembrar quando fora a última vez em que se sentira tão exausto. — Você realmente espera que eu não tenha cuidados, preocupações nem pensamentos sombrios? Inverta a situação. Se eu estivesse me colocando como isca, o que você faria?

— Confio em você o suficiente para saber que poderia e que ia se cuidar, e usaria todos os recursos disponíveis para garantir sua própria segurança.

— Eve, por favor, não fique aí vomitando esse papo furado em cima dos meus pés. Estes aqui são sapatos bons.

Ela soltou um suspiro, mas no final ele viu que a raiva dela tinha passado.

— Ok, eu confiaria em você, mas também tomaria cuidados, teria preocupações e pensamentos sombrios. E você lamentaria isso. Odiaria isso.

— Exatamente.

Ela se virou para ele com os olhos semicerrados.

— Tudo certo, então? É só isso?

— Eu já tive uma briga maior e bem mais cruel com você antes disso, mentalmente. Foi uma explosão passional, feroz e muito, muito barulhenta.

— Quem ganhou?

Ele teve que tocá-la, simplesmente passar a ponta do dedo pela covinha do queixo dela.

— Ainda não tínhamos chegado lá, mas já que terminamos a briga real, gosto de pensar que nós dois ganhamos.

— Eu falei sério lá atrás, e foi algo que não deveria ter dito na frente de Whitney. Eu não aguento ver um rosto a mais naquele quadro. — Ele observou a expressão dela mudar e percebeu que ela estava permitindo que ele visse o que acontecia em sua mente.

— Os rostos que estão pregados lá, não consegui evitar. Não consegui salvá-los. Mas, se houver outro, a culpa é minha, porque sei que já tenho as ferramentas para impedir isso. E preciso usar todos os meus recursos para impedi-los.

— Os mandados não serão suficientes?

— Eu tinha de acreditar nisso para convencer a assistente da promotoria, então foi o que fiz. Ainda acredito, tenho quase certeza de que vamos conseguir os mandados. — Ela desviou o olhar por um momento. — Mas existe uma fração de dúvida, uma porcentagem de desconfiança de que talvez eles tenham coberto todos os rastros, que não encontraremos o suficiente para uma acusação oficial. Ou vamos acusá-los, indiciá-los, e um batalhão de advogados caríssimos vai entrar em ação para encontrar furos suficientes no caso e libertá-los. Preciso proteger minhas apostas e tenho outras ideias que deverão me trazer mais vantagens. Você poderia me ajudar com elas.

— Suponho que sim.

— Você sabe onde eles vão estar esta noite?

— Eles vão ao balé, no Strathmore Center.

— Você pode nos conseguir ingressos?

— Nós temos um camarote lá. Mas eles vão se encontrar no bar Lionel antes do espetáculo, para tomar uns drinques.

— Isso vai funcionar ainda melhor. — Ela pegou a mão dele e entrelaçou os dedos nela. — Vou lhe contar o meu plano.

Ele teve de admitir que ela planejara uma cena interessante e criativa em um curto espaço de tempo. Ele refinou alguns detalhes e se sentiu tão confiante quanto pôde.

— Vou dar a Reo mais trinta minutos. Ela deve ter terminado de conversar com seu chefe até lá. E vou precisar avisar a equipe.

— Eles vão se encontrar às 19h. Isso dá tempo para você tirar uma hora de sono. Não é negociável — avisou ele, antes de Eve ter chance de se opor. — E não será na porcaria do chão. Tem que ser em uma cama, nem que seja na enfermaria.

— Eu odeio a enfermaria.

— Aceita que dói menos — aconselhou ele.

— Mira tem um grande sofá em seu consultório, na sala de atendimento. Vou perguntar se posso usá-lo.

— Peça para nós dois. Eu bem que preciso de um cochilo.

Ela dormiu como a morta que os caras ricos queriam que ela fosse, e, quando acordou, ligou para Reo. De novo.

— Diga que você conseguiu.

— Avisei que entraria em contato com você quando conseguisse. Eu não lhe disse que o chefe acha que o juiz Dwier é a melhor escolha para este caso? — A frustração e a impaciência surgiram em alto e bom som. — Ele não tem ligações conhecidas com quaisquer das famílias, desenvolveu uma reputação sólida, tem mente aberta e assim por diante. Só que o juiz Dwier está pescando em Montana.

— E eu não falei para você escolher outro juiz?

— Não nos ensine a trabalhar! O promotor está conversando com o juiz agora. Está repassando todos os fatos para ele, passo a passo, e minha sensação é que vamos conseguir. Quase 90% de certeza.

— Bem perto, então. Quando você conseguir, comunique a Baxter. Ele vai cuidar do cumprimento dos mandados.

— Onde você vai estar?

— Vou me encontrar com uns caras em um bar.

Quando ela desligou, Feeney entrou na sala.

— Preciso preparar você.

— Eu sei fazer isso — avisou Roarke, entrando logo atrás, carregando uma bolsa prateada. — De qualquer modo ela vai ter de se trocar.

— Vou me trocar por quem? — quis saber Eve.

— Por uma mulher com traje apropriado. Seu golpe será mais convincente se você estiver vestida com roupa de festa.

— Vou testar tudo quando você estiver pronta. — Bufando de leve, Feeney saiu.

— Tire a roupa, tenente! — ordenou Roarke, depois de trancar a porta.

— Preciso de um espaço para guardar minha arma.

— Eu disse que o traje é apropriado. — Ele abriu o zíper da bolsa.

O vestido era curto, simples e preto. Mas tinha uma jaqueta justa nos quadris, de onde saíam vários babados extravagantes.

— Alguém pode me matar cinco vezes antes de eu conseguir desabotoar essa jaqueta para pegar a arma.

Roarke fez uma demonstração rápida e ela viu que a jaqueta era aberta.

— Os babados são só disfarce.

— Não está ruim. Nada mal, mesmo. — Quando ela tirou a roupa, Roarke prendeu a câmera nela, depois o microfone e o fone de ouvido. — De onde veio esse vestido?

— Do seu closet. Pedi a Summerset para trazê-lo. Junto com os acessórios. — Ele mostrou os brincos de diamante. — Eles verão isso, e pode acreditar que não imaginarão nem por um instante que você está grampeada. E troque seu smartwatch pelo modelo de luxo.

Ela olhou para o aparelho que ele lhe entregou, cheio de ouro e diamantes, e exibiu um olhar de dúvida.

— Eu ainda não testei esse.

— Funciona do mesmo jeito que o outro, de uso diário. Você pode levar uma arma pequena nesta bolsa, e mais nada. E aqui estão os sapatos.

Eles tinham um tom de vermelho assassino e saltos tão altos que fizeram os arcos dos seus pés doerem só de olhá-los.

— Como eu vou conseguir correr calçando isso?

Ele lançou-lhe um olhar rápido e divertido.

— Você está planejando correr?

— Nunca se sabe. — Mas ela se vestiu e calçou os sapatos assassinos. — Ficou bom?

— Você está perfeita. — Ele emoldurou o rosto dela com as mãos. — Perfeita para mim.

— Devemos parecer putos um com o outro, lembre-se disso. Você precisa entrar no personagem.

— Nunca tenho dificuldade para parecer puto com você. — Ele riu e roçou os lábios nos dela. Depois, colou sua testa à dela por curtos instantes, até que alguém bateu à porta e ele foi abrir.

— Peabody, você está linda — elogiou ele.

— Obrigada. — Ela levantou as mãos para Eve, com as palmas para cima. — Que tal?

Peabody também usava preto, um modelo jovem e bem na moda, com um colete listrado sem mangas que cobria sua arma. Seu cabelo fora penteado em cachos selvagens, os olhos estavam com uma sombra verde esmeralda e os lábios eram vermelhos como os sapatos de Eve. Ela foi forçada a concordar que estava bom.

— Você tinha razão. Eles não vão te reconhecer.

— McNab e eu já estamos saindo e estaremos no lugar determinado quando as pessoas chegarem. A detetive Carmichael e o colega novo vão assistir ao balé. Baxter está esperando pelos mandados e já formou duas equipes de busca.

— Bom trabalho, Peabody.

— Vejo você no bar.

— Ela está empolgada — comentou Eve. — Tomou um energético mais cedo, mas o resto é pura empolgação. Porque estamos perto, porque vamos prendê-los muito em breve. Vamos prendê-los, fazê-los suar no interrogatório, acabar com eles e encerrar o caso.

— Alguém mais está empolgada.

— Aposte o seu traseiro nisso, garotão. — Ela fez alguns agachamentos e tentou girar o corpo para ver se o vestido cooperava. — Dá para ver que eu estou recheada? Estou falando da arma — ela explicou, quando ele sorriu para ela.

— Eu consigo ver. Eles não. Sabe de uma coisa? Estou começando a gostar de toda essa história.

— Espere até eu descarregar tudo em cima deles. — Ela abriu a jaqueta, sacou a arma e a colocou de volta no coldre. — Você vai gostar muito mais

O salão elegante era pintado em tons ricos e marcantes de rubi e safira. Eles entraram exibindo o que parecia ser uma continuação — em voz baixa — de uma discussão prévia. Quando Roarke a segurou pelo cotovelo, ela deliberadamente se desvencilhou e disse, bem alto:

Prazer Mortal 391

— Não tente me acalmar!

— Eu não sonharia com isso. Dois lugares — avisou ele à recepcionista que, de forma admirável, manteve o rosto inexpressivo e educado. — A reserva está em nome de Roarke.

— Sim, senhor, é claro. Sua cabine está pronta. Acompanhem-me, por favor.

— Você sabe com que tipo de pressão estou lidando — Eve continuou, mantendo os olhos em Roarke. — O comandante está fazendo marcação cerrada, não larga do meu pé.

— Seria incrível se conseguíssemos passar uma única noite sem discutir o *seu* comandante e os *seus* problemas. Um uísque para mim — pediu à recepcionista. — Dose dupla.

— E para a senhora?

— Um Head Shot, bem forte — pediu Eve.

Roarke se inclinou sobre Eve como se murmurasse algo, e ela lhe deu um empurrão forte.

— Pedi isso porque preciso tomar algo forte, simples assim. Olha, estou aqui, não estou? Isso é mais do que posso dizer a seu respeito, já que amanhã cedo você vai estar fora da cidade. *De novo*!

— Tenho trabalho e responsabilidades, Eve.

— Eu também!

— Mas não é o *seu* trabalho que coloca brinquedos lindos como estes em suas orelhas — disse ele, batendo de leve com as pontas dos dedos em um dos brincos dela.

— Eu os ganhei de outro modo, e não se esqueça de que... — Ela se obrigou a calar a boca ao avistar Dudley e Moriarity. — Ah, veja que perfeito. Isso é mesmo uma maravilha!

— Fale mais baixo.

— Não me diga o que fazer! Estou farta de seguir ordens. Sou a melhor policial de homicídios dessa porra de cidade, e recebi zero de reconhecimento extra para este caso, e menos que zero de sua parte. Pois muito bem... que se foda tudo isso! Vou conseguir meu reconhecimento por conta própria, agora mesmo.

Ela se impulsionou para fora da cabine e ele tentou detê-la, mas demorou alguns segundos e foi tarde demais.

Ela teve que admitir para si mesma que caminhar os poucos passos curtos até a cabine próxima em cima daqueles saltos vermelhos assassinos a fez se sentir poderosa.

— Você acham que sou idiota?

— Tenente Dallas. — Cheio de charme e preocupação, Dudley estendeu a mão para cumprimentá-la. — Você me parece chateada.

— Se tocar em mim, vou derrubar você por agredir uma oficial da polícia. — Ela bateu com as palmas das mãos sobre a mesa entre eles dois e se inclinou. — Sei que vocês mataram Delaflote e Jonas; provavelmente os outros também, mas esses dois eu tenho certeza.

— Acho que você deve estar bêbada — reagiu Moriarity, com toda a calma do mundo.

— Ainda não. Acredite em mim quando digo que vou encerrar este caso. Não me importa quanto tempo vai levar ou o que vai ser preciso. Vocês não vão me vencer no meu próprio jogo. Este é o meu trabalho.

— Eve! — Roarke se aproximou dela e a agarrou pelo braço. — Pare com isso. Vamos embora agora!

— Sua esposa parece muito chateada e ligeiramente perturbada. — Dudley sorriu. — Você não me parece capaz de controlá-la.

— Ninguém me controla, idiota. Você quer ir embora? — Ela se virou para Roarke. — Beleza. Pode ir. Por que não pega o seu jatinho e voa agora mesmo para onde você vai amanhã e larga do meu pé?

— Essa é uma excelente ideia. Senhores, minhas sinceras desculpas. Você pode ir para casa quando quiser — disse ele a Eve.

— Vou para casa quando eu decidir, e se estiver a fim de ir. — Quando Roarke saiu, ela se virou mais uma vez para os dois. — O departamento não vai me dar o dinheiro para cair com tudo em cima de vocês dois. Pois eles que se fodam. *Ele* vai me dar essa grana.

Prazer Mortal 393

— Inclinou a cabeça na direção que Roarke tinha tomado. — Sei como conseguir o que quero. O promotor pode não ter colhões para me dar sinal verde agora, mas vocês dois podem me aguardar. Eu sempre encerro os meus casos e vou encerrar este.

Ela pegou um dos drinques que estavam na mesa e tomou um gole antes de devolvê-lo violentamente.

— Vocês acharam que eu não ia descobrir tudo? Usaram seus funcionários como simples peões e cobriram seus traseiros mutuamente enquanto o outro saía para matar? Vocês dois conheciam as duas últimas vítimas, e vou descobrir de onde conheciam as duas primeiras. Sou o bafo quente no pescoço de vocês dois.

— Você está fazendo papel de tola, tenente — disse Moriarity, mas lançou um olhar na direção de Dudley.

— Tola? Do mesmo jeito que Delaflote fez os Dudley de tolos quando andou comendo a mamãe do nosso Winnie? — Ela arreganhou os dentes em um sorriso. — Ah, sim, eu sei disso. E sei de muitas outras coisas. Estou chegando lá, rapazes. Já está quase na hora de vocês pagarem a conta.

— Senhora... — A recepcionista se aproximou com um olhar cheio de desculpas para os homens. — Devo pedir à senhora que se retire, por favor.

— Tudo bem. Consigo encontrar lugares melhores para beber do que este, que serve bebidas para gente que não passa de escória, como esses dois. Bebam tudo — disse aos dois homens. — Eles não servem drinques sofisticados nas celas para onde serão levados em menos de 48 horas. Porque é exatamente lá que vou colocar vocês. Podem apostar nisso.

Eve quase desejou estar vestindo uma capa — só para poder girá-la lentamente no ar quando saiu do local, majestosa.

Continuou caminhando depressa por um quarteirão para o norte, virou a esquina e manteve o ritmo por mais meio quarteirão. Feeney abriu a parte de trás da van. Ela entrou e tirou os sapatos.

— Como eu me saí?

— Se eu fosse casado com você, pediria o divórcio — informou Feeney.

Roarke tomou sua mão e a beijou.

— Ela é uma megera, mas é a *minha* megera.

Eve deu um tapinha na própria orelha.

— Peabody informa que eles estão em uma conversa intensa. Parece que Dudley tenta convencer Moriarity de algo, ou está forçando a barra sobre alguma ideia sua.

— Consigo ouvi-la — avisou Roarke. — Você não é a única com fones no ouvido.

— Ahn... Foi uma boa ideia "vazar" a informação de que você ia viajar hoje à noite mesmo. Eles vão querer antecipar o próximo passo.

Ela girou o punho quando seu comunicador tocou.

— Ouça isto — disse ela para Feeney. — Dallas falando!

— Reo conseguiu — contou Baxter. — Já temos os mandados.

— Não vão para lá, por enquanto. Dê-lhes algum tempo. Se nosso plano funcionou, um deles, ou os dois, vão para uma das casas ou um dos quartéis-generais deles, onde ficam as suas salas secretas. Precisam pegar a arma. Deixem que eles entrem e saiam. Isso não vai levar mais de dez minutos. Quando forem embora, entrem lá. Não quero assustá-los e fazê-los esconder qualquer evidência, mas se os pegarmos com uma arma, poderemos adicionar tentativa de ataque a uma policial. Vai ser a cereja do bolo.

— Tudo bem, ficaremos em modo de espera.

— Seria uma pena desperdiçar o meu desempenho — disse a Roarke. — Droga! — Ela fez uma careta ao ouvir a voz de Peabody em seu ouvido. — Eles estão pedindo mais um drinque. Talvez não tenham mordido a isca, afinal. Fique com eles — ordenou a Peabody e em seguida atendeu novamente o comunicador. — Que foi?

— Há movimento na casa de Moriarity. É o androide, Dallas, o mesmo androide que vimos na casa dos Frost/Simpson.

Ela balançou a cabeça, maravilhada.

Prazer Mortal

— Meu Deus, como eles são idiotas. Não destruíram o androide, e provavelmente é ele quem vai lhes levar a arma. Quero uma equipe colada nesse androide. Quero saber para onde ele vai e o que faz. Quando ele estiver fora da casa, podem entrar. Em todos os locais autorizados pelos mandados.

Ela esfregou o pé descalço.

— Eles morderam a isca!

— Acho que morderam, sim — concordou Roarke.

Capítulo Vinte e Dois

Eve tentou ignorar a conversa entre Feeney e Roarke, em idioma nerd. Só isso já era péssimo, mas, do outro lado da van, McNab e Peabody se aconchegavam como um casal de cãezinhos sonolentos, e ela tinha certeza de que aqueles murmúrios e risadinhas eram algum tipo de conversa sobre sexo.

Se ela não saísse logo daquela maldita van, cometeria assassinato em massa. Usaria o salto de um dos sapatos vermelhos, fino como um picador de gelo, para atacar os nerds e os cãezinhos.

Os saltos dos seus sapatos dariam uma boa arma, refletiu. Com a força certa e o ângulo exato, dava para perfurar cérebros com aquilo.

Talvez fosse por isso que as mulheres os usavam: *para o caso de terem de matar alguém*. Isso, pelo menos, fazia algum sentido. Só que faria mais sentido usá-los nas mãos, onde estariam disponíveis, se necessário...

Seus pensamentos homicidas se dissolveram quando Carmichael falou em seu ouvido.

— Os suspeitos entraram no teatro.

— Entendido. Fique de olho neles.

— Estou de olho. Eles estão indo direto para o bar. Pediram uma garrafa de champanhe para o seu camarote. Estão agindo exageradamente, dando gargalhadas altas e fortes, chamando a atenção. Vão entrar. A equipe está se esforçando para chegar perto do camarote antes do início do espetáculo.

Estão estabelecendo seu álibi, pensou Eve.

— Tomem posições. Um deles vai sair no meio do espetáculo, alguém deverá segui-lo.

— Acho que vou deixar isso para o colega novo. Desligando.

— Chegaram em cima da hora — disse Eve. — Apareceram lá cinco minutos antes de as cortinas se abrirem e pediram champanhe. O barman vai se lembrar deles, os funcionários e alguns espectadores vão se lembrar da agitação.

São idiotas, ela pensou, mas não completamente burros.

— Eles precisam esperar até o balé começar, antes de tentar qualquer movimento. Precisam esperar até que as pessoas estejam olhando para o palco, o teatro às escuras. Mas vão agir logo. Tudo tem de ser rápido. Parem com isso! — Ela deu um empurrão em Peabody. — Vocês estão fazendo minhas pálpebras tremerem.

— Estamos só sentados aqui.

— Conheço essas risadinhas sexuais de longe.

— Eu não estava rindo.

— Você não. *Ele*.

McNab simplesmente sorriu.

— Eram risadinhas viris.

— Vocês são tiras. Se comportem como tiras!

Ela se virou e fez uma careta para Roarke.

— E você, do que está rindo?

— Por que você não se senta aqui para eu te contar. — Com um brilho forte nos olhos, ele deu um tapinha no joelho. — Também sei dar risadinhas viris.

— Pare com isso. Vocês estão deixando Feeney envergonhado.

— Já passei dessa fase — murmurou o capitão, e manteve a cabeça baixa. — Estou cercado por um monte de marmanjos dando risadinhas e se remexendo quando estamos aqui para tentar derrubar loucos assassinos que adoram emoções fortes.

— Eu já mandei que eles parassem, não mandei?

— Você dá atenção e isso só serve para encorajá-los. — Ele disse isso com ar pesaroso quando seus olhos encontraram os dela. — Agora também vou começar a tremer porque você rachou a parede.

— Que parede?

— A parede que eu construo mentalmente para não ouvir risadinhas sexuais. Agora você a rachou, eu vou ouvi-los e vou ficar tremendo toda.

— Então a culpa é minha? Sua parede é muito fraca se racha só de eu mencionar isso, essa é que é a verdade... Calem a boca — ordenou, quando seu *tele-link* tocou. — Todo mundo feche a matraca! — Ela olhou para a tela e sorriu. — O show vai começar.

Ela bagunçou os cabelos com os dedos para desarrumá-los, deu uns tapas nas bochechas para deixá-las mais vermelhas e aproximou o *tele-link* do rosto. A ligação era de Dudley.

— Que porra você quer de mim, seu babaca? — resmungou ela, arrastando as palavras.

— Tenente Dallas, graças a Deus. Você precisa me ouvir. Eu só tenho alguns instantes.

— Vá se foder!

— Não, não, não desligue. Preciso da sua ajuda. É Sly. Acho que... meu Deus, acho que ele ficou louco.

— Fale mais alto. Estou em um lugar barulhento, mal consigo ouvir você.

— Não posso me arriscar a aumentar o tom de voz. — Ele continuou a cochichar, em sussurros dramáticos. — Ouça-me, tenente, escute! Acho que Sly matou Delaflote e a pobre Adrianne Jonas. As coisas que ele disse depois que você saiu do Lionel!... Mal consigo acreditar. Ele estava revoltado, e muito assustado. Ele me disse que...

Prazer Mortal

Não dá para contar isso pelo *tele-link*. Ele está bebendo demais, aqui perto. Acho que posso dar uma escapada daqui a pouco. Vou dar uma desculpa, ou esperar que ele desmaie de bêbado para ir encontrá-la, tenente. Eu preciso contar tudo que ele... por favor, você precisa se encontrar comigo.

— Onde vocês estão? Posso mandar uns guardas para dar uma dura nele e tirá-lo daí algemado.

— Não, não! E se eu estiver errado? Ele é o meu amigo mais antigo e mais querido. Tenha piedade, estou pedindo a sua ajuda porque você certamente saberá o que fazer. Se eu estiver exagerando, você me acalmará e Sly não passará vexame. E se eu estiver certo, você resolverá todos esses assassinatos horríveis ainda esta noite, antes que ele... Você será uma heroína novamente. Levará o crédito por colocar um ponto final em toda essa loucura. Só você! Não quero meu nome envolvido. Isso é... doloroso. Por favor, por favor. Estou no Strathmore Center. Dá para sair de fininho, mas não posso ir longe porque preciso voltar antes do intervalo do balé, para o caso de... Que tal a Nossa Senhora das Sombras? Fica só a um quarteirão daqui.

Por dentro ela abriu um sorriso, mas fez uma careta para o *tele-link*.

— Uma igreja? Tá falando sério?

— É perto e podemos conversar sem sermos interrompidos, e sem que alguém nos ouça. Preciso confiar em você. Tenho certeza de que você saberá o que fazer. Estarei lá daqui a vinte minutos e lhe contarei tudo o que sei. Você é a única para quem posso contar.

— Sim, sim, está bem. É melhor que as novidades sejam boas, Dudley. Eu tive um dia de merda.

Ela desligou e bateu com o *tele-link* na palma da mão.

— Eles acham que eu sou burra.

— Bêbada e burra — complementou Roarke. — Eles vão atacar você ao mesmo tempo.

— Exatamente. Feeney!

— Estou com tudo em cima.

— McNab, assuma o volante da van enquanto eu reúno as equipes. Quero todo mundo no nível da rua, mas no máximo a dois quarteirões do local do encontro.

— Entendido.

— O que você está fazendo nesse troço? — perguntou Eve, ao ver Roarke digitando algo no tablet.

— Estou baixando as plantas da igreja. Você precisa conhecer o espaço para onde vai.

— Ele pensa como um policial — disse Eve a Feeney. — Ele odeia quando eu digo isso, mas o que se pode fazer? Dudley disse vinte minutos, então vai chegar em quinze ou antes. Preciso caminhar a pé pelo menos por um quarteirão, para o caso de um deles estar me observando. Dudley está drogado — avisou ela. — Suas pupilas estavam do tamanho de pratos. Moriarity provavelmente ingeriu alguma coisa também.

— Não pense que isso os tornará menos perigosos — disse Roarke.

— Não, eu sei que não. Mas os tornará descuidados, o que os motivará ainda mais, eu acho, do que o show que fizemos para eles mais cedo. — Ela pegou o tablet de Roarke e estudou a planta. — Ok, vamos sair assim que a equipe de Baxter nos avisar sobre os movimentos do androide, e colocaremos homens aqui e aqui.

Ela olhou para Peabody, que fez que sim com a cabeça.

— A segunda equipe ficará do lado de fora, cobrindo as saídas. Todos devem se manter afastados até que eles dois estejam lá dentro, e não quero ninguém circulando por ali até eu ordenar a invasão. Ficou claro?

— Sim, senhora. Vou entrar junto e ficar nesta posição. McNab...

— Eu vou ficar do outro lado — avisou Roarke.

Peabody pensou em argumentar, mas desistiu quando viu a determinação nos olhos de Roarke.

Prazer Mortal   401

— Tudo certo. Vocês dois ficam com as posições do interior da igreja. — Eve teria oferecido a Roarke a sua arma extra, mas sabia muito bem que se Summerset tinha levado a roupa dela, também tinha levado uma arma para Roarke. E não queria saber como foi que ele tinha conseguido entrar com ela na Central.

— Eu também quero entrar, Dallas.

Ela olhou para McNab enquanto ele estacionava a van junto da calçada. Às vezes ele a irritava profundamente, mas Eve confiava cegamente em McNab.

— Tudo bem, tome posição junto de Peabody. É melhor eu não ouvir risadinhas sexuais.

Ela bateu na orelha ao receber um aviso.

— Entendido. Dudley está em movimento. Fique onde está, Carmichael, até que Moriarity também saia. Dê-lhe espaço. Equipe A, mexa-se até a igreja.

Roarke se inclinou sobre ela e falou com os lábios junto de sua orelha.

— Pense duas vezes antes de deixá-los encostar em você, caso os queira inteiros e conscientes para a sua prisão.

Antes que ela tivesse chance de falar, ele se virou e apertou os lábios firmemente contra os dela.

— Cuide da minha tira — disse ele, e saltou pela porta de trás da van, junto com Peabody.

Eve calçou os sapatos e reparou o olhar fixo de Feeney.

— Que foi?

— Eu não disse uma palavra. Mas temos um colete à prova de balas, se você quiser.

— Isso me faz parecer gorda — ela explicou, e o fez rir.

— Também não ajudaria muito, caso eles tentem atingir sua cabeça. Olha aqui... — Ele abriu uma das gavetas e pegou uma garrafa.

— Cristo, Feeney, eu não vou beber isso, não vou beber nada antes de terminar esta operação.

— Você vai bochechar com isso e cuspir fora. — Ele estendeu um copo e a garrafa de uísque irlandês. — Se quer que eles acreditem que você está bêbada o suficiente para cair nessa cilada e colocar o pé nessa armadilha ridícula, deve aparecer lá com cheiro de bêbada.

— Bem pensado.

Ela pegou o uísque, bochechou com ele e ainda espalhou um pouco de bebida pelo pescoço e pelo vestido, como se fosse perfume. Isso o fez rir de novo. Só então ela cuspiu. Inclinando-se para a frente, soltou um bafo na cara dele.

— Que tal?

— Vai convencer. E aí, vamos comer hambúrgueres amanhã?

— Provavelmente.

— Vou comer um bem grande. E quanto à torta, vai ter torta?

— Não sei.

— Merengue de limão. Isso é ótimo num churrasco de verão. E talvez bolo de morango.

— Vou providenciar. Assim que eu conseguir evitar ser assassinada.

— Minha avó costumava fazer merengue de limão. Ela espalhava pérolas de açúcar no merengue. Sabia fazer uma bela torta, a minha avó.

— Delícia! Dudley está indo em direção à igreja. — Ela se levantou, treinou o movimento de abrir a jaqueta e pegar a arma.

— Isso vai funcionar. Todas as equipes, mantenham as posições. Dallas entrando em ação!

— Você devia cambalear um pouco, caso eles vejam você chegando.

Ela saiu pela porta de trás.

— Isso não vai ser problema, com esses sapatos.

— Boa caçada.

Ela abriu um sorriso quando fechou a porta.

Esperou alguns segundos e repassou todo o plano mentalmente. Viu os seus policiais, porque sabia exatamente onde cada um estava. Saiu pela rua cambaleando e entrou na igreja.

Prazer Mortal

Ele tinha acendido algumas velas de LED, ela notou, mas logo a luz pareceu mudar e bruxulear. Ela deu mais alguns passos instáveis até entrar na nave principal, junto dos bancos dos fundos.

— Dudley, seu idiota. — Sua voz ecoou. — É melhor você não me fazer perder tempo.

— Estou aqui. — Sua voz estremeceu. Ela viu que ele tentava transmitir medo, mas percebeu que mais parecia um riso. — Eu queria ter certeza de que era você. Que ele não tinha me seguido.

— Não se preocupe, vou te proteger. Sou paga para proteger os idiotas da cidade.

— Isso pode não bastar. — Ele saiu das sombras na outra ponta da igreja.

— Você tem toda razão. Mas não faço isso pelo salário, e sim pelo poder. Nada melhor que ver os suspeitos se mijando de medo quando chego perto deles. Você tem cinco minutos — avisou, quando Carmichael murmurou em seu ouvido que Moriarity estava a caminho.

— Você não imagina quanto fiquei feliz por você ter vindo, tenente. Sei que você está sofrendo uma pressão terrível.

— É para essas horas que serve a bebida. E foda-se a pressão. Assim que eu encerrar este caso vou aparecer na mídia durante semanas. Talvez escrevam até um novo livro sobre mim. Depois que eu prender dois idiotas ricos como você e Moriarity, a mídia vai estender o tapete vermelho para mim.

— Sly é o único criminoso. — Ele se aproximou dela e parou. — Eu lhe dei cobertura, mas não sabia o que ele tinha aprontado. Se ao menos eu tivesse... Eu não soube de nada até hoje à noite.

— Você está gastando seus cinco minutos, Dudley. Abra o bico ou vou prender você por importunar uma policial. Acredite, não estou com a mínima vontade de arrastar o seu traseiro ou o meu até a Central.

Moriarity está na porta, ela ouviu no fone, exatamente ao mesmo tempo em que ouviu a vibração fraca do *tele-link* no bolso de Dudley. Ele deslizou a mão suavemente para atender.

— Ei, mãos onde eu possa vê-las! — Ela vasculhou, meio desajeitada, na bolsa.

— Sinto muito. — Ele ergueu as mãos. — Estou nervoso. Estou com o coração na boca. Você precisa me ajudar! Ele agarrou os pulsos dela como se estivesse desesperado.

A porta se abriu logo atrás de Eve. Ela teve que reprimir seu instinto de se defender e, em vez disso, cambaleou. E sentiu a arma de atordoar pressionada em seu pescoço.

— Fique quietinha! — ordenou Moriarity.

— Ainda não, ainda não! — gritou Dudley. — Droga, Sly, não vale trapacear.

— Isso foi só para atrair a atenção dela. — Ele deslizou o atordoador e desceu com ele até o ombro de Eve.

Uma rajada ali a derrubaria, pensou ela, mas não iria matá-la.

— Que porra de jogo é esse?

— Não é um jogo, tenente — disse Dudley. — Jogos são para crianças. Isso é aventura. É competição. Largue essa bela bolsa de noite, ou Sly lhe dará uma rajada desagradável. *Muito* desagradável — repetiu, ao ver que ela hesitou.

— Vamos todos ter calma. — Ela deixou a bolsa cair no chão.

— Eu gostaria que tivéssemos mais tempo. — Dudley voltou alguns bancos, na direção do altar, e se abaixou para pegar algo. — Esperávamos ter mais tempo quando chegássemos a você. E planejávamos usar a Catedral de Saint Patrick. Isso não teria sido glorioso?

— O impacto seria bem maior. — Ela sentiu Sly se movimentar de lado. — Esta igreja aqui não é tão importante.

— Mas será, depois desta noite. — Dudley se endireitou e brandiu uma espada no ar. — Vamos tornar tudo importante.

— Que merda é essa? — Eve quis saber.

— *Isto*? — Dudley fez uma pose de esgrima e rasgou o ar com a lâmina. — É um florete, sua piranha burra. É italiano, muito antigo e muito valioso. É a arma de um aristocrata.

— Você não vai escapar dessa. Minha parceira sabe onde estou e com quem vim me encontrar.

— Mentiras não vão ajudá-la, tenente. Você está tão bêbada que mal sabia o próprio nome quando conversei com você naquele bar onde estava ainda agora. E você veio até aqui, como mandei.

— Você os matou. Todos eles. Houston, Crampton, Delaflote, Jonas. Vocês dois, trabalhando juntos, como pensei.

— Não foi trabalho — corrigiu Dudley.

— Foi prazer — disse Moriarity.

— Tínhamos outra rodada planejada antes de chegar a você, mas...

— Eu sabia! — Ainda bancando a bêbada indefesa, ela balançou um pouco e Moriarity a segurou. — Vocês dois conspiraram para matar quatro pessoas.

— Em Nova York — confirmou Dudley com um sorriso largo e brilhante. — Mas nós acumulamos muito mais pontos em outros lugares.

— Mas por quê? Quem eram essas pessoas para vocês?

— Velhas criaturas insignificantes, novos prazeres. — Dudley riu tanto que estremeceu.

— Winnie, nós precisamos voltar.

— Você está certo. É uma pena não podermos brincar mais com ela. Mas tem que ser ao mesmo tempo, lembre-se. Exatamente ao mesmo tempo, para a pontuação ficar empatada. Seu gatilho, meu florete. Vamos contar até três.

Moriarity se inclinou e deixou seus lábios acariciarem a orelha de Eve.

— Quem é o idiota agora? — perguntou ele.

— Você!

Ela tirou a arma da mão de Moriarity com uma cotovelada e enfiou o salto pontiagudo do seu sapato no peito do pé dele. Quando girou o corpo, Dudley avançou sobre ela com o florete. A lâmina raspou de leve o seu bíceps, desviou quando ela completou o movimento e atravessou o corpo de Moriarity.

De olhos arregalados, Moriarity olhou para o sangue que escorreu pelo branco-neve de sua camisa.

— Winnie, você me matou!

Quando ele caiu, Dudley soltou um uivo, uma combinação selvagem de dor e raiva. Enquanto os policiais invadiam a igreja com armas em punho, ela se deu o prazer de dar um soco curto e forte no rosto dele.

Roarke mal olhou para Dudley quando passou por cima do homem caído.

— Duas jaquetas estragadas em uma semana.

— Não foi culpa minha.

— De quem foi, então, eu gostaria de saber. E olhe só, você machucou os nós dos dedos.

— Não faça... — sibilou Eve quando ele levantou a mão dela e estremeceu quando ele lhe beijou os nós dos dedos.

— Você mereceu — explicou ele—, por nocauteá-lo quando sabia que eu queria fazer isso.

— O camburão e a ambulância já estão chegando. — Peabody olhou para Moriarity, caído. — Muito bom o seu giro de corpo. Mas foi muito ruim para a sua jaqueta.

Eve apertou a mão sobre o rasgão da roupa, para proteger o ferimento no braço.

— Valeu a pena. Tudo bem, pessoal, vamos terminar logo com isso. Peabody, reserve uma sala de interrogatório. Ah, e avise aos paramédicos para mantê-lo respirando. Pode ser poético ver o pró-prio amigo matá-lo, mas não estou em busca de poesia. Vou voltar para a Central, quero trocar de roupa e relatar tudo ao comandante.

— Não até os paramédicos cuidarem desse ferimento — exigiu Roarke.

— Ele mal me arranhou... e não teria conseguido nem isso se eu não tivesse que lidar com esses sapatos idiotas.

Prazer Mortal 407

— Você tem duas opções: sentar aqui e esperar por um médico, ou eu vou envergonhar você na frente dos seus homens e te tascar um beijo.

Ela sentou.

Como Dudley só exigiu a presença de um advogado assim que voltou a si, Eve teve tempo para tomar banho, trocar de roupa, atualizar Whitney, agradecer a todos e dispensar sua equipe.

Estava na Sala de Conferências, sozinha, em frente ao quadro com as fotos dos mortos. Pensou na mulher de Jamal Houston, em seu parceiro e amigo, nos pais chorosos de Adrianne Jonas, no tremor em busca de controle da sua assistente e em todos os outros corações que ela teve que partir com a notícia da morte.

Ela falaria com cada um novamente e lhes contaria que os homens que tinham tirado aquelas vidas e destruído o mundo deles tinham sido presos. Estava determinada a fazer com que pagassem por seus atos.

Ela precisava ter a esperança de que isso poderia ajudar os vivos e continuou acreditando, por razões que não entendia por completo, que isso também dava consolo aos mortos.

— Eve.

— Doutora Mira. — Eve se virou do quadro. — O que você ainda está fazendo aqui?

— Quis acompanhar tudo até o fim. — Ela deu alguns passos, se colocou ao lado de Eve e tornou a estudar cada um dos rostos. — Foram muitos. Um egoísmo absurdo e completo.

— Haveria mais vítimas. Esta noite nós os impedimos de continuar. Vamos trancar a porta da cela para sempre, e muito disso é mérito seu. Se eu tivesse me dado conta da possibilidade de eu ser um alvo, talvez houvesse menos rostos neste quadro.

— Você sabe que isso não é verdade, tanto na realidade quanto no pensamento. Poderíamos facilmente dizer que haveria mais vítimas se você não tivesse intuído tão depressa qual era o padrão dos crimes. Você trabalhou bem no caso, e hoje vai encerrá-lo. Eu gostaria de observar seu interrogatório com Dudley.

— Pode demorar um pouco mais. Ele está conversando com seu bando de advogados.

— Posso esperar. Soube que você foi ferida.

— Só um arranhão. Culpa dos sapatos. Eles prejudicaram meu equilíbrio. De qualquer modo... — Ela bateu no braço. — Fui atingida por um antigo florete italiano para esgrima. Isso é muito chique.

Peabody entrou.

— Olá, doutora Mira. Dallas, o chefe dos advogados de Dudley está pedindo para falar com você.

— Isso deve ser bom. Avise que eu vou encontrá-lo na porta da Sala de Interrogatório.

U m homem imponente com muitos fios grisalhos nas têmporas que pareciam fluir de sua vasta cabeleira negra, Bentley Sorenson cumprimentou Eve com a cabeça.

— Tenente, estou lhe informando que pretendo apresentar queixas formais sobre o tratamento que a senhora deu ao meu cliente, incluindo o uso excessivo de força, captura por meio de uma cilada e embaraço pessoal. Além disso, já entrei em contato com o governador, que vai protestar junto ao promotor público pela falsificação de informações com a finalidade de obter mandados indevidos de busca e apreensão na residência, nos veículos e na empresa do meu cliente. Exijo que ele seja libertado imediatamente até que todas essas questões possam ser devidamente analisadas.

— Você pode apresentar as queixas e solicitações que quiser. Pode ligar para o governador, para o senador ou até para o presidente da República, mas seu cliente não vai sair daqui. Você pode tentar me impedir de entrar aí, sr. Sorenson — ela deu de ombros em sinal de pouco caso. — Vou para casa dormir e curtir um bom e relaxante fim de semana. Mas seu cliente vai continuar preso na cela.

— O sr. Dudley é um empresário respeitado e valorizado; pertence a uma das principais famílias do país. Não tem ficha na polícia e cooperou totalmente com a senhora e com este departamento. Além disso, entrou em contato com a senhora para pedir ajuda e oferecer a dele... e sofreu todos esses abusos.

— Estou tentando decidir se você é um idiota ou está apenas fazendo o seu trabalho. Vou lhe dar o benefício da dúvida e votar no trabalho. Você tem que decidir neste minuto se vai bloquear o interrogatório de hoje à noite. Isso significa que o seu cliente vai ficar atrás das grades até segunda-feira, a não ser que eu entre aí *agora* para conversar com ele.

— Posso solicitar uma audiência com um juiz para daqui a uma hora.

— Vá em frente, então. Vou tirar um cochilo enquanto você tenta essa jogada. Essa semana foi cansativa.

— Você está seriamente disposta a arriscar sua carreira por causa disso?

Ela se inclinou um pouco, depois se endireitou e botou os polegares nos bolsos da frente.

— Isso é uma ameaça, senhor advogado?

— É uma pergunta, tenente.

— Vou dizer o que não estou disposta a arriscar. Seu cliente sair desta sala, a menos que ele vá direto para uma cela antes de eu interrogá-lo. Não estou disposta a arriscar que ele tome um chá de sumiço só porque tem dinheiro e meios para fazê-lo. A escolha é sua. Você sabe muito bem que posso mantê-lo aqui até segunda-feira, então vamos parar de desperdiçar o tempo um do outro. Eu falo com ele agora mesmo ou vou para casa.

— Faça do seu jeito, então.

Eve usou seu smartwatch.

— Detetive Peabody, apresente-se à Sala de Interrogatório. Esse aparelho é o máximo, não acha? — disse ela, quando percebeu que Sorenson analisava o seu smartwatch. Ela abriu a porta e entrou.

Dudley estava com o queixo muito machucado, inchado, e seus olhos também estavam vermelhos e inchados de tanto chorar. Já tinha se passado tempo suficiente para o efeito da droga passar, ela notou, e isso poderia ser útil. De cada lado dele havia uma advogada jovem e atraente. Uma delas inclusive segurava sua mão.

— Gravando. Aqui fala a tenente Eve Dallas, interrogando Winston Dudley Quarto. Ela deixou cair uma pasta grossa sobre a mesa. Também presente está o advogado do sr. Dudley, o dr. Bentley Sorenson, e duas outras advogadas. Vocês poderiam declarar seus nomes, para ficar registrado?

Depois que elas atenderam ao pedido, Eve resolveu que mentalmente iria se referir a elas simplesmente como Loira e Ruiva.

— A detetive Delia Peabody também acaba de entrar na Sala de Interrogatório. Portanto, a turma já está toda reunida. Como está a sua cara, Winnie?

— Você me agrediu. Salvei sua vida, mas você me agrediu e me arrastou até aqui como se eu fosse um criminoso.

— Salvou minha vida? Puxa, a minha lembrança e a minha filmadora... que ficou ligada o tempo todo do nosso encontro, como a lei exige... têm uma interpretação diferente dos fatos. Assim como as gravações e as declarações dos policiais que estavam na Igreja de Nossa Senhora das Sombras.

— Essas gravações e declarações serão questionadas — avisou Sorenson —, pois podemos provar o seu espírito de vingança contra o meu cliente.

— Sim, faça aquelas manobras e descubra aonde elas vão levá-lo. Vamos começar daí. Você entrou em contato comigo por volta das 20h desta noite.

— Ela estava bêbada — disse Dudley, olhando para Sorenson.
— Mas eu estava desesperado. Ela nem conseguia falar de forma

Prazer Mortal

inteligível. Quando chegou, mal conseguia se manter em pé, de tão embriagada.

Eve abriu o arquivo, pegou uma cópia impressa e a jogou na mesa.

— Aqui estão os laudos dos meus exames toxicológicos, feitos em três intervalos de uma hora, entre as 19h e 21h desta noite. Todos deram negativo.

— Foi tudo falsificado, como o resto! Você já estava bêbada quando encontrou comigo e com Sly no bar Lionel. Uma dúzia de testemunhas pode confirmar isso e a sua atitude abusiva. Seu próprio marido estava enojado com o seu comportamento.

— Roarke mandou dizer olá, a propósito. Você pode não ter notado, mas ele também estava na igreja. — Ela sorriu quando a fúria avermelhou o rosto de Dudley.

— A senhora armou uma cilada para o meu cliente — começou Sorenson.

— Isso é papo furado. Seu cliente entrou em contato comigo, o que está registrado pelos nossos *tele-links*. Fui encontrá-lo, conforme ele me pediu. Minha equipe de apoio local me acompanhou, algo que não só está dentro do código de procedimento policial, como também é recomendado pelo departamento. Winnie, você confessou durante o nosso encontro, quando seu amiguinho estava com uma arma de atordoar colada no meu pescoço, que vocês dois estavam envolvidos em uma competição cujo objetivo era matar alvos selecionados.

Ela pegou as fotos da pasta e as jogou sobre a mesa.

— Você interpretou mal as minhas palavras. Eu estava fazendo tudo ao meu alcance para protelar a ação de Sly. — Lágrimas, e Eve as julgou sinceras, lhe surgiram nos olhos mesmo quando ele mentiu descaradamente. — Eu traí e matei o meu melhor amigo para salvar você.

Ela lançou-lhe um olhar semelhante ao que ele lançara para Roarke no Lionel. Desprezo civilizado.

— Você com certeza está disposto a entregar o seu amigo rapidinho.

— Estou cumprindo o meu dever. E só Deus sabe que isso não poderá prejudicá-lo. Ele já está morto. Eu o matei para salvar você.

— Oh, não se preocupe, você não o matou. Ele está ótimo.

— Você é uma mentirosa. Eu o vi morrer.

— Você não viu muita coisa porque estava imerso em *hype* com um pouquinho de *zeus* misturado. Este é o exame toxicológico do seu cliente. — Eve entregou o laudo para o advogado.

— Eu estava com medo. Pode ter sido fraqueza, mas eu estava com medo e ingeri algumas drogas. Você pode me fichar como usuário, mas...

— Cale a boca, Winnie! — alertou o advogado.

— Eu não sou assassino! — Ele se virou para Sorenson. — Foi Sly. E Sly está morto!

— Ainda não. Aliás, vou conversar com ele amanhã de manhã — comentou Eve. — Aposto que ele vai entregar você sem eu precisar pressioná-lo muito, e tão depressa quanto você fez com ele. O policial que o acompanha acabou de me contar que ele está muito revoltado por você tê-lo furado com o florete.

— Para salvar você!

— Por que você levou um florete italiano antigo para a igreja, Winnie?

— Não fui eu. Quem levou foi Sly.

— Na verdade, não foi ele. Quem levou foi o seu androide. O mesmo androide que vocês usaram como mordomo da casa de Simpson na noite em que Sly assassinou e você conspirou para matar Luc Delaflote. Nós pegamos o androide, Winnie, e estamos analisando os seus discos de memória. Vocês deveriam tê-lo destruído.

Ela acenou com a cabeça para Peabody, que saiu.

— Detetive Peabody saindo da Sala de Interrogatório. Há muitas coisas das quais vocês provavelmente deveriam ter se livrado. Puxa, veja só aqui... mais fotos!

— Eu não faço ideia de quem são essas pessoas. — Mas as mãos dele começaram a se contorcer.

Prazer Mortal

— Claro que sabe. Você as matou.

— Tenente, se a senhora vai adicionar mais acusações ridículas às que já foram feitas ao meu cliente, eu vou...

— Existe um padrão nessas mortes, doutor. Posso ligar todas e cada uma dessas pessoas ao seu cliente. Esta foi a primeira que descobrimos. Você estava na África, um lugar quente e meio selvagem. E, droga, você estava pagando pelos serviços dela, não estava? Ela devia fazer o que você quisesse e quando quisesse. E você estava cheio de adrenalina — acrescentou, circundando a mesa. — As mulheres devem se deitar quando você as manda deitar, e abrir as pernas quando você manda que elas abram. A morte foi culpa dela mesma, na verdade, e graças a Deus você tinha Sly ali perto para salvá-lo dessa encrenca.

Ela estendeu a mão, se inclinou sobre ele e tirou a foto de Melly Bristow da pasta.

Loira fez um som de quem ia vomitar.

— Sim, é muito cruel. Só que... puxa, ela já estava morta mesmo. Foi uma sensação de poder inigualável conseguir escapar impune de um assassinato. E todos eram apenas pessoas de aluguel, como Sofia Ricci em Nápoles e Linette Jones em Las Vegas.

Ela colocava o dedo sobre cada foto enquanto Sorenson rejeitava todas as acusações e Dudley continuava a se contorcer na cadeira.

— Mas não seria ainda mais empolgante matar pessoas que tinham algum prestígio? — continuou ela. — Por que desperdiçar o tempo de vocês com a ralé? Isso foi bom para apimentar um pouco a disputa entre você e Sly. O que o vencedor ia ganhar, afinal de contas, Winnie?

— Você está inventando coisas.

— Foi uma versão de alto nível do clássico jogo *Detetive*. Oh, espere. — Ela apertou o gravador que já tinha deixado no ponto certo e a voz de Dudley encheu a sala.

Jogos são para crianças. Isso é aventura. É competição.

— Quantos pontos você conseguiu por matar a acompanhante licenciada no parque de diversões com a baioneta? — perguntou ela, como se falasse sozinha. — A baioneta do seu tio-avô? Ou para matar a facilitadora na pista de corrida com o chicote? O chicote que foi fabricado a seu pedido, na Austrália? Detetive Peabody está voltando para o interrogatório. E vejam só, ela trouxe lembrancinhas!

— Eu nunca estive nem perto de nenhum desses lugares. E você sabe muito bem que eu estava recebendo convidados na noite em que Adrianne foi morta.

— Estivemos conversando com as pessoas da sua lista de convidados. Melhor ainda... falamos com o pessoal contratado para aquela pequena festa. Serviçais contratados, Winnie? Eles costumam reparar em tudo porque as pessoas como você não os enxergam de verdade. — Ela sorriu. — Já encontramos alguns convidados que declararam ter procurado você para se despedir antes de sair, e não conseguiram te achar.

— Tenho uma casa grande, o terreno é imenso.

— Sim, e você precisou de muita ajuda extra, pessoas que não têm nenhum motivo para mentir sobre você ou por você. Algumas delas viram você e Adrianne Jonas indo para a garagem, outros notaram a sua volta pouco depois das 3h. Sozinho.

— Você os subornou. — O suor cobria seu rosto como orvalho. — Isso tem a ver com a sua vingança pessoal contra mim. É inveja.

— Oh, inveja? De quê?

— Você pode ter conseguido se casar com Roarke e pode ter dinheiro, mas nunca será ninguém. Nenhum de vocês dois. Vocês nunca serão o que eu sou.

— Dou graças a Deus por isso. Tenho depoimentos, gravações, testemunhas, armas... — Ela deu de ombros. — Ah, e sabe o que mais? Você tinha isto aqui em uma gaveta trancada do seu quarto. — Ela pegou uma bolsa de noite. — Pertence a Adrianne Jonas.

— Ela esqueceu na festa. Eu guardei a bolsa para devolvê-la.

— Não, invente uma mentira melhor. Temos aqueles incômodos empregados que a viram, com a bolsa, quando ela entrou no seu carro.

Prazer Mortal

— Ela deixou a bolsa cair.

— Estranhamente, o *tele-link* dela não estava na bolsa, embora ela tenha sido vista usando o aparelho minutos antes de sair com você até a garagem. Estranhamente, também, impressões digitais dela e vários fios de cabelo foram encontrados no seu carro. Ah, e alguns dos empregados que você contratou viram seu veículo deixar a propriedade menos de uma hora antes do momento exato em que ela morreu.

— Ela deve ter pedido a um dos criados para levá-la. Eu não conseguiria saber o que cada um fez na noite passada.

— Estes sapatos são seus? — Ela os pegou na caixa e ele deu de ombros. — Posso economizar tempo e contar que eles foram retirados do seu armário de sapatos, devidamente etiquetados e registrados. Você usou esses sapatos na noite em que matou Ava Crampton. Temos imagens de você calçando exatamente estes sapatos e usando um disfarce ridículo quando entrou na Casa dos Horrores com ela, menos de trinta minutos antes da sua morte.

— Vocês não podem ter imagens. Eu tomei cuidado... Eu não estava lá.

— Você ia dizer que tomou o cuidado de hackear o sistema de segurança do parque com isto para apagar as imagens. — Ela pegou o misturador de sinais. — Fez um ótimo trabalho, Winnie. Dou o devido crédito a quem merece. Só que você não conseguiu apagar *todas* as imagens. E antes de você dizer que há um grande número de pessoas com essa marca e modelo de sapato — avisou ela a Sorenson —, saiba que eles são uma edição limitada; neste tamanho e cor, pouquíssimos pares foram vendidos e nós rapidamente eliminamos os donos da lista de suspeitos. Eu não creio que o seu cliente tenha sido totalmente honesto com você, doutor.

— Preciso de um tempo para conversar em particular com meu cliente.

— Certo, podemos lhe dar isso. E como já está tarde, posso adiar a continuação desta entrevista até segunda-feira de manhã.

Aposto que você está se sentindo um pouco tenso e nervoso, Winnie. Nossa, você está muito trêmulo e suado. Aposto que gostaria de ingerir alguma droga para se acalmar. É muito tempo até segunda-feira... muito tempo em uma cela sem todas as suas mordomias habituais.

— Você não pode me manter preso aqui.

Ela se inclinou e ficou a um palmo do rosto dele.

— Ah, sim, claro que posso.

— Sorenson, seu monte de merda inútil, resolva isso! — explodiu Dudley.

— Tenente, será que eu poderia conversar alguns instantes com a senhora, do lado de fora?

— Não vou a lugar algum. — Para reforçar isso, ela se recostou na cadeira e cruzou as pernas na altura dos tornozelos. — Por que você não resolve tudo comigo, Winnie? Esse era o plano. Mas Sly cometeu um erro e estragou tudo para você. Ele é o perdedor. Mas você também é um incompetente. Por Deus, você é um sujeito ridículo. Venci vocês dois em menos de uma semana. Talvez eu deva tomar um drinque para comemorar a vitória.

Ela tirou uma garrafa de champanhe da caixa.

— Algo francês, bem extravagante. Uma safra especial, numerada, assinada e com saída registrada no sistema de Delaflote, para ser usada no dia do jantar na casa de Simpson. Isso estava na sua adega. Aquele Delaflote, filho da mãe, não tinha nada que levar a sua mãezinha para a cama dele. Aquele francês emergente!

— Cale a boca!

— Oh, mas eu tenho mais. Muito mais. Tanto que estou espantada que vocês dois tenham levado nove meses para planejar tudo isso. O que disse o juiz do Departamento de Polícia de Nova York? — perguntou ela a Peabody.

— De 0 a 10, ele lhes deu nota 5,8. Mas só pela criatividade — acrescentou Peabody. — Com a execução do plano a nota caiu para 4,6.

Prazer Mortal

— Nota justa. Mas foi divertido, não foi, Winnie? Tão divertido que vocês fizeram isso por amor, e não pela disputa. E você adorou, assim como adora suas drogas. O que é a vida sem algum barato e muita emoção?

— Tenente, já chega. — Sorenson se levantou. — Terminaremos este interrogatório agora!

— Não quero ficar aqui e voltar para aquela cela. Seu babaca incompetente, faça o que você é pago para fazer! Quero ir para casa. Quero que essa piranha seja castigada.

— Ah, está começando a sentir a abstinência, não é? — Eve balançou a cabeça em solidariedade e verificou a hora no seu smartwatch. — Já faz algum tempo desde que você tomou a última dose. Infelizmente você não vai para casa... nunca mais, Winnie. De qualquer modo, mesmo que fosse, não encontraria o seu estoque em nenhum dos esconderijos habituais. Nós descobrimos todos eles, também.

Ele ficou em pé e deu um safanão que jogou Ruiva longe quando ela tentou acalmá-lo novamente.

— Você não tem o direito de tocar nas minhas coisas. Eu *pago* você. Não passa de uma funcionária pública. Eu sou seu dono.

— Você comprou essas pessoas, pagou por elas. — Eve apontou para as fotos espalhadas sobre a mesa. — Tinha todo direito de matá-las só por esporte, não é verdade?

— E tínhamos mesmo! Você tem razão, elas não eram *nada*. — Ele varreu a mesa com o braço e jogou todas as fotos no chão. — Pouco mais que androides. Quem chora quando um android é destruído? Quanto a você... Você não passa de uma puta interesseira, o passatempo do Zé-Ninguém maquiavélico e alpinista social. Devíamos ter matado você logo de cara.

— Sim, acho que sim. Mas vocês perderam esse bonde.

— Winston, não quero que você pronuncie nem mais uma palavra. Está me ouvindo? Nem uma palavra! — alertou Sorenson.

— Vai ouvir seu empregado pago, Winnie? — Ela colocou um toque de escárnio na voz. — Agora é ele quem lhe diz o que fazer?

— *Ninguém* me diz o que fazer. Vou sair daqui e vou te arruinar. Você acha que só porque você se casou com um cara que tem grana está em segurança? Tenho um nome respeitável, tenho influência. Posso te esmagar com uma única palavra.

— Qual palavra? Porque é preciso de mais de uma, e aqui estão elas... Winston Dudley Quarto, além das acusações já registradas, você é acusado de cinco crimes adicionais, assassinato e conspiração para assassinar as seguintes pessoas: Melly Bristow, um ser humano...

Atrás dela, enquanto Eve continuava a recitar a longa lista de nomes e acusações, Peabody abriu a porta para dois guardas. Como já o tinha nocauteado uma vez, Eve se afastou quando ele se levantou para atacá-la e deixou que os dois guardas o contivessem.

— Tenente! — Sorenson veio atrás dela. — É óbvio que meu cliente está emocional e mentalmente abalado. Pode ser que esteja sofrendo disso devido ao abuso das drogas. Eu...

— Leve esse papo para o promotor. Eu já fiz o meu trabalho.

Ela continuou andando. Quando passou pela Sala de Observação, Roarke saiu e caminhou a seu lado, acompanhando os passos dela.

— Bom trabalho, tenente, para uma puta interesseira.

— Olha quem fala, o Zé-Ninguém maquiavélico e alpinista social.

— Formamos um bom par. — Ele pegou a mão dela. — Pronta para o fim de semana?

— Puxa, como estou! Preciso de um merengue de limão e de um bolo de morango.

— Que gulosa!

— Pois é, às vezes a gente precisa correr atrás de um pouco de prazer. — Ela se virou para a Sala de Conferências. — Preciso de trinta minutos para tratar da papelada. E vou precisar de algumas horas amanhã cedo para interrogar Moriarity.

Ele apenas balançou a cabeça, e manteve a mão enlaçada à dela enquanto olhavam para o quadro.

Prazer Mortal 419

— Não haverá mais rostos — disse ele. — Não hoje à noite.

— Não, não hoje à noite.

Ele entendeu que ela precisava falar daquele jeito. Porque compreendeu, como ela também compreendia, que haveria outros rostos em outras noites.

Mas não naquela.

Ela se virou, deslizou os braços para enlaçá-lo pela cintura, deitou a cabeça em seu ombro e inspirou longamente.

Ele tinha razão. Eles formavam um bom par.

Impresso no Brasil pelo
Sistema Cameron da Divisão Gráfica da
DISTRIBUIDORA RECORD DE SERVIÇOS DE IMPRENSA S.A.
Rua Argentina, 171 – Rio de Janeiro, RJ – 20921-380 – Tel.: (21)2585-2000